고독의 우물

1

래드클리프 홀

고독의 우물 1

임옥희 옮김

펭귄클래식코리아

고독의 우물 1

1판 1쇄 발행 2008년 8월 1일
1판 13쇄 발행 2023년 6월 30일

지은이 | 래드클리프 홀 옮긴이 | 임옥희
발행인 | 이재진 단행본사업본부장 | 신동해 편집장 | 김경림
마케팅 | 최혜진 최지은 홍보 | 반여진 허지호 정지연
국제업무 | 김은정 김지민 제작 | 정석훈

브랜드 펭귄클래식 코리아
주소 경기도 파주시 회동길 20
문의전화 031-956-7350(편집) 031-956-7147(마케팅)
홈페이지 www.wjbooks.co.kr
인스타그램 www.instagram.com/woongjin_readers
페이스북 https://www.facebook.com/woongjinreaders
블로그 blog.naver.com/wj_booking

발행처 ㈜웅진씽크빅
출판신고 1980년 3월 29일 제406-2007-00046호

Penguin Classics Korea is the Joint Venture with Penguin Books Ltd.
arranged through Yu Ri Jang Literary Agency. Penguin and the associated logo
are registered and/or unregistered trade marks of Penguin Books Limited.
Used with permission.
펭귄클래식 코리아는 유리장 에이전시를 통해 펭귄북스와 제휴한
㈜웅진씽크빅 단행본사업본부의 브랜드입니다. 펭귄 및 관련 로고는
펭귄북스의 등록 상표입니다. 허가를 받아야만 사용할 수 있습니다.

이 책은 저작권법에 따라 보호받는 저작물이므로 무단 전재와 무단 복제를 금지하며,
이 책 내용의 전부 또는 일부를 이용하려면 반드시 저작권자와 ㈜웅진씽크빅의
서면 동의를 받아야 합니다.

한국어판 ⓒ 웅진씽크빅, 2008

ISBN 978-89-01-08631-6 04800
ISBN 978-89-01-08204-2 (세트)

• 잘못된 책은 바꾸어 드립니다.
• 책값은 뒤표지에 있습니다.

차례

추천의 글 · 6
작가의 말 · 7

1부 · 9

2부 · 205

옮긴이 주 · 359

2권 차례
3부 · 7 / 4부 · 123 / 5부 · 195
작품 해설 · 403 / 옮긴이 주 · 413

추천의 글

나는 『고독의 우물』을 매우 흥미롭게 읽었다. 뛰어난 예술가의 자질을 가진 작가가 쓴 소설이라는 매력을 차치하고서라도, 이 작품은 매우 중대한 심리학적·사회학적 의미를 가지기 때문이다. 내가 아는 한 이 작품은 오늘날 우리들 사이에 분명히 존재하는 성적 삶의 일면을 조금의 가감도 없이 분명한 형태로 제시한 영문학사의 첫 소설이다. 정상이라고 불리는 일반 사람들과는 다르지만 높은 인격과 훌륭한 능력을 갖춘 사람들이 그들에게 적대적인 사회와 맺는 관계는 어렵고도 여전히 해결되지 않은 문젯거리이다. 이 작품에서는 그로부터 발생하는 가슴 아픈 상황들이 너무도 생생하면서도 악의 없이 그려진다. 그리고 바로 그것이 우리가 래드클리프 홀의 작품을 탁월한 문학적 성취로 인정하는 이유이다.

해브록 엘리스

작가의 말

  이 작품에 등장하는 모든 등장인물들은 완전히 상상 속의 인물들이다. 그리고 만약에 작가가 어떤 경우라도 실제 살아 있는 인물에 대한 언급임을 암시하는 이름을 사용했다면, 그것은 의도하지 않은 실수에 의한 것이다.
  영국 여성 운전사들의 앰뷸런스 부대는 전쟁의 마지막 몇 달 동안 프랑스에서 연합군에게 매우 커다란 도움을 주었다. 비록 이 작품에서 스티븐 고든이 소속되었던 부대가 같은 활동을 했다 하더라도 그들은 작가의 상상 속을 제외하고는 어디에도 실존하지 않음을 밝혀 둔다.

1부

1장

1

업톤 온 세번과 그다지 멀지 않은 곳으로, 업톤과 맬번 힐스 사이에 위치한 브램리에는 고든 가의 시골 영지가 서 있다. 울창하게 자란 나무들, 단정하고 아담한 집들, 잘 손질된 울타리들, 물을 듬뿍 줄 수 있는 물길들. 물 대기가 편했던 것은 적당한 곳에서 시냇물이 둘로 갈라져 영지에 있는 커다란 두 개의 호수로 흘러 들어가기 때문이다.

조지아조 건축 양식인 붉은 벽돌로 된 저택에는 원형 창문이 지붕 아래까지 닿아 있다. 저택은 아무런 장식이 없는데도 품위와 위엄이 있다. 오만하지 않으면서도 확신에 차 있고, 무기력하지 않으면서도 편안해 보이는 부드러운 초연함이 있다. 그 집의 기상을 아는 사람들에게 그 집의 가치는 단연 돋보인다. 그 집은 사랑스러운 여인의 특성을 지닌 것처럼 보인다. 이제는 나이 들어 흘러간 세대에 속하지만, 한창때는 열정적이면서 매력적이었던 여자들. 정복하기가 결코 만만치 않지만, 일단

얻고 나면 세상을 손에 넣은 기분이 드는 여자들. 그들이 세상을 떠나더라도 그들의 터전은 남는다. 모턴이 바로 그런 여자들 같은 집이었다.

갓 스무 살을 넘긴 신부가 애너 고든 부인이 되어 모턴 힐로 왔다. 그녀는 아일랜드 여성만이 가질 수 있는 아름다움을 지녔다. 조용한 자부심이 드러나는 태도, 간절한 그리움이 실린 눈, 온몸으로 행복을 약속하는 그녀는 완벽한 여성의 원형이었다. 창조주 신은 그녀에게서 선(善)을 발견했다. 필립 경은 저 멀리 클레어 카운티에서 그녀를 만났다. 애너 몰로이는 가냘픈 성처녀로 정숙 그 자체였다. 그녀를 보는 순간 마치 지친 새가 보금자리로 날아들 듯 피곤함에 지친 그는 그녀의 품속으로 날아들었다. 애너는 실제로 새 한 마리가 폭풍우의 위험을 피해 안식처를 찾으려고 자신의 품 안에 날아든 적이 있다는 이야기를 그에게 들려주었다.

필립 경은 키가 크고 무척 호감을 주는 인물이었다. 그의 매력은 외모보다는 자유롭고 관대한 표정에서 찾을 수 있었다. 말하자면 그의 매력은 귀족적이라고 일컬을 만한, 슬픈 듯하면서도 깊은 담갈색 눈동자에 담겨 있었다. 단호해 보이는 턱 끝은 약간 갈라져 있었다. 이마는 지적이었고 머리카락은 황갈색이었다. 콧구멍이 큼직한 코는 성질깨나 있어 보였다. 단정하고 예민하면서도 열정적인 입술로 보건대 그가 몽상가이자 꿈꾸는 연인임을 알 수 있었다.

결혼했을 때 그의 나이는 스물아홉 살이었다. 그는 여기저기 사생아를 뿌려놓은 적이 없었다. 애너는 이 남자가 완벽하게 신뢰할 만한 인물임을 직감적으로 알았다. 그녀의 후견인은 그를 싫어하면서 약혼에 반대했지만 그녀는 끝내 고집을 굽히지 않았다. 그녀의 선택이 탁월했다는 것은 결과적으로 입증되었다. 그들보다 서로를 더 사랑하는 사람들은 찾아보기 힘들었다. 세월이 흘러도 그들의 열렬한 사랑은 식을 줄 몰랐다. 두 사람이 원숙해질수록 그들의 사랑도 깊어갔다.

필립 경은 결혼 후 십 년이 지나 아내가 임신하자 비로소 자신이 얼마나 아들을 바라고 있었는지 깨달았다. 그러자 그는 이 일이 완벽한 성취이자 두 사람이 줄곧 기다리던 것을 충족시켜 줄 것임을 알았다. 아내가 임신 사실을 알렸을 때 그는 표현할 말을 찾지 못한 채 아내의 어깨에 기대어 울었다. 애너가 딸을 선물할 수도 있다는 생각을 한 번도 하지 않는 사람처럼 보였다. 그는 오로지 아들의 어머니로서만 아내를 바라보았다. 아내가 아들이 아닐 수도 있다고 주의를 주었지만 전혀 흔들리지 않았다. 심지어 태어나지도 않은 아이에게 스티븐이라는 이름을 지어놓았다. 스티븐 성인의 담력을 존경했기 때문이다. 필립 경은 종교적인 인물이 되기에는 기질적으로 지나치게 학구적이었다. 그에게 성경은 훌륭한 문학작품이었으며 스티븐 성인은 그의 상상력을 사로잡았다. 그리하여 그는 종종 자기 아이의 미래에 대해 "스티븐을 해로스쿨[1]에 보내야겠소."라거나 "스티븐을 외국으로 보내 공부를 마치는 게 좋겠군. 그러면 인생관이 넓어질 테니까."라고 말했다.

남편이 하는 말을 자꾸 듣다 보니 애너 또한 점점 확신이 생겼다. 남편의 확신이 그녀의 막연한 불안을 불식시켰다. 그녀는 자신이 꼬마 스티븐과 묘목을 심어놓은 온실에서, 정원에서, 달콤한 냄새를 풍기는 풀밭에서 함께 뛰놀고 있는 모습을 상상했다. 그녀는 아일랜드 농부들의 "그 녀석 사랑스러운 친구지."라는 너그러운 말투를 생각하면서 '눈에는 별빛을, 가슴에는 사자의 용기를 가진 젊은이'를 습관적으로 떠올렸다.
  아기가 뱃속에서 꿈틀거릴 때마다 힘찬 태동으로 인해 그녀는 자신이 품고 있는 존재가 씩씩한 사내아이일 것이라고 생각했다. 그녀는 새로운 용기를 얻었고 기분이 점점 좋아졌다. 왜냐하면 사내아이가 태어날 것이기 때문이었다. 그녀는 바느질감을 무릎 위에 올려놓고서 세번 계곡 너머로 펼쳐진 긴 능선을 바라보며 앉아 있곤 했다. 그녀가 좋아하는 자리인 히말라야삼목 아래 앉아 아름다운 맬번 언덕을 쳐다보았다. 봉긋하게 부풀어 오른 언덕 기슭이 새롭게 다가왔다. 한껏 부푼 언덕 기슭은 용감하고 풍만한 젖가슴을 하고 멋진 초록빛 아둘을 허리띠처럼 두른 임신한 여자로 보였다. 여름 내내 그녀는 언덕을 지켜보며 앉아 있었다. 필립 경도 가끔씩 그녀 옆에 앉았다. 두 사람은 서로 손을 잡고 그렇게 앉아 있곤 했다. 그녀는 감사하는 마음으로 가난한 사람들에게 많을 것을 가져다주었다. 필립 경은 잘 나가지 않던 교회에 나갔다. 교구 목사를 저녁 식사에 초대하기도 했다. 해산달이 다가오자 동네 부인들이 애너에게 조언을 해주려고 방문했다.
  '뜻은 인간이 세우지만 성패는 하늘에 달린 법'. 크리스마스 전날 밤 애너 고든은 딸을 낳았다. 엉덩이는 좁고 어깨는 널찍한 올챙이 모양의 아이가 태어났다. 아이는 쉬지 않고 세 시간 동안이나 악을 쓰며 울었다. 마치 이 세상으로 쫓겨난 것에 분노하는 것처럼.

2

애너 고든은 아기를 가슴에 품고 젖을 물렸지만 아기가 젖을 빠는 것을 보면서 탄식했다. 남편은 오랜 세월 아들을 기다렸다. 하지만 아내의 슬퍼하는 모습을 보며 필립 경은 섭섭한 마음을 감추고 아기를 어르면서 손가락을 살펴보았다.

"아, 이 고사리 손 좀 보구려." 그가 감탄했다. "열 손가락마다 손톱이 다 있군. 작고 완벽한 분홍색 손톱이잖소!"

그러자 애너는 눈물을 훔치고 아기를 어루만지며 고사리 손에 입을 맞췄다.

그는 아기 이름을 스티븐으로 그냥 부르겠다고 고집했다. 한술 더 떠서 스티븐이라는 이름으로 세례를 받고자 했다.

"오랫동안 아기를 스티븐이라고 불러왔잖소. 우리가 그 이름을 고집하지 않을 이유가 뭐란 말이오."

애너는 결심이 서지 않았지만, 필립 경의 마음은 확고했다.

교구 목사는 다소 상식적이지 않다면서 필립 경의 마음을 돌리기 위해 여자 이름을 덧붙여야 한다고 말했다. 그리하여 아이는 교구의 교회에서 스티븐 메리 올리비아 거트루드라는 이름으로 세례를 받았다. 아이는 무럭무럭 자랐으며 무척 튼튼해 보였다. 자라면서 특히 머리카락은 필립 경처럼 적갈색으로 변했다. 또한 턱 끝에는 갈라진 작은 틈새가 있었다. 처음에 볼 때는 너무 작은 틈새여서 마치 그림자처럼 보였다. 커가면서 강아지와 동물의 어린 새끼들과 마찬가지로 눈동자의 푸른색이 사라지게 되었을 때, 애너는 그녀의 눈동자 색깔이 담갈색으로 바뀔 것임을 알았다. 눈동자 색깔마저 그녀의 아버지와 빼닮았다는 걸 알았다. 성격이 좋아 아기는 대체로 유순한 편이었다. 태어나는 그 순간 처음으로 드세게 항의한 이후 울부짖은 적이 거의 없었다.

모턴 영지에서 아기를 보는 것은 즐거운 일이었다. 아기는 무럭무럭 자라면서 어린아이들이 흔히 그렇듯 마루를 기어 다니거나 비틀거리다 몇 발자국 옮겨 놓지 못하고 넘어지곤 했다. 오래된 집 안에는 전보다 활기가 넘쳤다. 사냥을 나갔던 필립 경이 온통 뻘투성이가 되어 집으로 돌아와 부츠를 벗지도 않은 채 아이 방으로 허겁지겁 달려가 엎드려 등을 내밀면 스티븐은 아빠의 등에 매달렸다. 그러면 필립 경은 펄펄 뛰고 구르고 버둥거리고 발로 차는 시늉을 했다. 스티븐은 필립 경의 머리카락이나 옷깃에 단단히 매달려서 조그마한 주먹으로 오만하게 그의 등을 두드리곤 했다. 애너는 소란스러운 소리가 나는 곳으로 왔다가 두 사람을 보고 카펫 위에 떨어진 진흙을 가리켰다.

"자, 자, 그만 해요. 여보, 스티븐. 자, 이제 그만하면 됐어요! 차 마실 시간이에요."

그녀는 둘을 어린아이처럼 다뤘다. 그러면 필립 경은 손을 뻗어 등에 매달린 스티븐을 떼어내면서 아이의 어머니에게 키스를 했다.

3

그들이 고대하던 아들이 오기까지는 오랜 시간이 걸리는 듯했다. 스티븐이 일곱 살이 되었을 때도 아들은 나타나지 않았다. 그렇다고 애너가 또 다른 딸아이를 낳았다는 말이 아니다.

그래서 스티븐은 닭장 속의 수탉으로 남아 있었다. 외동인 아이는 자기 자신 이외에는 속내를 털어놓을 수 있는 또래가 없으므로 내성적이 될 수밖에 없다. 바로 그런 이유로 외동이 부러움의 대상이 되는 적은 거의 없을 것이다. 겨우 일곱 살인 아이가 심각한 문제에 둘러싸여 있다고 말할 수는 없겠지만 그렇더라도 이미 어둠 속을 더듬으면서 사소한 낙심에 사로잡힐 수도 있고, 제한적인 환경 속에서 인생을 파악하려고 저 나름의 안간힘을 쓴다고 말할 수는 있다. 일곱 살에도 사랑과 증오의 세계는 있게 마련이다. 예컨대, 어렴풋하지만 대단히 당혹스러운 측면이 있을 수 있다. 일종의 막연한 좌절감이라고 할 만한 것도 있다. 스티븐은 종종 뭐라고 꼬집어서 말할 수 없는 좌절감을 의식했다. 그런 느낌과 대면하면서 때로 갑작스럽게 성질이 폭발하기도 했다. 대체로 그녀는 자신을 따돌렸던 자잘한 일상과 부딪치면서 그것을 극복하려다가 성질을 부렸다. 스티븐이 반대 의사를 표시하는 첫 신호는 발을 동동 구르면서 눈물을 흘리는 것이었다. 그런 식으로 성질을 부리고 난 뒤에는 다시 쾌활해지면서 고분고분 말을 잘 들었다. 스티븐은 막연하지만 어린애다운 방식으로 생과 대결하면서 자존감을 회복하게 되었다.

애너는 소란을 피우는 아이를 데려오라고 하인에게 시켰다.

"스티븐, 엄마가 정말로 화가 난 것은 아니란다. 그러니까 네가 왜 이렇게 성질을 부리는지 엄마에게 말해 보렴. 이유를 말해 주면 엄마가 이해하도록 노력하마."

달래는 목소리는 부드러웠지만 눈길은 차가워 보였다. 아이의 손을 쓰다듬는 애너의 손길은 막막하고 마지못한 것처럼 보였다. 그 손은 쓰다듬어주려는 의식적인 노력을 하고 있었으며, 스티븐은 그런 노력을 의식했다. 사랑스럽고 평온한 엄마의 얼굴을 올려다보면서 스티븐은 갑작스럽게 후회의 감정에 사로잡혔고 자신의 부족한 점을 깊이 깨달았다. 이런 감정을 길게 털어놓고 싶었지만, 입이 떨어지지 않아서 결국 아무 말도 하지 못했다. 수줍었기 때문이다. 정말 이상한 감정이었다. 엄마와 아이 사이에 그 같은 수줍음이 존재하다니, 정말 기괴한 일이었다. 애너는 스티븐에게 그런 감정을 느꼈다. 비록 어린아이였지만 스티븐 역시 그런 감정을 느꼈다. 그래서 두 사람은 서로 가까워질 만하면 오히려 거리를 유지하곤 했다.

스티븐은 아름다움에 대단히 예민했다. 그래서 아름다움에 대한 거의 숭배에 가까운 자신의 감정을 표현할 수 있었으면 하고 막연히 갈망했다. 어머니의 얼굴이 불러일으키는 것이 그런 흠모의 감정이었다. 하지만 애너는 남편과 너무나 흡사한 숱이 많은 적갈색 머리카락과 담갈색 눈동자의 딸을 근심스럽게 쳐다보았다. 그녀는 아이의 전체적인 표정과 태도를 보면서 말할 수 없는 반감을, 나아가 거의 분노에 가까운 감정을 불쑥불쑥 느꼈다.

애너는 한밤중에 깨어나서 이런 감정을 곰곰이 곱씹어 보았다. 그녀는 어머니로서 딸에게 가혹하게 대하는 자신을 비난하고 자연스럽지 못한 자신을 질타했다. 그녀는 스티븐을 생각할 때마다 뭐라고 꼬집어 말할 수 없는 비통한 마음에 사로잡혀 눈물짓곤 했다.

'남편을 빼닮은 모습을 자랑스러워해야 해. 그런 모습을 볼 때마다 자랑스럽고 행복해하고 기뻐해야 해!' 라고 그녀는 혼자 중얼거렸다. 그러다가도 거의 분노에 가까운 기이한 적대감이 또다시 엄습하는 것을 느꼈다.

애너는 자신이 미쳐가고 있는 것처럼 느껴졌다. 그녀는 불쌍하고 더없이 순진한 일곱 살짜리 스티븐이 마치 희화화된 축소판처럼 필립 경을 빼닮았다는 것에 분노하는 자신이 미친 게 분명하다고 생각했다. 그것은 오점으로 얼룩지고 값어치 없는 불구의 재생산이었다. 그럼에도 그녀는 아기가 정말 잘생겼다는 점은 인정했다. 하지만 아기의 보들보들한 살갗은 그녀에게 거의 혐오에 가까운 감정을 느끼게 할 때가 있었다. 그녀는 스티븐이 움직일 때나 가만히 있을 때의 동작을 싫어했으며, 우아함을 전혀 찾아볼 수 없는 아이의 거친 면과 무의식적인 반항기를 보는 것이 싫었다. 그러다가 어머니의 마음은 어느새 아이가 자신의 젖가슴에 매달려 있을 때의 모습, 한없는 무력함으로 사랑하지 않을 수 없었던 순간으로 빠져들었다. 이런 생각 때문에 그녀는 눈물이 그렁그렁해졌다. 그녀는 다시 헌신적인 어머니로 돌아왔다. 하지만 어느새 어둠 속에 몸을 감추고 있는 적의가 슬그머니 고개를 들었다. 그런 느낌은 무겁고 음험하고 치명적이었다. 그것은 부분적으로 스티븐 때문이기도 했다. 아이가 튼튼해질수록 그런 느낌도 강해졌다.

초조하게 몸을 뒤척이면서 애너 고든은 신에게 교화와 가르침을 달라고 기도했다. 그리고 아이에 대해 그녀가 느끼는 감정을 남편이 눈치 채지 않도록 해달라고 기도했다. 남편은 과거의 그녀가 어떤 사람이었는지 그리고 현재의 그녀가 누구인지 전부 알고 있었다. 그녀에게는 아무런 비밀이 없었다. 단지 아무리 노력해도 없앨 수 없을 만큼 강력한, 너무나 부자연스럽고 소름 끼치는 이 부당한 태도만 아니라면 이 세상에서 그녀에게 비밀이란 없었다. 필립 경은 스티븐을 사랑하고 우상시했다. 그는 자기 딸에게 은밀한 결함이 있어서 그것이 평생 짐어져야 할 짐이 될 것이라는 걸 본능적으로 감지하고 있는 것처럼 보였다. 그는 아내에게 그런 점을 전혀 내색하지 않았다. 하지만 두 사람을 지켜보면서 그녀는 아이에 대한 남편의 사랑이 연민에 가깝다는 것을 점점 더 확신하게 되었다.

2장

1

그 무렵 스티븐은 처음으로 절실한 사랑이 필요하다는 것을 의식하기 시작했다. 그녀는 아버지를 흠모했지만 그것은 사랑과 다른 감정이었다. 아버지는 그녀의 일부였으며 언제나 그곳에 있었으므로 아버지 없는 세상은 상상조차 할 수 없었다. 그런데 하녀인 콜린스의 경우는 완전히 달랐다. 콜린스는 '세 명 중 2인자'로 불렸으며 언젠가는 진급되리라는 희망을 가지고 있었다. 그녀는 혈색 좋고 도톰한 입술과 풍만한 젖가슴을 가진 처녀였다. 사실 스무 살 처녀의 몸이라고 하기엔 지나치게 큰 가슴이었지만, 그녀의 눈은 유난히 푸르고 매혹적이었다. 스티븐은 콜린스가 계단을 쓸고 닦는 모습을 이 년 동안 지켜보면서 그녀 곁을 조용히 눈치 채지 않게 지나다녔다. 스티븐이 막 일곱 살을 넘긴 어느 날 아침이었다. 콜린스가 그녀를 올려다보면서 갑자기 미소를 지었다. 그 순간 스티븐은 그녀를 사랑하게 되었다. 기적 같은 계시의 순간이었다.

"안녕, 스티븐 아가씨." 콜린스가 은근하게 말했다.

그녀는 언제나 "안녕, 스티븐 아가씨."라고 말했지만 이번의 어조에는 은근한 뭔가가 있었다. 스티븐은 너무나 그녀를 만지고 싶었다. 스티븐은 자신 없는 손길로 그녀의 소맷자락을 쓰다듬었다.

콜린스는 그녀의 손을 낚아채며 뚫어지게 보았다. "이런 세상에!"라는 감탄사가 터져 나왔다. "아가씨 손톱이 너무 지저분하잖아요!" 그러자 손톱 주인은 고통스럽게 얼굴을 붉히면서 손톱을 제대로 깎기 위해 위층으로 뛰어 올라갔다.

"얼른 가위를 내려놔요, 스티븐 아가씨." 유모의 단호한 목소리가 들렸다. 스티븐을 비난했던 하녀는 아직까지 화장실에서 부지런히 일하고 있었다.

하지만 스티븐은 단호하게 말했다. "손톱을 깨끗이 닦는 중이야. 콜린스가 내 손톱을 좋아하지 않아. 내 손톱이 지저분하대!"

"그렇게 무례할 수가!" 유모는 몹시 화가 났다. "자기 일이나 제대로 할 것이지!"

마침내 커다란 가위를 손에 넣은 빙햄 부인은 심기를 거스른 하녀를 찾아 나섰다. 자기 지위가 주는 품위에 도전하는 자를 용납할 사람이 아니었다. 그녀는 계단 꼭대기 층계참에서 일하고 있는 콜린스를 발견하고는 곧장 꾸짖기 시작했다. '주제 파악시키기.' 유모는 그렇게 불렀다. 유모가 그녀에게 어찌나 주제 파악을 철저히 시켰던지 채 오 분이 지나지 않아 '세 명 중 2인자'는 진급에서 빠지게 될 온갖 이유를 듣게 되었다.

스티븐은 자기 방 문간에 가만히 서 있었다. 그녀는 가슴이 쿵쾅거리면서 뛰는 것을 느낄 수 있었다. 대꾸 한 마디 못하고 있는 콜린스에 대한 분노와 연민으로 가슴이 마구 뛰었다. 그녀는 말없이 꿇어앉아 있었다. 빗자루를 손에 든 채, 입을 약간 벌리고 겁먹은 눈을 하고 있었다. 그녀가 간신히 말문을 열기까지 긴 시간이 흘렀다. 소심한 그녀의 목소리는 겸손했고 겁에 질린 듯했다. 유모의 날카로운 혀는 이 집에서 유명했다. 콜린스가 말했다.

"제가 아가씨 일에 간섭을 했다고요? 아니, 아니, 그럴 리가요. 빙햄 부인, 절대로 그런 일 없어요! 전 제 분수를 잘 알고 있어요. 스티븐 아가씨가 지저분한 자기 손톱을 보여 주면서 말했어요. '콜린스, 이것 좀 봐, 내 손톱 정말 지저분하지!' 그래서 말했죠. '유모한테 깨끗하게 해달라고 해야겠네요, 스티븐 아가씨.' 라고요. 제가 부인 일에 간섭한 건가요? 전 그런 인간이 아니에요, 빙햄 부인."

오, 콜린스, 콜린스. 너무나 아름다운 푸른 눈과 유혹적인 미소를 가진 콜린스! 스티븐은 너무 놀라서 눈이 휘둥그레졌다. 그런 다음 갑작스러운 환멸로 눈물이 그렁그렁해졌다. 콜린스의 불쌍한 영혼보다 훨씬 더 나쁜 것은 그런 거짓말이 너무 부당했다는 점이다. 하지만 바로 그런 부당함 때문에 콜린스에게 더욱 끌렸다. 경멸했지만 그녀는 여전히 콜린스를 사랑할 수밖에 없었다.

그때부터 하루 종일 스티븐은 막연하게나마 콜린스의 비굴함에 대해 생각하기 시작했다. 그럼에도 그날 내내 그녀는 콜린스를 원했다. 그녀를 볼 때마다 미소를 짓지 않을 수 없었고 차마 비난의 뜻으로 그녀를 향해 얼굴을 찡그릴 용기가 나지 않았다. 유모가 보지 않으면 콜린스도 그녀에게 미소를 지었다. 그녀는 포동포동한 붉은 손가락을 들어 스티븐의 손톱을 가리키면서 유모가 자리를 뜨는 뒤통수에다 대고 씩 웃었다. 그녀를 바라보면서 스티븐은 불쾌하고 당혹스러운 기분이 들었다. 이런 감정이 커지면서 스티븐은 콜린스를 생각할 때마다 등줄기에 뜨거운 기운이 흘러내리는 것을 느꼈다.

그날 저녁 콜린스가 차를 준비하고 있을 때, 스티븐은 그녀가 혼자 있는 기회를 잡았다.

"콜린스." 그녀가 속삭였다. "넌 거짓말을 했어. 난 지저분한 손톱을 보여 준 적이 없잖아."

"물론 그런 일 없었어요!" 콜린스가 얼버무렸다. "그렇지만 무슨 말이든 해야 했거든요. 제 거짓말에 개의치 않으시죠, 스티븐 아가씨. 그죠?" 스티븐이 미심쩍은 얼굴로 그녀를 쳐다보자, 콜린스는 갑자기 몸을 굽혀 그녀의 뺨에 키스를 했다.

스티븐은 할 말을 잃고 서 있었다. 그녀의 모든 의구심은 한순간에 사라져버렸다. 그 순간 그녀에게는 아름다움과 콜린스밖에 없었다. 콜린스와 아름다움이 하나였으며, 나머지 하나는 스티븐 자신이었다. 그렇다고 딱히 스티븐만도 아니었다. 그 자신보다 훨씬 더 방대한 어떤 존재였다. 일곱 살짜리의 마음으로 이해하기에는 훨씬 더 커다란 어떤 것이었다.

유모가 투덜거리면서 들어왔다.

"자, 서둘러요, 스티븐 아가씨! 넋 나간 것처럼 그렇게 서 있지 말고요! 자, 차 마시기 전에 얼른 얼굴과 손부터 씻어요. 똑같은 소리를 얼마나 되풀이해야 알아들어요?"

"몰라." 스티븐이 웅얼거렸다. 실제로 그녀는 몰랐다. 그 순간 그런 하찮은 것들은 안중에도 없었다.

2

그 순간부터 스티븐은 완전히 다른 세상으로 들어가게 되었으며 그녀의 삶은 콜린스라는 축을 중심으로 움직이게 되었다. 끊임없이 신나는 모험으로 가득 찬 세상, 의기양양한 세상, 믿을 수 없을 정도로 슬픈 세상, 그와 동시에 촛불을 향해 구애하는 나방이 돌진하는 그런 멋진 세상으로 들어가게 된 것이다. 위로 솟구쳐 올랐다 아래로 곤두박질치는 나날이었다. 그런 나날들은 나무 꼭대기 위로 높이 날아올랐다가 심연으로 떨어져 내리면서도 중간에 멈출 수 없는 그네와 비슷했다. 스티븐은 그 그네에 매달린 상태로 아침에 눈을 떴다. 묘한 흥분으로 온몸이 전율했다. 그런 종류의 흥분은 원래 생일이나 크리스마스 때 맬번에서 무언극을 볼 때나 맛볼 수 있는 것이었다. 그녀는 눈을 뜨고 잠자리에서 잽싸게 뛰어내렸다. 왜 그렇게 신이 나는지 기억해 내기에는 아직 너무 졸린 상태였다. 그러다가 기억이 났다. 오늘 콜린스를 보러 갈 작정이라는 생각이 퍼뜩 떠올랐다. 그 생각이 미치자 스티븐은 좌식 욕조에서 물을 잔뜩 튀기면서 세수를 했다. 서두르는 바람에 옷에서 단추가 떨어져 나갔다. 손톱을 있는 힘껏 문질러 손이 쓰라릴 지경이었다.

그녀는 공부에 집중하지 못하고 연필을 빨면서 자꾸만 창문 바깥을 내다보았다. 그보다 더 심한 것은 콜린스의 발소리 이외에는 어떤 소리도 들리지 않는다는 점이었다. 유모가 그녀의 손을 때리면서 구석에 벌을 세우고 맛있는 것을 주지 않았지만 그 모든 노력도 아무런 소용이 없었다. 스티븐은 미소를 머금고 가슴속에 비밀을 품게 되었다. 콜린스를 위해서라면 이런 처벌쯤은 감수할 수 있었다.

그녀는 안달하며 유모가 큰 소리로 책을 읽을 때조차 가만히 앉아 있지 못했다. 한때는 그런 책을 읽어주는 것을 너무 좋아했다. 그중에서도 특히 영웅에 관한 이야기를 좋아했지만, 지금은 그런 이야기들이 그녀의 야심을 휘저어 놓았다. 그녀는 열렬히 영웅의 삶을 살고 싶어 했다. 그녀, 스티븐은 이제 윌리엄 텔이나 넬슨 혹은 발라클라바 전투[2] 원이 되기를 갈망했다. 유모의 헝겊 주머니를 뒤지느라고 야단법석을 떨었으며, 샤레이드[3]를 하는 데 이용했던 의상들을 뒤져서 걸치고는 사방을 휘젓고 다니면서 소란을 피우고, 으쓱거리면서 거울을 들여다보며 잔뜩 폼을 잡았다. 그리고 나면 일대 혼란이 뒤따랐다. 유모는 스티븐이 흩어놓은 잡동사니들이 의자와 마루 위에 널려 있는 모습을 보면 마치 지진이 휩쓸고 지나간 자리를 쳐다보는 것 같은 얼굴이 되었다. 일단 옷을 차려입었다 싶으면 스티븐은 위엄 있게 걸어가면서 유모에게 옆으로 물러나라고 거만하게 손을 흔들고는, 언제나처럼 콜린스를 찾아 나섰다. 지하실까지라도 그녀를 찾아 나섰을 것이다.

콜린스는 넬슨 복장을 했을 때 그녀와 특히 잘 놀아주었다.

"저런, 정말 멋있는데요!" 그녀는 감탄사를 연발했다. 그런 다음 요리사를 돌아다보면서 "이리 와보세요, 윌슨 부인! 스티븐 아가씨는 정말 사내애 같지 않아요? 어깨하며 아가씨가 하고 있는 생뚱맞고 우스운 다리 모양새가 영락없는 사내애처럼 보여요!"

그러면 스티븐은 엄숙하게 말했다.

"물론이지. 난 남자거든. 난 어린 넬슨이야. 자, 내가 말하노니, '무엇이 두려우랴?' 알잖아, 콜린스. 난 사내애임에 틀림없어. 정말로 그렇게 느끼니까. 위층에 걸려 있는 초상화 속의 바로 그 어린 넬슨처럼 말이야."

콜린스도 윌슨 부인도 모두 웃었다. 스티븐이 가고 나면 그들은 말이 많아졌다. 콜린스는 이렇게 말했을 것이다. "아가씬 정말 이상해. 언제나 혼자 옷을 챙겨 입고 연극 놀이를 하고, 정말 우스워."

하지만 윌슨 부인은 스티븐의 행동을 받아들일 수 없다는 식으로 말했을 수도 있다.

"그런 터무니없는 짓들은 참을 수가 없어. 어린 아가씨가 하기엔 이상하잖아. 스티븐 아가씨는 다른 애들과 너무 달라. 어린 아가씨들한테서 찾아볼 수 있는 예쁜 점이라고는 없잖아. 안됐어!"

가끔은 콜린스가 샐쭉해져서 스티븐이 넬슨 옷을 차려입은 것이 헛수고인 것처럼 보이는 때도 있었다. 그녀는 "자 그만 성가시게 굴어요, 아가씨. 난 할 일이 많아요!"라거나 "가서 유모에게나 보여 주세요. 그래요, 아가씨 남자인 것 알아요. 난 마무리해야 할 일이 있어요. 그러니 저리 가세요."라고 말했다.

그러면 스티븐은 완전히 풀이 죽어서 슬며시 2층으로 올라갔다. 그러고는 불행한 기분과 지나치게 겸손해진 마음으로 그처럼 소중하게 차려입은 옷을 벗어버리고 자신이 그토록 싫어하는 의상으로 갈아입어야 했다. 그녀는 부드러운 옷들, 장식용 허리띠, 리본, 작은 산호 구슬, 속이 비치는 스타킹을 몹시 싫어했다. 사내용 짧은 바지를 입었을 때라야 다리가 자유롭고 편안했다. 그녀는 호주머니를 정말 좋아했지만 그것은 여자 아이들에게는 금지된 것이었다. 적어도 그것이 여자 아이들의 옷에 어울리는 적절한 호주머니가 아닐 때에는 그랬다. 그녀는 어두운 표정을 지었다. 콜린스가 자신을 무시했으므로 모든 게 잘못되었다는 생각이 들었다. 스티븐은 넬슨의 흉내를 내기보다 진짜로 그런 사람이 되기를 갈망했기 때문이다. 분노가 치밀어 그녀는 장시장으로 가서 인형을 꺼내 괴롭히기 시작했다. 그녀는 매년 크리스마스와 생일이면 어김없이 도착하는 이 멍청한 선물들을 언제나 경멸했다.

"난 네가 미워! 네가 미워! 네가 미워!" 그녀는 툴툴거리면서 죄 없는 인형의 얼굴을 마구 쥐어박았다.

그러던 어느 날 콜린스는 평소보다 더 화가 나 있었다. 그녀는 갑작스럽게 비참한 기분이 든 것처럼 보였다.

"무릎 염증을 앓는 건 나라고요." 그녀가 스티븐에게 털어놓았다. "아가씨가 아니라 무릎 염증은 내가 앓는 거잖아요."

"그게 위험한 거야?" 놀란 얼굴로 아이가 물었다.

그러자 콜린스는 겁 많고 무지한 하층계급이 흔히 하듯 대답했다.

"그럴 수도 있어요. 끔찍한 수술을 받아야 한다는 뜻이기도 하니까요. 난 수술받고 싶지 않은데."

"그게 뭔데?"

"왜 있잖아요. 그들이 날 칼로 벤다고요." 콜린스가 신음 소리를 냈다. "물을 빼내려면 칼로 갈라야 한대요."

"윽, 콜린스! 무슨 물을?"

"무릎 슬개골에 있는 물을요. 여길 눌러보면 알 수 있어요, 스티븐 아가씨."

그날 밤 둘은 널찍한 스티븐의 방에 서 있었고, 콜린스는 절뚝거리면서 잠자리를 돌봐 주고 있었다. 스티븐이 자기 여신과 아무런 방해도 받지 않고 오붓하게 이야기를 나눌 수 있는, 드물게 오는 즐거운 시간이었다. 유모가 편지를 부치러 외출하고 없었기 때문이다. 콜린스는 거친 양모 스타킹을 말아 내리고 앓고 있는 사지를 드러냈다. 염증 부위는 부스럼투성이인 데다 부어올라서 매력적인 모습과는 거리가 멀었다. 하지만 손가락으로 무릎 부위를 만져보던 스티븐의 눈엔 그새 눈물이 고였다.

"자, 여기!" 콜린스가 다소 흥분하여 말했다. "여기 움푹 들어간 자국 보이죠? 그게 물이거든요! 너무 아파요. 정말 쑤시고 아파요. 이게 다 마루 광택을 내느라 생긴 병이에요, 스티븐 아가씨. 마루에 광을 내려고 그렇게 애쓰지 말았어야 했는데."

"나도 그 병에 걸렸으면 해. 나도 무릎 염증에 걸렸으면 좋겠어, 콜린스. 너 대신 내가 그걸 견디는 게 차라리 나으니까. 콜린스, 널 위해서라면 끔찍하게 다쳐도 좋아. 죄인들을 위해 예수님이 상처 입었던 것처럼. 내가 열심히 기도하면 나도 그 병에 걸릴 수 있을 것 같애? 내 무릎을 너의 무릎에 비빈다면 내게로 옮아올까?" 스티븐이 엄숙하게 말했다.

"신의 축복이 있길!" 콜린스가 웃었다. "이건 홍역이 아니거든요, 스티븐 아가씨. 마루를 닦다가 얻은 병이니까요."

그날 밤 스티븐은 시름에 잠겼다. 그녀는 유아용 성서 이야기에 의지하여 십자가에 매달린 주님의 그림을 열심히 연구했다. 그러자 그녀는 주님을 이해할 수 있을 것 같았다. 그녀에게 주님은 종종 이해할 수 없는 수수께끼 같았다. 그녀는 아픈 것이 무서웠다. 정원의 자갈길에 넘어져 무릎이 까졌을 때 눈물을 참는 것이 쉬운 일은 아니었다. 그런데도 예수님은 죄인들을 위해 고통을 참기로 했다. 모든 천사에게 도움을 청할 수 있었는데도 말이다! 오, 그렇다. 한때는 주님에 관해 아주 의아하게 생각했지만 지금은 더 이상 그런 의문이 들지 않았다.

잠자리에 들고 나서 습관처럼 어머니가 그녀가 하는 기도를 들으러 왔을 때 스티븐의 기도는 자신감을 잃은 상태였다. 애너가 키스를 해주고 불을 껐을 때에야 비로소 그녀는 진지하게 기도할 수 있었다. 얼마나 열렬하게 기도했던지 땀방울이 뚝뚝 떨어졌다.

"제발, 예수님. 제가 콜린스를 대신하여 무릎 염증을 앓게 해주세요. 허락해 주세요. 제발요, 우리 주 예수님. 제발 예수님, 당신께서 고통을 참은 것처럼 저도 콜린스를 위해 그 모든 고통을 참겠나이다! 저는 콜린스의 상처를 제 피로 씻기고 싶어요. 우리 주 예수님, 저는 정말 콜린스에게 구세주가 되고 싶어요. 그녀를 사랑해요. 저도 당신처럼 상처 입고 싶어요. 사랑하는 우리 주님, 저에게 허락해 주세요. 제발 저에게 물로 가득 찬 무릎을 주시고 제가 콜린스 대신 수술받을 수 있게 해주세요. 그녀를 대신하고 싶어요. 그녀는 겁이 많지만 저는 조금도 두렵지 않습니다!"

그녀는 잠에 빠질 때까지 이런 간청을 되풀이했다. 꿈속에서 그녀는 기이하게도 예수님의 모습이었다. 콜린스가 무릎을 꿇고 앉아 그녀의 손에 키스를 했다. 왜냐하면 그녀, 스티븐이 뼈로 만든 종이 자르는 칼로 그녀의 무릎을 절개하여 자신의 무릎에 이식함으로써 치료해 주었기 때문이다. 그 꿈은 황홀함과 불안함이 뒤섞인 것이었다. 그 기분은 상당히 오랫동안 스티븐에게 남아 있었다.

다음 날 아침 그녀는 완벽한 신앙심이 가져다준 고양감을 만끽하면서 잠에서 깨어났다. 목욕을 하면서 자기 무릎을 면밀히 살펴보았지만 오래된 흉터 자국과 최근에 넘어져서 생긴 바삭바삭한 피딱지를 제외하고는 아무 상처 없이 깨끗했다. 물론

이것은 대단히 실망스러운 결과였다. 그녀는 피딱지를 잡아뗐다. 그러자 약간 통증이 있긴 했지만 그다지 많이 아프지는 않았다. 그녀는 진짜 무릎 염증을 확인하고 싶었다. 어쨌거나 그녀는 계속해서 기도하기로 마음먹었고 쉽게 낙심하지 않겠다고 결심했다.

보름이 넘도록 그녀는 땀을 뻘뻘 흘리면서 기도를 했고 날마다 똑같은 질문으로 콜린스를 괴롭혔다.

"무릎 염증이 아직도 낫지 않았어, 콜린스?" "내 무릎이 부어오른 것 같지 않아?" "넌 신앙이 있어? 난 있거든." "좀 덜 아프지 않아, 콜린스?"

그러면 콜린스의 대답은 언제나 한결같았다.

"조금도 나아지질 않아요. 그래도 고마워요, 스티븐 아가씨."

그렇게 한 달 가까이 지나자 스티븐은 갑자기 기도를 그만두고 주님께 항의했다.

"예수님, 당신은 콜린스를 사랑하지 않습니다. 하지만 전 사랑해요. 그래서 꼭 무릎 염증을 얻을 겁니다. 어디 내가 하는지 못 하는지 두고 봐요!" 그렇게 항의하고 나자 다소 겁이 났다. 그래서 그녀는 겸손하게 덧붙였다. "제 말뜻은 그렇게 하고 싶다는 것이옵니다. 마음 상하신 건 아니겠지요. 그렇죠, 우리 주 예수님?"

방에는 카펫이 깔려 있었다. 스티븐에게는 그것이 너무 유감스러웠다. 자기 방 바닥이 응접실과 서재처럼 나무로 깐 마루이기만 했더라도 목적을 쉽사리 달성할 수 있을 터였다. 하여튼 오랫동안 꿇어앉아 있으면 힘들었다. 꿇어앉아 있는 것이 너무 힘들어서 이십 분 이상 견디려면 이를 악물어야 했다. 그 고통은 정원에서 넘어져 정강이가 벗겨질 때보다 훨씬 더 심했다. 피딱지를 떼어낼 때보다 훨씬 더 심했다. 넬슨이 그녀에게 약간의 도움이 되었다. 그녀는 종종 생각했다.

'이제 나는 넬슨이다. 나는 트라팔가 전투의 한가운데에 있다. 난 무릎에 총상을 입었다!'

그러다가 문득 넬슨은 그런 고문을 당하지 않았다는 생각이 났다. 어쨌거나 고통을 겪는 편이 차라리 나았다. 그것이 콜린스에게 훨씬 더 가까이 다가가게 해주는 것임이 분명해 보였다. 부지런한 고통을 통해 그녀를 소유할 수 있을 것이라는 생각이 들었다.

아이 방 카펫에는 끊임없이 얼룩이 생겼다. 그 얼룩을 스티븐은 깨끗이 청소하는 척했다. 언제나 주의 깊게 콜린스의 동작을 따라 했다. 약간 앓는 소리를 내면서도 앞뒤로 열심히 문질렀다. 마침내 자리에서 일어났을 때, 그녀는 왼쪽 다리를 잡고 약간 신음하면서 절뚝거리지 않을 수 없었다. 그녀의 스타킹에 커다란 구멍이 생겼다. 그 구멍을 통해 쓰라린 무릎을 살펴보았다. 그리고 이런 행동은 콜린스에게서 꾸지람을 자초하는 것이었다.

"그런 말도 안 되는 짓은 그만둬요, 스티븐 아가씨! 스타킹을 그렇게 찢어놓다니 창피한 줄 아세요."

스티븐은 씩 웃으면서 말도 안 되는 그 짓을 되풀이했다. 대놓고 저항하면서 말도 안 되는 그 짓에 더욱 온 힘을 다했다. 여드레 되는 날에 스티븐은 콜린스에게 자기 충성심의 증거를 보여 주고 싶다는 마음이 생겼다. 그날 아침 그녀의 무릎은 특히 희생을 치렀기 때문이다. 그녀는 다리를 절뚝거리면서 그것을 전혀 수상쩍게 여기지 않는 하녀를 찾아 나섰다.

콜린스가 유심히 쳐다보았다.

"맙소사, 대체 무슨 일이에요? 무슨 짓을 한 거예요, 스티븐 아가씨?"

그러자 스티븐은 자부심을 드러내며 말했다.

"난 무릎 염증에 걸리려고 노력하는 중이었어. 콜린스 너처럼 말이야!"

콜린스가 무슨 소리인지 몰라 멍하니 당황한 표정을 짓자 스티븐이 말했다. "있잖아, 난 너의 고통을 함께 나누고 싶었어. 그래서 열심히 기도했지. 그런데도 예수님이 내 기도를 도무지 들어주지 않았어. 그래서 내 스스로 무릎 염증에 걸리기로 마음먹었거든. 예수님께 의지하면서 한없이 기다릴 수는 없었으니까!"

"저런, 쉿!" 콜린스는 너무나 충격을 받았다. "그런 말 하면 안 돼요. 그건 나쁜 짓이거든요, 스티븐 아가씨." 그렇게 말하면서도 그녀는 미소를 지어 보였다. 갑자기 그녀는 아이를 따스하게 안아주었다.

그날 저녁 콜린스는 용기를 내어 유모에게 스티븐에 관한 이야기를 꺼냈다.

"아가씨 무릎이 온통 빨갛게 부풀어 올랐더라고요, 빙햄 부인. 그런 괴짜를 본 적 있나요? 여간내기가 아니에요! 내 무릎 때문에 기도했대요. 이젠 그런 짓 하지 말았으면 해요! 하여튼 그게 진정한 사랑이 아니라면 뭐가 사랑인지 모르겠어요." 콜린스는 희미하게 웃기 시작했다.

그 일이 있은 후 빙햄 부인은 스티븐의 자기 고문 행위를 강제로 중단시켰다. 만약 스티븐이 계속해서 상처에 대해 물어본다면 콜린스 편에서 나름대로 거짓말을 지어내도록 엄명을 내렸다. 그래서 콜린스는 고결한 거짓말을 했다.

"나아졌어요, 스티븐 아가씨. 기도 덕분임이 분명해요. 예수님이 아가씨 기도를 들어주셨어요. 예수님이 보시기에 아가씨의 무릎이 불쌍했나 봐요. 전에도 아파봤기 때문에 척 보면 알아요!"

"참말이지?" 스티븐은 사랑의 어린 꿈이 피어올랐던 바로 그 첫날처럼 여전히 미심쩍어하고 여전히 염려하면서 재차 물어보았다.

"그럼요. 참말이라니까요, 스티븐 아가씨."

이 말을 듣고 스티븐은 만족했다.

3

콜린스는 무릎 염증 사건 이후, 스티븐에 대한 애정이 깊어졌다. 그녀는 이제 자신이 요리사와 함께 '괴짜'라고 부르는 이 아이에게 새로운 관심을 갖지 않을 수 없었다. 스티븐은 은밀한 애정을 받게 되었으며 콜린스에 대한 그녀의 사랑은 나날이 무럭무럭 자랐다.

봄이었고 부드러운 감정이 싹트는 계절이었다. 스티븐은 처음으로 봄을 느끼게 되었다. 말로 표현할 수 없는 어린애 같은 방식이기는 했지만 봄의 향기를 의식하자 집은 말할 수 없이 따분했다. 아이는 풀밭을 갈망했고 가시나무로 하얗게 뒤덮인 언덕이 그리웠다. 생기가 넘치는 어린 몸은 언제나 가만히 있지 못해 안달했지만 마음만은 부드러운 안개로 감싸여 있었다. 콜린스에게 그런 상태에 대해 뭐라고 말하고 싶었지만 그것을 결코 말로 옮길 수 없었다. 그것은 전부 콜린스와 관계가 있었지만 그럼에도 뭔가 달랐다. 콜린스의 넉넉한 미소와도 무관했으며, 그녀의 붉은 손과 심지어 푸르고 매력적인 그녀의 눈동자와도 무관했다. 그 모든 것이 콜린스, 스티븐의 콜린스였고, 이 길고 따스한 나날들의 한 부분이자 다가오는 황혼의 일부였으며, 스티븐이 잠자리에 들고 난 뒤에도 한동안 머물러 있는 시간의 일부이기도 했다. 그것은 오롯이 어린애다운 순발력과 지각으로만 알 수 있을 법한 부분이었다. 아이는 올봄에 처음으로 뻐꾸기 소리에 전율했다. 가만히 서서 고개를 옆으로 기울이고 손으로 턱을 괸 채 그 소리에 귀를 기울였다. 저 멀리서 부르는 유혹적인 소리는 평생 동안 아이에게 운명처럼 남아 있었다.

어떤 때는 콜린스로부터 멀리 달아나고 싶기도 했고 어떤 때는 그녀에게 더 가까이 다가가고 싶기도 했다. 자신의 사랑이 갈망하는 반응을 억지로 얻어내고 싶었지만, 다행스럽게도 아이의 사랑은 인정받은 적이 거의 없었다.

"널 정말로 사랑해, 콜린스. 널 너무 사랑해서 울고 싶을 지경이야." 하고 그녀가 말하면 콜린스는 이렇게 대답했다.

"멍청한 소리 마요, 스티븐 아가씨."

그런 대답은 만족스러운 것이 아니었다. 전혀 만족스럽지 않았다.

화가 난 스티븐이 그녀를 밀치면서 소리쳤다.

"넌 짐승이야! 내가 널 얼마나 미워하는지 모르지, 콜린스!"

이제 스티븐은 매일 밤을 그림을 그리느라 뜬눈으로 지새웠다. 온갖 행복한 상황에 콜린스와 함께 있는 자신의 모습을 그려보느라고 잠을 설쳤다. 그들은 손을 잡고 정원을 산책하거나, 언덕 기슭에 멈춰 서서 뻐꾸기 울음소리를 들었다. 혹은 동화 속에 나오는 양의 다리처럼 생긴 돛을 단 괴상한 작은 배를 타고 푸른 대양을 미끄러지듯 달려 나가기도 했다. 때로 스티븐은 물방앗간 옆으로 흐르는 시냇가에 자리 잡은 지붕이 낮은 초가집에서 그들이 함께 사는 모습을 그려보기도 했다. 업톤에서 그다지 멀지 않는 곳에서 그런 초가집을 본 적이 있다. 시냇물은 빨리 흘러내려 가면서 시끄럽게 종알거렸다. 물에는 때때로 낙엽이 떠 있기도 했다. 이 마지막 그림은 대단히 익숙한 풍경이어서 상세하게 상상할 수 있었다. 거기에 붉은색 자기로 만든 개가 높은 벽난로 양편에 각각 서 있고, 할아버지 괘종시계가 큰 소리로 똑딱거렸다. 콜린스는 신발을 벗고 불 옆에 앉아 있곤 했다. "발이 부어서 아파요." 하고 콜린스가 말하면 스티븐은 응접실 비슷한 곳에서 작은 빵에다 버터를 듬뿍 바르고 주전자를 불 위에 올려놓고 콜린스를 위해 차를 끓였다. 콜린스가 진한 차를 좋아했기 때문이다. 사실 차를 끓인다기보다 거의 졸이는 수준이었다. 콜린스는 찻잔을 받친 채 차를 홀짝거렸다. 그런 상상 속에서 사랑을 고백하는 사람은 다름 아닌 콜린스였다. 그러면 스티븐은 점잖지만 단호하게 그녀를 꾸짖었다. "자, 자, 콜린스. 바보처럼 굴지 말아요, 당신 정말 괴짜군요!" 그러면 그녀는 인동덩굴이 만개한 것처럼, 인동덩굴과 유사하게 달콤한 향기를 풍기는 꽃처럼, 혹은 햇살 아래서 새로 깎은 건초가 풀 향기를 물씬 풍기는 들판처럼, 그것이 얼마나 멋진 풍경인지 콜린스에게 말하고 싶어서 입이 근질근질했다. 그리고 어쩌면 이 마지막 상상이 끝나서 완전히 사라지기 직전에 그녀에게 그 말들을 했을 수도 있다.

4

그 무렵 스티븐은 점점 더 아버지에게 매달리게 되었다. 어떤 면에서는 콜린스 때문이기도 했다. 그녀는 왜 그래야 했는지 그 이유를 분명히 말할 수 없었다. 단지 그렇게 느꼈을 뿐이다. 필립 경과 그의 딸은 언덕 기슭을 산책하곤 했다. 자두나무와 어린 초록 고사리 사이를 들락날락하면서 거닐었다. 그들은 손을 잡고 상호 이해를 바탕으로 한 깊은 우정을 나누며 함께 산책했다.

필립 경은 야생화와 딸기에 관해 모르는 것이 없었다. 어린 여우와 토끼 같은 동물에 관해서도 잘 알았다. 맬번 주변의 언덕에는 희귀한 새가 많았다. 그는 스티븐에게 그런 새에 관해 알려 주었다. 자연의 단순한 법칙을 그녀에게 가르쳐주었다. 단순하기는 하지만 자연의 법칙은 언제나 그의 가슴을 경이감으로 가득 채웠다. 나뭇가지로 흘러 들어가는 수액, 수액을 휘젓고 지나가는 바람, 새들의 삶과 이들이 둥지를 짓는 방법, 뻐꾸기의 다양한 울음소리. 모든 것에는 저마다의 법칙이 있었다. 6월이면 뻐꾸기의 울음소리는 "꾸구쿡." 하고 변했다. 자신의 어린 학생에 대한 애정으로 그러한 주제를 가르치면서 그는 스티븐을 지켜보았다.

종종 아이는 가슴이 견딜 수 없을 정도로 벅차오르면 얼마 되지 않는 구절로 더듬거리면서 아버지에게 고민을 털어놓았다. 자신이 얼마나 다른 사람이 되고 싶은지, 이를테면 얼마나 넬슨과 같은 인물이 되고 싶은지 말했다.

"제가 남자가 될 수 있을 거라고 생각하세요? 정말로 열심히 생각하거나 기도하면 남자가 될 수 있을까요, 아버지?"

그러면 그는 미소 지으면서 딸아이를 놀리곤 했다. 언젠가는 그녀가 예쁜 외투를 좋아하게 될 것이라고. 대단히 조심스럽게 말했으므로 그녀에겐 전혀 상처가 되지 않았다.

하지만 때때로 그는 단단하고 갈라진 턱을 손으로 괸 채 자기 딸을 심각하게 관찰했다. 그는 정원에서 개들과 함께 놀고 있는 딸을 유심히 보았다. 그녀의 동작은 기이할 정도로 힘이 넘쳐 보였고 팔다리가 길었다. 또래보다 키도 컸다. 널찍한 어깨 위에 놓여 있는 아이의 머리 모양을 자세히 살펴보았다. 그러고는 얼굴을 찡그리고 깊은 생각에 잠기거나 갑자기 아이를 소리쳐 불렀다.

"스티븐, 이리로 오렴!"

그녀는 아버지가 무슨 말을 할지 기대하며 기쁘게 달려갔다. 그러면 그는 잠시 동안 아이를 안았다가 놓아주고는 자리에서 일어나 서재로 향했다. 그런 날이면 그는 남은 시간 내내 서재에 머물며 책을 읽었다.

필립 경은 스포츠맨이면서 동시에 학자적인 면모가 묘하게 혼합되어 있는 사람이었다. 그는 영국에서 가장 훌륭한 서재를 갖추고 있었다. 최근 들어 그는 한밤중까지 서재에서 책을 읽는 날이 많았다. 여태까지 그런 취향은 그의 습관이 아니었다. 그는 심각한 얼굴로 널찍한 책장에 딸린 서랍을 열고서 최근에 구입한 얇은 책 한 권을 꺼냈다. 그리고 조용히 그 책을 읽고 또 읽었다. 그 책의 저자는 독일인 칼 하인리히 율릭스[4]였다. 책을 읽는 필립 경의 눈이 점차 곤혹스럽게 변했다. 그는 연필을 집어 들고서 책 모퉁이의 여백을 따라 내려가며 메모를 했다. 간혹 자리에서 벌떡 일어나 방 안을 서성거리다가 잠시 멈춰 서서 그림을 유심히 쳐다보기도 했다. 어머니와 함께 있는 스티븐의 초상화였다. 밀레이⁵⁾가 한 해 전에 그린 것이다. 그는 애너의 우아한 미모를 알아볼 수 있었다. 완벽한 미모였으며 이 점은 정말로 그에게 위안을 주었다. 그런데 스티븐에게서는 입고 있는 옷부터 뭔가 잘못된 것처럼 보이는, 꼬집어 말할 수 없는 어떤 느낌이 있었다. 그녀와 옷은 서로 무관해 보였다. 특히 애너와는 아무런 관계도 없는 사람처럼 보였다. 이윽고 그는 조심스럽게 침실로 갔다. 아내가 잠에서 깨어 "여보, 밤이 깊었어요. 무슨 책을 그렇게 읽었어요?"라고 물을까 봐 발소리가 나지 않도록 살금살금 잠자리에 들었다.

다음 날 아침 그는 애너에게 다정하게 굴었다. 하지만 스티븐에게는 더욱더 자상하게 대했다.

5

봄이 탐욕스럽게 기울면서 여름으로 성큼 다가섰다. 스티븐은 콜린스가 변하고 있다는 것을 의식했다. 처음엔 그런 변화를 거의 감지하기 힘들었다. 하지만 어린아이의 본능은 가볍게 웃어넘길 것이 아니었다. 콜린스는 점차 신경질적으로 굴기 시작했고, 더 이상 자기 무릎을 신경질의 이유로 들먹이지 않았다.

"내 꽁무니를 따라다니지 말아요, 스티븐 아가씨. 날 따라다니지 말아요. 언제나 그렇게 유심히 살피지 말아요. 감시당하는 게 싫어요. 방으로 빨리 올라가세요. 지하실은 어린 아가씨가 있을 곳이 아니에요." 그 이후 스티븐이 근처에 얼씬거리기만 해도 비난의 횟수가 점점 빈번해졌다.

비참한 수수께끼였다. 스티븐의 마음은 언제나 어둠 속에 있는 눈먼 작은 두더지처럼 더듬거리고 있었다. 그녀는 정말 혼란스러웠다. 콜린스에 대한 그녀의 사랑이 깊어질수록 콜린스가 그녀를 뿌리치려는 강도 역시 강해졌다. 그녀는 사탕이나 초콜릿을 주면서 콜린스의 환심을 사려고 했다. 하녀는 단것을 좋아했기에 그것을 받아 챙겼다. 겉으로 보이는 것만큼 콜린스만 비난할 일도 아니었다. 그녀 역시 감정의 노예였기 때문이다. 새로 온 풋맨[6] 헨리는 키가 크고 매우 잘생겼다. 그는 콜린스의 행동에 동의한다는 눈길을 보냈다. 그가 말했다.

"당신 꽁무니를 졸졸 따라다니는 개, 따라다니지 못하게 해. 안 그러면 우리 일을 일러바칠 테니까."

이제 스티븐은 자신이 깊은 외로움에 빠진 것을 깨달았다. 자기 이야기를 털어놓을 상대가 없었기 때문이다. 그녀는 심지어 아버지에게조차 말하는 것을 삼갔다. 그는 이해할 수 없을지도 모른다. 자기 이야기에 미소를 지을 수도 있고 아니면 놀릴 수도 있다. 만약 아버지가 놀린다면 아무리 가벼운 것이라고 해도 눈물을 참지 못할 것임을 그녀는 알고 있었던 것이다. 심지어 넬슨마저 너무나 멀게만 느껴졌다. 넬슨인 척하는 게 무슨 소용이란 말인가? 더 이상 그런 복장을 하는 게 무슨 의미가 있겠는가? 그녀는 음식을 외면하기 시작하면서 점점 힘이 없고 창백하게 여위어갔다. 놀란 애너가 의사를 부르러 보냈다. 의사가 도착하여 그레고리 완하제(緩下劑)를 처방하면서 환자에게 무슨 병이 있는 것은 아니라고 안심시켰다. 스티븐은 냄새가 고약한 그 약을 아무런 불평 없이 전부 삼켰다. 마치 그 맛을 즐기는 것처럼 보였다.

흔히 그렇듯이 종말은 느닷없이 찾아왔다. 아이는 정원에서 혼자 여전히 콜린스의 태도를 이해하지 못해 괴로워하던 중이었다. 콜린스는 벌써 며칠째 그녀를 피했다. 스티븐은 묘목장 근처를 헤매고 다녔다. 그곳에서 그녀는 콜린스와 풋맨을 보았다. 그들은 매우 진지하게 이야기를 나누는 것 같았다. 너무 진지하게 몰입해서 그녀가 다가오는 소리마저 듣지 못했다. 그 순간 재앙이 발생했다. 헨리가 콜린스의 허리를 껴안고 거칠게 끌어당겼다. 그는 그녀를 거칠게 다루면서 그녀의 입술에 키스했다. 스티븐은 갑자기 머리가 뜨거워지면서 어지러웠다. 그녀는 이해할 수 없는 맹목적인 분노에 사로잡혔다. 소리치고 싶었지만 목구멍에서 소리가 나오지 않았다. 거품만 튀어나왔다. 다음 순간 그녀는 깨진 화분 조각을 집어 들고 풋맨의 정면을 향해 힘껏 던졌다. 화분 조각이 그의 얼굴을 강타했고 뺨이 찢어져서 핏방울이 천천히 흘러내렸다. 그는 놀라서 넋이 빠진 듯하더니 천천히 찢어진 곳을 훔쳤다. 반면 콜린스는 너무 놀라 아무 말도 못하고 스티븐을 뚫어지게 쳐다보았다. 두 사람은 아무 말도 하지 못했다. 엄청난 죄의식을 느꼈을 뿐 아니라 너무 놀랐기 때문이다.

그 순간 스티븐은 돌아서서 미친 듯이 달아났다. 저 멀리, 저 멀리, 어디든 어떻게든 달아나고 싶었다. 그들을 보지 않을 수 있는 곳으로 달려가고 싶었다. 그녀는 달리다가 흐느껴 울면서 눈물을 훔쳤다. 지나온 풀숲에 걸려 옷이 찢어지고 튀어나온 나뭇가지에 걸려 다리에 생채기가 났다. 그때 튼튼한 팔이 뻗어 나오면서 아이를 움켜잡았다. 그녀의 얼굴이 아버지의 가슴 속으로 파고들었다. 필립 경은 아이를 집으로 데려와 널찍한 복도를 지나 서재로 데리고 들어갔다. 그는 아이를 무릎에 앉힌 채 질문을 삼가고 있었다. 아이는 상처 입고 말 못하는 작은 짐승처럼 웅크린 채 아버지의 무릎에 앉아 있었다. 하지만 아이의 가슴은 이 새로운 고통을 전부 담아두고 있기에는 너무 어리고, 너무 무거워서 가슴속 고통이 거품처럼 넘쳐 났다. 아이는 필립 경의 어깨 위에 자신의 가슴속 고통을 토해 냈다.

그는 엄숙한 얼굴로 묵묵히 들으면서 가끔씩 아이의 머리를 쓰다듬었다. 그런 다음 부드러운 목소리로 말했다.

"그래, 그래. 계속해, 스티븐." 그녀가 이야기를 마치자, 한동안 말없이 아이의 머리를 쓰다듬기만 하던 그가 입을 열었다.

"이해할 만하구나, 스티븐. 이번 일은 그 어떤 것보다 불쾌하구나. 정말로 불쾌해. 하지만 이런 일은 지나가게 마련이고 완전히 잊혀질 게다. 내 말을 믿어야 한다, 스티븐. 난 지금부터 널 사내애로 대접할 테니까 사내애는 언제나 용감해야 한다는 것, 명심해. 너를 겁쟁이처럼 대하고 싶지 않다. 그래야 할 이유가 없구나. 네가 용감한 아이라는 걸 알고 있는데 왜 그래야겠어. 내일 콜린스를 내보낼 작정이다. 이해하겠지, 스티븐? 가혹하게 대하고 싶지는 않지만 내일 어쨌거나 걔를 이 집에서 내보낼 작정이다. 그러다 시간이 흐르면 더 이상 그 아이를 보고 싶어 하지 않게 될 게야. 처음에는 그립겠지. 너무나 당연한 일이니까. 그러나 시간이 지나면 콜린스에 관한 모든 걸 잊게 될 게야. 이런 고통쯤은 아무것도 아니라는 걸 알게 될 테니까. 난 너에게 진실을 말하고 있단다, 얘야. 맹세하마. 네가 날 필요로 할 때면 난 언제나 네 곁에 있다는 걸 기억하거라. 언제든지 필요할 때면 내 서재로 와도 좋다. 불행하다 싶으면 언제든 내게 모든 걸 털어놓고 얘기할 수 있단다. 말동무가 필요하다면 말이다." 그는 잠시 멈췄다가 이내 말을 마무리했다. "네 어머니는 걱정 말고 그냥 내게 오려무나, 스티븐."

여태껏 숨을 헐떡거리던 스티븐은 그를 똑바로 쳐다보았다. 그녀는 고개를 끄덕였고 필립 경은 눈물 자국이 남은 얼굴로 슬프게 그를 응시하고 있는 딸의 모습에서 자신의 모습을 보았다. 그녀는 입술을 꽉 다물고 있었고 턱에 나 있는 갈라진 틈새는 용기를 내려는 어린아이의 새로운 의지를 더 뚜렷하게 드러냈다.

그는 아무 말 없이 몸을 숙여 마치 슬픈 동맹의 봉인처럼 딸에게 키스했다.

6

애너는 이런 재앙의 순간에 외출을 했다가 돌아왔다. 그녀는 홀에서 남편이 자기를 기다리고 있는 것을 보았다.

"스티븐이 심술을 부렸소. 지금은 2층 자기 방에 있어요. 그놈의 성질이 폭발한 게요." 그가 말했다.

애너가 말허리를 자르고 끼어들 것이 분명했지만 그는 가볍게 말을 이어갔다. 콜린스와 풋맨을 내보내야 한다. 스티븐과는 이미 길게 이야기를 나눴으니 이 문제는 그냥 넘기는 것이 낫겠다. 그건 그냥 어린애가 성질부린 것이므로.

애너는 딸이 있는 2층으로 바삐 올라갔다. 그녀 자신은 어린 시절 말썽을 피우는 아이가 아니었다. 그래서 스티븐의 폭발적인 성격은 언제나 그녀를 무력하게 만들었다. 그녀는 최악의 경우를 대비해 마음을 단단히 먹었다. 하지만 스티븐은 손으로 턱을 괸 채 조용히 창밖을 내다보며 앉아 있었다. 아이의 눈은 아직도 부어 있었고 얼굴은 창백했지만, 의외로 그다지 감정적인 동요의 흔적은 찾아볼 수 없었다. 아이는 애너를 보고 **뻣뻣**하고 희미하긴 했지만 미소까지 지어 보였다. 애너는 다정하게 이야기했고, 스티븐은 순종의 뜻으로 가끔씩 고개를 끄덕였다. 그러나 애너는 어색함을 느꼈고 어떤 연유에서인지는 모르겠지만 아이가 그녀를 열심히 안심시키려 한다는 인상을 받았다. 그 미소에는 안심시키려는 의미가 담겨 있었다. 전혀 어린애다운 미소가 아니었다. 어머니는 그런 인상을 받으면서 이야기를 계속하고 있었다. 스티븐은 콜린스에 대한 애정에 관해서는 단호하고 완강하게 입을 다물고 이야기하지 않으려고 했다. 그녀는 풋맨에게 깨진 화분 조각을 던진 행동을 변명하거나 궁색한 평계를 대지도 않았다.

'쟤가 뭔가를 감추려고 하는구나.'라고 애너는 매 순간 점점 더 난처함을 느끼면서 생각했다.

마침내 스티븐은 어머니의 손을 엄숙하게 잡고 마치 위로하려는 듯 손을 쓰다듬으며 말했다.

"걱정 마세요. 그러면 아버지가 걱정하실 테니까요. 약속할게요. 다시는 성질부리지 않겠다고. 그 대신 어머니도 걱정하지 않겠다고 약속해 주세요."

대단히 어색했지만 어쨌거나 애너는 자신도 모르게 말했다.

"그래, 그럼. 약속하마, 스티븐."

3장

1

 스티븐은 한 번도 콜린스에 대한 슬픔을 토로하기 위해 아버지의 서재를 찾지 않았다. 새롭게 생긴 완강한 자존심과 더불어 아이에게서는 찾아보기 힘든 과묵함이 그녀의 혀를 묶어놓았기 때문에 혼자서 고독한 싸움을 벌이고 있었던 것이다. 필립 경은 그녀가 혼자 싸우도록 내버려 두었다. 콜린스가 풋맨과 함께 사라지자 그녀의 자리에는 두 번째로 새로운 하녀가 왔다. 빙햄 부인의 질녀인 위니프레드는 전임자보다 더 소심해서 전혀 말이 없었다. 그녀는 건포도처럼 못생기고 작고 검은 둥근 눈을 가지고 있었다. 콜린스의 눈처럼 호기심 많은 푸른 눈이 아니었다.

 입을 꼭 다물고 잔뜩 긴장한 스티븐은 이 낯선 침입자가 콜린스가 하던 일을 하느라고 종종걸음을 치면서 이리저리 왔다갔다 하는 모습을 지켜보았다. 스티븐은 오만상을 찌푸린 채 위니프레드를 쳐다보고 앉아서 그녀의 힘든 일이 더욱 고달파

질 만한 자잘한 고문거리를 짜내고 있었다. 예를 들면 먼지떨이를 밟고 올라선다든가, 쓸어 담아놓은 먼지를 뒤집어 쏟아버리거나 빗자루와 먼지떨이와 걸레 등을 몰래 감춰놓았던 것이다. 그녀는 넋이 나간 위니프레드가 도무지 있을 만한 장소가 아닌 곳에서 그 물건들을 찾아낼 때까지 괴롭혔다.

"걸레가 어떻게 여기 있을까나!" 그녀는 중얼거리면서 아이 방 쿠션 아래에서 그것을 찾아내곤 했다. 그녀의 얼굴은 불안으로 붉으락푸르락했으며 종종 두려운 시선으로 빙햄 부인을 쳐다보았다.

하지만 밤이 되면 스티븐은 잠들지 못하고 홀로 깨어 있었다. 그때마다 아침에는 위안을 주었던 이런 행동들, 콜린스에게 결사적으로 의리를 지키려고 행한 이런 행동들이 너무나 하찮고 부질없고 어리석은 짓거리로 보였다. 콜린스는 자신의 충정을 알 수 없을 것이기 때문이다. 낮 동안 억지로 참았던 눈물이 솟구쳤다. 밤 시간 동안 잠들지 못하고 고독하게 밤을 지새우면서도 그녀는 감히 예수님을 비난할 용기를 내지 못했다. 그녀의 소견으로는 예수님이 자신에게 무릎 염증을 주기로 마음먹었더라면 매사가 잘되었을 것이라고 보았기 때문이다. 그녀는 생각했다.

'예수님은 나를 사랑하지도 않고 콜린스를 사랑하지도 않아. 주님은 자기 자신을 위해 그 모든 고통을 오롯이 짊어지고 있어. 주님은 고통을 나눠 지려고 하질 않아!'

하지만 그녀는 곧바로 참회의 감정을 느꼈다. '오, 죄송해요, 주님. 당신이 비참한 모든 죄인을 사랑하신다는 걸 잘 알고 있거든요!' 그러면서 예수님께 불경하게 대든 건지도 모른다는 생각에 더더욱 눈물을 흘리곤 했다.

울면서 주님과 주님의 종 콜린스를 의심하며 보내는 그런 밤들은 정말로 끔찍했다. 그런 밤 시간은 견딜 수 없는 어둠 속에서 발걸음을 질질 끌면서 느릿느릿 지나갔다. 그런 밤이 지나갈 때면 스티븐의 몸은 어둠으로 감싸여 때로는 덥고 때로는 춥게 느껴졌다. 계단 위에 걸려 있는 할아버지 괘종시계의 똑딱거리는 소리가 너무 크게 들려서 그 부자연스러운 소리가 그녀에게 두통을 일으켰다. 괘종시계가 한 시간마다, 반 시간마다 땡땡 하고 울릴 때 그 소리는 공포스럽게도 집 안 전체를 뒤흔들어 놓는 것처럼 들렸다. 무슨 이유에서인지 모르겠지만 공포에 질린 스티븐이 침대보 아래로 기어들어 가서 몸을 웅크리고 있을 때까지 그 소리는 계속되었다. 그러다가 한순간 담요 아래에서 몸을 말고 있던 아이는 따스함이 주는 안정감으로 위로받았다. 잔뜩 긴장했던 신경은 이완되었다. 몸은 졸음을 재촉하는 침대의 부드러움으로 점점 나른해졌다. 갑자기 크고 편안한 하품이 연달아 나왔다. 어둠과 콜린스와 위협적인 키 큰 괘종시계 소리와 스티븐 자신이 전부 하나로 뒤섞이면서 대단히 평안하고 조화로운 전체로 융합되었다. 더 이상 두렵거나 의심스럽지 않았다. 우리가 잠이라고 부르는 축복받은 환각이 찾아들었다.

2

콜린스가 떠난 뒤 몇 주 동안 애너는 딸에게 몹시 다정하게 굴려고 노력하면서 아이와 좀 더 같이 있어주고 부지런히 아이를 다독거렸다. 어머니와 딸은 정원에서 산책을 하거나 함께 목초지를 걸어 다녔다. 애너는 그녀가 꿈꾸던 아들을 기억해 냈다. 꿈속에서 아들과 어머니는 이런 풀밭에서 함께 놀았다. 잠시 그녀의 눈에 슬픔이 드리워졌다. 스티븐을 내려다보면서 가없는 회한에 잠겼다. 스티븐은 재빨리 그런 슬픔을 눈치 채고서 걱정스러운 마음에 자신의 조그마한 손가락으로 애너의 손을 지그시 눌렀다. 그녀는 무엇이 어머니를 괴롭히는지 묻고 싶었지만 늘 수줍음 탓에 말문이 막혔다.

목초지의 향기는 이 두 사람에게 기이한 감동을 주었다. 도그 데이지의 가슴에서 피어 나오는 이상하고 매운 향기, 풀처럼 옅은 초록색 미나리아재비 향기, 산울타리 근처에서 자라는 조팝나무 향기가 그들을 감쌌다. 스티븐은 종종 어머니의 소맷자락을 끌어당겨야 했다. 짙은 향기를 혼자 견딜 수가 없어서였다.

어느 날 스티븐이 말했다.

"가만히 서 있어요. 아님 다칠 거예요. 그게 우리 주변을 온통 감싸고 있어요. 하얀 냄새인데. 그 냄새는 어머니를 연상시켜요!"

그러면서 아이는 얼굴을 붉히고 애너가 웃을까 봐 다소 두려워하면서 재빨리 위를 올려다보았다.

하지만 그녀의 어머니는 온갖 모순으로 가득 차 있는 이 아이를 기이하고 엄숙하며 당혹스럽게 내려다보았다. 아이는 어떤 순간에는 가혹하게 굴다가도 어떤 순간에는 부드럽다 못해 상냥함 그 자체였다. 애너도 산울타리 아래 조팝나무 향기를 들이마시면서 이 아이와 마찬가지로 마음이 흔들렸다. 이렇게 두 사람은 하나가 되었으며 어머니와 딸은 각자의 혈관 속에 켈트족의 따스한 피가 흐르고 있음을 알게 되었다. 그 점을 눈치 챌 수만 있었다면 두 사람 사이에 유대감이 생길 수도 있었을 것이다.

햇살이 쏟아지는 목초지에 서 있으려니 갑자기 사랑의 의지가 애너 고든의 마음을 사로잡았다. 함께 서 있는 순간 그런 감정이 성숙한 여성과 어린아이의 틈새를 연결시켜 주었다. 그들은 서로에게 무엇인가를 요구하는 것처럼, 무엇인가를 추구하는 것처럼 그렇게 서로를 응시했다. 그러다가 그 순간은 금세 지나가 버렸다. 그들은 말없이 걸었지만 두 사람의 영혼이 그처럼 가까웠던 적은 없었다.

3

애너는 종종 스티븐을 데리고 그레이트 맬번에 있는 가게로 나들이를 갔다. 그곳에 있는 애비 호텔에서 콜드 비프와 몸에 좋은 라이스 푸딩으로 점심을 먹었다. 스티븐은 이런 소풍을 싫어했다. 이런 나들이에는 옷을 갖춰 입어야 했기 때문이다. 하지만 어머니를 에스코트하려면, 특히 부산스럽고 길게 늘어서 있는 처치 가를 통과하려면 마땅히 존경심을 보여 주어야 했으므로 어쩔 수 없이 그런 옷들을 참았다. 처치 가에서는 온갖 사람들과 마주쳐야 했다. 확실하게 존경심을 표시하느라 모자를 살짝 들고 인사하는 사람, 좀 더 겸손하게 허리를 굽혀 정중히 인사하는 사람도 있었다. 여자들은 모턴 부인에게 절을 했다. 그중 몇 명은 심지어 무릎과 상체를 굽히고 최대한 예의를 다해 절을 하기도 했다. 자기가 키우는 암탉처럼 알록달록한 무늬가 있는 햇볕 가리는 모자를 쓰고 시골에서 올라온 여자들, 쭈글쭈글해진 갈색 사과 같은 얼굴을 한 여자들이 인사를 건넸다. 그러면 애너는 발걸음을 멈추고 아이들과 농가를 번창하게 해주는 모든 어린 것들의 안부를 물었다. 어린 생명들을 사랑했으므로 그들의 안부를 묻는 애너의 목소리는 한없이 부드러웠다.

스티븐은 어머니 뒤에 약간 거리를 두고 서 있었다. 그리고 어머니의 자태가 얼마나 우아하고 사랑스러운지 지켜보았다. 그녀의 날씬하고 우아한 어깨와 고달픈 노동에 찌든 늙은 베넷 부인의 두꺼운 등과 젊은 톰슨 부인의 추하게 휜 등을 비교해 보았다. 톰슨 부인은 연방 기침을 하면서 말했다. "죄송하구먼요!" 그녀는 마치 여신과 같은 애너 앞에서 기침을 하지 말았어야 한다는 듯 민망해했다.

그 순간 애너는 뒤돌아보면서 스티븐을 찾았다. 그녀는 "아, 거기 있었구나, 얘야! 잭슨 가게로 가서 어머니 책을 좀 교환해야겠다."라고 말하거나 "유모가 찻잔 받침이 더 필요하다더구나. 좀 더 걸어서 랭글리 가게에 들러 사 가자꾸나."라고 했다.

스티븐은 갑자기 긴장하기 시작했다. 거리를 건널 때면 특히 더 그랬다. 그녀는 지나가지도 않는 차나 마차 등이 오는지 살펴보듯 오른쪽 왼쪽을 두루 살피다가 애너의 팔꿈치 아래를 붙잡았다.

"절 따라오세요." 그녀가 명령했다. "물웅덩이 조심하세요. 조심하지 않으면 발이 젖을지도 몰라요. 절 붙잡아요, 어머니!"

애너는 작은 손이 자기 팔꿈치를 잡는 것을 느꼈다. 늘 그랬듯 손가락의 힘이 기이하게 셌다. 필립 경의 손처럼 강하고 효율적인 손놀림이 전달되었다. 이것은 언제나 애너의 심기를 불편하게 했다. 그럼에도 불구하고 그녀는 스티븐에게 미소를 지었고 아이가 자신을 안내하여 물웅덩이를 피해 그 사이사이로 이끌어 가는 대로 맡겨 두었다.

"고맙구나, 애야. 넌 사자처럼 강하구나." 그녀는 목소리에 불쾌감이 묻어나지 않도록 조심하면서 말했다.

두 사람이 함께 외출이라도 할 때면 스티븐은 어머니를 보호해 주고 보살펴 주는 역할을 했다. 그녀의 기이한 수줍음도 어머니를 보호하려는 자신의 충동을 막지 못했으며, 애너의 수줍음도 그런 아이의 행동을 막지 못했다. 스티븐의 노력은 부드러웠지만 매우 집요했으므로 애너는 무진 애를 쓰는 아이의 지시에 조용히 따르지 않을 수 없었다. 이것은 사랑인가? 애너는 종종 의문이 들었다. 스티븐이 아버지에게서 느끼는 그런 진정한 헌신과는 분명히 다른 것이라는 생각이 들었다. 그것은 참고 인내하는 커다란 친절과 더불어 드러나는 일종의 본능적인 흠모였다.

'저 애가 내게도 필립에게 말하는 투로 말해 주기만 한다면 저 아이를 이해할 수 있을지도 몰라.' 애너는 깊은 생각에 잠겼다. '저 아이가 무슨 생각을 하고 무엇을 느끼는지 알지 못하는데다, 뭔가 감추고 있다는 의심이 드니 정말 기이한 일이야.'

맬번에서 집으로 돌아오는 길은 대체로 침묵이 지배했다. 스티븐은 자신의 임무를 완수했고, 어머니는 더 이상 보호를 필요로 하지 않았다. 이제부터는 마부가 그들을 데려다 줄 것이며 오만한 표정의 회색 말에 모든 것을 맡기면 된다고 생각했기 때문이다. 말들은 정중하고 부드러웠다. 애너는 마치 대화를 나누는 것이 피곤하다는 듯 한숨을 쉬면서 마차 구석에 몸을 기댔다. 그녀는 스티븐이 피곤한 건지, 뿌루퉁한 건지, 아니면 멍청한 건지 알 수 없었다. 이 아이에게 안쓰러움을 느껴야 하나? 그녀는 마음을 제대로 정하기가 힘들었다.

그러는 사이 스티븐은 편안한 마차의 안락함을 즐기며 주마등 같은 사색에 빠져들기 시작했다. 그런 사색은 대체로 하루가 끝날 무렵이면 아이들에게 찾아오는 것들이었다. 톰슨 부인의 휜 척추는 활 테처럼 보였다. 무지개 모양이 아니라 진짜 양궁의 활처럼 보였다. 톰슨 부인의 머리부터 발끝까지를 활시위로 삼아 팽팽하게 잡아당겼다 놓으면 과녁을 향해 곧장 날아갈까? 자기로 만든 개도 있었다. 랭글리 가게에 놓여 있던 자기로 만든 멋진 개였다. 그것은 누군가를 생각나게 했다. 아, 그래, 콜린스였다. 콜린스와 붉은 자기로 만든 개가 있는 초가집. 하지만 콜린스에 관해서는 더 이상 생각하면 안 돼! 비스듬한 햇살이 언덕 너머로 비치고 있었다. 황금빛 광휘처럼 비치는 저녁 햇살에 슬픔을 느꼈다. 언덕 너머로 비스듬히 비추는 황금 햇살의 광휘가 왜 그렇게 슬퍼 보이는 것일까? 라이스 푸딩은 타피오카[7]만큼이나 맛이라고는 전혀 없었다. 물론 타피오카만큼 끈적거리지는 않아서 완전히 타피오카와 똑같은 맛이라고는 할 수 없었다. 타피오카는 씹는 노력이 필요 없었다. 그래서 잇몸까지 씹는 것 같은 불쾌한 기분이 들게 했다. 길에는 축축한 냄새가 풍겼다. 경이로운 냄새였다. 유모가 물건을 씻을 때면 비누 냄새밖에 나지 않았다. 그런데 하느님은 비누 없이 세계를 씻긴다. 하느님이 되면 비누 같은 것은 필요 없을 것이다. 그런데 난 엄청난 비누가 필요했고 특히 손을 씻을 때는 더 많은 비누가 필요했다. 하느님은 비누 없이 당신 손을 씻을까? 아기 송아지와 아기들에 관해 이야기를 하는 어머니는 교회에 있는 성모마리아처럼 보였다. 성모마리아는 스테인드글라스가 있는 창문 아래에 아기 예수와 함께 있었다. 그 풍경은 처치 가를 떠오르게 했다. 어쨌거나 그다지 맘에 들지 않는 곳은 아니었다. 사실 처치 가는 오히려 신나는 곳이기도 했다. 단순히 미소를 짓는 대신 남자들이 모자를 살짝 드는 것이 정말 재미있었다. 중절모가 밀짚모자보다 훨씬 더 재미있었다. 난 어머니에게 그런 모자를 벗고 절을 할 수는 없었다.

마차는 흰 길을 따라 부드럽게 굴러가고 있었다. 길 양편으로 나뭇잎이 무성하게 우거진 산울타리 사이로 흰 길이 나 있었다. 길 옆에 핀 찔레꽃과 나무 위에 걸터앉은 지빠귀는 눈이 부시게 아름다웠다. 개똥지빠귀는 큰 소리로 울었다. 너무나 큰 소리로 울어서 회색 말이 따각따각 달리는 소리보다 크게 들릴 정도였다. 새들의 울음소리가 마차의 삐걱거리는 소리를 희미하게 가려주었다. 그러다가 눈썹 너머로 맞은편에 있는 어머니를 흘깃 보지 않을 수 없었다. 애너가 지빠귀와 개똥지빠귀의 노랫소리를 좋아했기 때문이다. 그녀는 두 손을 무릎 위에 얹은 채 평화롭게 앉아 있었다.

이제 말은 마구간에 거의 다다랐고 정문을 통과해서 달리는 순간 속력을 두 배로 내기 시작했다. 모턴 파크 랜드의 높이 솟은 철제 정문, 충실한 그 정문이 보이면 집에 왔다는 것을 의미했다. 오래된 나무들이 휙휙 스쳐 지나갔고 소 떼가 풀을 뜯는 방목장을 지나쳤다. 신비스러운 흰 얼굴의 우스터서 소 떼를 지나고 두 개의 고요한 호수를 지나쳤다. 호수에서는 백조들이 새끼를 기르고 있었다. 잔디를 지나 마침내 집 근처의 굽은 드라이브 코스를 돌면 거대한 저택 입구가 기다리고 있었다.

늦은 오후의 금빛 안개에 둘러싸여 있던 모턴의 아름다운 풍경을 생각하면 왜 목이 메일까. 그것을 이해하기에 아이는 아직 너무 어렸다. 거의 눈물에 가까운 울음소리로 외치고 싶었다. "그만 해, 그만 해, 가슴이 아파!" 하지만 그렇게 외치는 대신 그녀는 열심히 눈을 깜박거리며 입술을 앙다물었다. 불행하면서도 행복했다. 그것은 기묘한 느낌이었다. 스티븐이 이해하기에 그 감정은 너무 큰 것이었다. 그래봤자 스티븐은 어린아이에 불과하지 않은가. 모턴의 영혼은 그녀의 일부가 될 것이며 이미 그녀의 가슴 깊숙한 곳 어딘가에 언제나 자리하고 있었다. 뒤따라오는 세월의 흐름과 스트레스와 인생의 추악한 면에 전혀 오염되지 않은 채 그곳은 초연하게 남아 있었다. 이후로도 어떤 향기가 그 풍경을 떠올리게 만들었다. 물가에 자라던 젖은 등심초 향기, 소 떼에서 나는 희미한 젖 냄새, 마른 장미 잎사귀와 흰 붓꽃 뿌리와 수선화 향기, 이 모든 것이 어우러져 애너의 방 근처에 언제나 매달려 있던 밀랍을 막연히 연상하게 만들었다. 스티븐과 모턴이 여전히 공유하고 있는 그런 부분은 이 세계와 저 세계의 어느 곳에도 속하지 못하고 하릴없이 방황하는 자신을 발견하면서 잠에서 깨어나는 사람의 고독처럼 끔찍한 고독이 어떤 것인지 알려 줄 것이었다.

4

애너와 스티븐은 외투를 벗고 필립 경의 서재로 갔다. 필립 경은 주로 서재에서 두 사람을 기다렸다.

"그래 어땠니, 스티븐!" 그는 유쾌하고 깊은 저음의 목소리로 스티븐에게 말하면서도 눈길은 애너에게 머물렀다.

아버지를 뒤쫓던 스티븐의 눈길도 어김없이 애너를 쳐다보지 않을 수 없었다. 그녀는 어머니의 그 평온하고 충만한 아름다움에 놀라 간혹 숨이 막힐 지경이었다. 그녀는 어머니의 아름다움에 결코 질리거나 익숙해지지 않았으며, 볼 때마다 그 아름다움에 매료되었다. 산울타리 아래에서 자라난 조팝나무의 향기처럼 묘하게도 견딜 수 없는 그런 아름다움이었다.

"무슨 일이니, 스티븐? 맙소사. 얘, 그만 좀 뚫어지게 쳐다보렴!" 애너는 종종 이렇게 말했다. 그때마다 스티븐은 수치심과 혼란으로 얼굴이 확확 달아올랐다. 자신이 쳐다보고 있다는 것을 애너에게 들켰기 때문이다.

그러면 대개 필립 경이 그녀를 구해 주었다.

"스티븐, 사냥에 관한 새 그림책이 여기 있다."라거나 "어린 넬슨에 관해 정말 멋진 책을 알고 있거든. 네가 좋다면 내일 널 위해 그걸 주문하마."라고 말했던 것이다.

하지만 잠시 후 필립 경과 애너는 이야기를 나누면서 스티븐과는 상관없이 자기들끼리 우습지도 않은 새로운 게임을 만들어내어 아이들처럼 놀곤 했다. 그런 게임에 진짜 아이는 언제나 포함되지 않았다. 그곳에 조용히 앉아서 두 사람을 지켜보노라면 스티븐은 낯선 감정에 사로잡혔다. 일곱 살짜리 아이로서는 도무지 대처할 수 없는 어떤 감정이었다. 그런 감정에는 뭐라고 이름 붙일 수도 없었다. 그녀가 아는 것이라고는 이런 분위기에서 그녀의 부모가 함께 앉아 있는 모습 같은 것을 자신도 갈망하지만 그것이 구체적으로 어떤 것인지는 알 수 없다는 것 정도였다. 그녀는 그들처럼 자신도 행복하게 만들어줄 무언가를 동경했다. 그것은 아버지의 서재처럼 장엄하고 당당한 방, 햇살을 한껏 받아들이는 넓은 창문이 있는 방, 널찍한 정원의 향기로 가득 찬 모턴의 모습과 항상 뒤섞여 있었다. 그녀의 마음은 이유를 찾으려고 애썼지만 콜린스가 아니라면 그 어떤 이유도 댈 수가 없었다. 하지만 콜린스는 그런 아름다운 그림 속으로 들어오는 것을 거부했다. 아무리 사랑한다고 하더라도 그녀는 이곳에 속하는 사람으로 받아들여질 수 없었다. 마치 빗자루와 물통과 걸레가 품위 있는 서재에 속하지 않는 것처럼 그녀는 이곳에 속할 수 있는 인물이 아니었다.

그 순간 스티븐은 차를 마시러 가야 했으므로 다 자란 아이 두 명을 뒤로 한 채 그곳을 떠났다. 두 사람 중 어느 누구도, 아버지마저도 그녀를 그리워하지 않으리라고 마음속으로 짐작하면서 그곳을 떠났다.

방에 돌아오자 스티븐은 화가 나기 시작했다. 마음이 너무 공허하고 눈물이 났기 때문이다. 거울에 비친 자신의 모습을 보면서 풍성하고 긴 머리카락을 싫어하기로 마음먹었기 때문이다. 그럴 때면 두꺼운 빵 조각과 버터를 와락 움켜잡거나 우유 단지를 엎질러 쏟거나 새 찻잔을 깨거나 손가락으로 옷자락을 마구 구기거나 하면서 빙햄 부인의 화를 돋웠다. 그 순간에 튀어나오는 말들은 대체로 협박조였다.

"이 머리카락 잘라버릴 거야. 내가 안 그러나 두고 봐."라거나 "이 흰 드레스는 꼴도 보기 싫어. 태워버릴 거야. 이 옷을 입으면 바보 같아 보여!" 하는 식이었다.

일단 심술을 부리기 시작하면 그녀는 몇 달 혹은 몇 년씩 해묵은 불만을 전부 끄집어냈다. 심지어 어린 넬슨 흉내를 내던 시절로까지 거슬러 올라가 계집애가 되어서 모든 걸 망쳤다고 불평을 했다. 그러고는 저녁 내내 불만을 터뜨리면서 시간을 보냈다. 불행할 때면 툴툴거리지 않을 수 없었다. 적어도 일곱 살일 때는 불만을 터뜨릴 수 있었다. 그 나이 이후에도 그런다면 부질없는 짓이 되겠지만 말이다.

마침내 목욕 시간이 되었다. 스티븐은 여전히 툴툴거리면서도 빙햄 부인의 손아귀에 복종해야 했다. 털 깎는 사람에게 붙잡힌 개처럼 유모의 억센 손에 붙잡힌 그녀는 여전히 안달하면서도 유모의 말을 듣지 않을 수 없었다. 그러면 그녀는 좁은 엉덩이와 넓은 어깨로 온몸을 바들바들 떠는 척하면서 서 있곤 했다. 그녀의 옆구리는 사냥개의 그것처럼 강인하고 가늘었으며 심지어 조금도 쉬지 않고 움직였다.

"하느님은 비누를 사용하지 않아!" 스티븐이 갑자기 소리쳤다.

빙햄 부인은 미소 짓지 않을 수 없었다. 그녀는 나름 다정하게 대꾸했다.

"그럴 수도 있을거구먼유, 스티븐 아가씨. 하느님이야 아가씨를 씻길 필요가 없잖어유. 만약 하느님이 아가씨를 씻겨야 했다면 비누가 엄청 필요했을 거구먼유. 내기할 수도 있어유!"

목욕이 끝나고 스티븐은 잠옷으로 갈아입었다. 그러고 나면 '어머니를 기다리는 시간'이라고 부르는 긴 휴식 시간이 뒤따랐다. 어쩌다 이런저런 이유로 어머니가 오지 않으면 그 시간은 이십 분, 심지어 삼십 분까지 늘어날 수도 있다. 행운이 스티븐의 편인 데다, 시계가 노처녀처럼 딱딱거리면서 지나치게 정확히 가지만 않는다면 휴식 시간은 더 길어질 수도 있다.

"자, 이리 와서 기도해야지유." 빙햄 부인은 명령했다. "사랑하는 주님께 용서해 달라고 비는 게 좋을 거구먼유. 그러니까 불경한 짓을 용서해 달라고 하셔유, 어린 숙녀 아가씨! 계속해유. 그런다고 사내가 될 수는 없을 테지유!"

스티븐은 침대 옆에 꿇어앉곤 했다. 이 같은 분위기에서 그녀의 기도는 화난 것처럼 들렸다. 유모는 잔소리를 했다.

"그렇게 큰 소리 치지 말고유. 스티븐 아가씨! 좀 더 천천히 기도해야 할 거구먼유. 하느님께 소리치지 말고. 그러면 하느님이 좋아하시지 않을 거예유."

하지만 스티븐은 무력한 저항의 몸짓으로 큰 소리로 기도를 계속했다.

4장

1

 어린 시절의 슬픔은 자비롭게 지나간다. 성숙이야말로 슬픔이 깊숙이 뿌리내린 땅을 원숙하게 해주는 법이다. 콜린스에 대한 스티븐의 비애는 격렬했다. 하지만 그런 격렬함 때문에 지나가는 폭풍우처럼 스스로 소멸되어 가을 무렵에는 거의 사라져버렸다. 크리스마스 무렵에 이르러 돌풍이 닥쳐왔을 때 스티븐의 고통은 상당히 완화되어 희미한 우울 이외에 요란한 감정은 거의 남아 있지 않았다. 크리스마스가 되었을 땐 콜린스의 매력을 찾으려면 상당한 노력이 필요할 정도였다.
 스티븐은 그것이 당혹스럽고 다소 거북했다. 그처럼 사랑했건만 이제 완전히 잊어버리다니! 그런 당혹감은 마치 손가락을 칼로 베었을 때 아프다고 요란하게 울음을 터뜨리는 어린아이처럼 유치하고 어리석다는 감정이 들게 했다. 심각한 경우에 항상 그랬듯 그녀는 비참한 죄인들을 사랑했다는 주님을 기억해 냈다.

"콜린스를 당신의 방식대로 사랑할 수 있게 가르쳐주세요." 스티븐은 기도하는 내내 눈물을 짜내려고 열심히 노력했다. "그녀를 사랑할 수 있는 방법을 가르쳐주소서. 그녀는 미천하고 고약하며 후회할 만한 가치가 있는 죄인이 아니기 때문입니다." 하지만 눈물은 나오지 않았으며 기도도 과거와 같지 않았다. 뭔가 부족했다. 그녀는 기도하면서 더 이상 땀을 흘리지 않았다.

그러다가 끔찍한 일이 일어났다. 콜린스의 이미지가 사라지고 있었다. 아무리 노력해도 스티븐은 그토록 유혹적이었던 그녀의 독특한 표정을 도무지 기억할 수가 없었다. 이제는 콜린스의 얼굴조차 선명하게 기억나지 않았다. 어둠 속에서 생각해 내려고 아무리 기를 써도 떠오르지 않았다. 완전히 기분이 상한 스티븐은 여태까지는 그다지 호감을 보이지 않던 책들을 생각했다. 동화책은 물론 주문, 마법, 그 밖에도 불법적인 절차를 다루는 그런 책들을 생각해 냈다. 그녀는 빙햄 부인에게 성경 구절을 읽어달라고 해서 부인을 놀라게 했다.

"유모는 그게 어디쯤인지 알잖아." 스티븐은 유모를 꼬셨다. "지난주 일요일 교회에서 사람들이 읽었던 곳 말이야. 그러니까 사울과 이드나였던가, 뭐 그런 이름의 마녀가 등장하는 부분. 그곳에서 마녀가 어떤 사람을 마법으로 불러냈잖아. 왕이 자기가 어떻게 생겼는지 잊어버렸기 때문에."

하지만 스티븐의 기도가 실패한 것처럼 그녀의 주문 역시 제대로 말을 듣지 않았다. 주문을 거꾸로 외었을 때 마법이 흔히 그런 것처럼, 그녀가 보고 싶어 하는 사람을 보여 주는 것이 아니라 전혀 다른 것을 보여 주었다. 최근 들어 마구간에 나타난 이 피조물은 이제 콜린스의 가장 강력한 라이벌이 되었다. 녀석은 진짜 무릎 염증을 앓는 대신 네 개의 멋진 갈색 다리를 가지고 있었다. 다리 위에 두 개의 관절, 그리고 꼬리 부분에 하나가 있었다. 그것은 콜린스에게 상당히 부당한 처사였다! 그해 스티븐은 여덟 살이 되었고 크리스마스를 맞이하여 필립 경은 그녀에게 튼튼한 적갈색 조랑말을 선물했다. 그녀는 말 타는 법을 배우고 있었다. 그녀에겐 재능이 있었다. 두려움이 없었기 때문이다. 애너와 열띤 논쟁이 벌어졌다. 스티븐이 말을 바로 걸타고 앉아서 타려고 고집했기 때문이다. 이 점에서 그녀는 대단히 완강했으며 여성용 안장을 놓고 옆으로 타라고 할 때마다 말에서 떨어졌다. 속이 빤히 보였지만 어쨌거나 애너의 고집을 꺾는 데는 성공했다.

이제 스티븐은 마구간에서 오랜 시간을 보내면서 주로 코듀로이 반바지를 입고 우쭐거리며 걸어 다녔다. 나이 많은 수석 마구종인 윌리엄스와 화기애애하게 이야기를 나눴다. 윌리엄스는 마음 한구석에 아이에 대한 애정을 가지고 있었다.

그녀는 이렇게 명령하곤 했다.

"끼랴, 말아!" 윌리엄스가 하는 것과 똑같은 톤으로 그렇게 명령했다. 때론 말에 대한 지식이라고는 전혀 없으면서도 대단히 많이 아는 것처럼 굴었다.

"말발굽의 구절이 너무 아프지 않을까? 젖은 붕대로 감아줘야 하지 않을까?"

그러면 윌리엄스는 생각에 잠긴 듯 거친 턱을 쓰다듬으며 대답했다.

"글쎄, 그럴 수도 있고 아닐 수도 있습죠." 그는 현명하게도 대답을 모호하게 흐렸다.

그녀는 마구간의 냄새를 좋아하게 되었다. 마구간의 냄새는 콜린스가 사용했던 향수보다 훨씬 흡인력이 컸다. 콜린스는 오후에 외출할 때 에라스믹 향수를 사용했는데 한 시절 스티븐에게는 그 향기가 그렇게 달콤할 수 없었다. 그리고 조랑말! 녀석은 대단히 튼튼해서 기량을 제대로 발휘했다. 둥글고 부드러운 눈, 용기 있는 큰 심장은 분명히 콜린스보다 숭배받을 만한 가치가 있었다. 콜린스는 그 풋맨 때문에 내게 심하게 굴었다. 그러나, 그러나……. 어쨌거나 난 콜린스에게 뭔가 빚진 게 있다. 비록 지금은 더 이상 사랑할 수 없다고 하더라도 과거 한때 그녀를 사랑했다는 이유만으로 난 뭔가 빚을 졌다. 새로운 조랑말을 즐기고 싶은 마당에, 이 모든 것을 열심히 생각하면 할수록 끔찍이 걱정스러웠다! 스티븐은 윌리엄스를 거의 그대로 흉내 내어 턱을 쓰다듬으면서 그곳에 서 있었다. 하지만 그녀는 그와 똑같이 까칠한 소리를 낼 수는 없었다. 그 점이 부족하다는 아쉬움에도 불구하고 그런 동작이 그녀에게는 위안이 되었다.

그러던 어느 날 아침 눈부신 영감이 떠올랐다.

"끼랴, 말아!" 스티븐은 이렇게 명령하며 조랑말을 찰싹 내리쳤다.

"끼랴, 말아. 네 귀에 가까이 다가갈게. 정말 중요한 이야기를 네 귀에 속삭일 작정이거든." 아이는 자기 뺨을 튼튼한 말의 목에다 가져다 대면서 부드럽게 속삭였다. "너는 더 이상 네가 아냐. 이제부터 넌 콜린스야!"

이렇게 하여 콜린스는 편안하게 환생했다. 그것은 콜린스를 기억하려는 스티븐의 마지막 노력이었다.

2

 마침내 스티븐이 아버지와 함께 여우 사냥 대회에 말을 타고 나가는 날이 다가왔다. 영광스럽고 기억할 만한 날이었다. 두 사람은 어깨를 나란히 하고 정문을 통해 말을 타고 천천히 나갔다. 문지기의 아내는 스티븐이 영리한 적갈색 조랑말을 걸타고 앉아서 나가는 모습을 보고 미소 짓지 않을 수 없었다. 스티븐은 필립 경을 우스꽝스러울 정도로 빼닮은 모습이었다.
 "우리 어린 아가씨가 사내애가 아닌 게 정말 안타까워요." 그녀는 남편에게 말했다.
 서리가 약간 내린 고요한 아침이었다. 그래서 산울타리의 북쪽 측면에서 하는 랜딩은 방심할 수 없었다. 농가 굴뚝에서 연기가 쇠꼬챙이처럼 똑바로 솟아오르고 있을 때 통나무 타는 냄새, 잔가지 타는 냄새를 뒤로 하고 멀리 왔는데도 여전히 콧구멍에서 그런 냄새가 감도는 아침이었다. 분수의 물방울처럼 수정같이 투명한 아침이었다. 어린 시절 그런 아침을 맞이한다는 것은 행복한 일이다.
 조랑말은 고삐를 열심히 잡아당기면서 씨름을 하고 있었다. 말은 즐거움으로 몸을 떨었다. 녀석은 더 이상 풋내기가 아니었다. 녀석은 마구간에서의 분주한 움직임과 경이로움을 전부 알고 있었다. 평소보다 이른 시간에 주는 많은 여물, 장시간의 솔질 그리고 필립 경이 입은 사냥 외투와 같은 금빛 단추가 달린 분홍색 코트. 녀석은 길을 따라 껑충껑충 으스대고 뽐내며 달려 내려갔다. 그 때문에 기수의 편에서는 요령이 필요했다. 아이의 손아귀 힘은 엄청 강하면서도 부드러웠다. 그녀는 말을 타는 데 완벽한 손과 희귀한 재능을 갖추고 있었다.

'이건 어린 넬슨이 되는 것보다 훨씬 나은걸. 나 자신도 행복할 수 있는 방법이니까.' 스티븐은 속으로 이런 생각이 들었다.

필립 경은 만족스러운 표정으로 딸을 내려다보았다. 그녀의 관찰력이 뛰어나다고는 생각했었다. 하지만 그의 만족은 완전한 것이 아니었다. 그래서 약간 한숨을 내쉬다가 재빨리 시선을 돌렸다. 최근 들어 그는 스티븐을 보면 웬일인지 자꾸 한숨이 나왔다.

여우 사냥 대회는 규모가 컸다. 사람들은 아이를 눈여겨보았다. 마스터인 안트림 대령은 말에 올라타고는 친절하게 말했다.

"정말 멋진 조랑말을 가졌구나. 그런데 그 말은 홀딩이 필요하겠는걸!" 그러면서 그녀의 아버지에게 물었다. "저 아이가 걸타고 앉아서 타도 되겠소, 필립? 바이올렛도 승마를 배우긴 했지만 옆으로 앉아서 타거든요. 나도 그걸 선호하고. 난 여자 아이가 말을 바로 탈 수 있다고는 생각하지 않아요. 여자 애들은 체격 자체가 말을 타기에는 적합하지 않으니까요. 필요한 근육이 없질 않소. 균형을 잡으려면 말을 단단히 잡아야 할 텐데."

스티븐은 얼굴이 붉어졌다. '균형을 잡으려면 말을 단단히 잡아야 할 텐데!' 그 말이 뼈에 사무쳤다. 정말로 깊이 사무쳤다. 바이올렛이 옆으로 말 타는 법을 배우고 있다고? 내가 꼬집으면 비명이나 질러대는 그 작고 흐느적거리는 멍청이가? 모슬린과 리본으로 칭칭 감은 머리 모양을 한 끔찍한 계집애! 바이올렛은 차를 마셨다 하면 울지 않는 날이 없었다. 도대체 왜 그럴까. 게임을 했다 하면 다치지 않는 때가 없었다. 마치 형겊 인형처럼 살찌고 흐느적거리는 다리를 가지고 있었다. 그런데 감히 나를 바이올렛과 비교하다니! 정말 말도 안 되는 소리였다. 갑자기 자신의 멋진 승마 반바지가 그다지 인상적으로 보이지 않았다. 글쎄 정확히 바보 같아 보이지는 않았지만 무언가 부끄러워졌다. 스티븐은 편하고 자연스럽지 않았으며 뭔가 약간 잘못되었다는 느낌을 받았다. 그것은 마치 어린 넬슨 놀이를 할 때처럼 그래봤자 흉내에 불과하다는 그런 느낌이었다.

"내게도 근육이 있어요. 그렇죠, 아버지? 윌리엄스는 내게 이미 말을 탈 수 있는 근육이 있다고 했어요!" 그렇게 말하고는 발뒤꿈치로 조랑말을 날카롭게 찼다. 그러자 말은 홱 하니 주변을 돌다 펄쩍 뛰어오르면서 뒷발로 곧추 섰다. 스티븐은 흡반처럼 말 등에 찰싹 달라붙었다. 이 정도면 저들에게 확신을 주지 않았을까?

"침착해, 스티븐!" 필립 경이 주의를 주었다. 뒤이어 마스터의 목소리가 들렸다.

"정말 말을 잘 타는군요. 내가 그 점을 인정하지요. 바이올렛은 말을 겁내거든요. 나중에는 아마 자신감을 갖게 되리라고 봅니다만. 그러길 바라야지요."

이제 사냥개들이 꼬리를 흔들면서 여우들의 은신처를 향해 움직이고 있었다. 그들은 깃발을 앞세운 군대처럼 보였다.

"이랴, 스타브라이트."

"팬시! 물어, 이놈아!"

"이랴, 프롤릭. 덤벼, 프롤릭!"

그들은 긴 채찍을 놀랄 만큼 정확히 내리쳤다. 채찍은 말의 옆구리를 때리고 어깨를 쓰다듬었다. 네 다리를 가진 아마존들은 앞으로 닥칠 일에 대비하려고 대열의 간격을 좁혔다.

고독의 우물

"이랴, 스타브라이트!"

채찍을 내리치는 소리가 들리자 말들은 동요했다. 스티븐의 승마는 집중력이 필요했다. 그녀는 이제 근육이나 불평하고 있을 겨를이 없었다. 오로지 자신의 작은 무릎 사이에 있는 짐승만 생각했다.

"괜찮아, 스티븐?"

"그럼요, 아버지."

"좋아, 그럼 장애물을 향해 계속 나가자. 오늘 아침은 약간 미끄러울 수도 있다." 하지만 필립 경의 목소리는 전혀 걱정하는 것처럼 들리지 않았다. 사실 그의 목소리에는 깊은 자부심이 실려 있었다.

'아버지는 내가 바이올렛처럼 헝겊 인형이 아니라는 걸 알고 있어. 내가 그 애와 다르다는 걸 아버지는 알고 있어!' 스티븐은 그렇게 생각했다.

3

사냥감의 은신처를 파헤쳐 놓고 나오면서 사냥개들이 울부짖는 소리는 기이하게도 가슴이 무너질 것처럼 비통하게 들렸다. 등자 위에 서서 사냥개 담당자가 외치는 소리, 길고 푸르게 물결치는 목초지를 향해 무자비하게 달려가는 말발굽 소리들은 왠지 가슴이 미어지게 했다. 목초지는 기차에 타고 있을 때처럼 휙휙 뒤로 물러났으며 마치 우리 뒤로 흘러가는 시냇물처럼 지나갔다. 시큼한 말의 땀 냄새가 코끝을 휘감았다. 축축한 가죽 냄새, 흙 냄새, 멍든 풀잎 냄새가 순식간에 스치고 지나갔다. 그러다 드넓은 공간의 냄새, 공기 냄새가 와인처럼 서늘하면서 자극적으로 강하게 스치고 지나갔다. 필립 경은 어깨 너머로 뒤돌아보았다.

"괜찮아, 스티븐?"

"예, 그럼요." 스티븐의 목소리가 숨 가쁘게 들렸다.

"침착해! 침착해!"

그들은 장애물 가까이 다가가고 있었다. 스티븐은 손에 힘을 주어 꽉 잡았다. 조랑말은 장애물을 한걸음에 경쾌하게 뛰어넘었다. 말은 마치 날개가 달린 것처럼 공중에서 포즈를 취했다가 지상에 다시 발을 내디뎠다. 그런 다음 잠시도 쉬지 않고 계속해서 달렸다.

"괜찮아, 스티븐?"

"그럼요. 괜찮아요!"

필립 경의 널찍한 등이 앞쪽으로 약간 구부러져 있었다. 곱슬거리는 그의 적갈색 머리카락이 목 뒤에서 겨울 햇살을 받아 반짝거렸다. 아이는 아버지의 단호한 등을 뒤따라가면서 자신이 그 등을 얼마나 사랑하는지 깨달았다. 그 순간 아버지의 등은 모든 다정함과 힘과 이해를 담고 있는 것처럼 보였다.

4

그들은 우스터에서 그다지 멀지 않은 곳에서 사냥감을 잡았다. 힘든 경주였지만 그 시즌의 최고 경주이기도 했다. 안트림 대령은 스티븐과 함께 완만한 속도로 달리면서 아이의 용맹함과 기민함에 놀라고 즐거워했다.

"좋아, 좋아." 그는 씩 웃으면서 말했다. "여기 있군, 아가씨. 여전히 말을 걸타고 앉아서 가다니. 바이올렛에게도 용기를 내라고 얘기해 줘야겠군. 그런데 필립, 월요일에 차 한 잔 하러 스티븐을 우리 집으로 보내지 않겠소? 로저가 학교로 돌아가기 전에 말일세. 그럴 수 있겠소? 오, 그럼 잘됐군! 그런데 여우 꼬리는 어딨지? 우리 스티븐이 그걸 가져가야 할 것 같은데."

이상하게도 잊을 수 없는 순간은 종종 대단히 사소한 것과 연관되어 있다. 특히 우리가 어린아이였을 때는 그런 사건에서 허구적인 부분을 제대로 파악하지 못하는 경우가 있다. 사냥개 담당자가 그녀에게 최초의 사냥 트로피를 선물로 주었을 때 느꼈던 스티븐의 자부심은 마치 안트림 대령이 붉은 벨벳 위에 놓인 영국 왕관을 수여하기라도 했어야 걸맞을 정도로 대단했다. 하지만 그녀가 받은 트로피는 차라리 애처로운 것이었다. 그녀가 받은 것은 힘들게 도망치느라 시달렸을 뿐 아니라 진흙이 잔뜩 묻은 작은 여우 꼬리에 불과했다. 자기 손에 놓인 부드러운 털을 보면서 한순간 아이는 여우가 불쌍해졌다. 하지만 성취의 즐거움이 손 안의 따뜻한 온기로 전달되었다. 개인적인 용기에서 나온 비교할 데 없는 의기양양함과 자신의 용맹함을 기억하느라 아이는 여우의 비애를 잊어버렸다.

필립 경은 여우 꼬리를 안장에 단단히 묶어주었다.

"잘 탔다."

그는 짤막하게 말하고 마스터 쪽으로 몸을 돌렸다.

하지만 아이는 그날 아버지를 실망시키지 않았다는 것을 알고 있었다. 아버지의 눈길이 그녀에게 머물 때 환하게 빛나는 것을 보았기 때문이다. 아버지의 우울한 눈에서 위대한 사랑을 보았다. 그와 동시에 어린 그녀로서는 이해할 수 없는 우수에 찬 표정도 보았다. 많은 사람이 스티븐에게 웃어 보이면서 그녀의 조랑말에도 격려의 표시로 등을 두드려주고 쾌속마라고 불러주었다.

나이 든 농부가 말했다. "실례지만, 저 말 담력 한번 쥑이는 구먼요. 기수도 그렇고."

그 말을 듣고 스티븐은 얼굴을 붉혔다. 그러더니 약간 거짓말을 보태 그 모든 공로를 조랑말 덕분으로 돌렸다. 대단히 겸손한 척 굴었지만, 전혀 그러고 싶은 기분이 아니었다는 것을 그녀 스스로도 잘 알고 있었다.

"자, 가자꾸나!" 필립 경이 소리쳤다. "오늘은 그만하면 됐다, 스티븐. 네 불쌍한 친구 녀석도 오늘은 그만큼 했으면 됐어." 사실이었다. 콜린스가 계속 떨고 있었기 때문이다. 흥분 탓이기도 하고 짧은 다리로 허영심이 강한 사냥마들을 따라잡느라 긴장한 탓이기도 했다.

채찍을 모자에 가져다 대면서 안트림 대령과 작별 인사를 나눴다.

"안녕, 스티븐. 조만간 다시 보자꾸나. 필립 경은 크롬과 함께 화요일에."

여우 사냥 참가자들은 한 번 더 사냥감의 은신처로 가기 전에 말을 갈아타고 본격적으로 사냥에 나섰다.

5

아버지와 딸은 황혼 무렵 말을 타고 집으로 돌아왔다. 산울타리에 피었던 찔레꽃은 더 이상 찾아볼 수 없었다. 산울타리는 나뭇잎을 떨어뜨린 채 서 있었다. 잔가지는 섬세한 그물망처럼 뻗어 있었고 잿빛 서리가 그 위로 내려앉았다. 땅에서는 방금 빨래한 옷처럼 깨끗한 냄새가 피어났다. 스티븐의 표현대로 그것은 하느님이 빨래한 냄새였다. 저 멀리 왼쪽으로 농가와 상당히 떨어진 곳에서 개 짖는 소리가 들려왔다. 아직 커튼을 내리지 않은 농가의 창문으로 작은 불빛이 다정하게 반짝거리고 있었다. 그 너머 맬번의 거대한 언덕들이 창백한 하늘을 배경으로 푸른 빛을 자랑했다. 무수히 작은 불빛이 불타고 있었다. 가정의 불빛과 언덕과 농장에 딸린 농가 모두 하느님과 언덕이라는 제단에 불을 밝혔다. 길섶에 서 있는 나무들에서는 어떤 새도 노래하지 않았다. 침묵이 지배했다. 침묵이 새들의 노랫소리보다 더욱 사랑스러웠다. 생각이 깊고 신성한 겨울의 침묵, 신뢰하면서 기다리는 밭이랑의 침묵, 흙은 모든 세대의 가장 위대한 성인이었다. 흙은 성마름을 모르며, 두려움을 모르며, 의심을 모르며 단지 믿음만 알 뿐이다. 그로부터 인간을 양육하는 데 필요한 모든 축복이 솟아 나온다.

"행복하냐, 나의 스티븐?" 필립 경이 말했다. 그러자 아이가 대답했다.

"정말 행복해요, 아버지. 너무 행복해서 그런 행복이 절 두렵게 해요. 그런 행복이 영원히 지속되지 않을까 봐요. 이렇게 행복하게는요."

그는 아이가 왜 행복이 지속되지 않을 것이라고 생각하는지 그 이유를 묻지 않았다. 그는 그 이유를 받아들인다는 듯 단지 고개를 끄덕일 뿐이었다. 그리고 말고삐를 잡고 있는 그녀의 손 위에 자신의 손을 잠시 포갰다. 크고 위안을 주는 손이었다. 그러자 저녁의 평화가 스티븐을 완전히 사로잡았다. 저녁의 평화와 신선한 공기와 격렬한 움직임 끝에 녹초가 된 건강한 몸이 주는 평화로 그녀는 말안장 위에서 몸을 흔들며 거의 졸음에 빠져들었다. 기수보다 더 지친 조랑말은 재갈이 느슨해져 목을 늘어뜨린 채 타박타박 걸었다. 말은 자신을 겁주려는 것처럼 웅크리고 있는 도깨비 괴물 같은 그림자를 보고 놀라기에도 너무 지쳐 있었다. 녀석의 어린 마음은 틀림없이 온통 여물 생각에만 빠져 있었을 것이다. 물 한 동이와 알맞게 배합한 묵은 여물, 마구종이 부드럽게 빗질을 하면서 감아줄 붕대, 따뜻하게 감싸 덮어주는 천 등은 겨울이면 너무나 즐거운 것들이었다. 무엇보다 자신을 기다리고 있을 황금빛 짚을 깔아놓은 푹신한 침대 생각에 말은 여념이 없었다.

커다란 달이 서서히 솟아올랐다. 달은 멈춰 서서 스티븐을 유심히 바라보는 것 같았다. 한편 서리의 무빙은 다이아몬드처럼 하얗게 변해 반짝거렸다. 검은 그림자는 졸음에 겨운 산울타리의 발아래에 주름 잡힌 벨벳처럼 누워 있었다. 산울타리 너머 목초지는 달빛이 비춰 은색으로 변했고, 모턴으로 향하는 길도 은색으로 바뀌었다.

6

그들이 마침내 마구간에 도착했을 때는 밤이 이슥할 무렵이었다. 윌리엄스는 등불을 들고 마당에서 기다리고 있었다.

"사냥감은 잡았습니까?" 관습에 따라서 그가 물었다. 그러다 스티븐의 트로피를 보더니 껄껄거렸다.

스티븐은 아버지처럼 쉽게 말안장에서 펄쩍 뛰어내리려고

했지만 다리가 말을 듣지 않았다. 분하게도 그녀의 다리는 나무로 만든 것처럼 뻣뻣했고 콜린스는 이제 성급해져서 자기 마사로 걸어가기 시작했다. 그러자 필립 경의 강한 두 팔이 스티븐을 감싸 안았다. 스티븐은 잠시 싫다는 표시를 했지만 필립 경은 아기처럼 그녀를 번쩍 안고는 곧장 집으로 향했다. 집 안으로 걸어 들어가 김이 나는 뜨거운 목욕물이 기다리고 있는 따스하고 기분 좋은 방까지 아이를 안고 갔다. 스티븐의 손이 축 늘어지면서 아버지의 어깨에 놓였다. 눈꺼풀은 처지고 졸음에 겨워 점점 무거워졌다. 스티븐은 잠을 이겨보려고 열심히 눈을 깜빡거렸다.

"행복하냐, 애야?" 그가 속삭였다. 그의 엄숙한 얼굴이 그녀의 얼굴 가까이로 다가왔다. 하루가 끝날 무렵 아버지의 거친 뺨이 자기 이마에 와 닿는 것을 느낄 수 있었다. 스티븐은 손을 내밀어 그 뺨을 쓰다듬었다.

"너무 행복해요. 너무 행복해요, 아버지." 아이는 잠으로 빠져들면서 웅얼거렸다.

"너무 너무 해애애앵복해요."

5장

1

 스티븐이 처음으로 사냥을 나가고 난 다음 월요일, 그녀는 마음이 왜 이렇게 무거울까를 생각하며 잠에서 깨어났다. 이 분이 채 지나지 않아 마음이 무거운 이유를 알았다. 안트림 가에서 차를 마시기로 약속이 되어 있었기 때문이다. 다른 아이들과 그녀의 관계는 특이했다. 그녀 자신도 그렇게 생각했고 다른 아이들도 그랬다. 무엇이 문제인지 뭐라고 꼬집어 말할 수는 없었다. 그건 그들도 스티븐 자신도 마찬가지였다. 뭐라고 하든 그것은 아무 상관이 없었다. 진취적 기상을 가진 아이이니 만큼 당연히 인기가 있었을 법도 한데 사실은 그렇지 않았다. 그녀의 짐작이 사실이기도 했지만, 하여튼 그로 인해 놀이 친구들과 관계가 편하지 않았다. 놀이 친구들도 그녀가 불편하기는 매한가지였다. 그녀는 아이들이 자기에 관해 수군거린다는 생각이 들었다. 뚜렷한 이유도 없이 쑥덕거리면서 그녀를 보며 웃곤 한다고 느꼈다. 이런 일은 한 번뿐이었고 스티븐이 상상하듯 언제나 그랬던 것은 아니었다. 그럼에도 그녀는 때때로 고통스러울 정도로 지나치게 예민한 반응을 보였으며 그로 인해 고통받았다.

스티븐이 가장 싫어하는 친구는 바이올렛 안트림과 로저 안트림이었다. 싫어하는 순서로 따지면 그들은 가장 앞자리를 차지했다. 특히 로저는 열 살이었지만 이미 남자 아이의 오만이 목까지 가득 차 있었다. 로저는 그해 겨울 막 이튼에 진학했다. 이 일은 그의 건방진 자부심을 한층 더 부추겼다. 로저 안트림은 자기 어머니처럼 둥근 갈색 눈, 언젠가는 잘생긴 모습으로 드러날지도 모르는 짧고 곧은 코를 가졌다. 그는 다소 땅딸막하고 살찐 소년이었는데, 그의 엉덩이는 상의가 짧은 이튼 교복으로 인해 더욱 커 보였다. 호주머니에 양손을 찌르고 의기양양하게 걷는 게 그의 습관이기도 했는데 그럴 때면 그의 엉덩이는 특히 더 커 보였다.

로저는 심술궂었다. 그는 여동생을 괴롭혔으며 스티븐을 괴롭히는 것을 특히나 좋아했다. 하지만 스티븐은 그를 당황스럽게 만들었다. 그녀의 팔 힘이 세서 로저는 바이올렛에게 하듯 스티븐의 팔을 뒤로 꺾을 수가 없었던 것이다. 꼬집고 머리에 단 리본을 잡아당겨도 결코 스티븐을 울게 하거나 감정을 폭발하게 만들 수는 없었다. 그런 데다가 스티븐은 게임에서 종종 그를 이겼다. 이 때문에 로저는 그녀를 정말로 미워했다. 크리켓을 하면 그녀는 로저보다 훨씬 더 똑바로 공을 던질 수 있었다. 나무를 타고 올라갈 때도 놀랄 만한 솜씨와 민첩함을 보여주었다. 심지어 이 과정에서 치마가 찢어져도 전혀 개의치 않았다. 여자 아이가 나무를 탄다는 것은 시건방진 짓이었다. 바이올렛이 나무에 올라가는 일은 절대 없었다. 그녀는 나무 아래에 서서 로저의 용기에 감탄했다. 로저는 경쟁 상대가 된 스티븐이 더욱 싫어졌다. 그녀를 자신의 특별한 영역을 침범한 일종의 침입자로 간주했다. 로저는 언제나 그녀의 콧대를 꺾어 놓고 싶어 했지만 아둔한 만큼이나 멍청한 방법을 사용했으므로 용감한 스티븐에게는 아무 소용이 없었다. 즉각적으로 대응할 뿐 아니라 그보다 대체로 한 수 위이기도 했다.

스티븐 입장에서도 로저가 싫었다. 그녀에게 가장 모멸감이 들도록 만드는 질투심 때문에 로저에 대한 미움은 점점 더 커졌다. 그랬다. 그의 여러 가지 단점에도 불구하고 스티븐은 어린 로저를 질투했다. 두껍고 이중 깔창을 덧대서 걸을 때마다 쿵쿵거리는 그의 부츠를 부러워했고, 짧게 친 머리 모양을 부러워했으며, 이튼 교복을 부러워했다. 그가 다니는 학교를 부러워했고 그가 거들먹거리면서 언급하는 남자 친구들을 부러워했다. "다른 모든 녀석들!"로 지칭하는 그들을 부러워했다. 나무를 탈 수 있는 그의 권리, 크리켓과 축구를 할 수 있는 그의 권리, 완벽하게 자연스럽고 당연한 것으로 간주되는 그의 권리를 부러워했다. 무엇보다도 남자가 된다는 것이 인생에서 특권이라고 보는 그의 엄청난 확신을 부러워했다. 그녀는 그런 확신을 너무 잘 이해할 수 있었지만 그럴수록 질투심은 더해갈 뿐이었다.

스티븐은 바이올렛이 견딜 수 없이 멍청하다는 것을 알았다. 로저가 있는 힘을 다해 고문했을 때나 스스로 머리를 어딘가에 박았을 때나 똑같이 요란스럽게 울었다. 스티븐을 정말 화나게 만든 것은 그런 고문을 거의 즐기는 듯한 바이올렛의 태도였다.

"로저는 정말 힘이 세!" 그녀가 스티븐에게 털어놓았다. 그녀의 목소리에는 묘한 자부심 같은 것이 실려 있었다.

스티븐은 바이올렛의 그런 자부심을 흔들어놓고 싶었다.

"나도 로저처럼 세게 꼬집을 수 있어!" 그녀는 바이올렛에게 잔뜩 겁을 주었다. "로저가 나보다 힘이 세다고? 그렇다면 어디 한번 내가 보여 줄게!" 그 말을 듣고 바이올렛은 비명을 지르며 달아났다.

바이올렛은 이미 여자다운 내숭으로 가득 차 있었다. 그녀는 인형을 사랑했지만 사랑하는 척하는 것만큼 정말로 사랑하는 건 아니었다. 사람들은 감탄했다.

"바이올렛 좀 봐. 저 앤 꼬마 엄마 같애. 아이에게서 저런 본능을 본다는 건 너무 감동적이야!"

그러면 바이올렛은 점점 더 감동적으로 굴었다. 그녀는 늘 스티븐에게 인형을 내밀면서 옷을 벗기고 재우도록 했다.

"이제 네가 유모 해, 스티븐. 난 거트루드의 엄마야. 아님 하고 싶으면 이번에는 네가 엄마 해. 저런, 조심해. 그러다가 애를 부수겠어! 단추를 벗겨야지! 넌 내가 하는 식으로 따라서 하는 게 좋겠다."

그러다가 바이올렛은 뜨개질을 했다. 혹은 뜨개질을 하는 걸 흉내 내는 것이라고 말하기도 했다. 스티븐은 매듭 묶는 것 말고는 뜨개질이라고는 해본 적이 없었다.

"뜨개질할 줄 몰라?" 바이올렛은 스티븐을 조롱하듯 쳐다보면서 말하곤 했다.

"난 할 수 있어. 엄마가 나를 귀여운 꼬마 주부라고 불러줬어!" 그러면 스티븐은 성질을 주체할 수 없어서 사납게 말했다.

"넌 작은 겁쟁이야. 그게 바로 너야!"

몇 시간 동안이나 그녀는 바이올렛과 멍청한 인형 놀이를 했다. 로저가 정원에서 하는 진짜 게임을 언제나 하고 싶어 하지는 않았기 때문이다. 그는 지는 것을 싫어했다. 하지만 어쩌겠는가? 스티븐이 로저보다 더 똑바로 던질 수 있는 것을.

아이들 사이에 공통점이라고는 전혀 찾아볼 수 없었지만 안트림 가는 이웃이었다. 무엇이든 잘 받아주는 필립 경마저 스티븐에게 또래의 놀이 친구가 있어야 한다고 고집했다. 스티븐이 혼자 집에 있도록 해달라고 졸랐을 때 그는 여러 번 엄하게 대했다. 그날도 필립 경은 점심시간에 대단히 엄하게 말했다.

"네 음식을 비워라, 스티븐. 마저 먹고 빨리 가야지. 안트림 가의 아이들 문제로 자꾸 말썽 피우면 아버지가 가만있지 않을 거야. 애야, 이건 우스운 짓이야."

그래서 스티븐은 급히 음식을 삼키고 2층 제 방으로 도망쳤다.

2

안트림 가는 레드버리에서 약 반 마일 정도 떨어진 언덕 건너편에 있었다. 모턴에서 안트림 가까지는 상당히 먼 거리였다. 스티븐은 마차를 타고 그곳으로 갔다. 윌리엄스 옆에 앉은 그녀는 깃을 목까지 세운 채 침울한 모습으로 말이 없었다. 이런 부당한 처사에 속이 잔뜩 쓰라렸다. 왜 그 집 사람들은 이처럼 멍청한 원정을 고집한단 말인가? 점심 식사를 하면서 자기는 아버지와 함께 집에 있는 게 좋다고 했을 때, 아버지는 심지어 화까지 냈다. 다른 아이들과 왜 사귀어야 하는가? 아이들도 그녀를 원하지 않고 그녀 또한 마찬가지였다. 무엇보다 안트림 가족이라니! 멍청한 바이올렛. 옆으로 말 타는 법을 배우고 있다니. 이튼 교복을 입고 우쭐거리는 로저. 그 애가 사내라는 이유만으로 언제나 거들먹거리는 꼴이 보기 싫었다. 그리고 아이들의 어머니. 그녀는 스티븐에게 보호자인 척했다. 어른이 예의를 가르쳐야 한다고 여겼기 때문이다. 스티븐은 그녀의 짜증 나는 목소리를 들어야 했다. 그 목소리는 자기 아이들을 위해 마련해 둔 것이었다.

"자, 이건 네 몫이다, 스티븐! 그럼 어린이 여러분은 공부방으로 달려가서 식사를 많이 하도록 해요. 케이크는 많으니까. 난 스티븐이 온다는 걸 알고 있었거든. 우리 모두 스티븐이 케이크를 엄청 많이 먹는다는 걸 알잖니!"

이런 빈정거림에 바이올렛은 소심하게 끽끽거리고 로저는 마음껏 깔깔거리며 웃었다. 로저는 그녀의 곁을 우쭐거리고 지나가면서 통통한 손가락으로 잔인하고 교묘하게 그녀의 팔뚝을 꼬집었다. 그러면서 그녀의 귀에다 대고 속삭였다.

"넌 돼지야! 넌 나보다 더 먹잖아. 엄마가 오늘 말했어. 사내애들은 계집애들보다 더 많이 먹을 필요가 있다고!"

그러자 바이올렛이 거들었다.

"난 케이크를 좋아하지 않아. 그걸 먹으면 속이 울렁거려. 엄마가 그랬어. 그렇게 속이 울렁거리는 게 소화불량이라고. 난 스티븐처럼 커다란 자두 케이크 한 조각 이상은 먹을 수 없어. 유모가 나더러 입맛이 까다롭대." 그러면 스티븐은 곁눈질로 로저를 말없이 째려보았다.

마차는 천천히 브리티시 캠프를 올라가고 있었다. 브리티시 캠프는 리틀 맬번에서 뻗어 나온 길고 가파른 언덕이었다. 공기가 점점 더 차가워졌지만 계곡 위로 올라가면서 정말 깨끗해졌다. 캠프 언덕 꼭대기가 그날 아침 가볍게 내린 눈에 덮여 더욱 선명하게 드러났다. 언덕 마루로 올라가자 태양이 눈 위에 반사되어 빛났다. 저 멀리 오른쪽으로 와이 계곡이 누워 있었다. 깊고 푸른 그림자를 드리운 길고 사랑스러운 계곡이었다. 작은 농가들과 이를 감싸 주는 나무들, 부드럽게 물결치는 넓고 포근한 공간이 저 멀리 희미한 윤곽을 드러내고 있는 산 아래 경계선 너머 웨일스의 산까지 쭉 이어졌다. 이런 형태의 잉글랜드 계곡을 좋아하는 스티븐은 부루퉁한 눈길을 돌려 계곡으로 시선을 주었다. 두렵고 부당하고 억울하다는 기분마저도 아름다운 경치가 주는 즐거움을 막지는 못했다. 그녀는 뚫어지게 보고 또 보았다. 계곡의 아름다운 풍경 속에 놓여 있는 평화와 경이감이 그녀를 사로잡도록 몸을 맡겼다. 그러자 불현듯 눈물이 샘솟았다. 그 순간 왜 눈물이 났는지 그녀는 알 수가 없었다.

이제 그들은 경쾌하고 날쌔게 언덕을 내려가고 있었다. 계곡은 사라졌고 이스트너 숲의 나무들은 헐벗었지만 사랑스러웠다. 신이 아닌 인간의 손길로 빚어졌다고 보기에는 나무들의 형태가 너무도 완벽했다. 스티븐은 다시 눈길을 돌렸다. 더는 부루퉁해 있을 수 없었다. 아버지와 함께 말을 달렸던 숲이었기 때문이다. 봄이면 두 번씩 그들은 이 숲으로 말을 몰았다. 숲을 통과하여 그 너머에 펼쳐진 공원까지 말을 몰았다. 공원에는 사슴들이 있었다. 그들은 종종 마차를 멈추게 했다. 스티븐은 마차에서 내려 사슴들에게 먹이를 주곤 했다.

스티븐은 부드럽게 휘파람을 불었다. 휘파람을 불 수 있다는 것이 너무나 자랑스러웠다. 잎사귀를 떨어뜨린 가지 사이로 태양이 눈부시게 빛날 때, 대기는 신선하고 만물이 수정처럼 반짝거릴 때, 날쌘 말이 말 그대로 공중으로 날아가는 탓에 윌리엄스가 말고삐를 꽉 잡지 않을 수 없을 때에는 원망스러운 기분을 계속 유지할 수 없었다.

"이 녀석아, 그만, 그만! 녀석도 날씨가 좋아 온몸에 피가 끓어 이렇게 까불거리나 봐유. 자, 자. 조용, 조용. 어린 것이 겁도 없이! 녀석 좀 보셔유. 온몸이 땀투성이가 되었구먼유!"

"내가 몰아볼게, 응?" 스티븐은 졸랐다. "제발, 제발, 윌리엄스 할아범!"

하지만 윌리엄스는 커다란 웃음을 지어 보이면서 고개를 저었다.

"전 늙은이구먼유, 스티븐 아가씨. 늙은 뼈는 쉽게 부러져유. 특히 서리가 내렸을 때는 더 그렇다고 들었구먼유."

3

안트림 부인은 라운지에서 스티븐을 기다리고 있었다. 그녀는 언제나 라운지에 숨어 있다가 스티븐을 불러 세웠다. 적어도 스티븐의 눈에는 그렇게 보였다. 라운지는 과도하게 치장이 되어 있었다. 자잘하고 쓸데없는 테이블과 크고 둔한 의자들로 가득 차 있었다. 이곳을 지나다 보면 누구라도 의자에 부딪히고 테이블에 걸려 넘어질 것이다. 더구나 스티븐이라면 더 말할 나위 없는 일이다. 하지만 그 누구라도 결코 피해 갈 수 없을 치명적인 함정이 있었다. 그것은 마루에 깔아놓은 거대한 북극곰 가죽이었다. 북극곰의 머리가 너무나 멍청한 각도로 튀어나와 있어서 걷다 보면 발부리가 북극곰의 머리통에 부딪히지 않을 수 없었다. 아니나 다를까 스티븐은 안트림 부인 앞에서 실수를 하면서 심하게 북극곰의 머리통에 부딪혔다.

"이런 세상에." 안주인은 기가 막혔다. "넌 정말 키가 크구나. 네 발은 바이올렛의 두 배는 되겠다! 이리로 오렴. 네 발 좀 보자꾸나." 그렇게 말해 놓고서는 무엇이 그렇게 즐거운지 그녀는 깔깔거렸다.

스티븐은 커다란 자기 발끝을 문지르고 싶었지만 조용히 있는 것이 상책이라는 생각이 들었다.

"애들아!" 안트림 부인이 아이들을 불렀다. "여기 스티븐이 왔다. 이 아인 사냥꾼처럼 배가 고픈 것 같아!"

바이올렛은 옅은 푸른색 비단 프록코트를 입고 있었다. 고작 일곱 살이었는데도 그녀는 이미 잔뜩 겉멋을 부리고 있었다. 그녀는 옅은 푸른색 프록코트를 입어도 좋다는 허락이 떨어질 때까지 울었다. 그 코트는 파티용이었다. 갈색 머리카락은 정성 들여 말아서 대단히 크고 둥근 리본으로 묶어놓았다. 안트림 부인은 스티븐과 바이올렛을 번갈아 보면서 어머니로서 자부심을 느꼈다.

로저는 이튼 교복 아래 배가 불룩하게 부풀어 올랐다. 갓 세탁하여 깨끗한 흰색 칼라로 감싼 목 위로 보이는 선명한 분홍색의 살찌고 둥근 턱은 공격적으로 보였다. 그는 스티븐을 차갑게 노려보았다. 2층으로 올라가면서 로저는 스티븐의 다리를 꼬집었고, 스티븐은 재빠르고 깔끔하게 그의 다리를 차는 것으로 되갚았다.

"흥, 넌 네가 날 찰 수 있다고 생각하겠지!" 로저는 그 순간 정강이에 날카로운 통증을 느꼈다. "넌 파리 한 마리 잡을 힘도 없어. 난 아무렇지도 않아!"

고독의 우물 81

바이올렛의 부탁으로 그들끼리 차 한 잔을 마시려고 남았다. 바이올렛은 안주인 역할 놀이를 좋아했으며 부인은 딸아이의 응석을 전부 받아주었다. 그녀는 바이올렛이 들어 올릴 수 있도록 특별히 작게 만든 찻주전자를 구해다 주었다.

"설탕?" 허공 중에 설탕을 집어 올리는 시늉을 하면서 바이올렛이 물었다. "그리고 우유도?" 자기 어머니인 안트림 부인의 흉내를 내면서 그렇게 덧붙였다. '그리고 우유도?'라고 묻는 그녀의 목소리에는 만약 당신이 우유를 넣어달라고 한다면 스스로를 분명 게걸스럽다고 느끼게 만드는 어조가 실려 있었다.

"야, 잔소리 관둬!" 로저가 으르렁거렸다. 그의 정강이는 아직도 욱신거렸다. "알잖아. 내가 우유와 설탕 네 덩이 넣는다는 걸."

바이올렛의 아랫입술이 파르르 떨리기 시작했지만 의외로 의연하게 참고 있었다.

"우유를 좀 더 넣어줄까, 스티븐? 아니면 우유 없이 그냥 레몬만 넣는 걸 좋아해?"

"레몬이 없다는 건 너도 알잖아!" 로저가 심통을 부렸다. "빨리 차를 줘. 아님 네 머리 리본을 엉망으로 만들어놓을 테야." 로저는 찻잔을 잡으면서 하마터면 엎지를 뻔했다.

"아니, 이를 어째! 내 옷!" 바이올렛이 새된 비명을 질렀다.

그들은 마침내 식탁에 앉았다. 하지만 스티븐은 로저가 자신을 지켜보고 있다는 것을 알았다. 한 입 먹을 때마다 그가 지켜보고 있다는 것을 느끼면서 그의 시선을 의식하지 않을 수 없었다. 그녀는 배가 고팠고 점심을 많이 먹지 못했지만 그럼에도 자기 몫의 케이크를 즐길 수 없었다. 로저는 돼지처럼 꾸역 꾸역 먹으면서도 그녀에게서 눈길을 떼지 않았다. 스티븐을 다루는 문제에서 머리가 잘 돌아가지 않았던 로저로서는 멋진 생각이 떠올라 거의 숨이 막힐 지경이었다.

"야, 너." 로저는 입에 음식을 잔뜩 물고 말했다. "어떤 어린 숙녀가 사냥을 나갔다는데, 들었어? 살찐 다리로 마치 원숭이가 막대기를 타듯이 말을 걸타고 앉았다더군. 그래서 모든 사람이 비웃었다더라!"

"사람들은 비웃지 않았어!" 스티븐은 갑자기 얼굴이 벌겋게 달아올라서 소리쳤다.

"아, 그래. 사람들은 비웃었다던데!" 로저는 계속 조롱했다.

스티븐이 지혜로웠다면 그런 문제는 무시하고 넘어갔을 것이다. 혼자서 일방적으로 하는 공격이 재미있을 리 없기 때문이다. 하지만 스티븐은 고작 일곱 살이었고 그 또래의 아이가 언제나 현명한 것은 아니었다. 게다가 이 일은 결정적으로 그녀의 자존심을 건드렸다.

"내가 탄 여우 꼬리를 보여 줄 거야. 넌 방목장에서도 말을 탈 수 없잖아. 난 네가 고작 허들 높이만 돼도 말에서 떨어지는 걸 봤거든. 네가 사냥에 나오는 걸 봤으면 좋겠어!"

로저는 케이크를 한 입 더 삼켰다. 이제 서두를 필요가 없었다. 그는 작은 미끼로 대어를 낚았다. 그는 자신이 던진 미끼를 그녀가 물지 않을까 봐 노심초사했던 것이다. 스티븐을 끌어들이는 일이 언제나 쉬운 것은 아니었다.

"그래, 그럼 들어봐." 그는 점잔 빼며 말을 끌었다. "그래, 내가 말해 주지. 네가 그 조랑말을 걸타고 앉으면 사람들이 널 대단하게 여길 것으로 착각하는 모양인데, 어림없어. 새 승마복과 검은색 벨벳 승마 모자를 쓰고 말을 타면, 넌 네가 사내애처럼 보일 거라고 믿겠지. 왜냐고? 네가 사내애로 보이려고 그렇게 애를 쓰니까. 사실 네가 정말로 알고 싶다면 말인데, 사람들이 우스워서 배꼽을 잡았대. 우리 아버지가 그렇게 말했어. 늙은 조랑말을 타고 있는 네 모습이 너무 웃겼다면서 우리 아버지는 언제나 널 비웃었어. 네게 여우 꼬리를 준 건 오로지 재미를 위해서였어. 넌 꼬마니까. 아버지가 말했어. '내가 스티븐 고든에게 여우 꼬리를 줬지. 그러지 않으면 울 것 같았다니까.' 라던대."

"넌 거짓말쟁이야." 스티븐이 씩씩거렸다. 그녀의 얼굴이 창백해졌다.

"그런가? 그럼 우리 아버지에게 물어보지 그래."

"그만들 해." 바이올렛은 울먹거리다가 결국 울음을 터뜨렸다. "너네들 너무 지긋지긋해. 내 파티를 다 망쳐놨잖아."

하지만 로저는 이제 막 완벽한 승리를 맛보고 있는 중이었다. 그는 스티븐의 눈에 드러난 표정을 보았다. 그는 더 큰 소리로 약을 올렸.

"우리 엄마가 그러는데 네 엄마는 참 이상하대. 네가 그런 짓을 하도록 내버려 두다니 말이야. 우리 엄마가 그러는데 여자 애가 말을 걸타고 앉는 건 끔찍한 짓이래. 우리 엄마는 너네 엄마에게 정말 놀랐대. 우리 엄마가 그러는데 너네 엄마는 좀 더 분별력이 있어야 한대. 우리 엄마가 그러는데 그건 얌전한 태도가 아니래. 우리 엄마가……."

스티븐이 갑자기 벌떡 일어섰다. "네가 감히, 어떻게 네가 감히 우리 엄마를!" 그녀는 침을 튀겼다. 이제 그녀는 분노로 거의 제정신이 아니었다. 오로지 로저를 혼내 주겠다는 생각밖에 없었다.

그녀는 접시를 바닥에 내동댕이쳤다. 바이올렛이 희미한 비명 소리를 질렀다. 로저는 의자 뒤로 물러났다. 스티븐을 노려보고 있었지만 그의 둥근 눈은 겁에 질려 있었다. 그는 스티븐이 이처럼 불같이 화내는 모습을 본 적이 없었다. 그녀는 정말로 소매를 걷어붙였다.

"너, 이 새끼!" 그녀가 소리쳤다. "자, 덤벼봐!" 그녀는 스목[8]의 소맷부리를 걷어붙이면서 로저에게 주먹을 흔들어 보였다. 한편 로저는 자기 테이블 모서리로 물러났다.

그녀는 스목을 입은 우스꽝스러운 자세로 화가 나서 사내애같이 단단한 팔뚝을 치켜들고 마구 흔들며 서 있었다. 그녀의 긴 머리카락을 묶었던 리본은 반쯤 빠져서 달아났고 리본의 매듭은 느슨하게 축 늘어져서 비뚤어지고 바보 같아 보였다. 그녀의 얼굴에서 잘 드러나지 않았던 모든 것이 갑자기 눈에 들어왔다. 강한 턱 선, 네모지고 큰 이마, 아름답다고 말하기엔 너무 짙고 넓은 눈썹. 그런데도 그녀에게는 어떤 광채가 있었다. 그 순간 꼬집어 말하기 힘든 묘한 광휘가 느껴졌다. 마치 소용돌이치는 변동의 시대에 포착될 수 있는 원시적인 모습이라고나 할까. 기괴하지만 멋진 모습이었다.

"이 겁쟁이, 나와 싸울 수 있어?" 그녀는 테이블 뒤로 돌아가면서 자신을 괴롭히는 자와 마주 섰다.

하지만 로저는 손을 호주머니에 깊숙이 찔러 넣었다.

"난 여자 애들이랑은 싸우지 않아!" 그는 당당하게 말하고서 공부방을 느릿느릿 걸어 나갔다.

스티븐의 치켜든 주먹이 옆구리로 축 늘어졌다. 그녀는 고개를 숙였다. 카펫을 뚫어지게 내려다보았다. 그렇게 카펫을 내려다보고 있는 동안 갑자기 그녀는 온몸이 축 늘어지면서 자신이 한없이 무력해 보였다.

"아니, 여자 애가 어떻게 싸워. 여자 애는 싸우면 안 돼. 난 너무 겁이 났어." 바이올렛이 용기를 내어 말했다.

하지만 스티븐이 그녀의 말문을 막아버렸다.

"나 집에 갈게." 그녀는 잠긴 목소리로 말했다. "아버지한테 갈 거야."

그녀는 무거운 발걸음으로 계단을 내려와서 로비를 빠져나왔고 그곳에서 모자와 코트를 걸쳤다. 그녀는 마구간이 있는 집 뒤쪽으로 걸어가 마차와 윌리엄스를 찾았다.

4

"이렇게 빨리 돌아오다니. 스티븐." 애너가 놀라서 말했다. 하지만 필립 경은 딸의 얼굴을 찬찬히 살폈다.

"무슨 일이냐?" 딸에게 물었다. 아버지의 목소리가 불안하게 들렸다. "자 이리로 와서 내게 말해 보렴."

그러자 스티븐은 갑자기 울음을 터뜨렸다. 그들 앞에 서서 스티븐은 울고 또 울었다. 그녀는 로저가 그녀 어머니에 관해 했던 말을 전부 늘어놓으면서 수치심과 굴욕을 쏟아냈다. 자신이 여자 애라고 로저가 싸움을 피하지 않았다면 그녀가 어머니를 어떻게 방어했을지 모두 말했다. 그녀는 자신이 무슨 말을 하고 있는지도 모른 채 아무런 거리낌 없이 울고 또 울었다. 그 순간에는 자기가 무슨 말을 하든 전혀 개의치 않았다. 필립 경은 턱을 괸 채 듣고 있었고, 애너는 당혹스럽고 어이가 없어서 말을 잇지 못했다. 그녀는 스티븐을 안아주면서 키스를 하려고 했지만, 스티븐은 여전히 흐느끼면서 몸을 뺐다. 슬픔의 광란 상태에서 그녀는 위안을 원치 않았다. 마침내 애너는 스티븐을 그녀의 방으로 데려가 빙햄 부인에게 달래라면서 부인의 손에 넘겼다. 아이가 자신을 원하지 않는다는 느낌이 들었기 때문이다.

애너가 서재로 재빨리 돌아왔을 때도 필립 경은 여전히 턱을 괴고 있었다. 그녀가 말했다.

"필립, 당신이 인정할 때가 되었어요. 당신이 스티븐의 아버지라면, 난 그 애 엄마예요. 여태까지는 당신 방식대로 아이를 다뤘지만 성공했다고 생각하지 않아요. 당신은 스티븐이 마치 사내 녀석인 것처럼 대했잖아요. 아마도 그건 내가 당신에게 아들을 낳아주지 못해서겠죠." 그녀의 목소리가 약간 떨렸다. 그러다가 그녀는 엄숙하게 말을 이어 나갔다. "그건 스티븐에게 좋지 않아요. 그게 좋지 않다는 걸 난 알아요. 때로 그게 날 두렵게 해요, 필립."

"아니, 아니오. 그건!" 그가 날카롭게 말했다. 하지만 애너는 집요했다.

"그래요, 필립. 때때로 난 두려워요. 그 이유를 말할 수는 없지만요. 모든 게 잘못되고 있는 것 같아요. 이 아이가 뭔가 이상하단 느낌이 들어요."

그는 우울한 눈길로 그녀를 바라보았다. "날 믿지 못하겠소? 날 믿고 싶지 않소, 애너?"

애너는 고개를 가로저었다. "난 이해할 수 없어요. 그럼 당신은 왜 날 믿지 않으려는 거죠, 필립?"

자신이 사랑하는 여성에 대한 두려움으로 필립 경은 평생 처음으로 비겁한 짓을 저질렀다. 자신이 고통받는 것은 무엇이든 견딜 수 있었지만 애너에게 고통을 주는 것은 견딜 수 없었다. 애너에 대한 무한한 연민으로 그는 스티븐에게 깊고 심각한 죄를 저질렀다. 스티븐이 다른 아이들과 같지 않다는 것을 아이의 어머니에게 감춘 것이다.

"당신이 이해하지 못할 게 뭐가 있겠소?" 그가 단호하게 말했다. "이 모든 문제에서 당신이 날 믿어주었으면 하오."

이어 두 사람은 아이에 대해서 많은 이야기를 나눴다. 필립 경은 조용히 아내를 안심시켰다.

"난 그 애가 건강한 몸을 가졌으면 했다오. 그래서 다소 거칠게 자라도록 내버려 둔 거요. 지금쯤이면 가정교사가 필요할 때가 된 것 같소. 당신 말대로 말이오. 당신이 좋다면 프랑스 가정교사는 어떻소? 그러니까 글깨나 읽은 여성을 고용하는 게 좋겠지. 옥스퍼드 출신이나. 우리의 보살핌과 돈으로 해줄 수 있는 최고의 교육을 스티븐에게 제공하고 싶소."

애너는 이것 역시 못마땅해했다. "여자 애에게 그게 다 무슨 소용이에요? 내가 수학을 이해하지 못했다고 해서 당신이 날 사랑하지 않았을까요? 내가 손가락으로 셈을 한다고 해서 날 덜 사랑했겠어요?"

그는 애너의 뺨에 키스를 했다. "그건 다른 문제잖소. 그렇지 않소?" 그가 미소 지으면서 말했다. 하지만 그녀는 차고 단호한 표정이 실린 그의 눈동자가 의미하는 바를 잘 알았다. 아무리 설득하더라도 그의 결심을 바꿀 수 없다는 것을 그녀는 이미 그 표정에서 읽었다.

이내 그들은 아이 방이 있는 2층으로 올라갔다. 필립 경은 들고 있던 촛불을 가렸다. 두 사람은 함께 서서 스티븐을 내려다보았다. 아이는 깊은 잠에 빠져 있었다.

"쟤 좀 봐요, 필립." 연민에 찬 애너의 목소리가 떨렸다. "봐요, 필립. 양쪽 뺨에 눈물 자국이 그대로 있어요."

그는 고개를 끄덕였다. 그러고 나서 애너의 팔짱을 끼며 속삭였다.

"자, 갑시다. 이러다 우리가 애를 깨우겠구려."

6장

1

 빙햄 부인은 떠났다. 그녀 자신도 떠나는 것을 섭섭해하지 않았고, 그녀의 빈자리를 아쉬워하는 사람도 없었다. 뒤포 양이 빙햄 부인의 자리를 대신했다. 젊은 프랑스 가정교사였는데, 얼굴이 길고 쾌활해 보여서 스티븐은 그녀를 보면 말이 떠올랐다. 말상인 이 여성은 어떤 면에서는 스티븐에게 행운이었다. 스티븐은 뒤포 양을 잘 따랐다. 그렇다고 존경해서 복종하는 것은 전혀 아니었다. 반대로 스티븐은 그녀와 너무 친하고 지나치게 익숙해져서 스스럼없이 굴었다. 스티븐이 오히려 뒤포 양을 섬겼다. 뒤포 양은 외로웠고 향수병에 걸려 있었으므로 누군가 자신을 챙겨주는 것을 좋아한 것이 분명했다. 스티븐은 달려가서 뒤포 양을 위해 방석이나 의자를 가져다주거나 11시면 우유 한 잔을 대령하곤 했다.
 '다정하기도 해라. 그런데 쟤는 정말 야릇한 여자 애 같애. 마음씨는 정말 따뜻하지만.' 하고 뒤포 양은 생각했다. 그러다

보니 지리가 그다지 문제가 되지 않았고 산수도 문제가 되지 않았다. 뒤포 양은 엄하게 대하려고 했지만 부질없었다. 그녀의 학생은 언제나 그 선생을 속일 수 있었다.

뒤포 양은 자신이 말과 그처럼 닮았음에도 말에 관해서는 아무것도 몰랐다. 스티븐은 뻐기면서 관골류, 비절내종, 복사뼈, 결장 등에 관하여 긴 대화를 나누기를 좋아했고 수의학적인 지식을 온통 제멋대로 뒤섞어 말하곤 했다. 윌리엄스가 만약 이 이야기를 곁에서 들었다면 분명히 자기 턱을 쓰다듬었겠지만 그는 그들 곁에 없었다.

뒤포 양은 스티븐에게 정말로 강한 인상을 받았다.

"정말 괴짜야, 괴짜." 그녀는 언제나 감탄사를 연발했다. "넌 정말이지 작은 아마조네스구나, 스티븐."

"그렇죠?"라고 스티븐은 맞장구를 쳤다. 그녀는 불어를 배우고 있었다. 아이는 어학 능력이 탁월했는데, 그것이 선생님을 기쁘게 했다. 배운 지 여섯 달이 지나자 불어로 재잘거리면서 어깨를 으쓱하는 제스처까지 그럴듯하게 곁들일 수 있게 되었다. 그녀는 불어로 말하는 것을 좋아했으며 불어를 공부하는 것이 즐거웠다. 불어 문법을 정복하는 것도 꺼리지 않았다. 하지만 소양 교육을 위해 만든 『로즈 총서』에 나온 길고 말도 안 되는 문장을 받아쓰는 일은 견딜 수 없는 고역이었다. 스티븐과 비교해서 모든 점에서 약자였던 뒤포 양은 받아쓰기에 매달렸다. 『로즈 총서』는 그녀가 권위를 세울 수 있는 마지막 지푸라기였기 때문이다.

"모범적인 작은 소녀들." 하고 뒤포 양이 문장을 읽기 시작하면 스티븐은 마지못해 받아 적으면서 따분하고 지루해서 하품을 했다. "이제 우리는 소피를 되찾게 될 거야. '우리가 어디까지 했지? 아, 그래 기억이 났어.' 이 믿음의 증거가 소피를 감동시켰고 그렇게 심술궂게 굴었던 것에 대해 더욱 후회하게 만들었다."

"'어떻게 내가 그처럼 화를 낼 수 있었을까?' 라며 그녀는 혼잣말을 했다. '내가 어떻게 여기 있는 이렇게 착한 친구들에게 그렇게 심술궂게 굴었으며, 드 플뢰르빌 부인처럼 그렇게 부드럽고 다정한 사람에게 어쩜 그렇게 뻔뻔하게 굴었을까?'"

받아쓰기 프로그램은 심지어 점점 더 이상한 훈계조의 내용을 발췌함으로써 다양해졌다. 뒤포 양은 『착한 아이들』과 같은 책에서 받아쓰기 문장을 선택해 스티븐의 조롱과 야유를 받곤 했다.

"나의 앙리야, 엄마에게 네 심장을 드려라. 그것이 네가 엄마에게 해드릴 수 있는 가장 기분 좋은 일일 것이다. 내 심장을요? 앙리가 옷 단추를 풀고 셔츠를 열어젖히면서 말한다. 그런데 이를 어쩌나? 칼이 하나 있어야 하는데." 이런 문장을 듣고서 스티븐은 킥킥거렸다.

어느 날 스티븐은 여백에다 나름의 견해를 적어놓았다. "작은 짐승, 걘 사기꾼일 따름이야." 뒤포 양은 이 사실을 알지 못하고 불러주다가 자기 학생의 웃음보를 터뜨렸다. 그때부터 공부방에는 자연스럽게 규율이 느슨해지고 둘 사이는 친구처럼 되어버렸다.

그런데도 애녀는 상당히 만족하는 것처럼 보였다. 스티븐이 불어를 유창하게 했기 때문이다. 최근 들어 아내가 덜 초조해하는 것을 보면서 필립 경 역시 때를 기다리면서 아무 말도 하지 않았다. 맹랑하게도 딸이 대놓고 빈둥거리며 노는 것을 보면서도 언젠가 고삐를 조여야지 하고 마음으로만 생각하고 있었다. 그러는 사이 스티븐은 온화한 얼굴을 한 프랑스 여자를 점점 좋아하게 되었다. 여선생도 이 특이한 아이가 좋았다. 그녀는 종종 자기 고민을 털어놓곤 했다. 가정교사의 가족들은 문제가 많았다. 그녀의 어머니는 늙고 허약한 데다 까다롭고 요구가 많았다. 여동생에게는 사악하고 낭비벽이 심한 남편이 있었다. 여동생은 형편없는 품삯을 받으면서 파리에 있는 큰 가게에 들어갈 작은 가방 만드는 일을 했다. 작은 구슬 가방을 만드느라 그녀의 시력이 점점 나빠지고 있었지만 가게 주인은 아랑곳하지 않고 품삯도 너무 보잘것없었다. 뒤포 양은 어머니에게 자기가 번 돈 일부를 부쳤다. 물론 가끔씩 자기 여동생도 도와주었다. 그녀의 어머니는 일요일마다 닭고기를 먹어야 했다.

"세상에, 살아야 해……. 적어도 먹고는 살아야지." 그 이후로 닭고기가 작은 냄비에 담겨 나왔다. 어머니는 닭고기 수프를 좋아했다. 그것이 주는 온기가 늙은 잇몸에 편하고 먹기 좋았기 때문이다.

스티븐은 이런 이야기들을 모두 이해하는 것처럼 인내심을 갖고 들어주었다. 그녀는 때로 슬기롭게 고개를 끄덕이기도 하고 한 마디씩 거들기도 했다.

"정말 딱하기도 해라. 정말 너무해. 인생이란!"

그러면서도 자신의 특별한 고민에 관해서는 절대로 털어놓는 법이 없었다. 뒤포 양은 종종 이 아이를 이상하게 여겼다.

'이 괴짜 꼬마가 행복하기나 한 걸까?' '이 아이가 나중에 행복하게 될까? 누가 알랴!'

2

 이 년 이상 나태와 평화가 공부방을 지배했다. 전직 하사관이었던 스밀이 지평선을 건너와서 펜싱과 체육을 가르치겠다고 공지하기 전까지는 그랬다. 그 순간부터 공부방을 지배했던 평화는 사라졌다. 뒤포 양은 체육과 펜싱이 발목을 두껍게 한다고 항의했지만 아무런 소용이 없었다. 애너도 반대했지만 부질없는 일이었다. 스티븐은 그들을 무시한 채 아버지와 상의했다.

 "전 보디빌딩을 하고 싶어요."라고 그녀는 통지했다. 두 사람은 마치 커리어를 논의하는 것처럼 말했다.

 "보디빌딩이라? 글쎄다. 그걸 어떤 식으로 시작할 건데?" 필립 경이 웃으며 말했다.

 그러자 스티븐은 전직 하사관인 스밀에 관해 설명했다.

 "그렇구나." 필립 경은 고개를 끄덕였다. "그러니까 펜싱을 배우고 싶은 게로군."

 "가슴으로 웨이트를 들어 올리는 법도 배우고 싶어요." 그녀가 재빨리 덧붙였다.

 "왜 너의 큰 앞니로 들어 올리지 않고?" 필립 경이 딸을 놀렸다. "자, 흠. 펜싱이든 체육이든 삼손이 바리새인들의 집을 부순 것처럼 모턴 힐을 부수려 들지만 않는다면 아무렴 어떻겠냐만. 내가 보기엔 쉽게 그런 일이 생길 것 같구나."

 스티븐이 씩 웃었다. "머리카락만 자르면 그런 일은 일어나지 않을 텐데요. 그러니까 머리카락만 자르면 안 될까요? 아, 그렇게 하도록 해줘요, 아버지!"

 "그건 어림없다. 차라리 위험을 감수하는 게 낫지." 필립 경이 단호하게 말했다.

스티븐은 화가 나서 쿵쾅거리며 2층 공부방으로 되돌아갔다.

"난 그 수업을 들을 작정이에요." 스티븐은 뒤포 양에게 의기양양하게 말했다. "다음 주 맬번으로 말을 타고 갈 거예요. 화요일부터 시작할 참이거든요. 선생님 동생의 남편을 죽일 수 있도록 펜싱을 배울 거예요. 선생님 동생에게 짐승처럼 구는 그 작자를 죽일 수 있게요. 아내를 괴롭히는 남자들과 결투할 겁니다. 파리 남자들이 그러는 것처럼요. 가슴으로 피아노를 들어 올리는 법도 배울 거고요. 모든 근육을 확장하면 그럴 수 있을 테니까요. 머리카락도 자를 참이거든요!" 그녀는 거짓말로 결론을 내렸다. 이런 폭탄선언을 한 후 곁눈질로 주변의 반응을 살폈다.

"오, 주님이시여. 자비를 베푸소서!" 뒤포 양은 숨을 몰아쉬면서 하늘을 올려다보았다.

3

전직 하사관인 스밀은 스티븐이 탁월한 학생이라는 점을 오래가지 않아 알아보았다.

"정말 열심히 한다면 언젠가 틀림없이 펜싱 챔피언이 될 겁니다, 아가씨."라고 그가 말했다.

스티븐은 가슴으로 피아노를 들어 올리는 법은 배우지 못했지만 시간이 지나면서 상당히 전문적인 체육인이자 펜싱 선수가 되었다. 뒤포 양이 애너 부인에게 털어놓은 것처럼 스티븐이 펜싱을 하는 모습을 지켜보노라면 동작이 유연하고 부드럽고 빨라서 멋있었다.

"천사처럼 펜싱을 해요." 뒤포 양은 애정을 담아 말했다. "이제 스티븐은 거의 승마 수준만큼 펜싱을 잘해요."

애너는 고개를 끄덕였다. 그녀 자신도 스티븐이 펜싱 하는 모습을 여러 번 지켜보면서 어린아이치고는 잘한다는 생각을 했다. 그래도 펜싱을 하는 것은 그녀의 마음에 들지 않았다. 그래서 스티븐을 칭찬하기가 힘들었다.

"여자 애가 저 모든 것을 하는 게 영 맘에 들지 않아요." 그녀가 천천히 말했다.

"그래도 남자처럼 하잖아요. 저처럼 힘차고 저토록 우아하게요." 뒤포 양은 눈치도 없이 그렇게 재잘거렸다.

이제 스티븐에게 인생은 새로운 관심사로 넘쳐 나게 되었다. 온통 몸에 관심을 쏟기 시작했다. 그녀는 자기 몸이 얼마나 소중한지 알게 되었다. 체력이 그녀에게 기쁨을 줄 수 있었으므로 진정한 가치를 몸에서 느끼게 되었다. 아직 어렸지만 그녀는 자기 몸을 부지런히 관리했다. 밤에는 목욕을 하고 아침에는 미지근한 물로 몸을 씻었다. 냉수욕은 금지되었다. 온욕이 때로는 근육을 약화시킬 수 있다고 들었다. 체육인으로서 그녀는 머리를 땋았다. 가끔씩 땋은 머리를 한 채로 다른 곳에서도 불쑥불쑥 모습을 드러냈다. 그러지 말라고 했는데도 그녀는 언제나 그 사실을 잊어버리고 아침을 먹으러 내려오면서 머리를 단정하게 땋은 모습으로 나타났다. 그래서 애너는 마침내 포기하면서 한숨을 내쉬었다.

"필요할 땐 머리를 땋아도 좋아. 그렇다고 그게 너한테 어울린단 소린 하지 마라, 스티븐."

뒤포 양은 어리석으리만치 스티븐에게 애정을 품고 있었다. 스티븐은 수업 도중에 소매를 걷어 올리고 자기 근육을 시험했다. 뒤포 양은 이를 저지하는 대신 웃으면서 그녀의 터무니없는 이두박근에 감탄했다. 스티븐은 점점 더 체력 단련에 흠뻑 빠져들었고, 그 여파가 공부방에도 슬슬 나타나기 시작했다. 공부방 책꽂이에 아령이 놓여 있고 반쯤 낡아빠진 운동화가 구석 자리에 슬그머니 숨어 있게 되었다. 체력 단련에 관한 아이의 정열을 제외하고는 모든 것이 뒷전으로 밀렸다. 필립 경이 그 다음으로 선택한 일은 아일랜드에 수표를 보내서 딸이 탈 수 있도록 헌터종 사냥마를 구입한 것이었다. 진짜 순종 사냥마였다. 그가 한 말은 "이건 로저 때문!"이라는 게 전부였다. 그래서 스티븐은 어린 로저의 생각을 기분 좋게 비웃을 수 있게 되었다. 그녀를 오랫동안 괴롭혔던 상처를 치유하는 데 그런 비웃음은 상당한 도움이 되었다. 아마도 필립 경이 아일랜드에 수표를 보내 순종 헌터를 구입한 것도 그런 이유에서였을 것이다.

  헌터는 도착했을 때 잿빛이었으며 날씬했다. 그 말의 눈은 아일랜드의 아침처럼 부드러웠고 용기는 아일랜드의 일출처럼 눈부셨다. 심장은 아일랜드의 심장처럼 젊고 사나웠다. 헌터는 서비스를 하는 데만큼은 헌신적이고 충성스러웠으며 열심이었다. 이름을 부르면 혀 위에서 달콤함이 전달되었다. 그녀는 시인의 이름을 따라 그 말에게 래프터리라는 이름을 붙여 주었다. 스티븐은 래프터리를 사랑했고 래프터리 또한 스티븐을 사랑했다. 첫눈에 반한 사랑이었다. 그들은 마구간 칸막이 앞에서 몇 시간이고 서로 이야기를 나눴다. 그것은 아일랜드어도 영어도 아니었다. 불과 몇 마디 되지 않았지만 많은 미세한 소리와 동작으로 이루어진 언어였다. 그들에게는 그런 소리와 동작이 어떤 말보다 큰 의미를 지녔다.
 '제가 당신을 용감하게 모실게요. 당신에게 봉사할 겁니다. 당신을 태워드리겠습니다. 당신을 평생 동안 모실 것입니다.'
 래프터리가 말했다. 그러면 그녀가 대답했다.
 "나는 널 밤낮으로 보살펴 줄게."
 이렇게 하여 스티븐과 래프터리는 건초 냄새가 향긋한 마구간에서 서로 헌신할 것을 맹세했다. 그들이 엄숙하게 서로 헌신할 것을 맹세했을 때 래프터리는 다섯 살이었고 스티븐은 열두 살이었다.
 그녀와 래프터리가 사냥을 나섰을 때, 스티븐보다 행복하고 자랑스러운 기수는 아무도 없었다. 또 울타리를 뛰어넘을 때 입증되었다시피 래프터리보다 지혜롭고 용감하고 젊은 녀석은 없었다. 그날 래프터리를 걸타고 앉은 스티븐은 벨레로폰[9]도 감히 따라오지 못할 정도의 스릴을 만끽했다. 그녀의 얼굴 위로 바람이 스치고 지나갔고, 가슴에는 불꽃이 일어나면서 인생의 환희를 느끼게 해주었다. 경주가 시작되자 여우는 모턴 방향으로 방향을 바꿨다가 업톤으로 다시 한 번 방향을 틀기 전에 북쪽 방목장을 가로질렀다. 방목장에는 거대하고 곧게 선 산울타리가 있었다. 그곳은 나무들이 몸을 숨길 수 있을 만큼 승마하기가 만만찮은 곳이었다. 어린 말과 기수가 해야 할 일은 곧장 그곳을 뛰어넘어 안전하게 울타리 너머에 착지하는 것이었다. 래프터리가 산울타리를 나는 모습을 본 사람이라면 아무도 녀석의 용기를 의심하지 않았을 것이다. 그들이 집에 도착했을 때, 애너가 래프터리를 쓰다듬어주려고 기다리고 있었다. 그녀는 래프터리의 매력을 거부할 수 없었다. 아일랜드인으로서 그녀의 손은 섬세한 손가락 아래에서 느껴지는 멋진 말의 느낌을 사랑했다. 그런 만큼이나 그녀는 스티븐에게도 부드럽게 대해 주고 아이를 이해하고 싶었다. 하지만 스티븐이 온몸에 흙탕물이 튀어서 엉망인 채로 말에서 내릴 때 기이하리만큼 아버지를 빼닮은 모습을 보는 순간, 마음속으로 해주려고 작정했던 말들이 입 밖으로 나오기도 전에 사라져버렸다. 아이에게 향한 마음이 움츠러들었다. 하지만 그 순간 아이는 넘치는 기쁨으로 그 점을 감지하지 못했다.

4

행복하고 멋진 어린 시절의 성취는 너무 빨리 지나가면서 계절에 자리를 넘겨주었다. 겨울이 왔을 때 스티븐은 열네 살이 되었다.

태양이 눈부신 1월의 어느 날 오후, 뒤포 양은 눈물을 훔치고 있었다. 뒤포 양은 사랑하는 스티븐을 떠나면서 그 자리를 라틴어와 그리스어 선생님인 경쟁자에게 넘겨주어야 했다. 그녀는 파리로 돌아가게 되었다. 불쌍한 뒤포 양은 나이 든 어머니를 보살펴야 했다.

그사이 스티븐은 열네 살이 되었고 비쩍 마르고 키도 훌쩍 커 있었다. 그녀는 서재에 있는 아버지 앞에 서 있었다. 그곳에 서서도 흘깃흘깃 계속 창문 너머를 쳐다보았다. 창문 너머에서 누가 손짓이라도 하는 것처럼 그녀의 마음은 태양이 눈부신 바깥을 헤매고 있었다. 그녀는 승마 바지와 각반을 차고 있었다. 그야말로 승마를 하기 위한 차림새였다. 그녀의 생각은 오로지 래프터리에게 머물렀다.

"앉으렴." 필립 경이 말했다. 목소리가 엄숙해서 그녀는 재빨리 현실로 돌아왔다. "스티븐, 너와 내가 이 문제를 확실히 해두어야겠구나."

"뭔데요, 아버지?" 그녀가 주춤거리면서 의자에 털썩 주저앉았다.

"너의 게으름 말이다. 애야, 놀기만 하고 공부를 하지 않으면 멍청해진단다. 우리가 협력하여 함께 일으켜 세우지 않는 한 네가 멍청해질 거란 소리다."

그녀는 크고 뾰족한 손을 무릎에 얹고 앞으로 몸을 굽혀 아버지의 얼굴을 유심히 살폈다. 아버지의 얼굴에서 그녀가 본 것은 눈에서 입술까지 퍼져 있는 조용한 결단이었다. 그녀는 갑자기 초조해졌다. 다소 불쾌한 말에 반대하려는 젊은이처럼 말이다.

"난 불어를 잘해요." 그녀가 말문을 열었다. "불어를 원어민처럼 유창하게 해요. 뒤포 양처럼 불어를 읽고 쓸 줄도 알아요."

"그 외에는 네가 아는 것이 거의 없지 않느냐. 그것으로는 충분하지 않다, 스티븐. 내 말을 믿으렴."

긴 침묵이 흘렀다. 그녀는 회초리로 자기 다리를 톡톡 쳤다. 그는 아이에 관해 심사숙고했다. 그러다가 다시 말을 이었다. 그의 어투는 대단히 부드러웠다.

"내가 이런 것들을 한번 고려해 보았다. 네 교육 문제 말이다. 아들에게 해줄 수 있는 것과 똑같은 교육을 네가 받도록 해주고 싶다. 가능한 모든 것을 말이다." 그는 스티븐에게서 눈길을 돌리면서 그렇게 덧붙였다.

"그런데 전 아들이 아니잖아요, 아버지." 그녀는 느릿느릿 말을 이었다. 그렇게 말하면서도 그녀의 마음은 몹시 무거웠다. 어린 시절 이후로 수년 동안 느껴보지 못했던 무겁고 슬픈 기분이 들었다.

이 말을 듣고 필립 경이 그녀를 돌아다보았다. 사랑의 눈길이기도 했지만 또한 연민과도 흡사해 보이는 눈빛이었다. 그들의 시선이 만나서 교차하고 엉기면서 한순간 서로를 말없이 붙잡았다. 눈앞이 흐려져서 그녀는 자기 부츠를 내려다보았다. 눈물이 흘러내릴까 봐 창피해서 눈을 내리깔았다. 그는 이 모습을 보았고, 마치 그녀의 혼란을 덮어주고 싶은 것처럼 말을 좀 더 빠르게 이어 나갔다.

"넌 나에게 유일한 아들이다." 그가 말했다. "넌 용감하고 팔다리가 튼튼해. 그에 덧붙여 네가 현명해졌으면 한다. 너 자신을 위해서 현명해졌으면 한다, 스티븐. 최선의 삶은 최고의 지혜를 요구하는 법이니까. 네가 책을 벗 삼아 배웠으면 한다. 언젠가 넌 책들이 필요할 게다. 왜냐하면……." 그는 잠시 망설였다. "왜냐하면 인생이란 게 그렇게 쉬운 것만은 아니라는 걸 알게 될 테니까. 우리 모두의 인생이 그렇다시피 말이다. 책은 좋은 친구란다. 난 네가 펜싱, 체육 혹은 승마를 포기하길 원하진 않아. 다만 네가 중용을 보여 줄 수 있으면 좋겠구나. 몸을 개발했으니 이제는 네 마음을 개발할 때다. 네 마음과 근육이 서로 방해가 되지 않고 상부상조하면 좋겠다. 그렇게 될 수 있어, 스티븐. 나도 그렇게 했으니까. 많은 면에서 넌 나를 닮았어. 난 너를 다른 여자 애들과는 아주 다르게 키웠어. 너도 잘 알 테지만. 바이올렛 안트림을 봐라. 난 네가 하고 싶은 대로 하게 놔두었다. 그렇다고 내가 널 응석받이로 키웠다고는 생각지 않는다. 왜냐하면 널 절대적으로 신뢰하니까. 너에 관한 한 나 자신을 믿는다. 나 자신의 건전한 판단을 믿으니까. 하지만 내 판단이 옳았다는 것을 이제 네가 입증할 때가 온 것 같구나. 우리 두 사람이 그 점을 네 어머니께 증명해야겠다. 네 어머니는 나의 유별난 교육 방식을 잘 참아주었다. 난 이제 심판대에 서게 될 거다. 네 어머니가 재판관이 될 테고. 네 도움이 전적으로 필요하구나. 만약 네가 실패하면 나도 실패하는 것이고, 우리 두 사람은 함께 추락하게 될 게다. 하지만 우린 실패하지 않을 거다. 새 가정교사가 오면 넌 열심히 공부해야 한다. 나이가 들어가면서 넌 멋진 여자가 될 테니까. 반드시 그래야 하고. 내가 널 얼마나 사랑하는지 알지? 그럼 날 실망시키지 마라." 그의 목소리가 약간 떨렸다. 그러다가 그가 손을 내밀었다. "스티븐, 이리로 오너라. 그리고 내 눈을 똑바로 쳐다봐라. 명예가 무엇이냐, 내 딸아?"

그녀는 근심스러운 표정으로 묻는 아버지의 눈길을 들여다보았다.

"당신이 나의 명예입니다." 그녀는 간단명료하게 대답했다.

5

스티븐은 뒤포 양에게 작별 키스를 하면서 울었다. 두 번 다시 돌아오지 않을, 책임지지 않아도 되었던 어린 시절이 지나가고 있다는 느낌이 들었다. 뒤포 양과 더불어 그 시절이 사라지고 있었다. 그녀는 너무 어리석게 애정이 깊었고 너무 쉽게 구속받고 너무나 기꺼이 설득당했다. 그녀는 스티븐이 그처럼 눈에 띄게 게으름을 피웠음에도 너무 쉽게 최선을 다했다고 믿고 싶어 했다. 다정한 뒤포 양은 미소 짓지 말아야 할 때 미소 짓고, 웃지 말아야 할 때 웃었다. 그런 그녀가 지금은 울고 있었다. 단순히 흐느끼는 것이 아니라 프랑스 사람만이 할 수 있을 정도로 울어서 눈물이 강물처럼 흘러 넘쳤으며 대놓고 대성통곡을 했다.

"내 소중한 아기, 내 귀여운 강아지!" 그녀는 흐느끼면서 비쩍 마른 스티븐의 몸에 매달렸다.

눈물이 뒤포 양의 모피 코트에 장식으로 드리운 머플러를 타고 흘러내렸다. 눈물은 이미 빛이 바랜 옥색 모피를 적셨다. 눈물로 인해 머플러가 서로 엉겨 붙어 옥색이 검은색으로 변했다. 뒤포 양은 눈물을 훔치려고 했지만 그럴수록 머플러는 더 젖었다. 그녀의 손수건은 점점 더 젖어들었으며 스티븐이 그녀에게 내민 커다란 손수건 또한 마른 상태는 아니었다.

전세를 낸 마차가 맬번 역사에서 여기까지 왔다. 풋맨은 뒤포 양의 가방을 움켜잡았다. 가방이 너무 가벼워서 마차의 마부가 거들어주겠다고 하는데도 그는 필요 없다고 손사래를 쳤다. 그는 한 손으로 트렁크를 들어서 마차에 실었다. 그러자 뒤포 양은 갑자기 영어로 말을 쏟아내기 시작했다. 그녀가 왜 불현듯 영어로 말을 했는지 누가 알겠는가. 어쩌면 감정이 북받쳐서 그랬는지도 모른다.

"이게 작별은 아니겠지, 영원한 이별은 아닐 거야." 그녀가 흐느꼈다. "넌 올 거야. 틀림없이 파리로 오게 될 거야. 그걸 느낄 수 있어. 우린 다시 만나게 될 거야, 스티븐. 내 귀여운 아기. 장차 네가 좀 더 자라면 우리 두 사람은 다시 만나게 될 거야."

스티븐은 이미 그녀보다 훨씬 키가 컸지만 뒤포 양을 기쁘게 해주기 위해 도로 작아졌으면 하는 바람이 생길 정도로 아쉬워했다. 하지만 프랑스 사람들은 감정이 북받친 상태에서도 정말로 현실적인지라 뒤포 양은 핸드백 깊숙한 곳을 뒤져 작은 쪽지 하나를 찾아냈다.

"파리에 있는 내 동생 주소거든." 그녀가 코를 풀면서 말했다. "작은 핸드백을 만드는 내 동생 주소야. 스티븐, 작은 가방 필요하다는 사람이 있으면, 작은 가방을 사겠다는 숙녀가 있으면 그이들에게 이걸 전해 줘."

"알았어요, 알았어. 기억해 둘게요." 스티븐이 중얼거렸다.

마침내 그녀의 모습이 사라졌다. 마차가 길을 따라 내려가다가 길모퉁이를 돌았다. 길모퉁이에서 마차의 창문으로 눈물 젖은 얼굴을 내민 채 뒤포 양은 비탄에 잠겨 스티븐에게 손수건을 흔들었다. 비가 뒤포 양의 눈물에 뒤섞여 있음이 틀림없었다. 우중충했던 날씨는 기어코 비를 뿌렸다. 떠나기에는 너무 을씨년스러운 날씨였다. 세번 계곡을 완전히 덮은 안개가 언덕 옆으로 스멀스멀 기어오르기 시작했다.

스티븐은 텅 빈 공부방으로 들어갔다. 공부방은 어지러운 가운데 텅 비어 있었다. 그런 혼란은 어떤 사람의 자취를 담고 있었다. 뒤포 양의 흔적이 곳곳에 배어 있었다. 의자는 휘어져 있었고, 아무런 의미도 없는 잡동사니들이 그 위에 올려져 있었다. 구겨진 종이, 깨진 구둣주걱 그리고 짝을 잃어버린 낡은 갈색 장갑이 놓여 있었다. 테이블 위에는 스티븐이 가장자리를 찢어놓아 너덜너덜해진 낡은 분홍색 압지가 놓여 있었다. 긁혀서 상처 난 얼굴이 자주색으로 변할 때까지 압지에는 우아한 불어 글씨체가 이리저리 가로지르고 있었다. 그 옆에는 반쯤 빈 자주색 잉크병이 놓여 있었다. 잉크 병목은 잉크 방울이 떨어져 내리다가 말라붙어 파르스름한 빛을 띠고 있었다. 바늘 끝처럼 날카로운 펜촉, 가늘고 신경질적인 펜촉이 압지를 콕콕 찌르고 있었다. 자주색 잉크와 더불어 성인 요셉의 성자 카드가 놓여 있었다. 그 카드는 뒤포 양의 기도서에서 떨어진 것이 분명했다. 요셉 성인은 존경할 만하고 다정해 보여서 그레이트 맬번의 어부처럼 보였다. 스티븐은 그 카드를 집어 들고서 요셉 성인을 바라보았다. 카드 구석 자리에 뭔가가 적혀 있었다. 자세히 들여다보니 섬세한 글씨체로 "나의 사랑하는 스티븐을 위해 기도할게."라고 적혀 있었다.

그녀는 카드를 자기 책상 한쪽 옆에 넣어두었다. 잉크와 신경질적인 금속 펜촉 끝으로 콕콕 찔린 자국이 있는 압지는 함께 장식장에 감춰두었다. 태울 만한 것이었다. 그런 다음 그녀는 의자를 바로 정리하고 쓰레기들을 내던졌다. 그러고서는 먼지떨이를 찾았다. 『로즈 총서』를 포함하여 서가에 남아 있는 몇 권 되지 않는 책들에 쌓인 먼지를 차례차례 털었다. 쓰레받기를 찾았다. 받아쓰기 공책들을 다른 공책과 함께 차곡차곡 쌓았다. 제대로 받아쓴 공책은 없었다. 덧셈 공책은 온통 가위표투성이였다. 그중에는 영국사 책도 있었다. 스티븐이 말의 역사에 관해 적어놓은 공책도 있었다! 지리 공책에는 눈에 띄는 자주색 잉크로 "주의력 결핍"이라고 뚜렷이 적혀 있었다. 마지막으로 그녀는 찢긴 학습 공책들을 전부 모았다. 책들은 모서리로 누워 있거나 뒤집혀 있거나 배를 깔고 누워 있었다. 어떤 서랍에든 어떤 장식장에든 책이 있었지만 정작 제자리인 서가에 꽂혀 있는 책은 거의 없었다. 서가에는 전혀 다른 것이 머물고 있었다. 온갖 잡동사니와 더불어 공부와는 거리가 먼

것들이 가득 놓여 있었다. 크기도 다양한 여러 가지 목제 아령, 철제 아령들이었다. 인디언 클럽[10] 중 하나는 목면으로 손잡이 부분을 감아놓았는데 그 부분이 쪼개졌고 운동화와 튜닉의 벨트 같은 것들이 있었다. 래프터리가 특별한 경우에 썼던 헤어밴드를 포함한 마구 용품도 있었다. 반쯤 먹다 버린 당근은 시들 대로 시들다가 마침내 곰팡이가 피어 얼룩덜룩했다. 사냥 채찍 두 자루 모두 양쪽 챗열이 떨어져 나가서 마구장이의 손길을 기다리고 있었다.

    스티븐은 자기 턱을 쓰다듬으면서 생각에 잠겼다. 턱을 쓰다듬는 행동은 이제 자연스러운 습관이 되어버렸다. 그녀는 마침내 커다란 박스 소파를 이것저것 쓸어 담는 그럴싸한 용기로 사용하기로 마음먹었다. 당근 하나가 남자 그녀는 그것을 손에 쥔 채 오랫동안 서 있었다. 혼란스럽고 언짢았다. 마음을 굳게 먹고 책상을 깨끗이 정리하는 것은 분명 몹시 우울한 일이었다. 하지만 마침내 그녀는 그런 것들을 전부 불 속으로 던져 넣었다. 불길에 던져진 것들은 우울하게 지글거리고 타다가 웅얼거리는 불꽃으로 변했다. 그녀는 그곳에 앉아서 래프터리가 처음으로 먹었던 당근이 타는 모습을 우울하게 지켜보았다.

7장

1

뒤포 양이 떠난 지 얼마 되지 않아 모턴 가에는 두 가지 커다란 변화가 일어났다. 공부방을 점령하기 위해 푸들턴 양이 도착한 것이 그런 변화 중 하나였다. 그리고 다른 하나는 필립 경이 자동차를 구입한 것이었다. 그것은 파나르[11]사가 만든 자동차였다. 이 자동차는 업톤 온 세번 일대를 떠들썩하게 만들었다. 혁신적인 발명품은 무엇이든 수상쩍게 보는 보수적인 사람들이어서 미들랜드에서는 쉽게 그런 제품을 볼 수 없었다. 지금 돌이켜 보면 믿을 수 없는 일이지만, 필립 경은 일종의 선구자처럼 여겨졌다. 파나르는 높은 어깨, 납작한 코, 시끄럽고 조잡한 목소리에 정말 알 수 없는 성질을 가진 실패작이었다. 이 자동차는 빈번히 소화불량을 일으켰으며, 스파크 플러그가 불량했다. 좌석은 불편함의 극치였으며, 원시적인 기어는 거북하고 시끄러웠지만 그래도 시속 24킬로의 속력을 낼 수 있을 정도는 되었다. 신의 은총과 기사의 도움으로 그 차가 언제나 소화불량으로 고통받은 것은 아니었다.

애너는 새로 구입한 제품을 영 못마땅하게 보았다. 마흔을 넘긴 그녀는 마차를 안락하게 모는 것에 만족했다. 그러다가 여름철이면 자그마하고 멋진 프렌치 빅토리아[12]를 타는 것에 만족하는 그런 여성이었다. 그녀는 커다란 고글을 쓴 자기 모습을 몹시 싫어했으며, 모자를 꽉 조여 묶어야 하는 것도 싫어했다. 필립 경이 고집을 부리는 바람에 자동차를 탈 때면 반드시 입어야 하는 무겁고 남성복처럼 거친 나사 코트도 싫어했다. 그런 것들은 그녀의 취향이 아니었다. 이것들은 고상하고 부드럽게 감기는 의상을 선호하고, 조용하고 다소 느리며 온화한 동작을 본능적으로 원하며, 여성스럽고 단정한 것을 선호하는 그녀에게 거부감을 주었기 때문이다. 마흔네 살인 애너는 여전히 날씬했다. 흰머리가 전혀 없이 윤기가 흐르는 검은 머리칼, 그녀가 새색시로 모턴에 왔을 때처럼 예나 지금이나 변함없이 맑고 솔직한 그녀는 여전히 아름다웠다. 남편 때문에라도 이 사실이 은근히 그녀를 기쁘게 해주었다. 하지만 애너는 중년의 나이를 무시하지 않았다. 그녀는 나이를 품위와 용기로 맞이했다. 이제 그녀의 부드러운 드레스는 색깔이 점점 줄어들었고 행동은 과거보다 점점 더 조심스러워졌으며, 그녀의 마음에는 점점 더 엄격한 자기 절제와 신중함이 보태졌다. 하지만 그 무렵에는 지나치게 신중해지고 관심사가 협소해지면서 점점 인내심을 잃어가기 시작했다. 자동차 자체는 사소한 것이었지만 이 사건은 애너의 퇴행적인 경향을 뚜렷이 보여 주는 것이었다. 특이한 것에 대한 본능적인 혐오감과 미지의 것에 대한 뿌리 깊은 공포를 보여 주는 한 사례였다.

윌리엄스는 공공연하게 혐오감과 적개심을 보였다. 그는 자동차가 자기 마구간을 엉망진창으로 만든다고 생각했다. 마차의 차고가 딸려 있는 티끌 하나 없이 깔끔한 마사에는 널찍한 새끼줄과 붉고 푸른 마구장이의 테이프가 서로 꼬여 있었다. 멋진 마구간 마당은 여태까지 먼지 하나 없이 깔끔하게 유지되었다. 그런데 파나르가 온 후로는 판석 위에 기름이 홍건하게 고였다. 초록빛이 도는 끔찍한 냄새의 자동차 기름은 아무리 문지르고 닦아내도 소용이 없었다. 마사 차고에는 괴상하게 생긴 온갖 연장들이 들어오기 시작했다. 온통 기름투성이어서 손만 댔다 하면 끈적거리는 기름이 묻었다. 검은색 바셀린처럼 보이는 커다란 깡통, 목제품에 못을 박아 넣는 데 필요한 스페어타이어, 자주 분해되었던 자동차의 내부 결함을 수리하기 위한 벤치 같은 것들이 들어왔다. 마사 차고에 있던 이륜마차는 비정하게 쫓겨나서 이제는 쌍두 사륜마차와 함께 좁은 공간에 몸을 비비며 지내는 신세가 되었다. 그 대신 널찍해진 공간에는 야하게 번쩍거리는 침입자가 운전기사라고 불리는 젊은 몸종과 더불어 자리를 차지했다. 이 젊은 몸종은 런던에서 왔는데 가죽 옷을 입고 있었고 런던 사투리가 심했다. 그는 차고에 있는 윌리엄스 앞에서 대놓고 침을 뱉고서는 발로 쓱쓱 문질렀다.

"이 마차 차고 앞에서 네놈이 가래침을 뱉는 걸 볼 순 없는 겨, 이놈아!" 윌리엄스는 성질이 폭발하여 고함을 질렀다.

"진정하쇼, 할아범. 우리가 신성한 방주에 있는 것도 아닌데 뭘 그러슈!" 신참인 버턴이 윌리엄스에게 대꾸했다.

윌리엄스와 버턴 사이에 사투가 벌어지고 있었다. 버턴은 주로 경멸하는 말로 약을 올렸다.

"할아범 시대는 한물갔지라." 그는 계속 비아냥거렸다. "가스의 시대가 열렸는디. 운전이나 배워두는 게 낫지라."

"그 꼴 보기 전에 내가 먼저 죽을겨, 이 망할 놈." 윌리엄스는 울화가 치밀어 으르렁거렸다. 그는 점점 더 화가 나기 시작했다. 저녁 먹은 것이 소화가 되지 않았을 뿐 아니라 속이 부글거리고 거북했다. 그러자 윌리엄스의 마누라는 그가 걱정되지 않을 수 없었다.

"너무 그렇게 걱정 마유, 영감." 그녀가 달랬다. "우린 늙었잖어유. 당신이나 나나. 세상은 변하면서 발달하는 법이에유."

"망조로 나가고 있는겨. 그렇게 가고 있다고!" 윌리엄스는 배를 문지르면서 투덜거렸다.

설상가상으로 필립 경은 그 끔찍한 새로운 기계를 보고서는 마치 어린 남학생처럼 굴었다. 등을 깔고 드러누워서 자동차의 보닛 아래로 그의 발이 쑥 튀어나와 있는 모습을 마부장이 보았다. 자동차 아래에서 기어 나왔을 때 그의 광대뼈에는 검댕이 묻어 있었다. 머리카락과 심지어 코에도 시커먼 검댕이 묻어 있었다. 나리가 끔찍이도 빙충맞아 보였다고 윌리엄스는 나중에 자기 마누라 앞에서 통탄했다.

"온통 검댕 칠갑을 한 그런 모습을 보이다니 너무 끔찍혀. 그렇게 단정했던 신사 나리가. 버턴의 지저분하고 낡은 코트를 걸치고 있다니. 버턴이 이죽거리면서 저 꼬락서니 좀 보란 듯이 손가락질을 했어. 왜냐하면 주인 나리가 우리를 볼 수는 없었으니까. 주인 나리가 무람없이 버턴에게 소리쳤어. '이봐! 이 숙녀가 고장이 난 모양이군. 배기 파이프가 잘못된 모양인데!' 그러자 버턴이 주인 나리의 말을 반박하면서 침착하게 '그건 피스톤이지라.' 라고 대꾸하더구먼."

스티븐 또한 아버지 못지않게 자동차에 매료되었다. 스티븐은 그 밉살스러운 버턴과 사이좋게 지냈다. 버턴으로서는 자신의 동지가 되어줄 사람을 열망하던 터라 그녀에게 기계의 부속들에 관해 가르쳐주었다. 그는 그녀에게 운전하는 법도 가르쳐주었다. 필립 경과 함께 세 사람은 기꺼이 드라이브를 하러 나갔다. 자동차의 뒤통수를 물끄러미 바라보고 있는 윌리엄스를 남겨 둔 채 그들은 그렇게 사라졌다.

"그토록 멋진 기수였는데." 윌리엄스는 쓸쓸하게 자기 턱을 문지르면서 중얼거렸다.

윌리엄스가 얼마나 상심했는지는 구태여 많은 말이 필요하지 않았다. 그는 몹시 불행한 어린아이처럼 보였다. 나쁜 성질을 부리는 모양새에서도 어린아이처럼 굴었다. 그는 험담을 하면서 이도 없는 잇몸을 갈았다. 그러나 필립 경과 그의 딸은 그 누구보다도 뼛속까지 말의 매력에 사로잡힌 사람들이었다. 그리고 래프터리가 있었다. 래프터리는 스티븐을 사랑했고, 스티븐 또한 래프터리를 사랑했다.

2

자동차를 모는 것은 엄청난 흥분과 재미를 주었다. 정말로 커다란 기쁨이었다. 드라이브를 나갔다가 집이 있는 모턴으로 돌아와서 공부방으로 들어가면, 자그마하고 우중충한 인물이 연습장을 훑어보면서 틀린 것을 정정하거나 아니면 다음 날 아침에 공부할 과제를 준비하면서 테이블에 앉아 있곤 했다. 이 작은 잿빛 인물은 그녀를 올려다보면서 미소 지었다. 미소 지을 때는 그나마 괜찮았지만 미소가 사라지고 나면 그 얼굴은 못생긴 데다 너무 딱딱하고 네모진 모습이었다. 이마를 제외하면 전체가 각 진 얼굴이었다. 그녀의 얼굴에서 유일하게 이마만 둥글었고, 닳고 반들거리는 지식인의 무릎처럼 반짝거렸다. 놀라울 정도로 그녀의 모든 것은 네모반듯했다. 네모진 어깨, 네모진 엉덩이, 납작하고 네모진 가슴 선, 네모진 손가락 끝, 네모진 발톱과 신발, 사소한 모든 것까지 다 각이 져 있었다. 종잡을 수 없는 나이, 빛바랜 철회색 머리카락, 회색 눈동자의 그녀는 어김없이 검은 잿빛 옷을 입었다. 푸들턴 양은 보기에 그다지 고무적인 인물은 아니었다. 사실 권위를 가진 사람으로서 어디 하나 고무적인 데라고는 없었다. 자세히 살펴보면 그녀의 턱은 섬세하기는 했지만 그럼에도 극히 공격적으로 보였다. 미소로 인해 따스함이 느껴지고 유머로 인해 단호함이 녹아내릴 때를 제외하면 그녀의 입 역시 언제나 단호한 모습이었다. 그 미소는 푸들턴 자신을 포함한 세상 전체를 조롱하면서도 불쌍히 여기며 심문하는 것처럼 보였다.

푸들턴 양이 도착하던 그 순간부터, 스티븐은 이 기이하고 자그마한 여성이 붙박이 가구 같은 존재가 될 것이며, 뭔가 의미를 지니게 될 것이라는 불편한 확신을 갖게 되었다. 아니나 다를까 그녀는 즉시 자리를 잡았으며 두 달이 채 지나지 않아 푸들턴 양이 모턴에 언제나 존재했던 것 같은 생각이 들기 시작했다. 그녀가 언제나 호두나무 책상 뒤에 앉아서 단조롭고 건조한 옥스퍼드 억양으로 "스티븐, 뭔가 잊어버렸군." 하고 말하고 있었던 것 같은 착각이 들었다. "책들이 서가로 걸어갈 수는 없겠지. 그럼 네가 책들을 그곳으로 가져가야 하지 않겠니." 라는 소리가 들렸다.

공부방의 변화는 진정 놀라웠다. 제자리를 벗어난 책은 찾아볼 수 없었다. 책꽂이 선반에 제멋대로 놓여 있는 책도 없었다. 심지어 박스 라운지는 열어두어야 하고, 아령과 곤봉은 함께 짝을 이뤄야 했다. 푸들턴 양은 언제나 사물들이 짝 지어 있는 것을 좋아했다. 아마도 의식하지는 못했지만 모권적인 본능 탓이었으리라. 이제 스티븐은 자기 인생에서 처음으로 고삐에 매이게 되었다는 사실을 깨달았다. 그녀는 그런 구속감을 정말로 싫어했다. 너무나 규칙이 많아서 공부방에 놓여 있는 흑판에는 커다란 시간표가 붙어 있었다.

"왜냐하면." 하고 푸들턴 양은 시간표를 꽂아두면서 이유를 말했다. "심지어 내 머리로도 질서라고는 전무한 널 견딜 수 없으니 말이다. 그런 건 전염이 되거든. 그런 전염병에는 이런 시간표가 해독제가 될 거다. 그러니 부디 그걸 갈갈이 찢지는 마라!"

수학과 산수, 라틴어와 그리스어, 로마 역사, 그리스 역사, 기하학, 생물학. 이런 지식들이 스티븐의 마음속에서는 벌집으로 축소되었고, 그 안에서 꿀벌들은 서로를 전혀 도발하지 않으면서도 제각기 바쁘게 일하고 있었다. 그녀는 푸들턴 양을 경이롭게 지켜보았다. 이 작은 체구의 네모 상자에 그 지겨운 지식들이 차곡차곡 담겨 있다니! 정말 희한하다는 눈길로 쳐다보면 푸들턴 양은 예의 그 따스하고 매력적인 미소를 지으면서 말했다.

"그래, 나도 알아. 이건 처음에 필요한 노력일 뿐이야, 스티븐. 조만간 네 마음도 공부방처럼 정돈이 될 거다. 그러면 샅샅이 전부 뒤지거나 성가시게 굴지 않아도 원하는 것을 찾아낼 수 있을 거야."

하지만 공부가 끝나면 스티븐은 종종 마사에 있는 래프터리에게 가야 했다.

"오, 래프터리. 난 정말 이런 게 싫어!" 그녀는 말에게 불평을 털어놓았다. "네가 마구를 차고 있을 때 그런 느낌을 받을 것 같애. 딱딱한 나무로 된 굴대와 발길질을 하지 못하도록 채워놓은 가죽 띠를 할 때의 기분 말이야, 래프터리. 난 너에게 절대로 마구를 채우지 않을 거야!"

래프터리는 정말이지 뭐라고 대답해야 할지 알 수 없었다. 왜냐하면 그가 아는 한 모든 인간은 굴대 사이를 달리는 것임이 분명하기 때문이다. 심지어 신처럼 보이는 인간마저도 어김없이 굴대 사이를 굴러가야 했다.

오로지 아버지에 대한 스티븐의 사랑만이 배움의 길에 접어든 첫 육 개월을 견디게 해주었다. 그리고 지기 싫어하는 그녀 자신의 완강하고 오만한 의지가 견디는 힘이 되어주었다. 그녀는 화가 나서 씩씩거리면서 아령과 곤봉을 휘두르곤 했다. 멋진 근육을 생각하면서 자신을 위로했다. 그 모습을 보면서 푸들턴 양이 웃었다.

"넌 네 선생이 일종의 각다귀로 느껴지는가 보구나, 스티븐. 부숴버리고 싶을 정도로 성가시게 하는 각다귀 말이야!"

그러면 스티븐 역시 웃었다. "글쎄요, 선생님은 뭐랄까 작은 푸들…… 아, 죄송해요."

"괜찮아, 상관없어." 푸들턴 양이 그녀에게 말했다. "날 그냥 푸들이라고 부르렴. 나에겐 그나저나 마찬가지니까." 그날 이후로 푸들턴 양은 사라지고 그 자리에 푸들이 대신했다.

푸들은 신분이 미미한 인물이었지만, 그럼에도 어떤 순간에는 자기 주장이 확실했다. 그녀는 애너의 혼란스러운 회계장부의 균형을 맞춰주는 일과 같은 집안의 대소사를 해결하는 데 기꺼이 도움을 주었다. 잭슨을 위해서는 도서관 목록을 작성해 주었다. 그럼에도 불구하고 그녀는 자기 권리를 확실히 지켰다. 자기 지위를 확실히 주장하고 유지했다. 푸들은 자신이 원하는 것을 알았고 그것을 얻는 법도 알았다. 특히 공부방 안과 바깥에서 자신이 성취하려는 것이 무엇인지 잘 알고 있었다. 모든 사람이 그녀를 좋아했다. 그녀는 자신이 준 것을 가져갔고 그녀가 가져간 것을 돌려주었다. 어떤 경우에는 약간 더 많은 것을 주기도 했다. 그랬다. 가르침의 모든 기술과 인생의 모든 기술에서 사실상 그녀가 받은 것보다는 준 것이 더 많았다. 그리고 푸들은 그 점을 잘 알았다. 점차적으로, 처음에는 아주 조금씩 조금씩 학생의 무의식을 파고들어 저항을 해제시켰다. 작고 빈틈없는 손가락으로 그녀는 스티븐의 두뇌를 장악했다. 푸들은 스티븐의 두뇌를 자신이 생각한 대로 다듬고 만들어 나갔다. 그 두뇌에 대고 말을 하고 새로운 세상을 보여 주었다. 그 두뇌에 새로운 사상, 새로운 희망과 새로운 야심을 불어넣었다. 그녀는 그런 성취를 확실하고 자랑스러운 것으로 만들어 주었다. 이 과정에서 그녀는 스티븐의 근육을 결코 무시하지 않았다. 푸들은 체육인을 단 한 번도 놀린 적이 없었다. 자기 학생에 관해 한 번도 자기 나름으로 평가한 적이 없었다. 그녀는 스티븐을 당연하게 받아들였다. 어떤 것도 그녀를 놀라게 한 적도, 그렇다고 즐겁게 한 적도 없었다. 스티븐은 그녀가 점점 편하게 느껴졌다.

"당신과 함께 있으면 정말 편안해요, 푸들." 하고 스티븐은 만족스러운 어조로 말하곤 했다. "당신은 멋진 의자 같아요. 보기에는 작지만 충분히 몸을 뻗을 공간이 있는 그런 의자 있잖아요. 그게 어떻게 가능한지 정말 신기해요."

그러면 푸들은 미소를 지었다. 스티븐을 따스하게 해주는 예의 그 미소였다. 그 미소는 스티븐을 조롱하기도 했지만 그것은 푸들 자신을 포함하여 세상을 조롱하는 미소였다. 그들은 재미와 다정함으로 미소를 함께 나눴으므로 두 사람 중 어느 누구도 그로 인해 상처를 받거나 당황스러워하지 않았다. 그들의 우정은 깊고 강하고 푸르러서 마치 공부방에 있는 월계수처럼 무성해졌다.

푸들이 대단히 탁월한 선생님이라는 것을 깨닫는 순간이 왔다. 선생으로서 그녀는 대단한 재능이 있었다. 그녀는 고전에 대한 자신의 열광을 자기 학생에게 함께 나눌 수 있도록 만드는 데 탁월한 재능을 발휘했다.

"오, 스티븐. 이걸 그리스어로 읽을 수만 있다면 오죽 좋을까!" 그녀는 안타깝다는 듯이 그렇게 말했다. 그녀의 목소리는 온통 흥분으로 가득 차 있었다. "그리스어의 아름다움, 그 눈부신 위엄. 그것은 마치 바다와 같거든, 스티븐. 무섭지만 눈부신 바다. 그게 그리스어야. 라틴어보다 훨씬 더 웅장해." 그러면 스티븐 역시 갑작스러운 흥분에 사로잡혀 그리스어를 좀 더 열심히 해야겠다는 결심이 불타올랐다.

푸들은 고전만 주식으로 살아가지는 않았다. 그녀는 모든 문학적 아름다움을 감상할 수 있도록 스티븐을 가르쳤다. 그녀는 학생에게 진정 훌륭한 안목을 키워주었다. 문장과 구절들에서 균형 감각을 가르쳤다. 이렇게 하여 방대한 새로운 관심사가 생겨났다. 스티븐은 작문에 두각을 나타냈다. 본인도 놀랄 정도로 그녀의 가슴속에 오랫동안 잠들어 있던 많은 것을 쓸 수 있게 되었다. 예를 들어 그녀는 자연의 모든 아름다움에 관해 쓸 수 있게 되었다. 어린 시절의 인상들, 즉 언덕에 부서지던 황금빛 햇살, 뻐꾸기의 첫 울음소리, 신비스럽고 낯선 매혹들, 아버지와 함께 말을 타고 사냥터에서 돌아오던 기억들, 헐벗은 이랑들, 헐벗은 이랑의 의미들. 그 이후에는 기이한 희망과 기이한 동경, 기이한 기쁨과 심지어 좀 더 희한한 좌절, 체력이 주는 기쁨, 눈부신 육체적인 힘과 용기, 건강의 기쁨과 충분한 수면과 상쾌한 기분으로 잠에서 깨어나는 것, 말안장 아래에서 도약하는 래프터리의 기쁨, 래프터리가 앞을 향해 바람을 가르고 나가면 뒤로 물러가는 바람, 그리고 그 다음에는 뭘까? 갑자기 뚫고 들어갈 수 없는 어둠이 버티고 있다. 갑작스러운 거대한 공허. 모든 것은 무와 어둠이다. 갑작스러운 두려움. '난 길을 잃었어, 난 어디 있는 걸까? 나는 도대체 어디에 있는 걸까? 나는 아무것도 아니다. 그래, 난, 난 스티븐이야. 그런데 그건 아무것도 아니잖아.' 그러면 섬뜩한 공포가 느껴졌다.

글쓰기는 천국의 향기와 같은 것이었다. 그것은 깊은 바다로부터 흘러나오는 흐름과 같았다. 글쓰기는 영혼의 무거운 짐을 내려놓는 것 같았다. 그것은 안도감이며 위안이었다.

자의식이 없어야 글을 쓸 수 있다고 말하는 사람도 있을 것이다. 자신에게 부끄럽다거나 혹은 바보 같다는 의식이 없어야 글을 쓸 수 있다고 말이다. 그래야만 어린 넬슨 시절을 쓸 수 있을 것이라고, 약간 미소 지으면서 그럴 수 있을 것이라고 말한다.

가끔씩 푸들은 자기 침실에 홀로 앉아서 스티븐의 기이한 작문을 읽고 또 읽었다. 그녀는 얼굴을 찡그리거나 때론 미소를 지었다. 젊은 격정이 소용돌이치면서 쏟아져 나오고 있었다. 그녀는 생각에 잠겼다.

'여기 정말 뛰어난 재능을 가진 아이가 있다. 격정적인 재능을 가진. 그처럼 운동을 좋아하는 인물에게서 이와 같은 걱정을 발견하다니 흥미롭다. 하지만 그녀의 재능을 가지고 무엇을 만들어낼 수 있을까? 그녀는 세상과 맞서고 있었다. 그녀가 그 사실을 알 수만 있다면!

그러다가 푸들은 고개를 설레설레 흔들면서 의문스럽다는 표정을 지었다. 그녀는 스티븐을 안타깝게 여기고 세상 전체를 안타깝게 여기며 앉아 있었다.

3

이것이 스티븐이 또 다른 왕국을 정복한 방법이었다. 열일곱 살에 그녀는 체육인이었을 뿐 아니라 학생이었다. 푸들의 독창적인 교수법 아래 그녀는 자신의 근육뿐 아니라 지력도 자랑스럽게 여겼다. 조금 지나칠 정도로 자랑스러워했다. 그녀는 자만했으며 심지어 교만해지기까지 했다. 필립 경이 그녀를 놀렸다.

"스티븐에게 물어보지그래. 그 아이가 말해 줄 텐데. 스티븐, 아데이만토스를 알려면 무엇을 참조해야 하지? 진정한 존재를 선택하는 마음에 관해서 말했던가? 유리피데스에서 나오던가? 이런 잊어버렸군. 그래, 맞다. 플라톤이야. 내 그리스어가 창피할 정도로 녹이 슬었어!"

그러면 스티븐은 필립 경이 자신을 비웃고 있다는 것을, 하지만 자상한 마음에서 그런다는 것을 깨닫곤 했다.

책을 통해 많은 것을 새로 얻었지만 스티븐은 여전히 많은 시간을 래프터리와 이야기를 나누며 보냈다. 이제 녀석은 열

살이고 지혜도 많아져서 열심히 그녀의 말에 귀를 기울였다.

"있잖아, 근력만큼이나 지력을 키우는 것이 중요하단다. 난 지금 두 가지 전부를 키우고 있어. 가만히 좀 서 있으렴. 그래 줄래? 래프터리! 여물통에는 신경 좀 꺼. 눈알 좀 그만 굴리고. 지력을 개발하는 것은 대단히 중요해. 그건 남들보다 우위에 설 수 있는 이점을 제공해 주니까. 이 세상에서 네가 좋아하는 대로 할 수 있는 더 많은 능력을 부여해 주거든. 여러 가지 조건을 정복할 수 있게 말이야."

래프터리가 정말로 여물통을 생각하고 있었던 것은 아니었다. 녀석은 대답을 궁리하느라 눈알을 굴렸을 따름이다. 녀석은 자신의 언어로 표현하기에는 너무 큰 주제를 말하고 싶어 했다. 녀석이 할 수 있는 언어라고는 고작 몇 가지 소리와 몇 가지 동작이 전부였다. 스티븐이 놓치고 있었던 진실에 관해, 녀석이 가졌던 강렬한 느낌에 관해 말해 주고 싶었다. 그런데 말 못하는 모든 짐승이 가지고 있는 세월만큼 오래된 지혜를 그녀에게 어떻게 이해시킬 수 있겠는가? 평야와 원시림의 지혜, 태곳적부터 전해 내려온 그런 지혜를 말이다.

8장

1

 열일곱 살인 스티븐은 애너보다 키가 컸다. 애너도 여자치고는 상당히 큰 편이었는데 그녀보다 더 컸을 뿐 아니라 거의 아버지 키와 맞먹을 정도였다. 이웃의 눈엔 그 모습이 그다지 아름다워 보이지 않았다.
 안트림 대령은 고개를 절레절레 흔들면서 말했다.
 "난 포동포동하고 아담한 체형이 좋아. 그래야 매력이 있지."
 포동포동하고 아담했던 그의 아내는 아담하다 못해 코르셋을 입고 있으면 다소 숨이 가쁠 정도였다. 그녀는 이렇게 말하곤 했다.
 "스티븐은 특이해. 정말로 특이해. 거의 부자연스럽다고나 할까. 정말 안됐어. 가엾은 애 같으니라구. 그건 끔찍하게 불리해. 젊은 남자들은 그런 걸 싫어하니까. 안 그래요?"
 스티븐의 체격이 여성스럽지 않은 건 사실이지만 평평하고 널찍한 어깨, 가는 허리선은 어떤 면에서 보면 멋있어 보이기도 했다. 그녀는 동작에 절도가 있었고, 체육인의 편안한 자신감이 더해져 멋진 자세로 움직였다. 여자 손치고는 컸지만 그래도 그녀의 손은 날씬하고 깔끔하게 손질되어 있었다. 그녀는 자기 손에 자신감이 있었다. 얼굴은 어린 시절 이후로 변한 것이 거의 없었다. 여전히 필립 경의 관대한 표정이 어려 있었다. 변한 것이 있다면 아버지와 딸 사이의 닮은 점이 극도로 두드러지게 나타났다는 점이다. 어린 시절의 젖살이 빠지고 얼굴의 골격이 더 선명하게 드러나면서 단호한 턱 선은 더더욱 필립 경을 빼닮았다. 그의 턱 역시 갈라진 틈새가 있는 오목 턱이었다. 입술 윤곽이 뚜렷하고 예민해 보이는 것도 필립 경과 닮았다. 멋지고 대단히 호감이 가는 얼굴이었지만, 애너가 고집을 부려 모자를 씌워놓으면 뭔가 잘못된 것처럼 이상해 보였다. 이목구비를 부드럽게 해줄 것이라고 생각해 장미나 리본, 데이지로 장식한 모자는 그녀에게 어울리지 않았다.

거울에 비친 자신의 모습을 쳐다보면서 스티븐은 약간 불편해하곤 했다.

"좀 이상해 보이나? 아닌가?" 그녀는 의아해했다. "내가 어머니 머리 모양을 한다면 어떨까?" 그녀는 윤이 나고 숱 많은 머리카락을 풀고 앞가르마를 탄 다음 머리를 뒤로 느슨하게 묶어보았다.

결과는 어울리는 것과는 한참 거리가 멀었다. 그래서 스티븐은 황급히 머리카락을 다시 땋았다. 그녀는 이제 땋은 머리를 말아 올려 검은 리본으로 매듭을 지어 목덜미 위에 바싹 갖다 붙였다. 애너는 이런 머리 모양을 너무나 싫어해서 계속 참견을 했지만 스티븐은 막무가내였다.

"어머니 방식대로 해봤어요. 그런데 그러면 꼭 허수아비처럼 보여요. 어머니는 아름답지만, 전 아니잖아요. 그게 어머니에게는 정말 견디기 힘든 거죠."

"넌 외모가 나아지려는 노력은 전혀 하지 않는구나." 애너는 심각하게 꾸짖었다.

그즈음 두 사람은 옷 문제로 줄곧 전쟁 중이었다. 점잖은 전쟁을 치르고 있었다. 스티븐은 자기 성질을 자제하는 법을 배웠고, 애너는 결코 고상함을 잃는 법이 없었다. 그런데도 공공연한 전투였으며 서로 상반된 본성을 지닌 두 사람은 필연적으로 충돌할 수밖에 없었다. 상반된 성격이 옷을 통해 드러났기 때문이다. 왜 아니겠는가. 옷이라는 것이 결국은 어떤 사람의 자기표현 방식이지 않은가. 어떤 때는 이편이 승리하기도 하고, 다른 때는 저편이 승리하기도 했다. 스티븐은 맬번에 있는 우수한 재단사로부터 주문해 온 두꺼운 모직 저지나 거친 트위드 셔츠를 입고 나타나곤 했다. 때로는 애너가 승리하기도 했다. 그녀는 런던으로 가서 부드럽고 대단히 값비싼 옷을 구입해서 돌아왔다. 그녀의 마음을 흡족하게 해주기 위해선 딸이 마땅히 입어야 하는 옷들을 구해 왔다. 그런 여행 끝이면 어머니는 완전히 지쳐서 집으로 돌아오기 때문이다. 대체로 애너는 이런 식으로 자기 방식을 고집했다. 그러면 스티븐은 논쟁을 포기하고서 애너의 실망에 기댈 수밖에 없었다. 그것이 완전히 부정하는 것보다는 언제나 훨씬 더 효험이 있었다.

"이리 주세요. 그걸 내게 줘요!" 그녀는 다소 퉁명스럽게 어머니의 손에서 우아한 옷을 빼앗으면서 말했다.

그런 다음 급히 사라졌다가 엉망인 옷매무새를 하고 나타났다. 애너는 절망하여 한숨을 쉬면서 옷매무새를 고쳐주었다.

옷과 모델이 조화를 이룰 수 있도록 쓰다듬어주면서 다시 묶을 곳은 묶고 풀 곳은 풀면서 모양새를 고쳐주었다. 그들의 적대감은 결국 상호적인 것이 되어버렸다. 스티븐이 갑자기 정색을 하며 말했다.

"이게 내 얼굴이에요." 그녀의 목소리에 단호함이 묻어났다. "내 얼굴은 뭔가 잘못되었다고요."

"무슨 말도 안 되는 소릴!" 애너가 소리쳤다. 딸의 말에 기분이 상하기라도 한 듯 그녀는 뺨이 약간 상기되더니 재빨리 얼굴을 돌려 표정을 감췄다.

하지만 스티븐은 어머니의 얼굴에서 얼핏 나타났다가 사라졌던 순간적인 표정을 놓치지 않았다. 그녀는 어머니가 그 자리를 떠날 때까지 그곳에 꼼짝 않고 서 있었다. 그녀의 얼굴은 심각해졌으며 분노로 어두워졌다. 일종의 이해할 수 없는 부당함에 대한 분노였다. 스티븐은 옷을 낚아채서 내던져 버렸다. 그녀는 옷을 찢어버리고 상처를 줌으로써 자신을 상처 입히고 싶다는 듯이 굴었다. 그녀의 머릿속은 부당하다는 생각으로 가득했다. 하지만 그런 기분은 갑작스럽게 자기 연민으로 바뀌었다. 스티븐은 앉아서 자신을 위해 울고 싶었다. 갑작스러운 충동에 사로잡혀 그녀는 자기 자신을 위해 기도하고 싶었다. 자신이 마치 딴 사람인 것처럼, 그러면서도 끔찍한 개인적인 곤경에 처해 있는 것처럼. 내팽개친 옷을 가지고 와서 구겨진 곳을 천천히 폈다. 구겨진 주름을 펴는 것이 대단히 중요한 일인 양 진지하게 폈다. 구겨지고 풀 죽은 모습으로 놓여 있는 옷을 보면서 기도의 중요성을 터득한 것처럼 보였다. 하지만 스티븐은 요즘 들어 기도를 하지 않았다. 비교종교학을 공부한 이후로 신은 너무나 비현실적인 존재가 되었고, 믿기가 너무 힘들었다. 공부에 열중하게 되면서 그녀는 신을 다소 놓쳐 버렸다. 하지만 지금 그녀는 정말로 기도하고 싶은 기분이 들었다. 이런 자기 딜레마를 어떻게 설명해야 할지 알 수 없었다.

"전 너무나도 불행합니다. 있을 법하지 않은 주님······." 이라고 기도를 시작하는 것은 그다지 순조로운 출발은 아닌 것 같았다. 하지만 지금 이 순간 그녀는 진정 신을 원하고 있었으며 구체적인 신을 원했다. 대단히 친절하고 아버지 같은 구체적인 신이 필요했다. 흰 수염을 길게 늘어뜨리고 넓고 시원한 이마를 한 자비로운 아버지 하느님이 천사와 아기 천사들에게 둘러싸인 천국에서, 지상으로부터 올라온 기도를 더 잘 들으려고 고개를 돌려 아래를 내려다보는, 그런 신이 필요했다. 그녀가 원한 것은 지혜롭고 나이 든 가장으로서의 신이었다. 천국과 같은 관계로 둘러싸인 아버지 신을 원했다. 고통에도 불구하고 그녀는 희미하게 웃었다. 그런 웃음은 자기 연민을 죽이는 데는 효력이 있었다. 그런 웃음이 어린아이들의 가슴속에 존경할 만한 이미지로 자리 잡고 있는 그분의 심기를 거스를 것 같지는 않았다.

그녀는 한없는 정성을 쏟아서 새 옷을 입었다. 매듭을 당겨서 매고, 소맷부리의 프릴을 단정하게 정돈했다. 깊은 체념 가운데서도 그녀의 커다랗고 어눌한 손은 인내심을 발휘하여 기꺼이 움직였다. 그녀의 두 손은 끝없이 교묘하게 숨어 있는 작은 매듭을 찾아내려고 옷을 더듬다가 멈추고 그러다가 다시 또 더듬었다. 그녀는 한두 번 한숨을 내쉬었다. 하지만 그 한숨이 상당한 인내심을 발휘했다. 그러다가 스티븐은 결국 기도를 했다.

2

애너는 자기 딸이 끊임없이 걱정스러웠다. 무엇보다 스티븐에게선 사교성이라고는 찾아볼 수가 없었다. 열일곱 살이면 많은 처녀들이 사교계에 모습을 드러냈다. 하지만 스티븐은 사교계를 생각하는 것만도 질색했다. 사교계에 나간다는 생각은 완전히 포기해 버렸다. 가든파티에서 그녀는 언제나 실패작이었다. 겉보기에도 너무 불편해 보였고 붙임성이라고는 없었다. 그녀는 악수를 너무 힘차게 해서 반지가 손가락으로 파고들었다. 이런 태도는 순전히 초조함에서 나타난 무의식적인 반응이었다. 그녀는 전혀 말을 하지 않거나 아니면 너무 자유롭게 아무 말이나 했다. 그래서 애너는 사람들과 늘 건성으로 대화를 나눴고 눈과 귀가 온통 딸에게로 쏠려 있었다. 이런 상황이 애너에게는 견디기 힘든 일이었다. 스티븐 자신에게도 어머니 못지않게 힘든 시련이었다. 그녀는 축제와 같은 이런 모임을 끔찍이 두려워했다. 모인 사람들에 대한 그녀의 두려움은 근거가 없었으며, 타당한 이유가 없는 일종의 강박이 되어버렸다. 자신감이라고는 조금도 찾아볼 수 없었다. 만약 푸들이 우연히 그곳에 참석했더라면 어땠을까? 파티장에서의 스티븐의 모습과 우아하고 날쌘 발걸음과 능숙한 체육인으로서의 스티븐을 암울하게 비교하지 않았을까? 영리하고 다소 자기주장이 강한 학생인 스티븐은 선생인 자신을 능가할 정도로 탁월했다. 사실 그랬다. 푸들은 그곳에 앉아 가혹하게 비교하고 있었다. 비교하면서 앉아 있노라니 여간 심기가 불편한 것이 아니었다. 자기 학생이 경험하는 고민의 일부가 그녀의 마음에 절실히 와 닿았다. 그래서 부득이 그런 고민을 함께 공유하지 않을 수 없었으며 스티븐을 흔들어놓고자 했다. 푸들은 안타까운 마음으로 스티븐을 지켜보았다.

'저런 맙소사. 아니 쟤는 왜 되받아치지 못할까? 저건 정말 말도 안 돼. 한줌밖에 안 되는 교육도 제대로 받지 못한 촌뜨기 여자 애들 때문에 기분이 상해 분해하다니. 총명한 여자 애가 저렇게 당하다니. 이건 정말 분개할 일이야! 저 아인 이보단 인생을 공격적으로 살아야 할 거야. 인생에서 패자가 되지 않으려면!'

푸들을 까마득히 잊어버린 스티븐은 오래된 의심, 어린 시절부터 그녀를 괴롭혔던 그 의심에 시달렸다. 모든 사람이 그녀를 비웃고 있지나 않을까 하고 상상했다. 그래서 그녀는 과민 반응을 보였다. 반쯤 들리는 문장들, 단어들, 눈길들이 그녀를 내부로부터 무너지게 만들었다. 사람들은 그녀에 관해 생각조차 하지 않을 수도 있었다. 그녀의 외모에 관해서는 관심조차 없을 수도 있었다. 하지만 그녀에게 아무리 말해 줘도 소용이 없었다. 그녀는 그런 문장들, 단어들, 시선들이 순전히 개인적인 의미를 가진 것으로 상상하곤 했다. 그녀는 어색한 손놀림으로 모자를 비틀거나, 어눌하게 걷거나, 애너가 귀에 대고 한 마디 할 때까지 어깨를 잔뜩 웅크리고 걸었다.

"등허리를 곧게 펴렴. 구부정해 보이잖니."

혹은 푸들이 짜증을 부렸다.

"대관절 왜 그러니, 스티븐."

이 모든 것은 그녀를 점점 더 자의식적으로 변하게 했고, 그녀의 시련을 가중시킬 따름이었다.

그녀는 다른 젊은 여자 애들과 공통점이라고는 없었다. 다른 처녀들 편에서 볼 때 그녀는 짜증스러운 존재였다. 스티븐은 어떤 주제에 관해서는 얌전을 뺐고 실제로 그런 주제들을 꺼내면 얼굴을 붉히기까지 했다. 그녀들로서는 그게 이상하고 우습게 보였다. 결국 여자들끼리 하는 이야기 아닌가. 틀림없이 모두가 알고 있었다. 때로는 관여하고 싶어 하지 않지만, 때로는 슬쩍 덮어두려고 하지도 않는다는 것쯤은 누구나 아는 사실이다. 그러니 이 모든 것에 그렇게 요란스럽게 굴 필요가 어디 있단 말인가! 누군가가 그런 주제에 관해 슬그머니 암시라도 흘리는 날이면 스티븐 고든의 얼굴에는 공포스러운 표정이 나타났다. 그 표정을 보고 있노라면 그런 주제가 너무 치욕스러워서 일종의 불명예나 모욕감을 느끼게 만들었다. 다른 것들에 관해서도 그녀는 이상하게 굴었다. 그녀가 언급하고 싶어 하지 않는 것들은 너무 많았다.

마침내 다른 처녀들의 인내심이 한계에 달하여 참을 수 없는 지경에 이르렀다. 그래서 그들은 스티븐을 그녀만의 까다로운 취향과 공상 속에 남겨 두고 그 자리를 피해 버렸다. 그녀가 옆에 있다는 사실만으로 어떤 화제에 관해서는 억제해야 하는 것이 싫었다. 자연의 본능적인 기능에 이끌리는 것이 음란하다는 느낌이 들도록 만드는 그녀가 싫었던 것이다.

때때로 스티븐은 자기 혼자 따돌림을 당하는 것이 싫었다. 그래서 어색하게 그들에게 다가가면서도 눈으로는 미안하다는 표시를 했다. 마치 주인의 총애를 받지 못하는 개의 눈빛처럼 눈치를 살폈다. 그녀는 다른 친구들과 편안하게 어울리면서 가벼운 마음으로 대화에 끼려고 노력했다. 파티에 모여 있는 젊은 여자들에게 어슬렁어슬렁 다가가서 그들이 하는 하찮은 농담이 엄청 재미있다는 듯 웃거나 혹은 그들이 옷이나 맬번을 방문한 인기 있는 배우에 관한 이야기를 하면 진지하게 들어주었다. 그들이 지나치게 사적인 이야기를 자제하는 한, 그녀는 자신이 검열을 통과한 것으로 여겼다. 그곳에서 그녀는 강인한 두 팔로 팔짱을 끼고서 그들의 이야기를 집중해 들으려고 얼굴을 다소 찡그린 채 서 있었다. 이런 처녀들을 경멸하면서도 다른 한편으로 그녀에겐 그들처럼 되고 싶다는 갈망이 있었다. 분명 그랬다. 그 순간 그녀는 그들처럼 되고 싶었다. 불현듯 그들이 대단히 행복해 보인다는 생각이 머릿속을 스쳤다. 그들은 함께 뒷소문을 즐기면서 스스로를 확인하고 자신감에 차 있었다. 여성적인 해방구 속에서 그들은 안전함을 느꼈다. 그들은 일종의 확실한 일체감을 느끼고 서로를 이해했으며 서로의 야심을 이해했다. 그들은 질투하고 심지어 싸우기도 하지만 그런 이면에는 언제나 일체감이 놓여 있다는 것을 그녀는 간파했다.

불쌍한 스티븐! 그녀는 그들에게 결코 영향을 미칠 수 없었다. 그들은 스티븐이 마치 투명한 창문인 것처럼 그녀를 통과하여 그 너머를 보았다. 그들은 스티븐이 옷이나 인기 배우에 관해 전혀 관심이 없다는 것을 잘 알고 있었다. 그들의 대화는 주춤거리고 비틀거리다가 완전히 사라져버렸다. 그녀의 존재 자체가 그들의 영감의 샘물을 말려버렸다. 그녀가 호감을 사려고 하면 할수록 사태는 엉망이 되어버렸다. 그들에게는 그녀가 심술궂게 구는 편이 차라리 마음 편했다.

스티븐이 대등한 관계로 남자들과 만날 수 있었다면, 그녀는 언제나 동료로서 남자들을 선택했을 것이다. 그녀는 언제나 남자들을 선호했다. 남자들은 퉁명스럽지만 열린 전망을 가지고 있었기 때문이다. 그녀는 남자들과 있을 때 훨씬 더 많은 공통점을 발견했다. 예를 들면 스포츠가 공통의 관심사였다. 하지만 남자들은 그녀가 이야기를 확대하면 너무 영리해 보이고,

갑자기 조심스럽게 물러나면 너무 지루하다고 느꼈다. 여기에 덧붙여 그녀에게는 무의식적인 가정에 상반되는 무엇인가가 있었다. 그녀가 수줍음을 타는 것이라고 할 수도 있겠지만, 그들은 그 점을 느꼈다. 그것이 그들을 성가시게 했다. 그래서 남자들은 방어적인 태도가 되었다. 그녀는 잘생겼지만 마음과 신체 모두 너무 크고 전혀 굽힐 줄을 몰랐다. 남자들은 매달리는 여자를 좋아했다. 그들은 여성적인 담쟁이를 좋아하는 떡갈나무였다. 여성적인 담쟁이덩굴은 가까이 있기보다 오히려 매달리는 것이었다. 흔히 그렇듯 담쟁이덩굴은 떡갈나무를 칭칭 감게 되고 결국은 숨통을 조임에도 불구하고 남자들은 그런 담쟁이덩굴을 좋아했다. 그래서 그들은 담쟁이덩굴이 되지 못하는 스티븐을 싫어했으며, 그녀에게 도토리가 있는 것은 아닐까 하고 의심했다.

3

그 무렵 스티븐에게 최악의 시련은 차례로 돌아가면서 우의를 다지려고 카운티가 베푸는 디너파티였다. 이런 디너파티는 길고 지나치게 많은 코스 요리와 점잖은 대화로 잔뜩 무게가 실려 있었다. 정찬은 가정에서 사용하는 반짝거리는 식탁용 은제품들로 위엄을 더했다. 무엇보다 그런 파티는 분위기 자체가 몹시 보수적이었다. 결혼식에서만큼이나 파트너의 성별을 고집스럽게 구별하려고 한다는 점에서도 대단히 보수적이었다.

"램지 대령님, 고든 양을 안내해 가시겠어요?"

그러면 정중하게 구부린 팔이 척 하고 나타났다. "영광이군요, 고든 양."

 이렇게 하여 엄숙하고 대단히 우스꽝스러운 행렬이 시작되었다. 둘씩 짝 지은 동물들이 신의 가호 아래 노아의 방주로 걸어 들어가듯이. 신은 수컷과 암컷을 창조했다. 행렬이 이어지면서 스티븐은 긴 치맛자락에 자꾸만 발이 엉켰다. 그녀에게는 쓸 수 있는 손이 하나밖에 없었다. 행렬이 주춤거렸다. 그녀가 행렬을 멈추게 할 수도 있었다. 아, 그런데 정말로 행렬을 멈추게 하고 말았다. 생각만 해도 견딜 수 없었다!

 "죄송해요, 램지 대령님!"
 "저런, 제가 도와드릴까요?"
 "아닙니다. 정말로 괜찮아요. 저 혼자 할 수······."

 그런데 완전히 혼란에 빠진 그녀는 지나친 모멸감에 다른 사람들이 틀림없이 비웃을 것이라고 생각했다. 그녀는 자신이 기대려고 그의 팔에 매달렸다는 사실에 화가 났다. 램지 대령은 인내심을 발휘하는 것처럼 보였다.

 "많이 다치진 않았군요. 그냥 주름 장식의 프릴이 찢어졌나 봅니다. 그나저나 난 종종 궁금할 때가 있어요. 여자들은 그런 옷을 어떻게 입는지 정말 신기합니다. 남자들이 그런 드레스를 입는다고 상상해 봐요. 생각만으로도 너무 끔찍하잖소. 내가 그런 옷을 입었다고 상상한다면요!" 그러고는 웃음이 뒤따랐다. 불친절한 웃음은 아니었지만 그래도 뭔가 의식적이었다. 의식적이라기보다 차라리 약간 득의에 찬 웃음이었다.

 긴 디너 테이블을 향해 걸어가 무사히 자기 자리에 앉은 스티븐은 웃으려고 애쓰면서 밝은 얼굴로 유쾌하게 대화하려 했다. 한편 그녀의 파트너는 속으로 생각했다. '맙소사, 정말 다루기 힘든 여자야. 차라리 그 어머니랑 파트너가 되었더라면.

저기 사랑스러운 부인이 있는데!'

그 순간 스티븐은 '난 따분한 인간이야. 왜 이 모양이지? 하지만 내가 남자였다면 이처럼 따분한 인간은 아니었을 텐데. 그럼 나 자신이 될 수 있었을 텐데. 완벽하게 자연스러웠을 테니까.' 하고 속상해했다.

원망과 걱정으로 그녀의 얼굴은 점차 붉으락푸르락해졌다. 그녀는 자신이 목까지 붉어지는 것을 느꼈다. 그녀의 손은 빙충맞아 보였다. 당황한 그녀는 자기 손을 뚫어지게 내려다보면서 앉아 있었다. 그러자 손은 점점 더 빙충맞아 보였다. 도무지 달아날 곳이 없었다. 달아날 곳이! 램지 대령은 가슴이 따스한 사람이어서 그녀를 칭찬해 주려고 열심히 노력 중이었다. 그의 잿빛 눈길은 스티븐에게 머물면서 점잖고 예의 바른 칭찬을 하려고 애썼다. 그의 목소리는 부드럽고 자신감에 차 있는 것처럼 들렸다. 그 목소리는 멋진 남자가 좋은 여자를 얻기에 적합한 목소리였다. 보호하고 존중해 주는 목소리였지만 약간은 성별을 의식하는 듯했고 약간은 예상 가능한 반응을 기대하는 듯한 목소리였다. 하지만 스티븐은 친절한 말과 용감한 비유가 곁들여질 때마다 점점 더 자기 몸이 뻣뻣하게 굳어오는 것을 느꼈다. 그녀는 불쌍한 램지 대령에게 적개심을 느끼게 되었다. 램지 대령뿐 아니라 남자로서 자신의 의무를 다하려는 다른 희생자들 모두에게 적개심을 느꼈다.

그와 같은 분위기에서 그녀는 샴페인을 마셨다. 한 잔뿐이었지만 난생 처음 맛보는 것이었다. 그녀는 샴페인을 완전히 자포자기의 심정으로 전부 들이켰다. 그 결과는 술김에 생긴 만용이 아니라 딸꾹질이었다. 그것도 격렬하고 집요하고 억제할 수 없는 딸꾹질이었다. 딸꾹질이 긴 식탁 저 끝까지 메아리쳤다. 그녀의 딸꾹질이 나오려는 순간은 얄궂게도 대화가 일순간 멈춘 상태였다. 그러자 애너가 대단히 큰 목소리로 이야기하기 시작했다. 안트림 부인은 미소를 지었고, 안주인도 미소를 지었다. 안주인은 마침내 "고든 양에게 물 한 잔 가져다 드리게."라고 집사의 귀에 속삭였다. 그날 이후 스티븐은 샴페인을 고약한 전염병 대하듯 하면서 입에도 대지 않았다. 그녀는 딸꾹질보다 차라리 절망적인 우울이 낫다고 결심했다.

사교적이 되려고 애쓰면, 정말 기이하게도 그녀의 탁월한 지능은 거의 도움이 되지 않았다. 래프터리에게 자신감 있게 자랑한 것과는 달리 전혀 소용이 없었다. 어쩌면 옷차림 때문이었는지도 모른다. 애너가 입었으면 하는 옷을 입는 순간 그녀는 모든 자신감을 완전히 잃어버렸다. 이 시기에 옷은 스티븐에게 지대한 영향을 미쳤다. 옷으로 인해 자신감이 생기거나 혹은 그 반대로 자신감을 잃거나 했다. 흔히 그런 것처럼 사람들이 그녀를 특이하다고 생각하는 순간, 그 옷들은 엄청나게 부정적인 영향을 미쳤다.

이런 일들이 스티븐에게 모종의 확신을 심어주었다. 견고하고 다정한 모턴 저택 너머에는 진정으로 자신을 기다려주는 변치 않는 도시는 없다고 믿게 된 것이다. 그래서 그녀는 더더욱 자기 집과 아버지에게 매달리게 되었다. 당혹스럽고 불행했던 그녀는 사교계를 아버지로 대신했으며, 아버지 옆에 앉아 있곤 했다. 이 덩치 큰 근육질의 여자는 늘 아버지 곁에 꼬마 아이처럼 앉아 있었다. 너무 외로웠기 때문이다. 젊음은 고립을 싫어하는 법이다. 그리고 아직 가혹한 교훈을 배우지 않았기 때문이다.

9장

1

필립 경과 그의 딸에게는 공통된 관심사가 새로 생겼다. 그들은 책, 책의 제작, 책의 감촉, 책의 냄새와 본질을 논할 수 있게 되었다. 그것은 막강한 유대이며, 마법으로 가득 찬 것이었다. 두 사람은 상호 이해를 바탕으로 이런 것들을 논할 수 있었다. 그들은 서재에 앉아 시간 가는 줄 모르고 담소했다. 필립 경은 깊은 흙 속에 묻혀 있는 씨앗처럼 이 아이의 가슴속에 잠자고 있는 은밀한 야심을 발견했다. 그는 그녀의 몸과 영혼을 가꾸는 훌륭한 정원사로서 땅을 일구고 야심의 씨앗에 물을 주었다. 스티븐은 아버지에게 자신이 쓴 기이한 작문을 보여 주었다. 그러고는 아버지가 그것을 다 읽을 때까지 숨죽이며 기다리곤 했다. 그러던 어느 날 저녁, 그는 딸을 올려다보면서 아이의 표정을 살피다 미소를 지었다.

"그래 그렇군. 작가가 되고 싶은 거로구나. 그래, 안 될 것도 없지. 네겐 엄청난 재능이 있어, 스티븐. 네가 작가가 된다면 정말 자랑스럽겠구나." 그 이후로 책을 만드는 것에 관한 논의는 그녀에게 더욱더 생생한 매력으로 다가왔다.

그러는 사이 애너가 서재에 오는 횟수는 점점 줄어들었다. 그녀는 혼자 무료하게 앉아 있었다. 푸들은 2층 공부방에서 스티븐과 보조를 맞추려고 그리스어 실력을 열심히 연마해야 했다. 하지만 애너는 아름답게 꾸며놓은 커다란 응접실에서 두 손을 무릎 위에 포개고 앉아 있곤 했다. 응접실은 오래되고 광택이 나는 호두나무 가구가 편안하게 배치되어 있었고, 밀랍, 흰 붓꽃 뿌리, 바이올렛 향으로 가득 차 있었다. 애너는 이 커다란 공간에 그야말로 홀로 앉아 있었다. 희디흰 두 손을 포갠 채 무료하게 앉아 있었다.

애너는 사랑스럽고 가장 편안한 여성이었으며 지금도 그러함은 분명했다. 점잖게 나이 들어갔지만 학식이 있는 것은 아니었다. 사실 애너는 학식과는 거리가 멀었다. 필립 경이 그녀를 사랑한 것도 그 때문이었다. 그녀에게서 무한한 휴식을 찾게 되는 것도 그런 연유에서였다. 또한 많은 세월이 흐르고 난 뒤에도 여전히 그녀를 사랑하는 이유이기도 했다. 그녀의 단순함이 학식보다 그를 훨씬 더 강하게 사로잡았기 때문이다. 하지만 이제 애너는 남편 서재에 들르는 횟수가 점점 줄어들었다.

두 사람이 애너를 반기지 않았기 때문은 아니었다. 다만 그들은 그녀가 거의 혹은 전혀 알지 못하는 주제에 관한 깊은 관심을 감출 수가 없을 따름이었다. 그리스 로마 고전에 관해서 그녀가 무엇을 알았겠으며 에라스무스의 말에 무슨 관심이 있었겠는가? 그녀의 신학은 박식한 종교적 토론이 아니었다. 그녀의 철학은 말끔하고 아름답게 치장하는 것이었다. 시로 말할 것 같으면 단순한 시를 좋아했다. 단순한 시를 제외하고 그녀에게는 남편이 곧 시였다. 이 모든 것에 관해 그녀는 너무 잘 알고 있었지만 바꾸고 싶은 마음은 전혀 없었다. 하지만 최근 들어 애너는 뭐라고 꼬집어 말할 수 없는 통증과 마주쳤다. 고문과 같은 고통이었다. 서재로 들어가서 필립 경이 딸과 함께 있는 모습을 볼 때면 그런 통증이 그녀의 가슴을 후벼 팠다. 필립 경이 스티븐과 함께 서재에서 책을 읽고 있을 때면 그녀의 존재가 남편의 행복에 아무런 보탬이 되지 않는다는 것을 알게 되었다.

딸을 응시할 때마다 그녀는 기이하게도 남편과 닮은 모습을 보았다. 아버지와 아이는 비위에 거슬릴 정도로 서로 닮아 있었다. 심지어 몸동작마저도 기괴하리만치 흡사했다. 그들은 손도 닮았다. 제스처까지 꼭 같았다. 말할 수 없는 분노가 그녀의 마음속에 똬리를 틀었다. 분노가 스멀거릴 때면 그녀는 참회와 함께 떨리는 마음으로 자신을 꾸짖었다. 자기가 한 말을 후회하고 소름 끼쳐 하면서도 애너는 딸이 은밀하게 수치심을 느끼도록 만들고 있는 자기 목소리를 듣곤 했다. 그녀는 암묵적으로 혹은 노골적으로 조롱하고 있는 자신의 목소리를 들었다. 그러면 딸은 당혹스러운 얼굴로 어머니를 쳐다보았다. 필립 경마저 그녀가 말하고 있는 것에 그다지 이의를 제기하거나 화를 내지 않을 정도로 대단히 요령 있게 기술적으로 말했다. 그러다가 십중팔구 그런 말들을 가벼운 농담처럼 얼버무렸다. 그녀는 언제나 자신이 재담을 하고 있는 것처럼 굴었다. 그러면 스티븐 역시 크고 다정하게 웃었다. 하지만 필립 경은 웃지 않았다. 그는 애너의 말뜻이 무엇인지 묻는 눈길로 쳐다보면서 믿을 수 없다는 표정으로 화를 냈다. 그 때문에 필립 경과 딸이 함께 있을 때면 그녀는 서재를 거의 찾지 않게 되었다.

그러나 남편과 둘만 있으면 애너는 아무 말 없이 남편의 품에 매달렸다. 그녀는 남편의 단단한 어깨에 얼굴을 파묻고 마치 겁에 질려 놀란 사람처럼, 그들의 크나큰 사랑을 두려워하는 사람처럼 그의 품 안으로 파고들었다. 그는 가만히 서 있곤 했다. 미동도 없이 견디면서 물음을 삼키며 가만히 그렇게 서 있었다. 그가 물을 게 뭐가 있겠는가. 그는 이미 알고 있었다. 그녀 역시 그가 알고 있다는 사실을 알았다. 하지만 누구도 그 사실을 입에 올리지 않았다. 그것이 가장 큰 불행이었다. 그들의 침묵은 독가스처럼 주변으로 퍼져 나갔다. 스티븐이라는 유령이 지켜보고 있는 것처럼 보였다. 필립 경은 부드럽게 애너를 가만히 자기 몸에서 떼어놓았다. 그녀는 그를 가만히 올려다보다가 그의 지친 눈과 마주쳤다. 그의 눈은 더 이상 화를 내지 않았다. 단지 불행해 보일 따름이었다. 그녀는 그의 눈길이 간청하고 애원하고 있다는 생각이 들었다. '저이가 스티븐 문제로 나에게 간청하고 있구나.' 그러자 그녀의 눈에 참회의 눈물이 고였다. 그날 밤 그녀는 창조자이신 하느님 앞에 오랫동안 꿇어앉아 기도했다.

"저에게 평화를 주시옵소서." 그녀는 갈구했다. "그리고 제 영혼을 계몽하시어 제 아이를 사랑할 수 있도록 가르쳐주시옵소서."

2

필립 경은 나이보다 겉늙어 보였다. 겉늙어 가는 남편의 모습을 지켜봐야 한다는 것이 애너는 여간 고통스럽지 않았다. 그녀의 세포 하나하나에 이르기까지 모든 것이 반항하면서 아우성쳤다. 그녀는 세월을 되돌리고 싶었다. 자신의 허약한 몸으로 세월을 붙잡아 두고 싶었다. 세월이 칼집에서 빠져나온 검이라면 그녀는 자기 몸으로 기꺼이 그 검을 막았을 것이다.

그는 이제 이른 새벽까지 줄곧 서재에 머물렀다. 최근 들어 그런 일이 부쩍 많아졌다. 애너는 한밤중에 홀로 깨어나서 불안한 기분에 살그머니 아래층으로 내려갔다. 앞으로 갔다 뒤로 갔다, 앞으로 갔다 뒤로 갔다 하는 소리가 들렸다. 그녀는 요즘 남편의 쓸쓸한 발소리를 듣곤 했다. 그는 왜 잠들지 못하고 서성거리는 것일까? 그녀는 왜 그 이유를 물어보지 못하는 것일까? 방문 손잡이로 손을 뻗어 핸들을 돌리는 것이 그녀는 왜 그렇게 두려운가? 그들 사이에는 튼튼한 장벽이 가로놓여 있었다. 두 사람의 몸을 합친 것보다 더 강한 무엇이 있었다. 그것이 젊음과 열정을, 광휘와 열정의 의미를 두 사람으로부터 빼앗아 가버렸다. 그것이 온 힘을 다해 그들의 삶 속으로 뛰어들었다. 그것이 그들 사이를 가로막았다. 그들은 늙어갔다. 사랑하는 수밖에는 달리 방도가 없었다. 더 큰 사랑과 아마도 더 많은 사랑, 더 완벽한 사랑을 하고 서로에게 믿음을 갖는 수밖에 없었다. 그것이 그런 사랑의 일부였으며 그런 평화가 모턴의 평화의 한 부분이었다. 앞으로 갔다 뒤로 갔다, 앞으로 갔다 뒤로 갔다 하는 서성거리는 발소리가 들렸다. 끝없이 이어지는 쓸쓸한 발소리. 이것이 평화라고? 그의 서재에 평화는 없었다. 위협적이면서도 장차 다가올 무언가를 예감하는 고뇌뿐이었다. 그렇다면 무엇에 관한 예감이란 말인가? 그녀는 감히 그에게 직접 물어볼 수가 없었다. 그녀는 방문 손잡이를 감히 돌릴 용기가 나지 않았다. 괴로운 재앙의 예감 때문에 그녀는 아무 것도 묻지 못한 채 살그머니 그곳에서 물러났다.

그녀는 무엇엔가 이끌려 자기 침실로 돌아가지 않고 딸의 방으로 올라갔다. 조심스럽게 살며시 방문을 열었다. 그녀는 손으로 촛불을 가렸다. 그녀와 남편이 오래전에 그랬던 것처럼 자고 있는 스티븐을 내려다보며 딸의 방에 서 있었다. 그곳엔 더 이상 어린아이는 없었다. 어머니의 동정심을 자극하던 그처럼 의지가지없어 보였던 어린아이는 없었다. 똑바로 누워서 자고 있는 스티븐은 대단히 크고 길었다. 그녀는 단정하게 이불을 끌어당겨 덮고 있었다. 자주 팔이 침대 커버 옆으로 삐져나와 소맷자락이 이불 바깥으로 늘어졌다. 이불 바깥으로 나온 팔은 튼튼하고 강하고 소유욕이 강해 보였다. 촛불 아래에서 보는 얼굴 모습 또한 그렇게 보였다. 그녀는 깊은 잠에 빠져 있었다. 그녀의 숨결은 고르고 평화로웠다. 그녀의 몸은 신선한 숨결을 들이마시고 있었다. 아침이면 정갈하고 신선한 몸으로 일어나게 될 터였다. 그 몸은 말하고 먹고 모턴 주변을 움직일 것이다. 마구간으로, 정원으로, 근처 방목장으로, 서재로 옮겨 다닐 것이다. 그 몸은 모턴 주변을 돌아다닐 것이다. 견딜 수 없는 자연의 섭리와 대면하면서 애너는 멋지고 젊은 그 몸을 내려다보았다. 언제나 그랬던 것처럼 애너는 그 몸이 너무 낯설고 이방인처럼 보였다. 그녀는 이처럼 낯선 아이의 젖먹이 시절을 떠올리면서 자신의 마음과 초조한 영혼을 채찍질했다.

"그처럼 작았는데, 넌 그렇게 작을 수가 없었는데." 그녀는 속삭였다. "넌 내 젖을 빨았어. 배가 고팠으니까. 작고 언제나 지독히도 배고프다고 보챘지. 그래도 착하고 만족했던 작은 아기였는데."

스티븐은 잠결에 뒤척였다. 애너의 존재를 꿈결에 어렴풋이 의식하고 있는 것처럼 몸을 뒤척였다. 그런 뒤척임도 잠시, 또다시 조용해졌다. 깊고 평화롭고 신선한 원기를 마시면서. 그러자 애너는 또다시 자신의 마음과 초조한 영혼을 채찍질했다. 몸을 구부려 스티븐에게 키스를 했다. 딸의 잠을 깨우지 않으려고 이마에 가볍게 살짝 키스를 했다. 잠에서 깬 딸이 그녀에게 답례의 키스를 하지 않도록 하려고, 애너는 딸의 이마에 가볍게 살짝 키스했다.

3

젊은이의 눈은 대단히 예리한 법이다. 젊은이들은 그 나름의 계기와 예리한 통찰력을 갖고 있다. 정상적인 젊은이들조차 그러한 법이거늘. 남자와 여자의 중간 위치에 서 있는 사람들의 통찰력은 너무도 가혹하고 통렬하고 정확하고 치명적이어서, 그 통렬함이 더 심한 법이다. 그런 통찰을 가진 스티븐의 눈에는 자기 부모가 만사형통한 것처럼 보이지 않았다.

외관상으로는 평온하고 아무런 동요도 없는 것처럼 보였다. 겉으로 보기에 모턴의 평화를 깨는 것은 여태껏 아무것도 없었다. 하지만 그들의 아이는 영혼의 눈으로 부모의 가슴을 들여다보았다. 부모의 육신으로부터 나온, 부모의 가슴에서 솟아난 존재였던 그녀는 부모의 가슴이 무겁다는 것을 알았다. 그들은 아무 말도 하지 않았다. 하지만 그녀는 그들의 가슴이 말할 수 없이 무겁다는 것을 알았다. 깊고 말 못할 고통이 두 사람을 괴롭히고 있다는 것을 감지했다. 그녀는 부모의 눈에서 깊은 고통을 보았다. 아무 말도 하지 않았지만 그녀는 들을 수 있었다. 그런 말들은 침묵의 틈새를 채우며 그곳에 자리했다. 아버지의 느린 동작에서 그런 고통을 식별할 수 있었다. 아버지의 움직임이 최근에 많이 느려졌던가? 아버지의 머리카락은 거의 반백이었다. 거의 다 희끗희끗한 회색으로 변했다. 어느 날 아침 아버지가 햇살 속에 앉아 있을 때 갑자기 이 사실을 알고서 그녀는 약간 충격을 받았다. 예전엔 햇살을 받으면 목덜미 머리카락이 황갈색이었다. 그런데 지금 아버지의 머리카락은 거의 반백이었다.

그것이 그렇게 문제가 되는 것은 아니었다. 그들의 고통조차 그다지 중요하지 않았다. 그보다 절대적으로 중요한 그들의 사랑과 비교하자면 그마저도 그렇게 중요하지는 않았다. 그들의 사랑이야말로 그녀가 생각하기에 가장 중요한 것이었다. 지금 그 사랑이 위기에 처해 있다. 그들의 사랑은 위대한 영광이었다. 평생 동안 그녀는 그 사랑과 나란히 살아왔다. 그들의 사랑이 위협받기 전까지 그녀는 그것의 진정한 의미를 결코 포착하지 못했다. 육신의 옷을 입은 모턴의 평온하고 아름다운 영혼이 그들 사랑의 진정한 의미라고 생각했다. 그런데 이제 생각하니 그것은 그런 의미의 일부에 불과했던 것이다. 모턴보다 훨씬 더 큰 의미가 있었다. 그것은 완벽한 성취를 상징하는 것이었다. 그녀는 까마득히 어린 시절부터 막연하게 그것이 완벽한 성취라고 인식했다. 이 사랑은 다정한 횃불처럼 타오르고 있었다. 그것은 변치 않는 위안의 불꽃이었다. 무의식적으로 그녀는 그 횃불에 몸을 따스하게 했음이 틀림없었다. 그녀의 막연한 근심 걱정과 의심을 그 횃불이 녹여 주었음이 분명했다. 그들의 사랑은 서로를 위한 것이었다. 그녀는 그것을 알고 있었다. 그런데도 그들의 사랑은 그녀의 횃불이었다. 이제 그들의 불꽃은 더 이상 영원히 타오르지 않았다. 눈부신 불꽃에 감히 어두운 그림자가 드리워졌다. 그녀는 젊음과 힘으로 도약하여 그런 것을 신성불가침의 장소에서 몰아내고 싶었다. 불길은 꺼지지 말아야 했으며 어둠 속에 그녀를 홀로 내버려 두지 말아야 했다.

그렇지만 그녀는 속수무책이었다. 자신이 얼마나 무력한지 너무도 잘 알았다. 그녀가 할 수 있는 것들은 하나같이 부적절하고 유치해 보였다. "내가 아이였을 때는 아이답게 말을 했으며, 아이답게 이해했으며, 아이답게 생각했도다." 사도 바울을 기억하면서 그녀는 자신도 어김없이 아이답게 남아 있었노라고 참담하게 생각했다. 깊은 두려움과 회한에 찬 눈길로 살펴보자, 그녀는 자기 부모가 불쌍하고 사랑에 상처 입은 연인으로 보였다.

'당신들이 사랑하는 것을 망쳐서는 안 돼요. 난 사랑이 필요해요.'

그녀의 눈길이 그런 메시지를 보냈다. 그녀는 그들에게 격렬하고 소유욕에 가득 찬 사랑의 메시지를 보냈다.

'당신들은 나의 것, 나의 것, 나의 것입니다. 내가 가진 것 중에서 유일하게 완벽한 것입니다. 당신들은 한 몸이고 당신들이 곧 나란 말입니다. 전 두렵습니다. 당신들을 필요로 합니다.'

그녀는 자신의 강인하고 앙상한 손가락으로 어설프고 수줍게 그들의 손을 쓰다듬었다. 처음에는 아버지의 손을, 그런 다음에는 어머니의 손을, 나중에는 두 사람의 손을 함께 만지고 쓰다듬었다. 두 사람은 고통 중에서도 미소를 지었다. 그러나 그녀는 감히 벌떡 일어나서 그들에게 비난의 말을 쏟아낼 수 없었다.

"난 스티븐입니다. 나는 곧 당신들입니다. 왜냐하면 당신들이 날 키웠으니까요. 당신의 실패는 곧 나의 실패입니다. 나를 실패작으로 만들지 말아야 한다고 요구할 권리가 나에게는 있습니다!" 차마 그럴 수 없었다. 그녀는 벌떡 일어나 그런 말을 내뱉을 수 없었다. 그녀는 그들에게 어떤 것도 요구하지 않았다.

그녀는 어쩌다 우연히 자신의 부모가 된 그들 두 사람에 관해 가끔씩 생각해 보았다. 그녀의 아버지, 어머니를 남자와 여자로 생각해 보았다. 그녀는 이 남자와 이 여자에 관해서 아는 것이 너무 없다는 사실에 화들짝 놀랐다. 그들도 한때는 갓난쟁이였던 시절이 있었다. 그 이후에는 철부지 어린아이여서 완전히 타인에 의존한 때도 있었다. 그 말이 너무 기이하게 들렸다. 세상모르는 철부지에다 의존적이라니. 그녀의 아버지에게도 약하고 의존적이었던 시절이 있었다니 믿기지 않았다. 그들 또한 그녀와 마찬가지로 사춘기를 경험했을 것이다. 그들 또한 그녀처럼 때로는 불행했을 것이다. 그들의 생각은 무엇이었을까? 그들이 감추고 있었던 생각은 무엇이었을까? 그들이 결코 발설하지 않았던 안개처럼 모호한 근심은 무엇이었을까? 처녀 시절이 봉인되었을 때, 그녀의 어머니가 원망하고 항의하면서 움츠러들었던 것은 무슨 연유에서일까? 그런 일은 분명 없었을 것이다. 그녀의 어머니는 너무나 완벽해서 그녀 앞에서 일어난 일들은 전부 완벽했을 것이다. 그녀의 어머니는 자연까지도 자기 품에 포용하는 여성이었다. 자연을 포용하여 친구로 만들었으며 사랑스러운 친구로 품었다. 하지만 스티븐은 결코 그처럼 다정할 수가 없었다. 이것은 그녀에게 훌륭한 자연의 본능 일부가 어느 정도 결핍되어 있다는 것을 의미했다.

어머니는 어린 시절을 아일랜드에서 보냈다. 그녀는 가끔 그 시절에 관한 이야기를 대단히 모호하게 하곤 했다. 그 시절이 지금과는 너무 동떨어져서 전혀 진지하게 취급할 필요가 없다는 듯 말끝을 흐렸다. 그녀는 정말 사랑스럽고 사랑스러운 여성이었다. 그 여자 애너 몰로이는 흠모의 대상이었으며 끊임없이 사랑받고 구애받았다. 그리고 그녀의 아버지는 세상을 주유했다. 로마, 파리, 런던을 종종 다녀왔다. 그 시절 그는 모턴에 그다지 많이 머물지 않았다. 아버지가 어머니를 정말로 몰랐던 시절이 있었다는 것이 그녀에게는 너무 기이하게 느껴졌다. 두 사람은 서로를 전혀 모르고 있었다. 그가 스물아홉 살 때까지, 그녀가 갓 스무 살을 넘기기 전까지는 전혀 몰랐다. 그러다가 어느 날 갑자기 자기도 모르게 서로에게 이끌리고 있었다. 어느 날 아침 클레어 카운티에서 두 사람은 불현듯 서로를 보게 되었다. 그 순간 인생의 의미를 알게 되었으며 사랑을 알게 되었다. 그들이 서로 만났다는 그 이유만으로 그랬다. 그녀의 아버지는 그런 이야기를 한 적이 거의 없었다. 하지만 이 정도까지는 그가 말해 준 것이었다. 모든 것이 점점 분명해졌다. 서로를 알아보았을 때 어떤 기분이었을까? 사물을 분명히 볼 수 있게 되었을 때, 사물이 존재하는 가장 내밀한 이유를 알게 되었을 때 그 기분은 어떠했을까?

그녀의 어머니는 모턴 저택에서 살기 위해 이곳으로 왔다. 멋지고 따스한 자연이 펼쳐진 모턴으로 왔다. 그녀는 눈부신 반원형 채광창 아래의 육중하고 흰 문지방을 먼저 통과했다. 그런 다음 오래된 곰 가죽이 깔려 있고 정장 차림을 한 재미있는 표정의 고든 가 초상화가 걸려 있는 사각형 홀로 걸어 들어왔다. 홀에는 스티븐이 채찍을 걸어두는 채찍걸이대가 있었다. 홀에는 아름다운 무지갯빛 창문이 있었다. 그 창문 너머로 잔디밭이 펼쳐져 있었고 그 가장자리에 초록이 무성한 울타리가 보였다. 두 사람은 손을 맞잡고 그 홀을 지나갔을 것이다. 아버지는 남자로, 어머니는 여자로, 그들의 운명은 이미 결정되었다. 그들의 운명이 스티븐이었다.

  십 년 동안이었다. 십 년 동안 그들은 서로 함께 지냈다. 그 시절 모턴에서의 생활은 정말로 멋졌다. 그 세월 동안 그들은 무슨 생각을 했을까? 스티븐에 관해서 조금이라도 생각해 보았을까? 그녀가 그들의 생각을 어떻게 알 수 있었겠는가. 그들의 생각, 그들의 느낌, 그들의 비밀, 그들의 야심을 어떻게 알 수 있었겠는가. 심지어 그것은 임신조차 되기 전의 일이었다. 그녀는 아직 세상에 태어나기도 전이었다. 그녀의 눈으로 직접 보기도 전에 그들은 이미 이 세상에 살고 있었다. 하루가 가고 이틀이 가고, 한 주가 가고 한 달이 흘러가고 일 년이 지나갔다. 시간은 존재했지만 스티븐은 존재하지 않았던 시절이었다. 그들은 그 시절을 함께 살았다. 그들의 아이를 만들려고 애쓰고 있었다. 그들의 현재는 세월의 산고(産苦)가 가져다준 결과였다. 그녀가 어머니의 자궁으로부터 나온 것과 마찬가지로 그들의 현재는 시간의 자궁으로부터 나왔다. 그녀만이 그런 시간의, 산고의 한 부분은 아니었다. 가망 없는 짓이었지만 그녀는 그들을 알아야 했다. 그들 두 사람의 마음과 가슴을 속속들이 알아야 했으며 그런 다음 보호하고 싶었다. 아버지부터 먼저였다. 아버지가 언제나 제일 먼저였다. 그녀는 그 이유를 묻지 않았다. 오직 그녀가 그를 사랑하기 때문이라는 것만 알았다. 언제나 아버지가 먼저였다. 사랑이란 그처럼 단순한 것이었다.

사랑은 그냥 본능을 따르는 것이며, 질문이 필요치 않았다. 사랑이란 그처럼 단순한 것이었다. 아버지를 위해서 아버지가 사랑하는 것들 또한 사랑해야 했다. 아버지가 사랑하는 어머니를 사랑해야 했다. 이 사랑은 상당히 다른 것이었다. 그 사랑은 그녀의 사랑이라기보다는 아버지의 사랑이었다. 그가 그녀에게 그 사랑을 강요했다. 그들 두 사람을 떼어놓고 생각할 수 없었다. 그들은 한 몸이고 한 영혼이었다. 그들의 일체감을 갈라놓으려고 둘 사이에 슬금슬금 기어드는 것이 무엇이든 상관없이 그들은 필연적으로 하나였다. 그들의 아이인 그녀는 가능한 몸을 일으켜 그들을 도와야 했다. 결국 그녀는 그들의 일체감이 만든 결실이지 않던가.

4

그러다가 때로는 그녀가 오해했음이 분명하다는 생각이 들기도 했다. 아버지의 얼굴에서 고통의 그림자를 볼 수 없을 때가 있었기 때문이다. 서재에 앉아서 두 사람이 책을 읽을 때 아버지의 표정이 그랬다. 그는 만족스러워하는 것처럼 보였다. 자기 책에 둘러싸여 제본된 것들을 쓰다듬고 있을 때, 필립 경은 근심 없고 가벼운 마음인 것처럼 보였다.

"이 세상에 책만 한 친구는 없구나." 그는 늘상 그렇게 말했다. "낡은 가죽 장정에 담겨 있는 이 친구를 좀 보거라!"

때로는 그가 무척 젊어 보였다. 사냥을 나갈 때면 그랬다. 첫 사냥 시즌 때 래프터리가 그랬다. 하지만 이제 래프터리는 열 살이 되었고 나이 든 녀석은 필립 경보다 더욱 지혜로워졌다.

고독의 우물 145

때로 필립 경은 무모하고 저돌적인 사내 녀석처럼 구는 버릇이 있었다. 그는 스티븐을 머리끝이 곤두서는 곳으로 이끌기도 했다. 그녀가 무사히 안착하고서 뒤돌아보면 그는 씩 웃고 있었다. 그즈음 그는 그녀에게 사냥마가 보여 줄 수 있는 최고의 기량을 뽑아냄으로써 은근히 그녀의 기량을 자랑하고 싶어 했다. 이런 스포츠를 할 때면 그의 눈에 광채가 돌아왔다. 딸에게 머무는 그의 눈길이 행복해 보였다.

'내가 끔찍하게 오해했던 게 틀림없어.' 하고 그녀는 생각을 고쳐먹곤 했다. 그럴 때면 그녀의 영혼에 평화가 솟구쳐 오르는 것을 느꼈다.

천천히 말을 몰아서 모턴으로 돌아오면서 그가 말했다.

"이 젊은 친구가 뻣뻣한 나무 장애물을 넘는 것을 보았냐? 다섯 살짜리치고는 괜찮았어. 앞으로 잘 할 거다." 뒤이어 이런 말도 덧붙였다. "다섯에 세 살을 옆에 더 얹었으니까, 너의 오래된 종마도 그다지 나쁘진 않구나! 나도 오십에다 셋을 더 보탰구나, 스티븐. 담배를 조만간 끊지 않으면 바람처럼 흔적 없이 사라질 테지. 그건 틀림없는 사실일 게야!"

그러면 스티븐은 아버지는 아직 젊다고, 대단히 젊다고 그녀가 말로나마 사탕발림을 해주길 원한다는 것을 알았다.

그러나 그런 분위기는 오래가지 않았다. 그들 두 사람이 마구간에 도착할 즈음이면 분위기는 이미 상당히 변해 있었다. 그녀는 가슴속에서 갑작스러운 통증을 느꼈다. 약간이기는 했지만 그래도 구부정한 어깨로 걸어가는 아버지의 뒷모습을 보는 것이 그녀는 고통스러웠다. 그녀는 아버지의 널찍한 등을 좋아했다. 언제나 그 등을 좋아했다. 다정하고 위안을 주고 자신을 보호해 주는 넓은 등허리를 사랑했다. 무거운 짐을 진 것처럼 그의 등이 휘도록 만든 것이 아마도 그런 친절 때문이었을지도 모른다는 생각이 퍼뜩 들었다.

'그는 무거운 짐을 지고 있어, 자신의 짐도 아닌 짐을. 다른 사람의 짐을 대신 짊어지고 있어. 그렇다면 도대체 누구의 짐을 대신 짊어졌단 말인가?

10장

1

 크리스마스가 다가왔다. 그녀는 이제 열여덟 살이 되었다. 그녀의 집 주변에 드리운 어두운 그림자는 줄어들지 않았다. 어둠 속에서 암중모색하고 있는 스티븐에게 빛으로 인도하는 길은 보이지 않았다. 크리스마스가 되면 모든 사람이 유쾌하고 행복해지려고 노력했다. 심지어 슬픈 사람들조차 행복해지려고 노력할 것이다. 정원사가 커다란 호랑가시나무 묶음을 가지고 와서 꽃잎으로 고든 가 조상들의 초상화 테두리를 만들었다. 언덕 기슭에서 자라던 빨간 열매가 풍성하게 달린 호랑가시나무가 배달되었다. 해마다 크리스마스가 되면 호랑가시나무가 고든 가로 보내져 왔다. 용맹한 눈을 가진 고든 가 조상들이 화환에 둘러싸여 근엄한 표정으로 내려다보고 있었다. 그들은 마치 스티븐을 생각하고 있는 것처럼 보였다.
 홀에는 그녀가 어린 시절부터 보았던 크리스마스트리가 서 있었다. 독일인의 오래된 풍습을 좋아하는 필립 경은 심지어 나이 든 사람들도 어린아이처럼 굴면서 하느님의 생일을 즐겨야 한다고 고집했다. 크리스마스트리 꼭대기에는 작은 아기 예수가 매달려 흔들거렸다. 황금색과 푸른색 리본이 달린 반짝거리는 잠옷을 입고 있었다. 양초로 만들어진 크리스마스 아기는 곁눈질하면서 아래를 내려다보았다. 비록 아기였지만 다소 무거워서 고개를 숙였을지도 모르고, 아니면 스티븐 자신이 어린아이였을 때 그랬던 것처럼 아기 예수도 자기 선물이 보고 싶어서 고개를 아래로 숙였을지도 모른다.

아침이면 모든 사람이 마을에 있는 교회로 갔다. 교회는 차갑고 갓 상처 입은 나무들이 뿜어내는 신선한 향기를 품고 있었다. 월계수와 호랑가시나무와 뾰족한 소나무 가지들이 떡갈나무 교단과 설교단 테두리를 빙 둘러 장식되어 있었다. 자기 날개로 성경을 옮겨야 하는 독수리가 불안한 얼굴로 내려다보았다. 독수리 또한 흥겨운 것처럼 보였다. 그것이 잉글랜드의 향기였다. 작은 교회와 깨끗이 세탁한 옷을 입은 발그레한 사과빛 뺨을 한 성가대 소년들. 옥스퍼드 출신의 젊은 목사는 여름이면 신의 영광과 카운티의 선을 위해 크리켓을 즐겼다. 최근 품질 좋은 오르간을 구입해 준 그 지역의 말쑥한 향사들은 이제 자기만족 속에서 찬송가의 첫 소절부터 들을 수 있게 되었다. 크리스마스의 사랑스러운 찬송가 덕분에 그 밖의 다른 것들도 천국에 가까이 다가갔다. 성가대는 근심 걱정 없이 무성적인 목소리로 찬송가를 불렀다.

"목동들이 양 떼를 치는 동안……." 성가대가 노래했다. 애너의 부드러운 메조소프라노 목소리는 남편의 깊은 저음의 바리톤과 푸들의 소프라노 소리와 섞였다. 스티븐 역시 순수한 기쁨으로 노래를 불렀다. 하지만 그녀의 목소리는 잘해 봐야

고독의 우물

허스키했다. "목동들이 양 떼를 치는 동안……." 하고 스티븐은 캐럴을 불렀다. 캐럴을 부르면서 이유는 모르지만 그녀는 래프터리를 생각하고 있었다.

예배가 끝난 뒤 습관적인 크리스마스 인사가 있었다.
"메리 크리스마스."
"메리 크리스마스."
"당신에게도, 여러분에게도 메리 크리스마스!"

모턴의 집으로 돌아왔을 때는 성대한 정오의 정찬이 기다리고 있었다. 칠면조 요리, 브랜디 버터를 넣은 자두 푸딩, 민스파이. 모두 푸들에게는 어김없이 소화불량을 가져다주는 것들이었다. 모턴의 온실에서 가져온 과일과 함께 박스에서 꺼내온 온갖 종류의 과일이 디저트로 나왔다. 수정처럼 눈부신 과일들은 손을 끈적끈적하게 만들었다. 어디서 왔는지 출처도 알 수 없는 과일들, 껍질째 먹는 우아하고 작은 레이디 애플은 너무 맛있어서 두 번에 전부 베어 먹을 수 있었다.

기나긴 오후가 지나고 어둠이 내리면 애너는 크리스마스트리 양초에 불을 켤 것이다. 하인들을 성가시게 하는 초인종 소리도 없다. 하인들은 크리스마스트리를 빙 둘러싸고 높이 쌓여 있는 선물을 받으려고 일렬로 줄을 설 것이다. 황혼이 되어 커튼이 드리워졌다. 이제 사위가 어둠에 싸였다. 누군가가 양초 점화용 테이퍼를 애너에게 가져다주었다. 애너는 양초로 만든 아기 예수에 불을 붙이면서 조심해야 했다. 아기 예수는 자신을 녹일지라도 더 많은 촛불을 좋아했기 때문이다.

"스티븐, 네가 올라가서 아기 예수를 좀 뒤로 묶어놓아야겠다. 아기 예수의 발가락이 거의 촛불에 닿겠구나!"

애너는 불을 붙인 긴 테이퍼를 가지고 가지마다 천천히 우아하게 촛불을 켰다. 마치 신성한 의식을 거행하는 것 같았다. 그녀 자신이 의식을 집전하는 여신 같았다. 온몸을 발목까지 내려오는 부드러운 옷으로 감싼 그녀는 여전히 날씬하고 우아했으며 키가 컸다.

"벨을 세 번 울려주실래요, 필립? 내 생각엔 전부 불을 붙인 것 같은데. 잠깐만 기다려요. 자, 이제 정말 다 됐어요. 저 꼭대기 촛불을 하나 놓쳤어요. 스티븐, 선물을 선별해서 좀 골라놓으렴. 네 아버지가 종을 울려 하인들을 부를 테니까. 아, 푸들양. 저 테이블 좀 한옆으로 밀어줘요. 그 테이블이 필요한 것 같은데. 아니, 아니, 저기 그 테이블로. 창문 옆에 있는 걸로."

목소리들이 가라앉으면서 숨죽여 키득거리는 소리가 들렸다. 하인들은 초록색 문을 열고 들어와서 일렬로 섰다. 집사장과 풋맨만이 익숙한 얼굴이었을 뿐 평상복을 입은 다른 하인들은 전부 낯설었다. 요리사인 윌슨 부인은 제트트리밍을 한 검은색 비단 옷을 입었다. 부엌일을 하는 하녀는 푸른색 캐시미어를, 가정부 한 명은 자주색을, 다른 한 명은 초록색을, 세 사람 중 가장 지위가 높은 하녀는 검은 테라코타 색 옷을 입었다. 애너의 시중을 드는 하녀는 마님의 오래된 옷을 물려받아서 입고 있었다. 바깥에서 일하는 남자 하인들과 정원과 마구간에서 일하는 남자 하인들은 항상 모자를 쓰고 일하다가 지금은 모자를 벗었다. 윌리엄스 영감은 머리가 벗겨진 부분이 점점 커지고 있었다. 짧은 바지 대신 통이 좁은 바지를 입었다. 윌리엄스 영감은 걸음걸이가 경직되었다. 새로 입은 셔츠가 마분지처럼 뻣뻣했기 때문이다. 흰 칼라는 너무 높았고, 딱딱하게 매듭을 만들어놓은 검은 타이는 모양이 비틀어지려고 했다. 마구종과 종자들은 기름을 바른 머리부터 반질반질한 코까지 하나같이

고독의 우물

지나치게 번쩍거렸다. 소년들은 몹시 어색해 보였다. 짧은 소맷부리와 거친 손의 소년들은 발을 질질 끌지 않으려다가 더욱 그런 모양새를 하게 되었다. 근엄한 홉킨스 씨에 이끌려 정원사가 들어왔다. 홉킨스 씨는 검은색 주일 양복을 입고 예배를 인도했다. 모든 식물과 식물의 질병에 대해 알고 있는 그의 얼굴에는 인내심과 고통스러운 표정이 스며 있었다. 흙냄새를 맡는 사람들, 엄청 문질러 씻었음에도 그들의 목과 손에는 미세하게 일궈놓은 이랑 같은 주름이 잎맥처럼 퍼져 있었다. 그들의 등은 땅을 보고 일하느라고 일찍부터 굽었다. 엄숙한 홉킨스의 발자취를 좇아 그들은 줄지어 서 있었다. 그들의 눈길은 불을 켠 커다란 크리스마스트리에 머물렀다. 오랜 시간에 걸친 자신의 노동으로 피어난 꽃들에게는 그처럼 많은 눈길을 준 적이 없었던 그들은 그곳에 서서 나무를 황홀한 듯 쳐다보았다. 많은 초와 아기 예수, 그 모든 것에 입이 벌어졌다. 그들에게 크리스마스트리는 큐가든에 있는 이국적인 식물처럼 낯설게 보였다.

애너는 그들의 이름을 차례차례 부르면서 크리스마스 선물을 주었다. 그들은 그녀에게 감사했고, 스티븐에게 감사했고, 필립 경에게 감사했다. 필립 경은 그들의 충실한 봉사에 감사했다. 이것은 필립 자신도 기억하지 못할 정도로 오래된 선조 때부터 이어져 내려온 모턴 가의 훌륭한 풍습이었다. 그렇게 하여 그날은 오랜 전통과 조화를 이루면서 저물어갔다. 가장 높은 자부터 가장 낮은 자까지 기억해 주었다. 애너는 마을 사람들에게 선물하는 것도 잊지 않았다. 따뜻한 숄, 석탄 자루, 감기약과 사탕 등을 선물했다. 필립 경은 교구 목사에게 수표를 보냈다. 그 돈이면 상당 시간 크리켓 바지를 사 입을 수 있는 액수였다. 스티븐은 래프터리에게는 당근을, 살찌고 늙은 콜린스에게는 설탕 두 덩어리를 가져다주었다. 콜린스의 한쪽 눈은 거의 실명 상태여서 설탕을 깨무는 대신 스티븐의 손을 깨물었다. 푸들은 콘월에 살고 있는 여동생에게 길고 긴 편지를 썼다. 크리스마스 때와 같이 특별한 기억을 일깨우는 경우가 아니라면 잊고 지냈기 때문이다. 크리스마스가 되면 우리는 언제나 무엇인가를 기억하게 된다. 하인들은 배불리 먹었고, 사냥마들은 마사의 신선한 건초 위에서 휴식을 취했다. 바깥 들판에서는 저 멀리 섬에서 온 갈매기들이 자기보다 비천한 미물들을 먹이 삼아 그들 나름의 향연을 벌였다. 새들에겐 맛있는 음식이지만 농부들에게는 미움을 받는 구더기, 민달팽이, 그 밖의 재수 없는 벌레들로 포식했다.

밤이 다가와 그 집을 뒤덮었다. 그러자 어둠 속에서 초조한 동네 꼬마들의 목소리가 들려왔다. "노엘, 노엘." 초조한 목소리들은 모턴 저택의 영부인에게서 받은 달콤한 뇌물로 부드러워졌다. 필립 경은 불길이 활활 타오르도록 홀에 있는 통나무를 뒤적였다. 애너는 안락의자에 몸을 깊숙이 파묻고 불길을 지켜보았다. 그녀는 하룻동안 많은 직무를 행하느라 지친 손을 안락의자의 팔걸이에 올려놓았다. 난로의 불빛이 그녀의 손가락에 있는 반지를 비춰주었다. 불길은 다이아몬드에 비쳐서 더욱 하얗게 타올랐다. 필립 경이 일어서더니 아내의 얼굴을 유심히 살폈다. 그녀는 남편이 자신을 바라보는 것을 눈치 채지 못한 듯 통나무를 응시하고 있었다. 스티븐은 자기 자리에서 말없이 그들을 지켜보면서 그들 사이에 끼어드는 어두운 그림자를 본 것 같은 느낌에 사로잡혔다. 그 이외에 그녀가 본 것은 거의 없었다. 그녀의 시력이 좋지 않은 것이 그나마 다행이었다. 그렇지 않았다면 그 그림자를 분명 깨달았을 터였다.

2

 새해 전날 안트림 부인은 바이올렛을 기쁘게 해주려고 파티를 열었다. 바이올렛은 사냥꾼들의 무도회에 참가하기에는 아직 어렸기 때문이다. 하지만 그녀는 흥겨운 파티를 유독 좋아했으며, 특히 댄스파티를 좋아했다. 바이올렛은 포동포동하고 멋 부리기 좋아하는 사춘기 소녀가 되었고, 최근 들어 부쩍 올림머리를 고집했다. 그녀는 남자를 좋아했다. 남자들 역시 그녀를 좋아했다. 성별의 문제로 말할 것 같으면 결국 유유상종인 법이었다. 바이올렛은 사람들이 흔히 '교태'라고 말하는 것으로 가득했다. 혹은 더 쉬운 말로 표현하자면 성적 매력이 있었다. 로저는 크리스마스 동안 샌드허스트에서 집으로 돌아왔다. 그는 어머니를 돕기 위해 그곳에 오곤 했다. 그는 이제 스무 살이었고 콧수염을 기른 잘생긴 청년이 되었다. 그는 콧수염을 자주 만지작거렸다. 세상 경험이 많은 것 같은 거들먹거리는 분위기를 풍겼지만 고작 열아홉 번의 여름을 보냈을 따름이었다. 그는 곧 군대에 가길 고대하고 있었다. 군대는 그렇지 않아도 하늘을 찌르는 그의 자존심을 더욱 높여 줄 것이었다.
 안트림 부인은 스티븐 고든의 존재를 무시할 수만 있었다면 분명 그렇게 했을 터였다. 그녀는 스티븐을 싫어했다. 그녀는 언제나 스티븐을 싫어했다. 스티븐의 '괴상함'이 그녀의 의구심을 불러일으켰다. 자신이 무엇을 의심하는지 정확히 말할 수는 없지만 뭔가 이상한 느낌이 들었다. 그녀는 스티븐이 정말 이상하다고 느꼈다.

"또래의 젊은 여자들과 달리 남자처럼 말이나 타다니. 그건 터무니없는 짓이야."

안트림 부인은 단호하게 말했다.

열여덟 살이 된 스티븐 또한 여전히 안트림 가 사람들이 불편하고 싫었다. 하지만 안트림 가족 중에서 유일하게 그녀를 좋아하는 사람이 있었다. 그녀도 그 사실을 알았다. 작은 체구에 아내에게 쥐여사는 안트림 대령이었다. 그는 스티븐을 좋아했다. 그 자신이 훌륭한 기수였으므로 사냥에서 나타나는 그녀의 기술과 용기에 감탄했다.

"스티븐이 그렇게 키가 큰 것은 유감이지만……." 하고 그는 투덜거렸다. "그래도 그녀는 말 타는 법과 말에 매달리는 법을 잘 알고 있으니까. 우리 집 애들은 해변 휴양지에서 살았던 것처럼 해변의 당나귀나 타면 딱 어울릴 정도니!"

안트림 대령은 춤을 중요시하지 않았다. 집안에서 그의 위치 또한 중요시된 적이 없었다. 스티븐은 안트림 부인과 바이올렛을 견뎌야 했다. 로저는 샌드허스트에서 집으로 돌아왔다. 그들 사이의 불화는 결코 사라진 적이 없었다. 너무도 본질적인 적대감이었기 때문이다. 이제 훌륭한 매너라는 것으로 그런 적대감을 감추고 있을 따름이었다. 두 사람은 마음속 깊은 곳으로부터 여전히 적이었다. 그들도 그 사실을 잘 알고 있었다. 사실 스티븐은 그 무도회에 가고 싶은 생각은 추호도 없었다. 어머니를 기쁘게 해드리기 위해서 갔을 뿐이다. 초조하고 어색하고 두려웠던 스티븐은 그날 밤 안트림 가에 도착했을 때 운명 같은 것은 생각해 본 적이 없었다. 가장 탁월한 요술쟁이의 장난이 바로 그녀의 코앞에서 기다리고 있었다. 그랬다. 운명이 길모퉁이를 돌아오고 있었다. 그날 저녁 스티븐은 마틴을 만났고 마틴은 스티븐을 만났다. 그들의 만남은 두 사람 모두에게 불길한 전조였다. 그 당시 두 사람은 아무것도 알 수 없었지만 말이다.

그런 일들은 언제나 그렇듯 그냥 그렇게 일어났다. 마틴 할램을 소개시켜 준 사람은 다름 아닌 로저였다. 춤을 정말 못 춘다고 말한 사람은 스티븐이었다. 그래서 댄스에 끼지 말자고 제안한 사람은 마틴이었다. 이 모든 일은 예정된 것처럼 순식간에 일어났다. 두 사람은 서로 좋아한다는 것을 한순간에 알아차렸다. 두 사람 사이의 어떤 코드가 맞아서 즐거운 울림이 전달되었다. 이렇게 하여 그들은 여러 차례 춤이 진행되는 동안 춤판에 전혀 끼지 않았다. 그날 저녁 두 사람은 상당히 긴 시간 동안 이야기를 나눴다.

마틴은 브리티시 콜롬비아에서 살았다. 그곳에 여러 개의 농장과 많은 과수원을 소유하고 있었다. 그는 어머니가 돌아가시고 난 뒤 여섯 달 동안 그곳에 주기적으로 찾아갔지만 그 나라가 좋아져서 그곳에 정착하게 되었다. 그는 지금 영국에 와서 휴가를 보내는 중이고, 런던에서 시간을 보내다 로저 안트림을 알게 된 것이었다. 그는 로저가 한 주 동안 자기 집에 와서 지내지 않겠냐고 제의해서 이곳으로 오게 되었다. 영국으로 돌아오니 이곳이 무척이나 낯설게 느껴졌다. 그는 아직 역사가 오래되지 않은 새로운 나라의 방대함에 관해서 이야기했다. 산꼭대기가 눈으로 덮여 있는 산, 그곳의 계곡, 골짜기, 깊고 제왕다운 강과 호수, 무엇보다도 위엄 있는 숲, 특히나 장엄한 숲에 관해 이야기할 때면 그는 목소리가 변했다. 거의 경외감에 가까웠다. 이 젊은이는 원초적인 본능으로 나무를 사랑했다. 나무에 대해 기묘하고도 설명할 수 없는 애정을 가지고 있었다. 그는 스티븐을 좋아했으므로 자기 나무에 관해서 이야기할 수 있었다. 스티븐은 그를 좋아했으므로 그가 이야기하는 동안 그의 얘기를 들어줄 수 있었다. 그녀 역시 거대한 숲을 사랑할 수 있을 것처럼.

그는 몹시 어려 보이고 깨끗이 면도한 얼굴에 깡마른 모습이었다. 그는 매우 앙상했다. 주걱 모양의 손가락에 갈색 손을 가진 바짝 마른 인물이었다. 그 외에는 키가 크고 어색한 모습이었다. 걸을 때면 어깨가 약간 구부정했는데, 말을 많이 탔기 때문이었다. 하지만 그의 얼굴에는 매력적인 요소가 있었다. 특히 나무에 관해서 이야기할 때면 더 매력적으로 보였다. 얼굴이 환해졌다. 마치 내면의 등불이 켜지는 것처럼 보였다. 그것은 나무가 보여 주는 인내심, 아름다움, 선에 관해 진정 진심 어린 이해가 있어야 가능한 것이었다. 그의 얼굴은 상대방의 이해를 열망하는 모습이었다. 그의 모습에서 얼핏 로맨스의 흔적을 엿볼 수 있었다. 순간적으로 그의 목소리에서 그런 점이 감춰지지 않았지만 그는 소박하게 말했다. 남자가 다른 남자에게 이야기하듯 단순하면서도 강한 인상을 심어주려고 노력하지 않았다. 그는 남자들이 선박을 사랑하고 그것이 상징하는 요소들이 좋기 때문에 선박에 관해서 이야기하듯이 나무에 관해서 이야기했다. 스티븐은 어색하고 수줍고 말도 제대로 못한 채 듣기만 하다가 자기 차례가 되면, 대단히 자유롭게 숲과 농장과 방대한 과수원의 관리에 관해서 무수히 많은 질문을 던졌다. 낭만적인 것과는 거리가 멀었지만 깊은 생각에서 우러나온 적절한 질문이었다. 그것은 한 남자가 다른 남자에게 묻는 그런 말투였다.

마틴은 그녀에 대해 알고 싶어 했다. 스티븐은 펜싱, 자기가 하는 공부, 승마 등에 관해 이야기했다. 그녀는 시인의 이름을 딴 래프터리에 관해 이야기해 주었다. 그러는 동안 그녀는 정말로 자연스러움을 느꼈고 행복했다. 자기를 당연하고 자연스럽게 받아들이는 남자가 있었기 때문이다. 그녀 자신이나 그녀의 취향을 전혀 이상하게 받아들이지 않았을 뿐 아니라 자연스러운 것으로 받아들였기 때문이다. 만약 마틴에게 그녀를 어떻게 그녀만의 고유한 가치를 가진 존재로 받아들이게 되었느냐고 이유를 묻는다면, 그는 틀림없이 이유를 말하지 못했을 터였다. 단지 그렇게 되었을 뿐이라고, 그것이 전부라고, 그냥 그렇게 되었노라고 말했을 것이다. 이유가 무엇이든지 간에 그는 갑자기 형성된 우정에 이끌리게 된 것이다.

딸을 데리고 무도회장을 떠나기 전에 애너는 그 젊은이를 집으로 초대했다. 스티븐은 새 친구에게 모턴을 소개하고 공유할 수 있게 되어서 몹시 기뻤다. 그녀는 그날 밤 자기 침대에서 "너도 이제 마틴 할램을 좋아하게 될 거야."라고 모턴에게 속삭였다.

11장

1

마틴은 모턴으로 갔다. 그는 종종 그곳에 들렀다. 필립 경은 그를 좋아했으며 두 사람의 우정을 북돋워 주었다. 애너 역시 마틴을 좋아했다. 그녀는 마틴을 언제나 환영했다. 그가 아직 젊은 데다 어린 나이에 어머니를 잃었기 때문이다. 그녀는 여성들이 흔히 아들을 응석받이로 만드는 것처럼, 그를 약간 응석받이로 만들었다. 남의 아들을 자기 아들로 삼았다. 조그만 문제가 있어도 그는 애너에게로 달려와서 이야기했다. 그가 사냥을 나갔다가 심한 감기에 걸렸을 때 애너는 그를 간호해 주었다. 그는 본능적으로 그런 일이 있으면 그녀에게 의존했다. 하지만 우정을 나누고 있는 스티븐에게는 그런 응석을 부리지 않았다.

마틴과 스티븐은 이제 언제나 함께 있었다. 그는 업톤에 있는 호텔에 자주 머물렀다. 겉으로는 사냥을 핑계 삼았다. 하지만 그가 그곳에 머무른 진짜 이유는 스티븐 때문이었다. 그녀는 그의 인생에 항상 자리하고 있던 공허감을 채워주는 적절한 처소가 되었다. 그런 처소는 완벽한 친구를 위해 예비된 곳이었다. 기이하고 예민한 친구인 마틴 할램은 나무와 원시림과 낯선 사랑에 빠져 있었다. 절친한 친구가 많지 않았던 그는 고독한 남자였다. 그는 책에 관해서는 아는 바가 거의 없었으며 부진한 학생이었다. 하지만 다른 점에서는 스티븐과 공통점이 많았다. 그는 말을 잘 탔다. 말을 사랑하고 잘 이해했다. 그는 펜싱도 잘해서 종종 스티븐과 대결을 펼쳤다. 그는 그녀가 이겼을 때도 그 때문에 분개하는 것 같지 않았다. 진 것을 자연스럽게 받아들였고 자신의 기술이 부족했다는 점을 인정하고 그냥 웃어넘겼다. 사냥을 나가면서 더욱 가까워진 두 사람은 업톤까지의 먼 길을 말을 타고 함께 돌아왔다. 때론 그녀와 함께 모턴 저택으로 가기도 했다. 애너는 언제나 마틴을 반겼고, 필립 경은 그에게 마사를 자유롭게 사용하도록 해주었다. 심지어 윌리엄스 영감마저 불평을 삼갔다.

"저 친군 믿을 만하군. 사람됨이 됐어." 윌리엄스는 단언했다. "말들도 그걸 알아. 그에 따라서 행동하고."

스티븐이 마틴에게 끌린 이유가 단지 스포츠 때문만은 아니었다. 그녀의 마음처럼 그의 마음은 아름다움에 감응할 수 있었다. 그녀는 자기가 사랑하는 시골의 풍경, 업톤으로부터 언덕 발치까지 펼쳐져 있는 모턴 성의 공유지 등을 그에게 알려주었다. 모턴 성 너머까지 가는 경우도 있었다. 그들은 구불구불한 오솔길을 따라 브롬스배로까지 말을 타고 내려갔다가 클린처 물방앗간의 작은 시내를 가로지르고 이스트너의 헐벗은 겨울 나무숲을 통과하여 집으로 따각따각 돌아왔다. 주변의 언덕에 관해서도 마틴에게 알려 주었다. 그녀는 애너가 마땅히 아들이었어야 했던 아이를 임신한 채로 앉아서 그 언덕을 지켜보았을 때 언덕의 풍성한 가슴이 푸른 허리띠를 두른 어머니 같다고 생각했다는 이야기도 들려주었다. 그들은 맬번 전체의 일곱 수호신처럼 장엄한 우스터셔 비콘을 올랐으며, 웰스의 언덕부터 와이 계곡 위로 뻗어 있는 브리티시 캠프 건너까지 헤매고 다녔다. 계곡은 반쯤은 빛으로, 반쯤은 그림자로 덮여 있었다. 그 너머가 웨일스였고 희미한 블랙 마운틴이었다. 그러면 스티븐의 심장은 약간 팽팽해졌다. 아름다운 것을 볼 때면 언제나 심장이 팽팽하게 당겨지는 느낌이었다. 어느 날 그녀가 말했다.

"어릴 적부터 이런 풍경은 항상 울고 싶은 기분이 들게 만들었어요, 마틴."

"우리 안의 어떤 것이 아름다운 것을 보면 눈물을 흘리도록 만드나 봅니다. 그게 우리를 후회하도록 만드니까." 그녀가 왜 그래야 하는지 이유를 물었지만 그는 대답할 수가 없었다.

종종 그들은 홀리부시 숲을 지나고 래기드스톤까지 올라갔다. 그 언덕에는 소름 끼치는 전설이 전해져 왔다. 전설에 따르면 언덕의 그림자와 마주친 사람에게는 죽음이나 불행이 따른다는 것이었다. 마틴은 가시나무를 살펴보려고 걸음을 멈추곤 했다. 오래된 가시나무는 가혹한 겨울을 오랜 세월 견뎌내면서 비바람에 시달렸다. 그는 가시나무를 부드럽고 연민에 찬 손가락으로 만졌다.

"자, 봐요, 스티븐. 이 오래된 친구의 용기가 보이죠! 전부 하나같이 뒤틀리고 휘어졌어. 그걸 보는 게 가슴 아파요. 그런데도 이 친구들 얼마나 잘 참고 견디는지 몰라. 나무들의 엄청난 용기에 대해 생각해 본 적 있어요? 난 많이 생각해 봤어요. 나에겐 그들의 용기가 너무 놀라워요. 주님은 그들을 버렸지만 그들은 끝까지 버티면서 견디거든요. 무슨 일이 있어도. 그건 분명 용기를 필요로 하는 일이에요!" 어느 날 그가 말했다. "날 미쳤다고 생각하지 말아요. 우리가 죽음을 견뎌낼 수 있다면, 나무도 죽음을 견뎌낼 수 있으리라고 믿어요. 나무들의 천국도 분명 있을 테니까. 믿음이 강한 모든 나무들이 가는 나무 천국. 나무들은 새들도 함께 데려갈 거라고 생각해요. 그러지 말란 법이 어딨겠어요? 죽음도 그들을 갈라놓지 못하리니." 그러면서 그는 웃었지만 그녀는 그의 눈에서 진지함을 보았다. 그녀가 물었다.

"당신은 신을 믿어요, 마틴?"

"물론. 신들의 나무 때문에 믿어요. 당신은요?"

"난 모르겠어요."

"저런 불쌍한, 눈먼 스티븐! 다시 한 번 봐요. 믿을 때까지 계속해서 보라고요."

그들은 많은 것에 관해 함께 논했다. 두 사람 사이에는 수줍음의 자취 같은 것이 없었기 때문이다. 그의 젊음이 그녀의 젊음과 만나서 서로 손을 잡고 걸었다. 그녀는 마틴을 만나기 전까지 자신의 어린 시절이 얼마나 고독했는지 알게 되었다.

"마틴, 당신은 나의 유일한 친구이자 진정한 친구예요. 단 한 사람 아버지만 빼고. 우리의 우정은 너무 멋져. 마치 형제 같은 기분이 들어요. 우리는 많은 부분에서 같은 것을 즐기니까."

"나도 알아요, 스티븐. 그게 멋진 우정이란 걸."

스티븐은 그에게 언덕의 비밀을 알려 주었다. 가장 교묘하게 숨어 있는 샛길의 비밀과 예기치 않게 불쑥 드러나는 숲 속의 빈터, 숨어 사는 고사리의 비밀을 알려 주었다. 그녀는 새들의 비밀도 알려 주었다. 봄철 뻐꾸기의 놀이터를 보여 주었다.

"뻐꾸기들은 여기서는 대단히 낮게 날아요. 볼 수 있을 정도로. 작년에는 한 쌍이 바로 내 눈앞을 스치고 지나갔어요. 서로를 부르면서. 조만간 돌아가지 않는다면, 나중에 이곳으로 다시 와요. 뻐꾸기들을 보여 주고 싶으니까요."

"나도 거대한 숲을 보여 주고 싶어요. 나와 함께 캐나다로 갈 순 없을까요? 당치도 않은 소리이긴 하지만. 이게 모두 망할 관습 때문이지. 당신과 난 이렇게 좋은 친구인데. 난 너무나 고독할 겁니다. 맙소사, 우리가 살고 있는 세상이 얼마나 바보스러운지."

그녀는 단순하고 소박하게 대답했다.

"나도 함께 가고 싶어요."

그러자 그는 거대한 숲에 관해서 이야기하기 시작했다. 너무나 거대해서 초록이 영원히 펼쳐져 있는 것처럼 보인다고 했다. 곧추 서 있는 거대한 나무들, 하늘 높이 치솟은 전나무들, 몇백 년 수령의 거대한 나무들의 몸통 둘레를 그녀에게 이야기해 주었다. 더 겸손한 나무도 있었다. 그는 이런 나무들을 마치 소중하고 친숙한 친구처럼 여겼다. 모험에 빠져서 강을 따라 자라는 솔송나무들은 맑게 흐르는 강물을 따라 서 있었다. 날씬하고 흰 가문비나무들은 호수와 경계를 짓고 있었다. 적송들은 해 질 녘이면 구릿빛으로 타올랐다. 불행하게도 아름다운 적송들은 단단하고 품질 좋은 나무인 탓에 건축업자들이 몹시 탐을 냈다.

"하지만 내 집 지붕을 그 나무들의 옆구리로 짓지는 않을 겁니다." 마틴이 공언했다. "그건 사실상 암살 행위나 진배없거든요."

 언덕과 마구간 사이에서, 지금까지 언제나 외로웠던 두 사람 사이에 행복한 나날이 흘러갔다. 이제 이들에겐 멋진 우정이 있었다. 스티븐은 여태껏 이와 흡사한 것을 경험한 적이 없었다. 그가 곁에 있다는 것이 너무 좋았다. 젊고 강하고 이해심 많은 그가 옆에 있다는 것이 좋았다. 그녀는 조심스러운 억양으로 조용하게 말하는 그의 목소리를 좋아했다. 다소 느리게 움직이는 그의 사려 깊은 푸른 눈동자를 좋아했다. 때로 너무 느리게 움직여서 그의 시선이 겨우 절반쯤 움직였을 때 자기 눈길과 마주치면, 그녀는 미소 지었다. 그녀는 남자와 동료가 되고 싶었고 그들의 우정, 선의, 관용을 나눌 수 있는 관계를 갈망했었다. 그녀는 마침내 그런 우정을 갖게 되었으며 마틴에게서 그 이상을 누리게 되었다. 그는 이런 자질에 덧붙여 엄청난 이해심을 가지고 있었기 때문이다.

 그녀는 푸들에게 어느 날 밤 공부방에서 말했다.

 "마틴을 점점 좋아하게 돼요. 단지 몇 개월의 우정만으로 그런 사이가 되다니 희한하지 않아요? 그렇지만 그는 달라요. 그가 가고 나면 정말 보고 싶을 거예요."

 그녀의 말이 이상한 효과를 불러왔다. 푸들은 얼굴이 환해지면서 스티븐에게 키스를 해주었다. 결코 자기 감정을 드러내는 법이 없던 푸들의 얼굴이 갑자기 밝아져 스티븐에게 키스를 했다.

2

　사람들은 뒤에서 숙덕거렸다. 그녀의 부모가 마틴과 스티븐을 자유롭게 방치하는 것에 말들이 많았지만 그다지 험구는 아니었다. 결국 스티븐도 다른 여자 아이들과 다를 바가 없었던 것이다. 그들은 스티븐에 대한 불쾌감이 거의 사라졌다. 그사이 마틴은 업톤에 계속 머물렀다. 그는 스티븐의 매력과 특이함에 사로잡혔다. 그녀의 특이함에 그는 매혹당했다. 그동안 그는 내내 우정만 고집했다. 심지어 이런 특이한 감정을 인정조차 하지 않았다. 그는 우정이라는 생각으로 자신을 기만했다. 하지만 필립 경과 애너는 미혹에 빠지지 않았다. 그들은 처음에는 수줍은 듯이 서로를 조심스럽게 관망하다가 점차 대담해지기 시작했다. 마침내 애너가 남편에게 말했다.

　"저 아이가 마틴과 사랑에 빠지는 게 가능할까요? 물론 마틴은 스티븐과 사랑에 빠졌지만요. 아, 여보. 생각만 해도 너무 행복할 것 같아요." 그녀의 가슴은 스티븐에 대한 애정으로 가득했다. 스티븐이 아기였던 시절 이후로 애너가 그랬던 적은 없었다.

　그녀의 희망은 현실보다 너무 앞섰다. 그녀는 딸의 미래를 계획하기 시작했다. 마틴은 과수원과 숲을 포기해야 하고, 시장에 나와 있는 텐리 코트를 구입해야 한다. 여러 개의 농장과 좋은 목초지가 딸려 있으니 어떤 남자든 신이 나서 구입하려고 들 것이다. 그러다가 애너는 갑자기 신중해졌다. 텐리 코트에는 아기 방과 크고 밝고 햇살이 잘 드는 남향으로 면한 방, 침실이 있었고, 창문에는 빗장이 있었다. 모든 게 다 갖춰져 있었다.

필립 경은 고개를 흔들면서 애너에게 천천히 하라고 한마디 했다. 하지만 그의 눈은 기쁨을 감추지 못했다. 가슴으로부터 희망이 샘솟는 것을 억제할 수 없었다. 그가 잘못 생각했던 것일까? 희망이 그의 가슴을 끊임없이 두드렸다.

3

겨울이 봄에게 자리를 넘겨줘야 할 때가 되었다. 모턴 성 공 유지에서 로스까지 수선화가 온 나라에 진군해 오면서 강가에 진지를 차렸다. 산사나무는 산울타리를 초록으로 물들이면서 무리 지어 작은 봉우리를 틔우고 있었다. 모턴 가의 잔디밭에 서 있는 나이 든 히말라야삼목은 우아한 손가락 끝 마디마디에 분홍색 망울을 틔웠다. 언덕 양편으로는 야생 딸기나무가 부지런히 잎사귀와 꽃들을 활짝 터뜨리고 있었다. 마틴은 자기 가슴을 들여다보다가 스티븐을 보았다. 불현듯 한 여자가 그곳에 서 있음을 깨달았다.

우정이라! 그는 자신의 아둔함에 놀랐다. 자신의 맹목과, 몸과 영혼의 냉담함에 어이가 없었다. 그는 스티븐과의 사이에 우정이라는 차가운 껍질을 씌워놓았던 것이다. 그녀의 젊음과 그녀의 여성다움과 아름다움을 모욕했던 것이다. 이제 그는 연인의 눈으로 그녀를 바라보게 되었다. 마틴처럼 예민하고 자제력이 있는 남자에게, 사랑은 맹목적인 계시처럼 다가오는 법이다. 그는 여자에 관해서는 거의 아는 바가 없었다. 잊어버리는 것이 상책이라고 생각했던 몇 가지 에피소드를 제외하고는 아는 것이 별로 없었다. 대체로 그는 상당히 정결한 삶을 살았다.

도덕관념 때문이라기보다 성격이 까다로웠기 때문이다. 그런데 이제 그는 깊은 사랑에 빠져들었다. 그리고 극히 억제하고 살았던 불쌍한 마틴의 시대에 조종을 울렸다. 그는 자신의 열정에 전율했으며 그런 열정의 힘에 적잖이 놀랐다. 늘상 조용하고 수줍어하는 성격이었지만 이제 그는 완전히 분별력을 잃고 그와는 반대가 되어버렸다. 결국 참을 수 없게 된 그는 어느 날 스티븐을 만나기 위해 꼭두새벽에 달려 나갔다. 그녀의 자취를 좇아 마사 끝으로 달려갔다. 스티븐은 그곳에서 윌리엄스와 함께 래프터리에게 이야기하는 중이었다. 숨을 몰아쉬며 그가 말했다.

"래프터리는 신경 쓰지 말아요, 스티븐. 정원으로 갑시다. 당신에게 할 말이 있어요." 떨리는 그의 목소리와 기이하리만치 창백한 얼굴 탓에 그녀는 고향에서 나쁜 소식이 왔음이 분명하다고 생각했다.

그녀는 그와 함께 나갔다. 한동안 침묵 속에서 걷다가 마틴이 멈춰 섰다. 그러다가 갑자기 급하게 말을 쏟아냈다. 그는 놀랍고 믿을 수 없는 말들을 했다.

"스티븐, 난 정말 당신을 사랑해." 그는 자기 팔을 내밀었다. 그러자 스티븐은 움찔하면서 뒤로 물러났다. "난 당신을 사랑해. 정말 당신을 깊이 사랑하게 되었어. 날 봐요. 날 이해하지 못하겠어요? 당신이 나랑 결혼해 줬으면 해요. 당신도 날 사랑하지. 안 그래?" 그러다가 그는 마치 그녀가 그를 후려친 것처럼 움찔했다. "맙소사! 대체 왜 그래요, 스티븐?"

그녀는 말 못할 공포에 사로잡힌 것처럼 그를 뚫어지게 바라보다가 그의 눈에 드리워진 욕망을 보았다. 핏기가 가신 그녀의 얼굴 위로 격렬한 혐오감이 점점 퍼져 나갔다. 그는 그녀의 얼굴에 퍼져 나가는 공포와 혐오감 이외에도 일종의 모멸에 찬 표정 같은 것을 보았다. 그런 모멸에 찬 표정은 그가 신성하다고 느꼈던 모든 것을 전부 모욕하는 것이었다. 한순간 그녀의 표정이 도무지 믿기지 않았던 그는 좀 더 다가가면서 그녀의 눈을 들여다보았다. 그 순간 그녀는 뒤돌아서서 언제나 그녀를 보호해 주었던 자기 집을 향해 달리기 시작했다. 말 한 마디 없이 그녀는 그를 떠나버렸다. 뒤돌아보려고 단 한순간도 멈추지 않았다. 피가 거꾸로 솟구치는 공포의 순간에 그녀는 스스로에게 놀랐고 놀라운 것을 의식하게 되었다. 그녀는 달리다가 숨이 차서 헐떡거렸다. "그게 마틴이야, 마틴." 그러고는 다시 한번 "그게 마틴이야!" 하고 토해 냈다.

그는 그녀가 나무 뒤로 사라질 때까지 얼어붙은 듯 그 자리에 서 있었다. 그는 경악했고 이해할 수 없었다. 오로지 그의 머릿속에는 스티븐에게서, 모턴에게서 빨리 달아나고 싶은, 사라지고 싶은 생각뿐이었다. 그를 쫓아올 생각으로부터 달아나고 싶다는 마음밖에 없었다. 두 시간이 채 지나지 않아 그는 런던으로 향하고 있었다. 모턴에서 떠난 지 채 이 주도 되지 않아 그는 지평선 저 너머 어딘가에 있을 숲으로 자신을 데려다 줄 증기선의 갑판 위에 서 있었다.

12장

1

모턴 가에서는 아무도 물어보는 사람이 없었다. 그들은 거의 말이 없었다. 심지어 애너마저 딸에게 물어보는 것을 삼갔다. 딸의 창백한 얼굴을 보고 나면 무슨 일이 생긴 건지 차마 물을 수가 없었다.

그녀의 걱정과 근심은 남편과 함께 있을 때면 깊은 실망으로 바뀌었다.

"가슴이 무너져요, 필립. 대체 무슨 일이 있었을까요? 서로 그렇게 좋아하는 것 같더니만. 딸애에게 한번 물어봐요. 우리 중 누군가 반드시······."

필립 경은 조용히 저지했다. "스티븐이 먼저 나에게 말해 주리라 생각하오." 그 말에 애너는 부득이 물러설 수밖에 없었다.

스티븐은 이제 거의 소리 없이 모턴 저택 안을 걸어 다녔다. 그녀의 눈은 당혹스럽고 몹시 불행해 보였다. 밤이면 그녀는 마틴을 생각하며 뜬눈으로 보냈다. 마치 그가 죽은 사람인 것처럼 그를 그리워하면서 슬퍼했다. 하지만 그녀는 아무것도 의심하지 않고 그의 죽음을 받아들일 수는 없었다. 자신이 무슨 비난받을 짓을 했었는지 곰곰이 되묻지 않을 수 없었다. 마틴과 같은 연인으로부터 한마디로 거부당한 자신은 얼마나 희한한 인간이었던가? 그녀는 어떤 존재였던가? 거부당했음에도, 심지어 그 남자에 대한 동정심에도 불구하고 지워지지 않는 더 강렬한 감정이 그녀에게 남아 있었다. 그를 몰아낸 사람은 그녀였다. 그녀 안의 어떤 면이 새로운 마틴의 면모를 도무지 받아들일 수 없었기 때문이다.

하지만 그녀는 선량하고 정직한 마틴의 우정에 괴로워했다. 그녀로부터 마틴은 우정을 빼앗아 가버렸다. 그녀가 가장 원했던 그런 우정을. 하지만 결국 그런 우정은 존재하지 않는 것인지도 모른다. 다른 감정을 우정으로 포장했을 따름이었다. 깊은 어둠 속에 누워 있다가 그녀는 장차 자신의 미래에 놓여 있을 것을 생각하고서는 몸을 떨었다. 얼마 전에 일어났던 일은 앞으로 또다시 일어날 수 있는 것들이었다. 이 세상에는 마틴 이외에도 수많은 남자가 있다. 이전에 그 사실을 보지 못했다니 정말 바보였다. 그럴 수 있다는 가능성을 꿈에도 생각하지 못했다니 정말 바보였다.

이제 그녀는 남자들의 목소리가 부드러워지고 눈빛이 은근해질 때 그들에게서 느끼는 분노를 이해하게 되었다. 그랬다. 그녀는 그 공포의 의미를 충분히 알게 되었다. 그녀의 친구였던 바로 그 마틴이 공포의 의미를 확실히 가르쳐주었던 것이다. 그녀가 철저히 신뢰했던 그 남자가 그녀의 눈에 낀 비늘을 벗겨 내고 의미를 분명히 드러내주었다. 공포, 완전한 공포, 그런 공포로 인한 수치심이 마틴이 그녀에게 물려준 유산이었다.

처음에는 그녀를 그처럼 행복하게 해주고 만족스럽게 해주었으며 그처럼 자연스럽게 느끼도록 해주던 마틴이었다. 그것이 가능했던 것은 그들이 두 명의 남자로서 동료로서 관심사를 서로 공유했기 때문이다. 그 점에 생각이 미치자, 그녀는 괴로움에 익사할 것 같았다. 잔인했다. 그녀를 속이다니. 그는 비겁했다. 그동안 내내 그는 그녀에게 있는 다른 것을 끄집어낼 기회만 기다리고 있었다는 소리였다.

그렇다면 그녀는 어땠는가? 그녀의 생각은 어느새 어린 시절로 슬그머니 되돌아갔다. 그녀를 곤혹스럽게 만들었던 과거의 많은 일들이 떠올랐다. 그녀는 다른 아이들과 달랐다. 언제나 고독했고 만족하지 못했다. 그래서 항상 다른 사람이 되려고 했다. 다른 사람이 되고 싶어서 어린 넬슨 복장을 했다. 그 시절을 기억하면 언제나 아버지가 떠올랐다. 그때처럼 지금도 아버지가 그녀를 도와줄 수 있을지도 모른다. 아버지에게 마틴에 관한 일을 설명해 달라고 한다면? 아버지는 지혜롭고 무한한 인내심을 가지고 있다. 그런데 지금은 본능적으로 묻는 게 두려웠다. 외로웠다. 다른 사람들과 다르다고 느끼는 자신이 너무 외로웠다. 그처럼 외롭다는 것이 끔찍했다. 한때는 남들과 다르다는 점을 오히려 즐기기조차 했다. 어린 넬슨과 같은 옷차림을 좋아했던 것처럼, 그런 차이를 즐겼다. 그런데 정말 그것을 즐겼던가? 아니면 부적절하고 유치한 반발의 한 형태로 그랬던 것일까? 그렇다면 가장무도를 하면서 집 안을 활보할 때 그녀는 과연 무엇에 반발하고 저항하려 했던가? 그 시절 그녀는 사내아이가 되고 싶었다. 가엾은 어린 넬슨 복장을 했던 것의 의미가 바로 그것이었던가? 지금은 어떤가? 그녀는 마틴이 자신을 남자로 대우해 주기를 원했다. 마틴이 남자로 대접해 주기를 기대했다……. 그녀가 도무지 대답을 찾을 수 없는 질문만이 어둠 속에서 차곡차곡 쌓였다. 대답할 수 없는 무수한 질문의 무게에 짓눌려 마침내 포기하고 말았다. "나도 모르겠다. 아, 맙소사, 나도 모르겠다!" 그녀는 이런 물음들을 모두 내던져 버리고 싶다는 듯 그렇게 중얼거렸다.

동이 틀 때까지 하룻밤을 지새운다고 이 모든 질문에 답을 찾을 수 있는 것도 아니고 더는 견딜 수가 없었다. 공포 대신 위안이 필요했다. 그녀는 아버지에게 설명해 달라고 할 작정이었다. 그녀는 마틴으로 인한 깊은 외로움을 아버지에게 털어놓고 싶었다. 그녀는 묻고 싶었다. "아버지, 저한테 이상한 점이 있나요? 마틴에게서 내가 그런 느낌을 받았다는 게 이상한 건가요?" 그런 다음 그녀는 자신이 무엇을 느꼈으며 그 느낌의 강도가 어느 정도였는지 차분하게 설명하고 싶었다. 그녀의 이런 감정이 단지 사랑할 수 없다는 정도가 아니라, 단지 마틴과 결혼하고 싶지 않다는 정도가 아니라, 좀 더 근본적인 것은 아닌가 하는 의구심이 든다고 아버지에게 설명하고 싶었다. 그녀가 왜 그처럼 극심한 당혹감을 느끼게 되었는지 그에게 말하고 싶었다. 그녀가 강인하고 젊은 그의 몸을, 정직하게 탄 그의 갈색 얼굴을, 느리지만 사려 깊은 그의 눈동자를, 무심한 그의 걸음걸이를 얼마나 사랑했는지 말하고 싶었다. 그 모든 것을 얼마나 사랑했는지 말하고 싶었다. 그러다가 갑자기 공포와 깊은 반감을 느꼈다. 마틴의 예측할 수 없었던 변화 때문이었다. 친구에서 연인으로 변한 것에 대한 혐오와 반감이었다. 사실은 그 이상이었다. 친구가 연인으로 변하면서 그는 그녀가 줄 수 없는 것을 원했다. 깊은 혐오감으로 인해 그에게뿐 아니라 어떤 남자에게도 그녀가 줄 수 없는 것을 원했기 때문이다. 마틴에게 혐오감을 느꼈어야 할 이유는 없었다. 더 이상 그 사실에 공포를 느낄 정도로 어린아이는 아니었다. 인생에 관한 특정한 사실을 그녀도 알고 있었다. 남들에게 있는 그런 사실이 그녀를 역겹게 하지는 않았다. 다만 그런 사실들이 절실한 자기 문제가 되었을 때 비로소 그녀에게는 그것이 끔찍하고 역겹게 다가왔을 따름이다.

그녀는 자리에서 벌떡 일어섰다. 아무리 잠을 자려고 해도 소용이 없었다. 영원히 해결되지 않는 질문들이 숨통을 죄고 있었다. 재빨리 옷을 걸치고 그녀는 넓적하고 얕은 계단으로 살그머니 내려가 정원으로 들어섰다. 동이 틀 무렵의 정원은 황홀경을 잃어버린 것처럼 낯설었다. 가능한 소리를 죽이려고 했다. 그녀와 그녀 자신의 고통이 마치 무례한 침입자처럼 느껴져서 미안했다. 침입자들의 존재가 일체감을 주는 낯선 정적을 방해했다. 이런 일체감은 침입자들로서는 알 수 없는 것이었다. 그들은 정원의 영혼이 사랑하고 알았던 그런 지식 너머에 있었다. 이런 일체감은 신비스럽고 멋진 것이었다. 신비스러운 일체감의 진정한 의미가 담고 있는 것이 위안이라는 걸 그녀는 알 수 있었다. 그녀는 이런 일체감을 마음속 깊은 곳에서 느꼈다. 하지만 아무리 노력해도 그녀의 마음은 그것을 포착할 수 없었다. 그녀가 마틴을 떠나보낸 것에 화가 나서 심지어 정원마저 그녀의 기도에 귀를 닫고 있었다. 그때 개똥지빠귀가 히말라야삼목에 앉아서 노래를 불렀다. 개똥지빠귀의 노랫소리는 열광적인 환희로 가득했다. "스티븐, 날 봐, 날 봐!" 개똥지빠귀가 노래 불렀다. "난 행복해, 난 행복해. 행복은 그처럼 간단한 거야!" 오로지 마틴만을 생각하게 만드는 새소리가 비정하게 들렸다. 그녀는 깊은 수심에 잠긴 채 걸었다. 마틴은 가버렸다. 그는 자기 숲으로 조만간 되돌아가게 되리라. 그를 옆에 두는 건 전혀 힘든 일이 아니었다. 왜냐하면 그는 그녀의 연인으로서 그녀 곁에 머물고 싶어 했기 때문이다. "스티븐, 날 봐, 날 봐!" 새들이 노래를 불렀다. "우린 행복해, 행복해. 행복이란 그처럼 간단한 거야!" 어둑한 초록빛 공간을 마틴이 걷고 있었다. 그녀는 숲에서 지내는 그의 삶을 상상할 수 있었다. 남자들의 삶, 위험과 원시적이고 강인하고 절박한 것들로 가득한 삶. 그녀의 눈에는 회한의 눈물이 그득했다. 그럼에도 그녀는 자신이 무엇 때문에 눈물을 흘리고 있는지 알지 못했다. 그녀는 오로지 크나큰 상실감과 그녀를 사로잡고 있는 불완전함을 느낄 따름이었다. 그녀는 두 줄기 눈물이 뺨을 타고 흘러내리도록 내버려 두었다. 손가락을 들어 눈물방울을 하나씩 차례로 훔쳤다.

이제 그녀는 콜린스가 풋맨의 품에 안겨 누워 있던 그 오래된 육묘장 앞을 지나가고 있었다. 눈물로 목이 메어 그녀는 육묘장 앞에서 잠시 걸음을 멈추고는 콜린스의 모습을 떠올리려 해보았다. 잿빛 눈동자였던가. 아니, 아니 푸른 눈동자였던가. 동그스름한 얼굴, 통통한 손, 부드러운 피부, 언제나 비누 거품에 손을 담가서 손이 퉁퉁 불어 있던 여자. 무릎 염증으로 심하게 고생했던 그녀의 모습을 떠올리려고 애썼다.

'쑥 들어가지요? 물이 차서 그래요······. 그게 정말 아파요.' 그러고는 이상한 차림새의 어린아이가 떠올랐다. 어린 넬슨 복장을 한 이상한 여자 아이가.

'콜린스, 널 대신해서 아팠으면 좋겠어. 예수가 죄인들을 대신하여 상처받았던 것처럼 말이야······.'

흙냄새와 습기 냄새를 풍기고 있는 육묘장은 한옆으로 약간 기울어져 있었다. 콜린스는 풋맨의 품에 안긴 채 누워 있었다. 그는 거칠고 투박하게 콜린스에게 키스를 퍼부었다. 아이의 손에는 깨진 화분 조각이 들려 있었다. 깊은 분노와 더불어 영혼의 고통을 느끼면서 아이는 그렇게 서 있었다. 놀라서 창백해진 얼굴에 붉은 피가 흘러내렸다. 선홍색 피가 방울방울 흘러내렸다. 그녀는 미친 듯이 달아났다. 뭐라고 말할 수 없는 상태로 그냥 달아났다. 저 멀리, 저 멀리로. 살갗이 찢어지고 스타킹이 찢어졌다.

그녀는 몇 년 동안 그런 것들을 잊고 지냈다. 그런 기억들은 까마득히 잊었다고 생각했다. 최근 들어 콜린스에 관해서는 생각나는 것이 전혀 없었다. 살찌고 반쯤 눈이 먼 데다 식욕만 강한 늙은 조랑말 콜린스 말고는 거의 기억나는 것이 없었다. 그런데 이날 아침 어떻게 그 모든 기억이 되돌아왔는지 정말 희한했다. 한때 그녀는 밤늦도록 침대에 누워 콜린스가 자극했던 어린 시절의 감정들을 다시 끄집어내려고 애썼지만 허사였다. 그런데 이날 아침 모든 감정이 또렷이 되돌아왔다. 이제 정원은 새로운 기억으로 가득했다. 마틴에 관한 슬픈 기억으로 충만했다. 그녀는 갑자기 돌아서서 육묘장을 떠나 저 멀리서 희미한 빛을 발하고 있는 호수로 향했다.

저 아래 호수는 정적이 감돌았다. 새들의 노랫소리가 줄어든 것은 전혀 아니었다. 하지만 기이한 영혼의 정적이 새소리를 뚫고 지나가는 것처럼 보였다. 백조 한 마리가 자기 섬 앞에서 잔뜩 경계하면서 물살을 헤치고 있었다. 녀석의 짝은 새끼들로 오글거리는 보금자리를 지키고 있었다. 백조는 스티븐을 잘 알고 있으면서도 가끔씩 힐금힐금 노려보았다. 녀석에게는 새끼들이 있었기 때문이다. 녀석은 거짓말처럼 눈부시게 새하얀 새끼들을 자랑스러워했다. 녀석은 진한 부성을 뽐내면서 거만을 떨었다. 스티븐은 자기 호주머니에 든 비스킷을 내밀었다. 그런데도 녀석은 스티븐의 손에 들어 있는 먹이를 거부했다.

"구구구구!" 그녀가 소리쳤다. 그러나 백조는 자기 목을 모로 꼬면서 헤엄만 치고 있었다. 그것은 모멸적인 거부 반응이었다. "아마도 내가 괴짜라고 생각하는 모양이군." 백조 때문에 더욱 외로워진 그녀는 참담한 심경으로 중얼거렸다.

호수는 방대하고 오래된 너도밤나무에 둘러싸여 있었다. 너도밤나무에서 떨어진 잎사귀가 발목까지 빠졌다. 아름다운 광택이 나는 나무 잎사귀가 카펫처럼 깔려 있었다. 낙엽 카펫은 모턴의 땅을 수수한 갈색으로 뒤덮었다가 봄이 되면 새로운 초록으로 되돌려 놓았다. 시간이 지나면 초록 잎사귀들은 카펫의 깔개가 되었다. 해가 거듭될수록 카펫은 눈부신 광택을 발했다. 스티븐은 어린 시절부터 이곳을 좋아했다. 이제 그녀는 본능적으로 위안을 구하고 싶을 때면 이곳을 찾았다. 하지만 이곳의 아름다움은 오히려 그녀의 우울함을 더 깊게 만들었다. 아름다움은 그처럼 양면의 칼날이었다. 그녀는 영혼의 정적과 교감할 수 없었다. 그녀의 영혼이 이곳의 정적에 위로받을 수 없었기 때문이다.

'더 이상 크나큰 평화와 일체감을 느낄 수 없겠구나. 나는 언제나 정적을 벗어난 곳에서 살게 될 거야. 절대적인 정적과 평화가 있는 곳이면 이 세상 어디에서든지 난 언제나 그 바깥에 서 있게 될 거야.' 라고 그녀는 생각했다. 이런 생각이 미래의 운명을 예언하는 것 같아서 그녀는 속으로 전율했다.

백조가 다시 쉿쉿 큰 소리를 내면서 자신이 아버지라는 것을 그녀에게 뻐기고 있었다.

"저런, 피터. 난 네 아기들을 해치지 않아. 날 못 믿겠어? 내가 작년 겨울 내내 먹이를 줬잖아!" 그녀는 피터를 나무랐다.

하지만 피터는 그녀를 전혀 신뢰하는 것처럼 보이지 않았다. 덤불숲에서 나오려는 자기 짝에게 소리를 꽥꽥 지르자 아내 백조도 쉭쉭거리면서 크게 날갯짓을 했다. 성난 날갯짓은 이렇게 말하는 듯했다. '스티븐, 여기서 나가. 둔하고 어리석고 우스꽝스러운 인간아! 넌 우리 보금자리의 파괴자야. 넌 말썽꾸러기라고. 이 아름다운 아침에 넌 날개 없는 얼룩이야.' 그 순간 갑자기 그들 모두 합창으로 쉭쉭거렸다. '여기서 나가, 스티븐!' 스티븐은 그들이 새끼들을 보살피도록 그 자리를 떴다.

그녀는 래프터리가 생각나서 마구간으로 걸음을 옮겼다. 마구간은 온통 혼란스럽고 북적거렸다. 윌리엄스는 불같이 노하여 소리를 질렀다. 그는 종자들을 꾸짖는 중이었다.

"저런 지겨운 놈들을 봤나. 뭐 하는 거여? 자, 빨랑 혀! 빨랑 빨랑 서둘러 말 두 필에 고삐를 채워. 이런 날 아침엔 말들에게 무릎 보호대 채우는 것 잊지 말고. 이 버킷은 여기가 제자리가 아니잖여. 빗자루도 제자리에 없고! 짐은 대장장이에게 얼룩이를 데리고 간겨? 이런 맙소사, 내가 시킨 것들을 무시할 거여? 짐, 넌 왜 그 모양이여? 네 눈엔 말발굽이 종이짝 같은겨! 자, 자, 말 두 필 준비됐냐? 좋아, 그럼. 네가 올라가거라. 안장은 하지 말어. 그러면 십중팔구 말에게 물집이 잡힐 테니께!"

윤기가 자르르한 잘생긴 사냥말들이 옷을 걸친 채 이끌려 나오고 있었다. 이른 봄날 아침이라지만 날씨는 아직까지 다소 쌀쌀했다. 그들 가운데 서 있는 래프터리는 날렵하고 경쾌해 보였다. 래프터리는 머리 씌우개를 하고 있었다. 머리 씌우개에 나 있는 눈구멍을 통해 그는 매처럼 형형한 눈빛으로 바깥을 내다보았다. 머리 씌우개에 나 있는 몇 개의 구멍 밖으로 작고 쫑긋한 두 귀가 나와 있었다. 녀석의 두 귀는 흥분해 있는 듯했다.

"자, 가만, 가만!" 윌리엄스가 고래고래 소리쳤다. "네놈들은 대체 뭘 하는 거여? 빨리 고삐를 바짝 당겨. 여기가 서커스인 줄 아냐!" 그러다가 스티븐을 보고서 말했다. "저런 죄송하구먼유, 아가씨. 말고삐를 바짝 당기지 않으면 큰일입쥬. 말들이 물집이 잡힐 때까지 펄펄 날뛸 거구먼유."

그들은 래프터리가 정문을 따각거리며 빠져나가는 모습을 지켜보며 서 있었다. 그러자 윌리엄스 영감이 부드럽게 말했다.

"정말 멋진 놈입쥬. 오십 년도 족히 넘는 세월 동안 마사에서 일을 했지만서두, 저보다 멋진 짐승을 못 봤어유. 래프터리는 정말 좋은 놈이구먼유. 흔한 말들과는 달라유. 정말 빼어난 녀석이라고나 할까. 군계일학이거든유."

"아마 이름처럼 시인이라서 그런 모양이지. 래프터리가 시를 쓴다면 아마 정형시를 쓸 거야. 아일랜드 사람들은 하나같이 시인이라는 속담이 있잖아. 그래서 아일랜드 사람들은 말들에게도 그런 선물을 물려준 모양이야."

그런 말을 나누면서 두 사람은 미소 지었다. 약간 민망해하면서도 두 사람의 눈은 서로 오랜 우정을 나누고 있었다. 그들 사이의 우정은 두 사람 모두가 사랑하는 래프터리로 인해 더욱 견고해졌다. 놀랄 일도 아니었다. 마사를 거쳐 나간 말들 중에서 래프터리만큼 용맹하고 멋진 말은 없었기 때문이다.

"후……." 하고 윌리엄스가 한숨을 쉬었다. "지는 늙어가고 있습쥬. 래프터리도 곧 열한 살이 될 테고. 그래도 래프터리는 저처럼 관절이 아픈 것 같지는 않아 보여유. 망할 놈의 류머티즘 때문에 겨울이면 더 아파서유."

그녀는 잠시 동안 그곳에 서서 윌리엄스를 위로했다. 그러다가 느릿느릿 걸어서 집으로 돌아왔다.

'불쌍한 윌리엄스. 그도 늙어가고 있어. 래프터리에게는 그런 문제가 생기지 않아서 감사할 따름이야.'

저택은 비스듬히 내리쬐는 햇살 가운데에 누워 있었다. 햇살은 저택의 어깨를 내리쬐고 있는 것처럼 보였다. 힐끗 그 집을 쳐다보면서, 그녀는 모턴이 그녀 생각에 잠겨 있는 것 같다는 느낌을 받았다. 창문이 그녀에게 손짓하면서 반갑게 맞이하는 것 같았다.

"집으로 와, 집으로 와. 빨리 집 안으로 들어와, 스티븐!" 마치 집과 대화를 나누는 것처럼 그녀는 대답했다. "그래, 갈게!" 자비로운 친절에 호응하듯이 그녀의 무거운 발걸음이 가벼워지더니 마침내 달리기 시작했다. 그랬다. 그녀는 실제로 반원형 채광창 아래 놓여 있는 육중한 하얀 문지방을 통과하여 달렸다. 계단을 올라가면 홀과 연결되었다. 홀에는 고든 가 조상들의 초상화가 걸려 있었다. 조상들은 오래전에 죽었지만 여전히 살아 있었다. 그들의 사상이 고든 가의 아름다움을 형성해왔다. 그들의 사랑이 아버지에서 아들로, 다시 아버지에게서 아들로 스티븐이 나타날 때까지 면면히 이어져 내려왔기 때문이다.

2

그날 저녁 그녀는 아버지의 서재로 갔다. 아버지는 그녀를 기다리고 있었다는 표정으로 올려다보았다.

"할 말이 있어요, 아버지."

"나도 안다. 가까이 다가앉거라, 스티븐."

그는 길고 가는 손으로 얼굴에 그림자를 드리웠다. 그래서 그녀는 아버지의 표정을 읽을 수가 없었다. 하지만 그녀는 자기가 왜 서재로 왔는지 아버지가 이미 잘 알고 있을 거라고 생각했다. 그녀는 마틴에 관해 이야기했다. 그간 무슨 일이 있었는지 하나도 빠뜨리지 않고 세세히 이야기했다. 친구가 되어주지 못했던 그에 대해 노골적으로 섭섭함을 드러냈다. 필립 경은 아무 말 없이 묵묵히 듣고 있었다.

긴 시간 동안 이야기하고 난 뒤 마침내 그녀는 용기를 내서 물어보았다.

"저한테 이상한 점이 있나요? 마틴에게서 제가 그런 느낌을 받았다는 게 이상한 건가요?"

드디어 올 것이 왔다. 그런 물음이 그의 심장을 강타하는 것 같았다. 창백한 얼굴을 가리고 있던 그의 손이 떨렸다. 전율이 그의 영혼을 사로잡는 것처럼 느껴졌다. 그의 영혼이 위축되어 몸 안으로 움츠러들어서 감히 스티븐을 똑바로 보지 못하게 하는 듯했다.

그녀는 기다리고 있었다. 그러다가 다시 물었다.

"아버지, 저한테 이상한 점이 있나요? 꼬마였을 때를 기억해요. 난 다른 아이들과 전혀 같지 않았어요."

그녀의 목소리는 자신 없고 미안해하면서 사과하는 투로 들렸다. 그는 그녀의 눈에서 곧 눈물이 흘러내릴 것을 알았다. 지금 고개를 들어 그녀를 보면 그녀의 입술은 떨리고 표정이 일그러지면 눈이 벌겋게 충혈될 것임을 알았다. 그는 허리 통증을 느꼈다. 그 허리로 낳은 자식 때문에 고통스러웠다. 견딜 수 없는 통증이자 견딜 수 없는 연민이었다. 그는 겁을 먹었고 연민으로 인해 겁쟁이가 되었다. 먼 옛날 아이의 어머니에게 그랬던 것처럼 연민으로 인해 겁쟁이가 되었다. '오, 자비로운 주님! 인간이 어떻게 대답할 수 있겠나이까? 아버지로서 그가 무슨 말을 할 수 있었겠는가? 그는 그녀 앞에 비굴한 내면을 감춘 채 앉아 있었다. '오, 스티븐, 나의 아가. 작고 작은 나의 스티븐.' 연민에 사로잡힌 그의 눈에 스티븐은 어리디어리고 속수무책으로 무기력한 아이처럼 보였다. 그는 아기였을 때 그녀의 손을 기억했다. 너무 작고, 선명한 분홍색의 완벽하고 섬세한 손톱을 가졌던 그 손을 기억했다. 그 손을 가지고 장난하면서 감탄하고 놀랐다. 그 손톱이 너무나 완벽했으므로.

'아, 스티븐 나의 아가, 작고 작은 나의 스티븐.' 그는 이 일에 관해 신에게 소리치고 싶었다. '당신이 우리 스티븐을 망쳐 놓았습니다! 먼저 가신 아버지, 그 아버지의 아버지, 그 아버지의 아버지의 아버지와 같은 조상들을 무슨 면목으로 뵙고, 뭐라고 해야 한단 말입니까? 삼 대조, 사 대조 조상들을 뵐 면목이⋯⋯.' 스티븐이 그의 대답을 기다리고 있었다. 그는 영혼의 입술을 잔에다 대고 기만의 쓴잔을 마셔야 했다. '난 너에게 말할 수가 없구나. 넌 그걸 물을 수 없어. 심지어 하느님마저도 묻지 말아야 하는 질문은 있는 법이다.'

이제 그는 의도적으로 그녀 쪽으로 얼굴을 돌렸다. 그녀의 눈을 똑바로 쳐다보면서 미소 지었다. 그러면서 능청스럽게 거짓말을 했다.

"얘야, 바보 같은 소린 그만 하거라. 너에게 이상한 점이 뭐가 있겠니. 언젠가 네가 사랑할 수 있는 남자를 만나게 될 게다. 설혹 사랑하는 남자를 못 만난다고 치자. 그게 무슨 대수겠냐, 스티븐? 결혼이 여자에게 유일한 길은 아니잖느냐. 최근 들어 난 너의 습작에 관해 생각해 보았다. 널 옥스퍼드에 보내 공부하게 할 작정이다. 그러니 그사이 넌 바보 같은 공상이나 해서는 안 된다. 그러면 못써. 그건 너답지 못해, 스티븐." 그녀는 아버지를 빤히 쳐다보고 있었다. 그는 재빨리 고개를 돌리면서 말했다. "얘야, 내가 몹시 바쁘구나. 이제 자리를 비켜주겠니." 그의 목소리가 흔들렸다.

"고맙습니다." 그녀는 재빨리 아무렇지도 않게 말했다. "마틴에 관해서 아버지께 여쭤봐야 할 것 같았거든요."

3

그녀가 떠난 뒤 그는 혼자 앉아 있었다. 그곳에 앉아 있으면서도 자기가 한 거짓말로 그의 영혼은 아직도 쓰라렸다. 그는 수치심으로 얼굴을 가리고 앉아 있었다. 내면에 들끓는 사랑으로 그는 울었다.

13장

1

마틴이 사라지고 나자 온갖 소문이 나돌았다. 소문이 무성하게 된 데는 안트림 부인도 한몫했다. 단지 한몫 거든 정도가 아니었다. 스티븐의 이름이 언급되는 곳에는 신기하게도 안트림 부인이 자리했고, 그녀는 온갖 뒷소문에 정통했다. 사람들 모두 몹시 언짢아졌다. 그들은 스티븐이 자기들 중 하나가 된 것을 열렬히 환영했었다. 그런데 이상한 일이 생긴 것이다. 그들은 속았다는 기분이 들었고 그래서 화가 났다.

올봄 여우 사냥 대회는 암묵적인 불만으로 분위기가 무거웠다. 마틴과 같이 훌륭한 청년이 아무 이유 없이 달아나지는 않았을 것이다. 두 사람이 약혼하지 않았다는 것이야말로 추문이었다. 그들은 온갖 곳을 헤집고 다녔다. 이와 같은 암묵적인 불만은 그들에게 지나치게 자유를 준 필립 경에게로 확대되었으며 급기야 애너에게까지 미쳤다. 어머니라면 딸을 단속했어야 했다는 것이다. 스티븐은 언제나 너무 지나치게 자유를 누렸다. 말을 탈 때도 걸타고 앉고 펜싱이네 뭐네 하면서 온갖 터무니없는 짓을 하도록 내버려 둘 때 이미 이럴 줄 알았어야 했다. 스티븐은 남자를 만날 때도 제멋대로 굴면서 기막히게 처신했다. 물론 제대로 약혼을 했으면 했는데 분명히 그런 일도 없었다. 마을 사람들은 자신들이 얼마나 관대했는지를 기억하고서는 스스로 깜짝 놀랐다. 그들이야말로 지극히 아량이 넓은 사람들이었다. 그 특이한 여자 애는 언제나 괴상했다. 이제는 이런저런 이유로 더더욱 괴상해 보였다. 그들은 그녀의 면전에서는 불쾌한 말을 전혀 하지 않았다. 하지만 스티븐은 이웃의 선의가 일시적이라는 사실을 잘 알고 있었다. 전적으로 마틴 때문에 보여 준 호의였다. 동네 사람들 사이에서 그녀의 위상은 다름 아닌 마틴 덕분에 올라갔던 것이다. 낯선 이방인이었던 그는 이 지역과는 아무런 연고도 없었다. 그런데도 동네 사람들은 하나같이 그녀가 마틴과 결혼할 것이라고 단정해 버렸다. 그 사실 하나만으로 그는 마을 사람들에게 따스하게 환영받았다. 갑자기 스티븐은 환영받고 싶다는 욕망이 강렬해졌다. 그녀는 진심으로 마틴과 결혼할 수 있었더라면 하고 생각했다.

이상한 것은 그녀 역시 동네 사람들을 어느 정도 이해할 수 있었다는 점이다. 그러므로 그들을 비난할 수만도 없다는 생각이 들었다. 사실 자연은 그녀보다 용감하지 않았다. 그녀가 그들 모습으로 닮아가는 것이 당연했다. 어린아이를 키우고, 가정을 유지하고 목장을 부지런하고 주의 깊게 관리하는 식으로 살아야 했다. 과거에는 한동안 숲을 동경했다지만 스티븐에게는 진정한 개척자 정신이 거의 없었다. 그녀는 땅에 속했고 모턴의 열매였으며, 목초지와 방목지에 속했고, 농장과 성 그리고 고요하고 부드럽게 이어져 내려온 전통에 속했다. 또한 오래된 붉은 벽돌집의 자부심과 품위 있지만 겉치레를 하지 않는 그런 전통에 속했다. 그런 것들은 언제나 고든 가 조상들의 권리로 형성된 것들이었다. 고든 가 선조들의 사상이 모턴의 아름다움을 만들었다. 모턴의 몸은 스티븐의 성장 과정에 바탕이 되었다. 그녀는 분명 그들 중 하나였다. 그렇다. 그녀는 과거 조상들의 전통에 속한 인물이었다. 조상들은 그녀에게 퇴짜를 놓을 수 있었다. 원기 왕성한 아들을 키워냈던 사람들, 그들이 심지어 하늘에서 내려다보면서 눈살을 찌푸리고 있는지도 모른다. "우리는 스티븐이라고 불리는 이 기이한 후손을 인정할 수가 없어."라고 말하고 있는지도 모른다. 그럼에도 불구하고 조상들은 그녀의 피를 전부 뽑아낼 수는 없었다. 그녀의 피가 곧 그들의 혈통이었다. 그들이 무엇을 원하든 간에 그녀를 그들의 혈통으로부터 완전히 쫓아낼 수는 없었다. 그들뿐 아니라 그녀 또한 자신의 피에서 조상의 혈통을 완전히 없앨 수는 없는 노릇이었다.

하지만 그들의 다른 후손인 필립 경은 비판적인 이웃들에게 용서를 구할 것이 거의 없었다. 그는 너무 많이 사랑했고 사랑하는 만큼 고통받았으며 번뇌로 자신마저 시들어가고 있었기 때문이다. 이제 그런 두 사람이 사냥을 나섰다. 그는 사소한 사건이라도 발생하여 딸이 괴로워하지 않게 하려고, 어떠한 일이 있더라도 그녀가 홀로 외로워하지 않도록 염려하고 경계하며 방심하지 않았다. 달려 나가려는 사냥개를 붙잡아 두고 사냥마들을 소집하는 동안, 그는 딸을 기쁘게 하려고 우습지도 않은 농담을 했다. 사람들에게 스티븐이 웃고 있는 모습을 보여 주려는 일념으로, 그는 대수롭지도 않은 농담이라도 해보려고 머리를 쥐어짰다.

가끔씩 그는 그녀의 귀에다 속삭였다.

"저 친구들 약 좀 올리자꾸나, 스티븐. 네가 맡고 있는 저 젊은 친구는 목조 장애물을 보고 덤벼들 거야. 난 신경 쓰지 말고. 네가 그의 무릎이야 망쳐놓겠니? 그쯤은 나도 안다. 그러니까 단지 리드만 해라. 그들이 널 따라잡을 수 있는지 어디 한번 보여 주거라!"

젊은 친구들이 그녀를 따라잡는 일은 좀체 일어나지 않았다. 그래서 그의 쓰라린 가슴에 순간적인 만족을 가져다주었다.

그렇지만 사람들은 그녀를 더욱더 꺼려하게 되었다. 그녀가 당당하게 말에 올라타는 것을 보면서 손가락질했다.

"저런 말만 있으면 누구라도 저 정도는 할 수 있어." 그들은 스티븐이 듣지 못하는 곳에서 투덜거렸다.

하지만 땅딸보 안트림 대령은 전혀 친절한 양반이 아님에도 그런 볼멘소리들을 들으면 호통을 쳤다.

"젠장, 그게 아니지. 그런 걸 정말 말을 탄다고 하는 거야. 저 아가씨는 말을 탈 줄 알아. 그게 핵심이지. 너네들하고 다른 점이기도……." 안트림 대령은 말문을 열었다 하면 거침없이 욕설을 뱉어내곤 했다. "우라지게 멍청한 놈이 있다고 치자. 그놈이 내가 아는 스티븐처럼 말을 탈 수 있었다면, 우리가 농부들에게 우라질 세금을 덜 내놔도 됐겠지." 같은 의미라고 할지라도 그가 말을 많이 하면 할수록, 문장마다 신을 들먹이는 욕설이 푸짐하게 뒤섞였다. 영국 전체를 통틀어 땅딸막한 안트림 대령만큼 입이 험한 마스터를 찾아볼 수 없었다고들 할 정도였다.

오, 그는 훌륭한 기수를 얼마나 미치도록 좋아했던가. 하지만 그가 좋은 기수를 칭찬하는 말에는 양념처럼 저주와 욕설이 묻어 있었다. 심지어 스포츠를 즐기는 주교 앞에서도 그는 험한 입을 자제하지 못했다. 그는 주교 앞에서도 열광하여 스티븐을 가리키면서 마구 험구를 늘어놓았다. 하지만 무기력하고 마누라에게 꽉 잡혀 사는 작은 체구의 이 사내는 집에서는 '하느님 맙소사' 같은 말조차 허용되지 않았다. 그는 어둡고 썰렁한 서재 이외의 실내에서는 담배를 피우는 것조차 허용되지 않았다. 그가 좋아하는 노리치 카나리아를 키우는 것도 불가능했다. 카나리아가 쥐를 들끓게 한다고 안트림 부인이 반대했기 때문이다. 그는 집에서는 애완용 개를 기를 수도 없었다. 바이올렛이 질색했기 때문이다. 예술에 관한 그의 취향은 심하게 단속받았다. 심지어 화장실 벽에 거는 그림도 검열의 대상이었다. 화장실 벽에는 십육 년 전에 아이들과 함께 찍은 가족사진 말고는 아무것도 걸 수 없었다.

일요일마다 그는 불편하기 짝이 없는 교회의 일반 신도석에 앉아 있었다. 반면 그의 아내는 공작새 같은 목소리로 성가대에서 찬송가를 불렀다. "오, 오너라. 주님을 경배하라."라고 그녀는 찬양했다. 자신이 발휘할 구원의 힘을 생각하면서 그녀는 즐거움이 넘쳐 나는 목소리로 찬송했다. 이 모든 것들과 이보다 더 심한 것들도 그는 견뎌냈다. 사실상 거의 평생 동안 그는 오로지 참고 견디며 죽어지냈다. 사냥을 나가서 맘껏 욕설을 내뱉는 나날이 없었다면 그가 권태를 견디다 못해 우울증에 걸렸다 한들 놀랄 일도 아닐 터였다. 실제로 그는 자신이 마스터가 된 그 며칠 동안만큼은 빈혈에 걸린 남성성을 회복할 정도로까지 사냥을 나갔다. 그럴 경우 뿌리 깊은 고정관념에 따라 마땅히 그렇게 말해야 한다고 알고 있었던 것처럼 건전하고 솔직하고 폭발적이고 고양된 언어로 이야기하다가도 때로는 완

고독의 우물 187

전히 자포자기한 언어로 말했다. 아주 훌륭한 영어를 구사하다가도 어느 순간 안트림 부인을 떠올릴 때면, 그는 자포자기한 듯한 언어를 마구 구사했다.

이제는 그의 욕설도 스티븐을 이웃으로부터 구해 줄 수 없었다. 마틴이 떠나고 난 뒤부터는 어떤 것도 스티븐을 구해 줄 수 없었다. 부지불식간에 그들은 그녀를 두려워하고 있었다. 자연과의 반목이 그런 두려움을 불러일으켰다. 그녀에게서 사람들은 본능적으로 자연에 위배되는 모습을 감지했다. 두려움은 그들에게 자연을 감시하는 역할을 부여해 주었다.

2

아름답고 조화롭게 배치된 커다란 응접실에서 애너는 상처 입은 쓰라린 자존심을 안고 앉아 있었다. 마을 사람들이 얇은 베일로 가리고 있는 의구심이 두려웠다. 남편의 심상치 않은 침묵이 두려웠다. 자기 아이에게서 느꼈던 그 오래된 혐오감이 온갖 사악한 힘과 뭉쳐 함께 다가오는 불순한 영혼들처럼 되살아났다. 그러다 보니 그녀의 마지막 상태는 처음보다 훨씬 더 악화되었으며, 때로는 스티븐과 눈길도 마주치지 않고 외면하는 지경에 이르렀다.

이렇게 고문을 당하면서 그녀는 남편에게 점점 더 조심성을 잃어갔다. 이제 그녀는 집요하게 따져 물었다.

"스티븐이 당신에게 해준 말을 내게는 왜 말해 줄 수 없다는 거죠, 필립? 그날 저녁 당신 서재에서 걔가 무슨 말을 한 거냐고요?"

참으려고 안간힘을 쓰며 그는 대답했다.

"그 아이는 마틴을 사랑할 수 없었다고 말하더이다. 그게 잘못이오? 제발 그 아일 좀 내버려 두구려. 여보, 스티븐은 이미 충분히 불행하잖소. 그냥 좀 내버려 두면 안 되겠소?" 이렇게 말하고서 그는 서둘러 다른 대화로 넘어가 버리곤 했다.

하지만 애너는 스티븐을 가만히 내버려 둘 수 없었다. 마틴에 관한 이야기를 모른 체하고 넘어갈 수가 없었다. 그녀는 딸의 얼굴이 홍당무가 되도록 몰아붙였다. 이것을 지켜보면서 필립 경은 암담하게 얼굴을 찌푸렸다. 그러다가 아내와 단둘이 침실에 있게 되면, 그는 종종 아내의 폭력적인 태도를 나무랐다.

"잔인하구려. 당신은 끔찍하리만치 잔인해, 애너. 대관절 당신은 왜 그렇게 스티븐을 괴롭히는 거요?"

애너의 신경 줄은 너무 팽팽하게 당겨진 나머지 마침내 끊어져 버리곤 했다. 그러다 보니 그녀는 폭력적으로 대답할 수밖에 없었다. 어느 날 밤 느닷없이 필립 경이 말했다.

"스티븐은 결혼을 하지 않을 거요. 난 걔가 결혼하는 걸 원치 않소. 그게 재난이라면 유일한 재난일 거요."

이 말을 듣고 애너는 분노가 폭발해서 그의 말을 되받았다. 스티븐이 결혼해서는 안 된다니, 자신은 딸이 결혼하기를 고대했다. 미친 게 아니냐. 재난이라는 말을 무슨 의미로 쓴 것이냐. 어떤 여자도 결혼하지 않고서는 완전할 수 없다. 재난이라는 말을 대체 무슨 의미로 쓴 것인가. 그는 얼굴을 찡그리면서 그녀의 물음에 대답을 피했다. 스티븐은 옥스퍼드로 가야 한다. 스티븐에게 훌륭한 교육을 시킬 작정이었다. 언젠가 스티븐은 훌륭한 작가가 될 것이다. 결혼이 여성에게 유일한 커리

어는 아니다. 푸들을 봐라. 그녀는 옥스퍼드를 나왔다. 가장 존경할 만하고 균형 있고 양식 있는 여성이다. 내년엔 스티븐을 옥스퍼드로 보낼 작정이다. 그러자 애너는 코웃음을 쳤다. 그녀가 그런 고등교육을 받아서 무엇이 되겠는가. 푸들을 봐라. 고독하고 성공하지도 못한 중년의 노처녀다. 애너는 자기 딸이 그런 인생을 살기를 원하지 않았다. 그러면서 애너는 폭발해 버렸다.

"그날 밤 당신 서재에서 있었던 일에 관해 당신이 솔직하지 못한 게 안타깝군요, 필립. 당신이 내게 분명 감추는 게 있다는 느낌이 들어요. 마틴이 그렇게 행동했다는 게 도무지 믿기지 않아요. 당신이 나에게 말해 주지 않는 뭔가가 있는 게 틀림없어요. 편지 한 장 없이 마틴이 사라질 수밖에 없었던 그 무엇이요."

그는 속으로 뜨끔하여 더더욱 불같이 화를 냈다.

"그 빌어먹을 마틴에 관해서는 아무런 관심이 없소. 내가 염려하는 건 스티븐이란 말이오. 스티븐은 내년에 옥스퍼드로 갈 것이오. 걔는 내 딸이기도 하지만 당신 딸이기도 하잖소, 애너!"

갑자기 애너의 자제력이 완전히 무너져 버렸다. 그녀는 자신의 고통받는 영혼을 그에게 보여 주었다. 그동안 말하지 않고 묵혀 두었던 모든 것을 그녀는 그가 듣기에 추하고 노골적인 말들로 퍼부었다.

"당신은 더 이상 나를 위해 아무것도 배려하지 않아요. 당신과 스티븐이 똘똘 뭉쳐서 날 배척해요. 당신네들은 수년 동안 그렇게 해왔어요." 스스로 생각해도 자기가 하는 말에 기가 막혔지만 애너는 하던 말을 계속해야 했다. "당신과 스티븐은 그랬어요. 수년 동안 겪었다고요. 당신과 스티븐이 그랬잖아요." 그는 그녀를 뚫어지게 쳐다보았다. 그의 눈이 경고의 빛을 띠고 있었다. 하지만 그녀는 미친 듯이 퍼부었다. "그래요. 난 수년 동안 경험했어요. 잔인하게 그랬어요. 저 아인 내게서 당신을 빼앗아 갔다고요. 바로 내 아이가 그랬어요. 그건 말할 수 없을 정도로 잔인한 거잖아요!"

"잔인하다고? 잔인한 건 스티븐이 아니라 바로 애너 당신이었소. 어린 시절 내내 당신은 그 아이를 한 번도 사랑하지 않았소."

그런 비난은 추하고 타락한 절반의 진실이었다. 그는 완전한 진실을 알고 있었다. 그런데도 감히 그런 진실을 말할 수는 없었다. 자신이 비겁하다는 것을 아는 건 좋은 일이 아니다. 왜냐하면 언어적인 폭력으로 도피하려고 하기 때문이다.

"그래요. 당신이, 저 아이의 어머니인 당신이 스티븐을 구박했잖소. 당신이 저 아이를 고문했소. 어떤 경우에는 당신이 스티븐을 미워한다고 생각할 지경이었소."

"필립, 맙소사!"

"그래, 내가 보기에 당신은 저 아이를 싫어하고 미워했소. 조심해요, 애너. 증오는 증오를 낳는 법이니까. 기억해 둬요. 난 내 아이의 권리를 위해 싸운다는 걸. 당신이 스티븐을 미워한다면, 당신은 날 미워했던 것이오. 저 애는 내 아이니까. 저 애 혼자 당신의 미움을 받도록 내가 내버려 두지 않을 것이오."

그런 비난은 추하고 타락한, 지나치게 끔찍한 절반의 진실이었다. 그들의 입술이 서로를 비난할 때 그들의 심장은 고통으로 쓰라렸다. 그들의 메마른 눈은 적개심과 분노로 서로를 노려보면서 비난하고 있었지만 그들의 심장은 눈물을 흘렸다. 밤

늦게까지 두 사람은 서로를 비난했다. 과거에는 한 번도 심각하게 다툰 적이 없던 그들이었지만, 그 순간만큼은 증오의 불길이 두 사람을 몽땅 태워버릴 것처럼 으르렁거렸다.

"스티븐, 우리 아이가 우리 사이를 갈라놓았어요. 우리 애가."

"우리 사이에 그 아이를 밀어넣은 건 바로 당신이오, 애너."

미쳤다. 그것은 미친 짓이었다! 그들은 서로에게 그토록 성실한 연인들이었다. 그들의 사랑이야말로 그들의 아이를 형성했던 힘이었다. 미친 짓이라는 것을 잘 알면서도 그 짓을 계속하지 않을 수 없었다. 그들의 분노가 깊고 깊은 굴을 뚫어서 미래의 분노가 더 쉽게 솟구치도록 만들었다. 그들은 용서할 수 없었고 잠을 잘 수도 없었다. 어느 한쪽이 용서해 주지 않는 한 둘 중 누구도 잠을 잘 수 없었기 때문이다. 그들 사이에 그 순간 튀어나온 증오심은 그들의 심장이 흘리는 눈물로 익사할 지경이었다.

3

사악한 것일수록 무성해지는 것처럼 한 번의 다툼은 또 다른 다툼을 낳았다. 모턴의 평화는 산산조각이 났다. 그 집은 슬퍼하면서 스스로 움츠러들었다. 스티븐은 모턴의 영혼을 부질없이 찾으려고 했다.

"모턴." 그녀가 속삭였다. "넌 어디 있니, 모턴? 난 널 찾아야 해. 난 네가 절실히 필요해."

이제 스티븐은 이 싸움의 원인이 자기 때문이라는 것을 알게 되었다. 크리스마스 무렵 그들 사이에 슬금슬금 기어들어 온 것처럼 보였던 그림자의 형태를 알아차렸다. 그 사실을 알고서 그녀는 모턴에 위안을 구하려고 팔을 뻗었다.

"나의 모턴, 넌 어디 있니? 네가 필요해."

푸들은 점점 더 화가 치밀었다. 이 작고 잿빛 네모 상자 같은 여성은 공부방 안에서 분개하고 있었다. 그녀는 애너가 스티븐을 대하는 태도에 화가 났다. 하지만 무엇보다도 화가 치민 대상은 필립 경이었다. 그녀가 짐작하기에 그는 모든 진실을 알고 있었다. 혹은 완전한 진실을 알고 있을 것으로 믿었다. 그러면서도 애너에게 아직까지 진실을 감추고 있는 것이다.

스티븐은 턱을 괴고 앉아서 괴로워했다.

"오 푸들, 내 잘못이에요. 내가 두 분 사이에 훼방꾼이 되었어요. 두 분은 내가 가진 유일하게 완벽한 존재거든요. 내가 두 분 사이에서 훼방꾼 노릇을 하다니. 그걸 견딜 수가 없어요. 어쩌다 내가 그렇게 되었을까요?"

그러면 푸들은 마음속에 분노가 치밀어 올라 얼굴이 붉어지곤 했다. 그녀의 마음은 오래전 슬픔의 세월 그 너머로 자꾸 거슬러 올라갔다. 해묵은 비참함은 오랜 세월 잘 묻혀 있었지만 이제 불쌍한 스티븐으로 인해 고스란히 파헤쳐졌다. 그 세월을 다시 떠올리면서 그녀의 영혼은 부당하고 완강한 죄 많은 세월에 대해서 울부짖었다.

푸들은 얼굴을 찌푸리면서 날카롭게 말했다.

"바보 같은 소리는 그만 해, 스티븐. 네 머리는 어디 둔 거니? 너의 중심은 어디에 있는 거야? 머리 쓰기를 멈추지 말고 라틴어나 계속 공부하렴. 세상에, 넌 앞으로 이보다 더한 상황과 마주치게 될 거다. 인생이란 게 만만하고 좋은 일만 있는 건 아니니까. 그건 분명해. 자, 나와 함께 라틴어와 친해 보자. 기억해 둬. 넌 조만간 옥스퍼드에 가야 할 테니까." 잠시 후 그녀는 자기 학생의 어깨를 두드려주면서 다소 무뚝뚝하게 달랬다. "난 화가 난 게 아니란다, 스티븐. 널 진심으로 이해해. 내가 말해 주고 싶은 건 네가 중심을 잘 잡아야 한다는 거란다. 넌 너무 예민해. 예민한 사람들은 고통스럽지. 난 네가 고통을 경험하지 않았으면 해. 그게 전부다. 자, 그럼 산책이나 나가 볼까. 이만하면 오늘 라틴어 공부는 충분히 했으니까. 목초지 너머 업톤까지 산책하자꾸나."

스티븐은 이 작고 잿빛 네모 상자 같은 여성에게 물에 빠진 사람이 지푸라기라도 잡으려는 심정으로 매달렸다. 푸들의 엄격함이 다소 위로가 되었다. 그녀의 위로는 구체적인 것처럼 보였다. 신뢰할 수 있고 의지할 수 있었다. 그들의 우정은 푸른 월계수처럼 무성하게 우거져서 점점 요새처럼 견고해지고 오래 지속되었다. 그들 두 사람은 분명 우정을 원했다. 이제 모턴에서는 어디서든 행복을 발견할 수 없었기 때문이다. 필립 경과 애너는 너무나 불행했다. 두 사람은 끊임없이 다투면서 서로가 추하게 변하고 있다고 느꼈다.

'진실을 말해야 하는데. 스티븐에 관해서 내가 진실이라고 믿는 것을 말해야 할 텐데.' 이런 생각이 들 때마다 그는 아내를 찾아 나섰지만 막상 아내를 보면 혀가 꼬이고 말문이 막혔다. 그의 눈은 연민으로 가득 찼다.

어느 날 애너는 갑자기 울음을 터뜨렸다. 그의 눈에 담긴 연민 때문이 아니라면 그녀가 눈물을 흘릴 아무런 이유가 없었다. 그가 왜 그렇게 연민의 눈길을 하고 있는지 알지 못한 채 그녀는 울었다. 그가 할 수 있는 것이라고는 그녀를 위로하는 것뿐이었다. 그들은 참회하는 어린아이들처럼 붙잡고 울었다.

"애너, 날 용서하구려."

"날 용서해 줘요, 필립." 다투는 중간 중간에 그들은 순진한 아이들처럼 서로 용서를 구했다.

필립의 결심은 벌겋게 부어오른 그녀의 눈을 보면서 약해지고 이울어졌다. 그는 '내일 말하리라, 내일은.' 하고 마음속으로 결심했다. '내일은 그녀에게 말해야지. 오늘은 더 이상 그녀를 불행하게 만들고 싶지 않아.'

그렇게 한 주 한 주가 흘러갔다. 여름이 가고 이미 가을이 찾아들고 있었다. 그리고 다시 크리스마스가 모턴을 찾아왔다. 필립 경은 여전히 말문을 열지 못하고 있었다.

14장

1

 2월이 오면서 눈보라를 동반했다. 그것도 몇 년 사이 최악의 눈보라였다. 언덕이 모두 하얗게 뒤덮였다. 언덕 발치에 있는 계곡도 마찬가지였으며 모턴의 드넓은 정원도 마찬가지였다. 모든 것이 방대한 흰색의 파노라마였다. 호수는 얼어붙었고, 너도밤나무 가지는 수정처럼 반짝였다. 광택이 나는 나뭇잎 카펫은 깨지기 쉬운 유리처럼 바스락거리면서 발밑에서 얼음에 금이 가는 소리를 냈다. 그 소리는 언제나 무한한 고요 속에 얼어붙어 있던 정적 한가운데서 들리는 유일한 소리였다. 오만한 백조 피터와는 이제 친해졌다. 녀석은 가족과 함께 매일 아침저녁으로 먹이를 주던 스티븐을 반겼다. 그들은 스티븐의 후한 인심을 기꺼이 받아들였다. 애너는 잔디밭에 모여든 새들을 위한 모이 접시를 놓아두었다. 새들은 쇠기름, 열매들, 수북이 쌓인 빵 부스러기 등을 쪼아 먹었다. 저 아래쪽 마사에는 윌리엄스 영감이 모턴 주변의 도로 상태가 좋지 않아서 뒷마당을 벗어날 수 없었던 말들에게 운동을 시키느라고 마구간에 넓고 둥글게 짚을 펼쳐놓았다.

눈 쌓인 정원은 평온했다. 그런 평화를 깨거나 방해하는 것은 전혀 없었다. 오직 정원에서 함께 거처하는 자들만이 초조해할 따름이었다. 수령이 오래되고 가지가 널찍한 히말라야삼목은 불안했다. 눈의 무게를 지탱하느라 사지가 쑤셨다. 삼목의 가지는 나이 든 노인의 뼈처럼 바스러지기 쉬웠다. 히말라야삼목이 초조한 이유도 그 때문이었다. 하지만 삼목은 비명을 지를 수도 고통을 털어낼 수도 없었다. 오로지 참고 견디면서 행여 애너가 자신의 고통을 알아차리기를 희망할 따름이었다. 애너는 여름마다 그 그늘에 앉아 있었으므로, 그리고 아주 오래전에는 남편에게 안겨 줄 아들을 꿈꾸며 그 그늘에 앉아 있었으므로 삼목의 곤경을 알아챌 수도 있으리라. 어느 날 아침 애너는 삼목의 곤경을 정말 알아차렸다. 그녀는 필립 경을 불렀다. 그는 서재에서 허겁지겁 달려왔다.

"저것 좀 봐요, 필립! 삼목이 걱정스러워요. 나뭇가지가 전부 휘어졌어요. 정말 걱정이에요."

그러자 필립 경은 가지를 지탱해 주려고 체인과 튼튼한 펠트 받침대를 가지러 말꾼들을 업튼으로 보냈다. 그는 정원사들이 나뭇가지로 올라가서 눈을 털어내는 동안 몸소 그들에게 지시했다. 그는 가지에 생채기가 나지 않으면서도 튼튼한 펠트 받침대를 세워줄 요량으로 그 일을 직접 관장하고자 했다. 히말라야삼목을 사랑하는 애너를 사랑했기 때문이다. 그래서 그는 정원사들에게 지시하면서 나무 아래 서 있었다.

갑자기 뿌지직 하는 끔찍한 소리가 들렸다.

"주인 나리, 조심하셔유! 주인 나리, 조심하셔유. 나무가 무너지고 있어유!"

쾅 하는 소리와 함께 일순 모든 것이 고요해졌다. 끔찍한 침묵이었다. 뿌지직 하는 소리보다 훨씬 더 끔찍한 침묵이었다.

"주인 나리! 저런 세상에. 나무가 나리의 가슴 위로 무너졌어유. 주인 나리의 가슴을 들이받았어유. 큰 가지가 무너졌어유. 의사를 불러와유. 빨리 가서 에반스 의사를 불러와. 입에서 피가 나네, 맙소사. 나무가 주인 나리를 덮쳤어유. 누구 의사를 부르러 갈 사람 없어유?"

엄숙하고 다소 거만한 홉킨스 씨의 목소리가 들렸다.

"정신 차려, 토마스. 자네가 미친 듯이 허둥거리는 건 아무짝에도 도움이 안 되니까. 로버트, 어서 마구간으로 달려가서 버턴에게 차를 몰고 가서 의사를 모셔 오라고 전하게. 그리고 토마스 자네는 이 나뭇가지 치우는 것 좀 돕고. 침착하게 오른쪽으로 조금 들고. 지금은 왼쪽으로! 당황하지 말고 침착해, 침착. 계속 좀 더 오른쪽으로. 조심해, 조심. 자, 들어 올려!"

필립 경은 눈 위에서 죽은 듯이 꼼짝 않고 누워 있었다. 입술 사이로 피가 스며 나오고 있었다. 흰 눈 속에 큰대 자로 뻗어 있는 그는 무지막지하게 커 보였다. 그의 긴 다리가 있는 대로 길게 늘어져 있었다. 토마스는 멍청한 소리를 했다.

"주인님이 이렇게 컸던가유. 예전엔 이렇게 커 보이지 않았는데."

누군가 숨을 몰아쉬면서 눈밭을 구르듯이 달려오는 모습이 보였다. 눈 위를 비틀거리며 기괴한 모습으로 경중거리며 달려왔다. 윌리엄스 영감이 모자도 쓰지 않은 채 셔츠 바람으로 미친 듯이 뭐라고 소리치면서 달려오고 있었다.

"주인 나리! 이런, 주인 나리!" 그는 기괴하게 경중거리면서 미끄러운 눈 위를 거의 굴러 왔다. "주인 나리, 주인 나리! 이런 세상에, 주인 나리!"

그들은 운반용 허들을 가지고 와서 모턴의 주인을 지극히 조심스럽게 그 위에 눕혔다. 그들은 지독히 느리게 조금씩 허들을 운반하며 잔디밭을 지났다. 그런 다음에는 필립 경이 나올 때 조금 열어두었던 문을 통과했다.

그들은 천천히 그를 운반하여 홀로 들어섰다. 그가 피곤한 눈을 들어 속삭이듯 "스티븐은 어디 있나? 그 아이를 보고 싶은데."라고 물었을 때는 더욱 천천히 허들을 옮겼다.

윌리엄스 영감이 목이 메어 중얼거렸다.

"저기 오고 있습쥬, 주인 나리. 저기 계단을 내려오고 있습니다. 저기 오고 있어요, 주인 나리."

그러자 필립 경은 몸을 움직이려고 했다. 그러고는 큰 소리로 딸을 불렀다.

"스티븐! 어디 있느냐? 널 보고 싶구나."

그녀는 아버지에게로 다가갔다. 한 마디도 할 수가 없었다. 머릿속엔 오직 한 가지 생각뿐이었다. '아버지가 죽어가고 있어, 나의 아버지가.'

그녀는 아무 말 없이 그의 큰 손을 계속 쓰다듬기만 했다. 사랑할 때, 가장 사랑하는 사람이 죽어가고 있는 상황이라면 이 세상에 할 말이라고는 전혀 남지 않는 법이다. 그는 간절한 눈길로 그녀를 쳐다보았다. 마치 말 못하는 개가 애원하는 눈길로 쳐다보듯이. 하지만 그 눈길은 용서를 구하고 있었다. 그녀는 그의 눈길이 용서를 구하는 것임을 알았다. 하지만 무엇을 용서해 달라는 것인지 이해하기에 그녀는 아직 어렸다. 어쨌거나 그녀는 계속해서 아버지의 손을 쓰다듬으며 고개를 끄덕였다.

"나리를 어디로 뫼실까요?" 홉킨스 씨가 나직하게 물었다.
"서재로 모셔요."

그녀는 마치 아무 일도 없는 것처럼 침착하게 필립 경을 서재로 모셔 갔다. 마치 아버지가 안락의자를 앞뒤로 흔들거리며 독서하고 있는 서재로 들어가는 것처럼 앞장서 걸었다. 그러는 사이에도 그녀에겐 한 가지 생각뿐이었다. '아버지가 죽어가고 있어, 나의 아버지가.' 그 생각은 너무 비현실적이어서 터무니없이 여겨졌다. 그녀 자신이 아니라 딴 사람이 생각하고 있는 것처럼 비현실적이고 터무니없이 여겨졌다. 서재에 조심스럽게 그를 내려놓자 지시를 내리고 있는 자신의 목소리가 들렸다.

"즉시 가서 푸들턴 양에게 알려 주고 어머니께 이 사실을 조용히 알리라고 하게. 난 필립 경과 함께 있을 테니까. 너희 중 한 사람은 하녀에게 가서 스펀지와 타월과 찬물 대야를 가져오도록 이르고. 버턴은 에반스 의사를 부르러 갔다고 했지? 잘했군. 그럼, 위로 올라가서 매트리스를 좀 가져오게. 푸른 방에 있는 것을 가져오면 돼. 담요도 함께. 베개 몇 개랑. 브랜디도 조금 필요해."

하인들은 지시에 따랐다. 잠시 후 그녀는 하인들의 도움을 받아 아버지를 침대로 옮겼다. 그는 신음 소리를 약간 냈지만 자신을 안아서 옮기는 강한 팔 힘을 느끼면서 희미하게 미소 지었다. 그녀는 그의 입에 묻은 피를 닦아내고 핏자국이 나 있는 손도 닦았다. 그녀는 자기 손가락을 쳐다보았다. 마치 자신의 것이 아닌 남의 손가락처럼 여겨졌다. 그의 눈이 점점 초조한 빛을 띠어갔다. 그는 누군가를 찾고 있었다. 그는 그녀의 어머니를 찾고 있었다.

"푸들턴 양에게 전했나, 윌리엄스?" 그녀가 나직이 물었다.

윌리엄스가 고개를 끄덕였다.

그러자 그녀가 말했다. "어머니가 오고 있어요, 아버지. 가만히 누워 계세요." 그녀의 목소리는 부드럽고 설득력이 있어서 마치 앓고 있는 꼬마를 대하듯 했다. "어머니가 오고 있어요. 움직이지 말고 가만히 누워 계세요, 아버지."

그녀가 왔다. 믿을 수 없다는 듯 공포에 질려 휘둥그레진 눈을 하고 달려왔다. "필립. 오, 필립!" 그녀는 남편 옆에 무너지듯 주저앉았다. 그녀는 핏기 없는 손으로 그의 얼굴을 쓰다듬으며 말했다.

"여보, 여보. 당신을 너무 아프게 했군요. 어디가 가장 아픈지 말해 봐요. 여보, 내게 말해 봐요. 나뭇가지가 당신을 덮쳤군요. 눈 때문에. 필립, 어디가 가장 아픈지 말해 봐요, 여보."

스티븐은 손짓으로 하인들을 물렸다. 그들은 고개를 숙여 인사한 다음 천천히 물러갔다. 필립 경은 그들에게 좋은 친구였다. 그들은 그를 사랑했다. 각자 자기 나름대로 사랑할 수 있는 역량만큼 사랑했다.

끔찍한 목소리가 계속 말을 하고 있었다. 도무지 애너의 목소리라고 할 수가 없었다. 억양 없는 목소리가 똑같은 질문을 하고 또 했다.

"제발 말해 봐요. 어디가 가장 아픈지 말해 봐요, 여보." 그녀는 이 말을 하염없이 되풀이했다.

하지만 필립 경은 끔찍하고 불가항력적이며 인간으로서는 견딜 수 없는 고통과 싸우고 있었다. 그는 애너에게 아무 말도 하지 못하고 미동도 없이 누워 있었다.

그러자 그녀는 이번에는 자기 나라에서의 기억을 떠올리며 달랬다.

"당신은 가장 사랑스러운 남자였어요." 그녀가 속삭였다. "당신의 눈에는 신의 광채가 있었어요." 그는 대답조차 할 수 없는 상태로 누워 있었다.

그녀는 스티븐의 존재를 완전히 잊고 있었다. 그녀는 연인에게 이야기하듯 말하고 있었다. 연인들이 서로에게 그러하듯 바보스럽고 사랑스럽게, 자잘한 것에 이름을 붙여 주며 서로 좋아하는 것처럼. 그런 두 사람을 지켜보다가 스티븐은 기적을 보았다. 아버지가 눈을 뜨고 어머니의 눈길을 마주 본 것이다. 두 사람의 얼굴에 광채가 났다. 사랑으로 승리한 두 사람의 얼굴은 거룩해 보였다. 두 사람은 사망의 골짜기에 드리워진 그림자에서 자기 아이를 위해 횃불을 다시 밝혀 주었다.

2

의사가 도착했을 때는 늦은 오후였다. 그는 하루 종일 길 위에서 지체했다. 도로가 엉망이었기 때문이다. 소식을 접하자마자 출발했지만, 폭설로 차가 막히는 바람에 꼼짝할 수 없었다. 그나마도 최대한 빨리 온 것이었다. 의사는 손쓸 수 있는 한 최선을 다했다. 하지만 그가 할 수 있는 일은 별로 없었다. 필립 경은 의식이 돌아왔고 그 상태로 남아 있기를 원했다. 그는 통증을 줄여 줄 진통제를 원하지 않았다. 그는 한 마디 한 마디 할 때마다 몹시 힘겹게 입을 떼었다.

"그건…… 됐소. 그것……보다…… 다급……한 게…… 있소. 난 말을…… 좀…… 해야겠는데, 진통제는 필요 없소. 내가…… 죽을…… 거라는 걸 아오, 에반스 박사."

의사는 미끄러져 내리는 베개를 바로 받쳐준 다음 돌아서서 스티븐의 귀에다 대고 조심스럽게 속삭였다.

"어머니를 잘 보살피게. 내 생각엔 저 사람 곧 세상을 뜰 모양이야. 얼마 남지 않았어. 난 옆방에서 기다리고 있을 테니까 필요하면 언제든 부르게."

"감사합니다." 그녀가 대답했다. "필요하면 언제든 부르지요."

그러자 필립 경은 초조하고 연민에 찬 가슴으로 불굴의 용기를 발휘했다. 그는 꺼져가는 마지막 남은 힘을 짜내려고 사력을 다해 말을 이었다.

"애너, 스티븐, 잘 들어요." 두 사람은 서로 손을 맞잡았. "우리 아이, 스티븐은…… 이 아이는…… 스티븐은…… 다른 아이들과……."

갑자기 그의 고개가 꺾이면서 애너의 가슴 위로 조용히 얹혔다.

스티븐은 잡고 있던 자기 손을 풀었다. 애너가 몸을 굽히고 그에게 키스를 퍼붓고 있었기 때문이다. 마치 자신의 숨결로 그를 다시 살려 내려는 것처럼 결사적이고 격정적으로 그의 입술에 키스를 퍼부었다. 신을 제외하고는 그 장면을 목격하면서 그곳에 있을 수 있는 사람은 없었다. 죽음과 고통의 신이자, 사랑의 신을 제외하고는 말이다. 두 사람만 남겨 둔 채 그녀는 가만히 그곳에서 물러났다. 죽음도 떼어놓지 못하는 헌신적인 애정으로 산 자와 죽은 자가 손에 손을 붙잡고 그렇게 있도록 그녀는 그곳에서 가만히 물러났다.

2부

15장

1

 필립 경의 죽음은 스티븐에게서 세 가지를 빼앗아 가버렸다. 진심에서 우러나오는 마음의 벗을 앗아 가버렸다. 그녀와 세상 사이에 요새와 같은 울타리를 무너뜨렸다. 무엇보다도 사랑의 울타리가 사라졌다. 그녀가 고통받지 않도록 하기 위해, 그녀를 위해서라면 모든 고통을 기꺼이 감내하려 했던 충실한 사랑의 울타리가 무너졌다.

 충격으로 인한 자비로운 무감각 상태에서 회복한 스티븐은 처음으로 경험하는 깊은 슬픔과 마주치면서 군중 속에서 길을 잃어버린 미아처럼, 언제나 자신을 인도해 주던 손을 놓쳐서 망연자실한 채로 혼란스럽게 서 있었다. 아버지를 생각하자 그녀는 아버지의 깊은 다정함에 자신이 얼마나 기대고 있었는지, 아버지의 끊임없는 보호를 얼마나 당연한 것으로 받아들이면서 살았는지 절절히 깨달았다. 끊임없는 슬픔 속에서, 그녀를 결코 떠나지 않았던 아버지의 빈자리가 주는 고통 속에서 진정한 고독이 무엇인지 알게 되었다. 아버지가 살아 계실 땐 언제든 손만 뻗으면 아버지를 만질 수 있었고, 아버지의 목소리를 들을 수 있었으며, 아버지를 볼 수 있었음에도 자신이 종종 외롭다고 생각했다는 사실에 경악했다. 지금 그녀는 작은 물건들에도 쓸쓸함을 느꼈다. 책, 낡은 옷, 쓰다 만 편지, 좋아했던 안락의자와 같이 생명 없는 작은 물건들이 주는 끝없는 고통의 힘을 알게 되었다.

그녀는 생각했다. '저런 물건들은 사라질 거야. 저런 것들은 아무것도 아냐. 어쨌든 사라질 테니까.' 그런데도 그런 물건들을 다루는 일은 고통스러웠다. 하지만 언제까지나 그런 물건들을 만지지 않을 수는 없었다. '정말 이상해. 이 낡은 안락의자가 아버지보다 더 오래 남아 있다니. 이 낡은 안락의자가 말이야……' 가죽에 나 있는 갈라진 틈새, 아버지의 머리가 닿아서 움푹 들어간 곳을 만져보면서 그녀는 이런 물건들이 더 오래 남아 있는 것이 싫었다. 아니 어쩌면 그런 물건들이 좋아서 차라리 울고 싶었는지도 모른다.

모턴은 온통 회상의 손길로 그녀를 감싸는 기억의 장소가 되었다. 고통스러웠지만 그녀는 이제 전보다 더 이곳을 흠모하게 되었다. 이곳의 돌 하나하나, 목초지의 풀잎 하나하나도 좋아하게 되었다. 그녀에게는 이 모든 것이 아버지의 빈자리를 슬퍼하면서 그녀를 위로해 주는 것만 같았다. 모턴 때문에 하루하루가 지속되어야 했다. 하루하루의 사소한 일과들이 제때 성취되어야 했다. 가끔씩 왜 이래야만 하는가 하는 의문이 들면서 불쑥 원망하는 마음이 들면, 그녀는 이 집이 자신과 어머니에게 도움을 요청하고 있는 피조물이라고 생각하곤 했다. 그러면 원망의 감정은 씻은 듯이 사라졌다.

그녀는 매우 심각하게 런던에서 온 변호사의 이야기에 귀를 기울였다. "이곳은 평생 동안 어머니의 소유가 될 겁니다." 변호사가 그녀에게 말했다. "물론 어머님이 돌아가시면 당신의 소유가 되겠지요, 고든 양. 하지만 아버지께서 따로 준비해 두신 게 있습니다. 당신이 스물한 살이 되면 약 이 년 간격으로 상당한 수입을 물려받게 될 겁니다."

"그게 모턴 저택에 충분한 돈을 남기게 될까요?" 그녀가 말했다.

"충분하다 뿐이겠습니까." 변호사는 미소 지으면서 그녀를 안심시켰다.

죽음이 왔다 갔지만 고요하고 오래된 저택의 질서와 규율은 그대로였으며, 이런 것들이 모턴을 집요하게 지배하고 있었다. 규율과 질서는 낡은 옷과 좋아했던 안락의자처럼 엄청난 변화 후에도 그대로 유지되었으며 때로는 기이한 비현실감이, 때로는 어느 것이 삶과 죽음이고 어느 것이 현실인가라는 대단히 낯설고 당혹스러운 회의가 방들의 공허를 채우기도 했다. 하인들은 구석구석을 박박 문지르고 먼지를 털고 쓸어냈다. 맬번에서 일주일에 한 번씩 시계태엽 감는 젊은 친구가 와서 모든 시계를 조심스럽고 정확하게 맞춰놓았다. 그 친구가 왔다 가면 모든 시계가 동시에 울렸다. 마치 시간의 중요성에 당황한 것처럼 모든 시계가 허겁지겁 한꺼번에 울렸다. 푸들은 책을 늘렸고, 요리사를 위해 목록을 작성했다. 키가 큰 풋맨 밑의 하인이 창문을 반짝거리도록 닦아놓았다. 그의 노력으로 잔디밭이 내다보이는 무지개 빛깔의 창문과 반원형 채광창은 광택이 났다. 언제나 그랬던 것처럼 정원에서도 일은 진행되고 있었다. 정원사들은 가지치기를 하고 호미질을 하고 열심히 나무를 심었다. 봄은 뻐꾸기의 기쁨에 힘을 실어주었다. 나무들엔 꽃이 피고, 필립 경의 서재 바깥에는 그가 가장 좋아했던 오래된 홑잎 튤립이 화단에서 눈부시게 피어올랐다. 습관대로 구근을 심었고, 습관처럼 튤립은 피어났다. 마구간에 갇혀 있던 사냥마들은 이제 풀밭으로 풀려났다. 마구간의 천장과 벽은 회칠을 하여 새 단장을 했다. 윌리엄스는 업톤으로 가서 플레이트 땋을 끈을 사 왔으며, 마구종들은 이제 그 일에 착수했다. 너도밤나무 옆에 붙어 있는 방목장 너머로 노새 한 쌍이 튼튼한 새끼를 낳았다. 이렇게 하여 모턴에서는 모든 것이 계절에 맞춰 이루어졌다.

이제 애너의 한마디가 모턴의 절대적인 법이 되었다. 그녀는 얼굴에 미소를 머금고 그런 일들을 처리할 수 있는 사람이었다. 조용하고 인내하는 슬픔에 찬 여인의 모습으로. 그녀의 눈은 인내심으로 가득했으며 뭔가를 기다리는 표정이었다. 그녀는 스티븐에게 부드럽게 대하면서도 극히 냉담하게 거리를 유지했다. 서로가 서로에게 절실히 필요한 시기임에도 두 사람 사이에는 오래되고 음험한 장벽이 있어 여전히 둘로 갈라진 채 서 있었다. 그럴수록 스티븐은 점점 더 모턴에 집착하게 되었다. 그녀는 이제 옥스퍼드로 간다는 생각은 완전히 지워버렸다. 푸들만이 그러면 안 된다고 고집했지만 허사였다. 그녀는 필립 경이 그녀를 얼마나 옥스퍼드에 보내고 싶어 했는지 날마다 일깨워 주려고 했다. 하지만 아무런 소용이 없었다. 스티븐은 언제나 이렇게 대답했다.

"모턴이 저를 필요로 해요. 아버지도 내가 여기 머물러 있기를 원할걸요. 모턴을 사랑하도록 가르쳐준 분이 다름 아닌 아버지니까요."

이런 대답 앞에 푸들은 속수무책이었다. 침묵의 횡포 앞에서, 침묵에 묶여 있는 그녀가 무엇을 할 수 있었겠는가? 그녀는 스티븐에게 감히 그 이유를 설명할 수 없었다. '너 자신을 위해 옥스퍼드로 가야 해. 너는 너의 두뇌가 줄 수 있는 모든 무기를 필요로 하게 될 테니까.'라고는 감히 말하지 못했다. 그렇게 말하면 스티븐은 틀림없이 캐묻기 시작할 터이고, 신뢰받는 선생으로서 그녀는 그런 질문에 곧이곧대로 대답할 수 없는 상황이었기 때문이다.

푸들은 의도적이고 이기적인 침묵의 횡포가 세상이 자신의 안녕과 편안함을 위해 고안한 오래되고 교활한 방식인 도피의 형태로 발전하고 있다는 것에 분노를 느끼곤 했다. 세상은 관습의 모래에다 (타조처럼) 자기 머리를 감춤으로써 아무것도 보지 않았다. 그렇게 하여 진실과 대면하지 않으려고 했다. 세상은 스스로에게 "보는 것이 곧 믿는 것이라면, 나는 보고 싶지 않다. 침묵이 황금이라면, 이 경우에도 그것은 대단히 편리한 규칙이거든."이라고 말했다. 때때로 푸들은 세상을 향해 목청껏 외치고 싶은 쓰라린 유혹을 느낄 때가 있었다.

가끔씩 그녀는 이곳에서의 일을 그만두고 싶은 생각이 들었다. 스티븐에게 조바심을 느끼면서 사는 것이 너무 피곤했다. 그녀는 자문하곤 했다. "이토록 신물이 나고 병이 날 정도로 저 애를 걱정한들 다 무슨 소용이람? 나로서는 저 애를 도울 방법이 없는데. 그렇더라도 내 몸은 내가 챙겨야 뭐든 할 수 있겠지. 그게 때로는 순전히 자기보존 본능처럼 보일지라도." 그러면 그녀에게 남아 있는 온갖 신의와 충정이 일시에 항의하면서 아우성쳤다. "침묵을 고수하는 게 나아. 언젠가 그녀가 나를 필요로 할 때가 있을 테니까. 그러면 그때 가서 내가 도와주면 되잖아." 그래서 푸들은 침묵을 고수하기로 결심했다.

그들은 거의 공부를 하지 않았다. 슬픔에 빠진 스티븐은 점점 게을러졌고 더 이상 공부를 하고 싶어 하지 않았다. 글을 쓰는 것도 그녀에게는 위안을 주지 못했다. 슬픔은 대개 둘 중 하나다. 영감의 샘물을 솟구치게 하거나 반대로 영감의 샘물을 완전히 말라붙게 만들거나. 스티븐의 경우에 슬픔은 영감의 원천을 완전히 고갈시켜 버렸다. 그녀는 글쓰기가 위안의 출구가 되기를 갈망했다. 하지만 지금 글쓰기는 언제나 그녀를 외면했다.

"더 이상 쓸 수가 없어. 그게 내게서 등을 돌렸어요. 푸들, 아버지가 내게서 그걸 거둬 가버린 것 같아요." 그럴 때면 그녀의 눈에 눈물이 고여 종이 위로 뚝뚝 떨어져 내렸다. 떨어져 내린 눈물은 글을 쓴 사람이 의도한 것과는 아무런 상관 없는 무의미한 글귀에 번져 얼룩을 만들었다. 설상가상으로 그것이 그녀를 더욱 우울하게 만들었다.

그러면서 그녀는 슬픔에 잠긴 아이처럼 우두커니 앉아 있곤 했다. 푸들은 스티븐이 이런 식으로 슬픔과 마주하는 것을 보면서 처음에는 그녀가 너무 유치하다고 생각하다가, 나중에는 그녀의 체력에 놀라게 되었다. 눈물로 인해 상황은 점점 더 나빠졌다. 게다가 자신의 눈에도 자꾸만 눈물이 고이는 것에 짜증이 난 푸들은 더욱 스티븐에게 날카롭게 대했다. 그러자 스티븐은 어디론가 사라져 아령을 휘두르고 몸을 움직이는 것에서 위안을 구하려고 했다. 그녀의 마음이 슬픔으로 마모되었으므로, 근육질의 몸마저 마모시키려는 것처럼 굴었다.

8월이 왔다. 윌리엄스는 풀어놓았던 사냥마들을 마구간으로 몰아넣었다. 스티븐은 종종 꼭두새벽부터 일어나서 말들에게 운동시키는 일을 거들었다. 그럼에도 불구하고 노인은 걱정스러운 마음이 들었다. 스티븐이 기이하게도 사냥에 관한 언급을 회피했기 때문이다.

윌리엄스는 이렇게 생각하곤 했다. '아마도 부친의 죽음 탓이겠지. 피를 속일 순 없을 거구먼. 첫 경주에만 나가면 만사가 잘 되겠지.' 그러면서 그는 능수능란하게 래프터리를 가리켰다.

"자, 봐요, 스티븐 아가씨. 이렇게 멋진 네발짐승 봤어유? 증말 대단한 놈이잖어유. 풀밭에 지 몸을 잘 맞추고 있어유! 아무리 생각해도 이놈이 의도적으로 그러고 있는 것 같구먼요. 사냥하는 날 혹시나 못 나가면 어쩌나 하고 말이지유."

하지만 어느덧 가을이 흘러가고 겨울이 지나가고 있었다. 여우 사냥 하는 사냥개 무리가 모턴 저택의 정문 바로 앞에 집합했다. 윌리엄스 영감이 그처럼 고대했건만, 스티븐은 사냥마들을 보내라는 명령을 마사에 전하지 않았다. 그러던 3월 어느 날, 드디어 견디지 못한 윌리엄스 영감이 갑자기 스티븐을 꾸짖기 시작했다.

"말들을 이렇게 빈둥거리게 마구간에서 놀리는 건 수치스러운 일이지유, 스티븐 아가씨. 아가씨처럼 멋진 기수에 어디에 내놓아도 손색없는 가장 훌륭한 말들인디유. 선친께서 아가씨 말 타는 것을 그처럼 좋아하셨잖유!" 그러다가 이렇게 덧붙였다. "스티븐 아가씨, 완전히 포기하는 건 아니겠지유? 모레 있을 사냥에 래프터리를 데리고 나가지 않을 거예유? 여우 사냥 하는 사냥개 무리가 업톤 가까이에서 집합하고 있어유. 스티븐 아가씨, 사냥을 완전히 포기한 건 아니지유!"

수심에 찬 그의 목소리가 촉촉이 젖어 있었다. 윌리엄스 영감을 위로하기 위해 그녀는 짤막하게 대답했다. "그럼 좋아. 모레 사냥에는 나갈게." 하지만 그녀 스스로도 이해할 수 없는 몇몇 이상한 이유로 인해 사냥에 대한 기대는 더 이상 그녀에게 어떠한 즐거움도 주지 못했다.

2

높게 뜬 구름이 쏜살같이 흘러가고 햇살이 좋았던 어느 날 아침, 스티븐은 래프터리를 타고 업톤으로 갔다. 세번 강[13]을 가로지르는 다리를 건너 이웃 마을에서 열리는 여우 사냥 대회 장소로 갔다. 그녀 옆에는 제 2기수가 필립 경이 총애했던 어리고 앙상하지만 영리하고 직관적인 밤갈색 말을 타고 따라오고 있었다. 말의 모든 눈과 귀는 온통 앞으로 다가올지도 모를 일에 곤두서 있었다. 하지만 그녀의 마음속에는 오로지 추억과 가슴 쓰린 고통만이 머물고 있었다. 가끔씩 그녀는 누군가 자기 옆에 있지는 않나 하고 흘깃 눈길을 돌려서 쳐다보았다.

그녀의 마음은 희한한 공상에 사로잡혔다. 과거 아버지와 여우 사냥 대회를 나갈 때 아버지는 평소 그랬던 것처럼 쾌활하고 낙천적인 사람이 아니라 엄숙하고 걱정이 많았던 분이라는 생각이 들었다. 요즘 들어 그런 추억이 너무 생생해서 죽음을 생각하는 것조차 스티븐은 견디기 힘들었다. 심지어 작은 붉은 여우의 죽음조차 견디기 힘들었다. 그녀는 '오늘 아침, 우리 두 사람은 철저히 소외되어 있고 세상 모든 사람이 우리에게 적대적이라는 것을 발견한다면 어쩌나.' 하는 생각에 사로잡혔.

여우 사냥 대회에서 그녀는 너무 자신을 의식했고 그로 인해 수줍음에 사로잡히게 되자, 모든 사람이 자신을 보고 숙덕거리고 있는 것처럼 느꼈다. 불친절한 사람들과 그녀 사이에 인내심 많은 구부정한 어깨로 방패막이가 되어주는 사람은 이제 어디에도 없었다.

안트림 대령이 왔다. "반갑군, 스티븐 양." 하고 인사를 했지만 그의 목소리는 다소 경직된 것처럼 들렸다. 다른 사람들이 그런 것처럼 그 역시 당혹스러웠다. 부모가 죽고 홀로 남겨진 자식을 바라볼 때면 누구나 느끼는 그런 당혹감이었다.

게다가 그녀에게는 뭔가 꼬집어 말하기 힘든 어색한 분위기가 있었다. 그녀가 너무 초연해 보여서 오히려 다정하게 대하려던 말문이 막혀 버렸다. 그들로서도 민망하고 필립 경이 생각나지 않을 수 없었다. 그의 죽음이 딸에게 어떤 의미일지를 떠올리자, 인사말을 한 번 건네는 정도로 사람들은 입을 다물어버렸다.

다시 한 번 그녀는 암울한 생각에 사로잡혔다. '우리 둘만 남게 될 거야. 모든 사람이 우리에게 등을 돌리고 세상에는 우리 둘뿐이야.'

그들은 처음 은신처에서 여우를 발견하고 곧바로 넓고 황량한 목초지를 휩쓸며 내달렸다. 래프터리가 앞을 향해 도약하자, 그녀의 공상에도 점점 힘이 실리면서 그녀를 강박적으로 사로잡았다. 그녀는 자신이 쫓기고 있다는 착각이 들었다. 사냥개들이 앞서 달리고 있는 것이 아니라 그녀를 뒤쫓아 오고 있었다. 얼굴이 벌겋게 달아올라 눈을 번득이는 사람들이 그녀를 추격하고 있었다. 가혹하고 무자비하며 지칠 줄 모르는 사람들이 그녀를 뒤쫓아 오고 있었다. 모든 사람이 그녀에게 적대적인 가운데 그들은 다수이고 그녀는 혼자였다. 그들에게서 달아나려고 그녀는 갑자기 자신의 라인에서 벗어나 래프터리를 위험한 곳으로 몰아갔다. 하지만 위험한 곳에서도 거리낌이 없는 래프터리는 근육을 최대한 긴장시켜 안전하게 착지했다. 그런데도 그녀는 계속 쫓기고 있다는 환상에 사로잡혀 있었다. 이제 세상 모두가 그녀에게 등을 돌렸다는 환상이 들었다. 온 세계가 증오심으로 똘똘 뭉쳐 그녀를 파괴하려는 격렬하고 가차 없는 적의를 품은 채 그녀를 추적하고 있었다. 연민과 보호를 요청할 곳 하나 없는 초라한 한 인간에게 온 세상이 적의를 번뜩였다. 그녀의 심장이 공포로 졸아들었다. 그녀는 얼굴이 벌겋게 달아오른 채 눈을 번뜩이며 자신을 추격하는 사람들이 너무나 무서웠다. 평생 동안 육체적인 용기가 부족하다고 느낀 적이 없었던 그녀는 두려움으로 진땀을 흘렸다. 그녀의 공포를 알아챈 래프터리는 점점 더 속력을 내고 있었다.

그러다가 스티븐은 바로 눈앞에 무엇인가 움직이는 것을 보았다. 래프터리를 날카롭게 제지한 다음 그녀는 그것을 뚫어지게 바라보았다. 붉은 털을 흙먼지 위로 질질 끌면서 터질 것 같은 심장을 진정시키려고 혀를 내밀고 헐떡거리고 있는 여우였다. 공포와 절망이 가득 찬 눈길로 여우는 마치 무엇을 찾고 있는 듯 주위를 두리번거리며 살폈다. 그러자 '자신을 만든 신을 찾는구나.' 라는 생각이 스티븐의 뇌리를 스쳤다.

그녀는 공포에 사로잡힌 짐승에게도 창조주가 있었다는 것을 믿고 싶어 하는 짐승의 절박한 욕구를 느꼈다. 한순간 그녀의 눈빛이 밝아지는가 싶더니 이내 눈물로 흐려졌다. 창조주를 믿고 싶은 엄청난 욕구, 육체적인 고통보다 더 통렬한 욕구이자 영혼의 고통에서 잉태된 엄청난 욕구 때문이었다. 녀석은 흙먼지에 꼬리를 질질 끌면서 다리를 절뚝거리고 있었다. 스티븐은 말 위에서 땅으로 펄쩍 뛰어내렸다. 그녀는 불쌍한 짐승에게 손길을 내밀었다. 하지만 여우는 자비로운 손길을 믿지 못하고 야트막한 잡목 덤불 속으로 기어 들어갔다. 치명적이고 두려운 고요 속에서 사냥개들이 스티븐을 스쳐 지나갔다. 사냥개들은 주둥이를 땅에 대고 킁킁거렸다. 그들 뒤로 안트림 대령이 말을 타고 달려왔다. 그는 잔가지에 긁히지 않으려고 말 안장에 몸을 굽힌 채로 추격해 왔으며, 위험한 경주에서 뒤처지지 않은 몇 명의 용감한 기수가 그의 뒤를 따랐다. 사냥개들이 환희에 가득 찬 혀를 날름거리자 잡목 덤불 속에서 잔혹한 비명이 울려 퍼졌다. 스티븐은 그 소리가 죽음을 의미한다는 것을 너무나 잘 알았다. 그녀는 래프터리의 등 위로 천천히 올라탔다.

집으로 돌아오면서 그녀는 몹시 당혹스러웠고 기진맥진해 있었다. 그녀의 머릿속은 다시 아버지 생각으로 가득 찼다. 아버지가 바로 그녀 옆에, 믿을 수 없을 정도로 가까이에 있는 것만 같았다. 짧은 순간이지만 잠시 동안 아버지의 목소리를 들은 것만 같았다. 아버지의 목소리에 귀를 기울이려고 옆으로 몸을 숙이자 사위는 고요해지고 길 위에 부딪혀 따각거리는 래프터리의 지친 발굽 소리 외엔 아무런 소리도 들리지 않았다. 혼란스러웠던 머릿속이 평온함을 되찾자, 스티븐은 자신이 알고 있는 모든 것을 아버지가 가르쳐주었다는 생각이 들었다. 생전에 아버지는 그녀에게 용기와 진실과 명예를 가르쳤다. 사후에 아버지는 그녀에게 자비를 가르쳤다. 그에게 부족했던 자비를 죽음이라는 장엄한 모험의 과정을 통해 그녀에게 가르쳤다. 갑작스러운 계시의 빛과 더불어 그녀는 모든 인생이 오로지 하나라는 것, 모든 죽음도 오로지 하나라는 것, 모든 슬픔과 기쁨 또한 오로지 하나라는 것, 모든 죽음은 단지 하나의 죽음에 불과하다는 점을 깨달았다. 그녀는 엄청난 고통을 겪으면서 죽어간 한 사람을 통해 그 사실을 알게 되었다. 하지만 용기와 사랑은 불멸의 것이었다. 그녀는 가엾고 무력한 피조물들에게 고통을 가하거나 기분 내키는 대로 파괴하는 일을 두 번 다시 할 수 없었다. 몸은 죽었지만, 필립 경은 그날 이후 스티븐의 마음속에 자비의 빛으로 영원히 살아남았다.

하지만 육체는 영혼과는 여전히 너무나 거리가 멀었다. 그래서 육체는 이 땅 위의 가장 원초적인 기쁨에 매달린다. 풀밭 위로 굴러가는 바람과 태양에, 무엇에도 개의치 않는 재빠르고 의기양양한 움직임에 매달리게 되는 것이다. 그래서 스티븐은 자신의 강인한 무릎 사이에서 래프터리의 움직임을 느끼다가 갑작스러운 회한에 사로잡혔다. 이와 같은 영적인 계시의 순간이 그녀는 무한히 슬펐다. 그녀는 래프터리에게 말했다.

"우린 더 이상 사냥하지 않을 거야. 우리 둘 다, 래프터리. 우린 더 이상 함께 사냥하러 나가지 않을 거야."

래프터리는 그 나름의 방식으로 그녀를 이해했다. 그녀는 그의 옆구리가 체념한 듯 한숨으로 부풀어 오르는 것을 느꼈다. 축축한 허리띠 가죽에 금이 가고 그 틈새로 뿜어져 나오는 소리가 들렸다. 래프터리는 그녀를 이해할 수 있었다. 하지만 추적의 기쁨으로, 장엄하고 예측할 수 없는 위험이 주는 기쁨으로, 바스락거리는 아침의 소리와 이슬 맺힌 저녁이 주는 기쁨으로, 언제나 집으로 인도하는 긴긴 황혼 무렵의 길들이 주는 기쁨으로 녀석의 몸은 아직도 뜨거웠다. 래프터리는 세월만큼 오래된 짐승의 지혜를 가진 현명한 녀석이었다. 그것은 사실이다. 그렇지만 그런 지혜가 학살의 죄와 무관한 것은 아니었다.

부드럽고 충성스러운 마음속 깊은 곳에 야생의 선조들이 녀석에게 물려준 기억이 숨어 있었다. 방대하고 인적 없는 공간의 기억, 격렬하게 벌렁거리는 코와 전쟁터에서 닳은 이빨, 한 번의 발길질로 죽음에 이르도록 만드는 발굽, 깃발처럼 흘러내리는 길들지 않은 갈퀴, 용맹스러운 깃발처럼 따라다니는 믿을 수 없을 정도로 날카롭고 잔인하게 울부짖는 함성에 대한 기억이 남아 있었다. 그래서 지금 녀석은 무한한 슬픔을 느꼈다. 녀석은 튼튼한 허리띠에 금 가는 소리가 들릴 때까지 한숨을 푹푹 내쉬었다. 그런 다음 녀석은 우울을 떨쳐 버리려는 것처럼 몸을 한 번 부르르 떨고는 조용히 서 있었다.

스티븐은 몸을 앞으로 굽혀 녀석의 목을 쓰다듬으며 엄숙하게 말했다.

"미안해, 정말 미안해. 래프터리."

16장

1

 모턴의 마사를 해체하면서 충성스러웠던 하인들과도 헤어지게 되었다. 윌리엄스도 마침내 굴복했다. 나이 앞에 장사는 없었다. 가슴이 쓰리고 사지 육신 아프지 않은 데가 없었다. 그는 편안한 누옥에서 여생을 보낼 수 있는 연금을 받고 물러났다. 그곳에서 영감은 겨울 내내 기침과 불평을 바람에 실어 보내거나 위안이 되지 않는 파이프를 **뻑뻑** 피우며 시린 무릎을 담요로 감싼 채 잘 손질 된 정원에 놓인 의자에 앉아 있었다.
 "이건 수치스러운 일인겨." 그는 변함없이 투덜거리고 있었다. "그처럼 멋지게 사냥할 수 있는 아가씨가 이런 짓을!"
 그는 과거의 영광을 추억하곤 했다. 그러다가 그의 마음은 고인이 된 필립 경을 애통해했다. 그는 종종 혼자 훌쩍거리기도 했다. 여전히 필립 경을 흠모했기 때문이다. 그럴 때마다 그의 아내는 윌리엄스에게 진한 차를 타다 주었다.
 "자, 자, 여보. 그만 해유. 머잖아 주인 나리를 만나게 될 텐데. 당신과 나 우리 모두 늙어가고 있잖유. 이제 얼마 남지 않았다우."

이 말에 윌리엄스는 눈을 흘기곤 했다. "난 천국을 생각하는 게 아녀. 말이 없는 천국이 무슨 소용인겨. 이승에서, 저 마구간에서 주인 나리를 뵈었으면 하는 게지. 마구간에 주인 나리가 필요하단 걸 누가 알겠어!"

이제 애너의 자가용 사륜마차를 끄는 말들 옆에는 오로지 네 필의 말밖에 남아 있지 않았다. 한때는 그렇게 멋진 마사였건만 이제는 래프터리, 필립 경의 애마였던 밤갈색 말, 제임스라는 이름의 말, 그리고 늙은 콜린스 말고는 없었다. 콜린스는 노쇠해져서 자리에서 먹이를 먹으려는 나쁜 버릇이 있었다.

애너는 이런 급격한 변화를 별다른 심경의 동요 없이 받아들였다. 이제 그녀는 대부분의 일을 그냥 받아들였다. 그녀는 근래 들어 모턴 저택과 관련하여 딸이 내리는 결정에 반대하는 일이 거의 없었다. 하지만 모든 것을 파는 성가신 부담은 스티븐의 몫이었다. 그녀는 사냥마 하나하나와 작별을 고했다. 사냥마들이 뒤뜰을 빠져나가는 모습을 지켜보았다. 그러자 목구멍에서 뜨거운 덩어리가 올라오면서 그야말로 숨이 막힐 것 같았다. 사냥마들이 전부 떠나자 그녀는 위안을 구하려고 래프터리를 향해 돌아섰다.

"오, 래프터리. 난 정말 벌 받을 거야. 저 녀석들이 떠나는 걸 보는 게 이렇게 가슴 아플 수가 없구나! 텅 빈 마구간을 보지 말아야지."

2

 또 한 해가 흘러갔다. 스티븐은 스물한 살이 되었으며 부자인 데다 독립적인 여성이 되었다. 마음먹은 곳은 당장이라도 어디든 떠날 수 있었으며 바라는 것은 무엇이든지 할 수 있었다. 푸들은 자기 자리에 머물러 있었다. 그녀는 여전히 굽히지 않고 무슨 일이든 일어나기를 기다리고 있었다. 하지만 스티븐이 이제는 재단사에게 맞춘 옷을 입는다는 정도의 변화를 제외한다면 그다지 큰 변화는 일어나지 않았다. 애너는 그런 맞춤옷을 입는 것에 반대하는 일도 그만두었다. 하지만 인생은 점차적으로 이 젊은 처녀에게 자기주장을 펼치고 있었다. 그것은 자연스러운 일이었다. 젊음이 죽은 자에게 자기 자리를 완전히 넘겨주는 법은 없으며, 슬픔이 위로받지 못하는 법은 없다. 아직도 아버지의 죽음을 애도했으며 언제나 그럴 터이지만, 어디까지나 그녀는 스물한 살의 나이에 건강한 육신을 지닌 젊은이였다. 드디어 햇살을 느끼게 되는 날이 다가왔다. 부드러운 흙냄새를 맡고 그것에 감사할 날이 찾아들었다. 갑자기 자신이 살아 있음을 깨닫고, 아버지의 죽음에도 불구하고 살아 있음에 기뻐할 날이 마침내 그녀에게 찾아왔다.
 6월의 어느 날 아침이었다. 스티븐은 차를 몰고 업튼으로 나갔다. 은행에서 수표를 바꾸고 그 지역 마구장이에게 들러 일을 마친 다음 장갑 한 쌍을 살 작정이었다. 하지만 그날 하루 이런 일들을 결국 하나도 하지 못했다.
 푸줏간 바깥에서 개들이 싸우기 시작했다. 푸줏간 주인은 늙고 사나운 에어데일[14]을 키우고 있었다. 에어데일은 오래된 습관대로 언제나처럼 가게 문 앞에 자리 잡고 있었다. 저 아래쪽

길거리에서 잘 단장했지만 성질 사납고 흥분한, 몹시 작고 눈처럼 흰 웨스트 하일랜드 테리어가 나타났다. 녀석은 말썽거리를 찾아다니는 것처럼 보였다. 그리고 채 몇 분이 지나지 않아 녀석은 말썽에 휘말렸다. 녀석의 짖는 소리가 하도 요란스러워서 스티븐은 차를 멈추고 무슨 일인지 보려고 앉은 자리에서 뒤를 돌아다보았다. 푸줏간 주인이 뛰쳐나와서 고함을 지르며 명령했지만 아무도 그의 말을 듣지 않았고 오히려 혼란만 가중되었다. 그는 자기 개의 꼬리를 잡으려고 했지만 꼬리가 너무 짧은 데다 그러기에는 손놀림이 전혀 민첩하지 않았다. 그런데 난데없이 젊은 여자 하나가 죽기 살기로 튀어나오더니 손에 든 양산이 마치 창이라도 되는 듯 전쟁터로 뛰어들 기세였다. 그녀의 절망적인 외침이 개의 울부짖는 소리 위로 울려 퍼졌다.

"토니! 토니! 누가 저들을 좀 말려주세요. 내 개가 죽게 생겼어요. 쟤들 좀 말려줄 사람 없어요?" 그녀는 엉겨 붙은 개들을 뜯어내려고 달려들었다. 양산은 일격에 부서져 버렸다.

하지만 토니는 흰 족제비처럼 굴면서 계속 짖어댔다. 게다가 에어데일은 토니의 등을 물고 있었다. 스티븐은 황급히 차에서 내렸다. 토니의 목숨이 경각에 달린 것처럼 보였다. 그녀는 에어데일의 목덜미를 낚아챘다. 그사이 푸줏간 주인은 막 물동이를 가지고 가게에서 나오고 있던 참이었다. 젊은 여성은 결사적으로 달려들어 자기 개의 다리를 잡았다. 그녀가 끌어당기고 스티븐도 끌어당겼다. 두 사람이 힘을 합쳐 끌어당겼다. 스티븐이 비틀면서 일격을 가하자, 에어데일이 마침내 떨어져 나갔다. 녀석은 그녀를 물려고 했다. 입이 하나밖에 없으니 녀석은 물고 있던 토니를 놓아야 했다. 토니는 잽싸게 주인의 품속으로 달려들었다. 푸줏간 주인이 물동이를 들고 그 현장으로 달려왔다. 스티븐은 아직도 에어데일의 목덜미를 붙들고 있었다.

"미안하구먼요, 고든 양. 다친 건 아니지요?"

"난 괜찮아요. 이 망할 녀석을 혼 좀 내주세요. 자기 크기 절반도 안 되는 녀석을 일없이 괴롭히잖아요."

그사이 토니는 온몸이 상처투성이인 채 피를 흘리고 있었다. 녀석의 주인도 물린 것처럼 보였다. 그녀는 토니의 출혈을 멈추게 하려고 애쓰면서 자기 손에서 흘러내리는 피를 멈추게 하려고 손가락을 빨기도 했다.

"녀석은 저에게 주시고, 건너편에 있는 약사에게 가보셔야겠는데요. 당신 손을 붕대로 지혈해야겠어요." 스티븐이 말했다.

토니는 즉시 그녀의 품 안으로 뛰어들었다. 녀석의 주인은 창백한 미소를 머금었지만 금방이라도 무너져 내릴 것처럼 보였다.

"이제 괜찮아요." 스티븐은 안심시키려는 듯 재빨리 말을 이었다. 너무 놀란 나머지 젊은 여자는 울음이 터져 나오려는 참이었다.

"당신 생각엔 얘가 살 수 있을 것 같아요?" 희미한 목소리로 그녀가 물었다.

"그럼요. 그보다 당신 손이…… 약제사에게 가보셔야지요."

"아, 그건 걱정 말아요. 전 토니가 걱정이거든요!"

"녀석은 괜찮아요. 즉시 수의사에게 데려가 봅시다. 당신 손을 보여 준 다음에요. 괜찮은 수의사가 있거든요."

약제사는 상당히 강한 페놀을 발라주었다. 손가락 두 개를 물렸다. 스티븐은 이 낯선 여자의 담력에 강한 인상을 받았다.

그녀는 작은 치아를 앙다문 채 소리 없이 견뎠다. 손에 붕대를 감은 채 그들은 수의사에게로 갔다. 다행히 수의사는 자리에 있었다. 그는 불쌍한 토니의 상처를 꿰매 주었다. 스티븐이 녀석의 앞 발톱을 잡았고 녀석의 주인은 최선을 다해 녀석의 머리를 붙잡아 주었다. 그녀는 녀석의 머리통을 계속 자기 어깨에 기대게 했다. 아마도 녀석이 주삿바늘을 보지 못하도록 하려는 모양이었다.

"보지 마, 토니. 보면 안 돼!" 스티븐은 그녀가 토니에게 끊임없이 속삭이는 소리를 들었다.

마침내 토니에게도 페놀을 바르고 붕대를 감아주었다. 스티븐에게는 자기 옆에 있는 사람을 살펴볼 시간이 생겼다. 그리고 문득 자신을 소개해야겠다는 생각이 들었다.

"저는 스티븐이라고 합니다."

"저는 안젤라 크로스비예요."라는 대답이 돌아왔다. "그랜지로 이사왔어요. 업톤의 뒤쪽에 있는 그랜지로요."

안젤라 크로스비는 굉장한 금발이었는데, 금발이라기보다는 차라리 은발에 가까웠다. 그녀는 마치 심부름하는 중세의 시동처럼 짧은 머리 모양을 하고 있었다. 반듯하게 내려온 머리칼은 그녀의 귓불에 겨우 닿을 정도로 짧았다. 그 당시는 퐁파두르 머리 모양[15]과 컬이 많이 들어간 머리 모양이 유행이었던 터라, 그녀의 외모는 더욱 특이해 보였다. 그녀의 피부가 지나치게 희어서 스티븐은 이 여성은 색깔과 그다지 친하지 않은 것 같다고 생각했다. 큰 입은 붉은색이라기보다 오히려 창백한 산호색을 띠고 있었다. 모든 색은 눈으로 다 모인 것처럼 보였다. 그녀의 눈은 크고 길고 가는 속눈썹이 가장자리를 두르고 있었다. 그녀의 눈은 푸르다 못해 자줏빛이 감돌았다. 그 눈은 어린아이처럼 순진무구한 빛을 띠고 있었다. 너무나 순진하고 신뢰가 가는 눈빛이었다. 그 눈을 들여다보다가 스티븐은 크로스비 부부에 관해 마을 사람들이 숙덕이던 소문을 기억해 내고는 화가 치밀었다.

크로스비 부부는 동네 사람들로부터 원망을 많이 듣고 있었다. 크로스비는 버밍엄의 거물이었는데 최근 들어 건강상의 이유로 철물 산업에서 손을 떼고 은퇴하게 되었다. 소문에는 그의 아내가 뉴욕의 연극 무대에 섰던 것으로 알려졌다. 그러니까 근본을 알 수 없는 여자라는 것이었다. 그녀에 관해 진실을 알고 있는 사람은 아무도 없었지만 그녀의 괴상한 머리 모양이 그런 의심의 진원지가 되었다. 배우였던 미국인 아내는 크로스비 저택의 안주인으로서는 아주 악조건이었다. 그렇다고 크로스비 또한 호감 가는 인물은 아니었다. 시골 정서로 볼 때 그는 꽉 막힌 인물이었다. 게다가 그는 용납할 수 없을 정도로 인색한 인물이라는 점을 드러냈다. 그는 여우 사냥 대회에 겨우 5기니를 기부했다. 건강이 나빠서 사냥에 참여할 수 없다고 하면서 그는 자기 영내에 있는 여우 굴은 피해 주었으면 좋겠다고 전했다. 그리하여 사람들은 그랜지 저택이 돈 때문에 희생된 게 틀림없다고 분노하게 되었다. 그랜지 저택은 튜더왕조 시대의 건물로서는 대단히 완벽했다. 하지만 이전 주인이었던 램지 함장이 최근 죽으면서 엄청난 빚을 남기는 바람에 런던에 살고 있는 상속자인 조카는 그 집을 물려받는 즉시 부유한 최초의 경매 입찰자에게 팔아넘겼다. 그것이 크로스비 부부가 이 마을에 출현하게 된 내력이었다.

안젤라를 바라보면서 스티븐은 이런 소문들이 떠올랐지만 갑자기 그런 것들이 하찮게 여겨졌다. 지금은 저토록 어린아이

같은 눈길이 그녀에게 머물고 있었으므로. 안젤라가 말했다.

"토니를 구해 주셔서 뭐라 감사해야 할지 모르겠네요. 당신 너무 멋졌어요! 당신이 그곳에 없었다면 그들이 토니를 죽였을 거라고요. 내가 토니에게 얼마나 애정을 갖고 있는지 모를 거예요."

그녀는 남부 특유의 부드럽고 느리게 끄는 말투를 가지고 있었다. 대단히 게으르고 나른하면서도 편안한 목소리였다. 부드럽고 느린 남부의 말투는 스티븐에게는 대단히 새로웠다. 그녀는 그 목소리가 예상치 않은 즐거움을 준다는 것을 발견했다. 그러다가 이 여자가 너무나 사랑스럽다는 생각이 불현듯 그녀의 머릿속을 스쳤다. 그녀는 어둠 속에서 자란 기이한 꽃과 같았다. 오점이나 얼룩 한 점 없는 희귀하고 창백한 꽃처럼 보였다. 스티븐은 얼굴을 붉히며 제안했다.

"도움이 돼서 기쁘군요. 괜찮으시다면 제가 그랜지까지 모셔다 드리죠."

"그럼요, 좋고말고요. 그렇게 해주신다면요." 즉각적으로 대답이 돌아왔다.

"토니가 정말로 감사하다는군요. 그렇지, 토니. 안 그래?" 토니는 희미하게 꼬리를 살랑거렸다.

스티븐은 토니를 자동차의 뒷좌석에 앉히고 자동차 깔개로 감싸 주었다. 토니는 기진맥진해서 뒷좌석에 누워 있었다. 안젤라는 그녀 옆자리에 앉았다. 스티븐은 그녀가 옆자리에 앉을 동안 조심스럽게 부축해 주었다.

이내 안젤라가 말했다. "마침내 당신을 만나게 되다니 토니에게 고마워해야겠는데요. 당신을 만나뵀으면 하고 고대했거든요." 그녀는 다소 불편하게 느껴질 정도로 스티븐을 빤히 쳐다보다가 자기 눈으로 확인한 것이 기쁘다는 듯 미소 지었다.

스티븐은 무슨 이유로 자신을 보고 싶어 했는지 궁금했다. 갑작스럽게 수줍음을 느끼면서도 의구심이 들었다.

"저에 관해 누가 얘길 해주었는데요?"

"아마 안트림 부인인 것 같은데요. 아마 그럴 거예요. 그래요. 안트림 부인이 맞아요. 그 부인이 말해 줬는데 당신이 멋진 기수라더군요. 그런데 무슨 연유에선지 요즘은 말을 타지 않는다고. 그리고 사냥을 포기했다고도 했어요. 아, 맞아요. 부인 말이 당신은 남자처럼 펜싱을 한다더군요. 정말로 남자처럼 펜싱을 해요?"

"모르겠군요." 스티븐이 말을 얼버무렸다.

"음, 당신이 펜싱 하는 모습을 보여 주면 말해 줄 게 있어요. 저의 아버지는 한때 유명한 펜싱 선수였어요. 미국에 있을 때 아버지에게서 펜싱에 관해 많은 것을 배웠지요. 고든 양, 언젠가 펜싱하는 모습을 한번 보여 주실래요?"

스티븐의 얼굴은 이미 홍당무가 되어 있었다. 그녀는 운전대를 고문이라도 하려는 것처럼 꽉 움켜잡고 있었다. 그녀는 고개를 돌려 옆자리에 앉은 여성을 바라보고 싶었다. 그녀를 바라보고 싶은 욕망에 압도되었지만, 눈이 너무 뻣뻣해져서 움직일 수조차 없었다. 그래서 그녀는 화난 사람처럼 먼지가 풀풀 나는 긴 도로를 아무 말 없이 노려보고 있었다.

"그런 식으로 가엾은 운전대에 화풀이하지 말아요. 그래봤자 운전대가 뭘 어떡하겠어요!" 그녀는 혼잣말을 하듯 중얼거렸다. "그 짐승이 토니를 죽였더라면 난 어떡해야 했을까요? 토니가 없다면 어떻게 해야 할지 모르겠어요. 토니는 너무나 헌신적이고 귀엽고 사랑스러운 녀석이에요. 난 요즘 정말로 애한테 완전히 의지해서 살아요. 혼자 산책하는 건 우울한 일이거든요. 그렇지만 전 산책하는 걸 너무나 좋아한답니다."

스티븐은 "저 역시 산책을 좋아한답니다. 그러니 토니뿐 아니라 저랑 함께 산책을 하시는 건 어때요?"라고 말하고 싶었다. 갑자기 용기를 내어 옆좌석으로 몸을 돌려 그녀를 쳐다보았다. 그들의 눈길이 만나 한동안 서로를 마주 보았다. 알 수 없는 무엇인가가 스티븐의 마음을 휘저어 놓았다. 그래서 차가 위험스럽게 갑자기 커브를 틀었다.

"미안해요." 그녀가 재빨리 사과했다. "제가 엉망으로 운전을 해서."

하지만 안젤라는 아무런 대꾸도 하지 않았다.

3

자동차가 커브를 틀어 집 앞에 멈췄을 때 랠프 크로스비는 현관문을 열고 서서 기다리고 있었다. 원래는 낡았음 직한 회색 트위드 재킷을 깔끔하게 차려입고 있는 랠프의 모습이 스티븐의 눈에 들어왔다. 그가 걸치면 모든 것이 기세등등한 새것으로 보일 것 같았다. 그의 머리카락도 새로워 보였다. 성긴 갈색 머리카락은 마치 광택을 낸 것처럼 반짝거렸다.

'머리카락을 구둣솔로 광택을 낸 건 아닐까.' 스티븐은 흥미롭게 그를 살펴보았다.

그는 한마디로 꼬집어서 표현하기 힘든 남자였다. 그는 키가 크지도 작지도 않았다. 늙지도 그렇다고 젊지도 않았다. 잘생긴 것도 아니고 추하게 생긴 것도 아니었다. 누군가가 그의 아내에게 물어보았다면 그냥 "평범한 남자예요."라고 말하는 것이 적확해 보였다. 그냥 평범하다는 것이 가장 정확히 그를 표현하는 말이었다. 그에게서 유일하게 눈에 띄는 것이 있다면 그의 입이었다. 그는 매우 짜증스럽다는 듯 입을 씰룩거리고 있었다.

목소리를 높여 말하자 마치 안달하는 것처럼 들렸다. "대체 뭘 하고 있었던 거요? 2시가 지났잖소. 1시부터 당신을 기다렸는데. 점심을 망쳐버렸어. 당신, 제발 시간 좀 지켰으면 좋겠소, 안젤라!" 그는 스티븐의 존재는 안중에도 없는 것처럼 굴었다. 아무도 그곳에 없는 것처럼 계속해서 잔소리를 퍼부었다. "아, 그랬군. 저 빌어먹을 당신 개가 또다시 싸웠던 게로군. 내가 그토록 버릇을 들이라고 했건만. 저런 세상에, 당신 손은 어떻게 된 거요. 설마 당신 스스로 깨물었단 소릴 할 작정은 아니겠지? 어쩌다. 정말로, 안젤라. 이건 심하군!" 그의 태도는 온통 사사로운 불평투성이였다.

"그러니까." 안젤라는 말꼬리를 길게 늘였다. 붕대로 감싼 자기 손을 살펴보도록 내밀면서 느릿느릿 말했다. "매니큐어를 하려고 했던 것은 아니에요, 랠프." 그녀의 목소리는 약간 도발적이었지만 또렷했다. 그래서 그는 화를 내면서도 찔끔했다. 그러다가 그녀는 갑자기 스티븐이 기억난 것처럼 말했다.

"아, 고든 양. 저의 남편이에요. 서로 인사 나누세요."

그는 고개를 숙였다. 그는 기운을 차려 정색을 하고 인사를 했다. "아내를 집까지 데려다 주어서 고맙군요, 고든 양. 정말 친절하시군요." 그는 친절해 보이지 않았다. 그는 개에게 물린 안젤라의 손을 쳐다보면서 계속 인상을 찌푸렸다. 그의 어조에서도 전혀 고맙다는 느낌을 찾을 수 없다고 스티븐은 생각했다.

차에서 내리면서 그녀는 엔진에 시동을 걸었다.

"안녕히 가세요." 안젤라가 미소를 지으면서 왼쪽 손을 내밀었다. 스티븐은 그 손을 다소 지나치게 꽉 쥐었다. "안녕히 가세요. 조만간 차나 한 잔 해요. 전화 주세요. 업튼 25번이에요. 조만간 전화벨이 울리면 당신인 줄 알 테니까요."

"정말 감사합니다. 그럼 전화 드리지요."

4

"고장이나 뭔 일이 생겼던 거야?" 스티븐이 3시 무렵에 공부방에 어슬렁거리면서 나타나자 푸들이 밝은 목소리로 물었다.

"아뇨, 크로스비 부인의 개가 싸움을 했어요. 그녀가 개에 물렸거든요. 그래서 그랜지 가까지 태워다 줬어요."

푸들이 귀를 쫑긋 세웠다.

"그 부인 어땠어? 소문이 무성하던데……."

"글쎄, 소문과 다르던데요." 스티븐이 퉁명스럽게 대꾸했다. 그러고는 침묵이 뒤따랐다. 푸들은 이런저런 궁리 중이었다. 그렇지만 궁리가 언제나 현명한 조언을 가져다주는 것은 아니었다. 푸들은 말문을 잘 못 열었다.

"꽤나 불쾌한 여자 같았는데. 안 그래, 스티븐? 사람들이 수군거리는 소문으로는 뉴욕 어디에선가 발굴한 여자라더군. 안트림 부인은 그녀가 뮤직홀 여배우였다고 했어. 그녀를 태워주지 않을 수 없었던 모양이지. 하지만 조심해. 겁 없이 덤비는 여자일 수도 있을 테니까."

스티븐은 감정적인 여학생처럼 화를 벌컥 냈다.

"그게 선생님의 의견이라면 더 이상 그녀에 관해 말하고 싶지 않아요. 크로스비 부인은 선생님과 마찬가지로 숙녀예요. 우리 주변의 다른 사람과 마찬가지로 숙녀란 말이에요. 그따위 잔인한 소문에는 정말 진저리가 나요." 갑자기 돌아서서 스티븐은 성큼성큼 공부방을 걸어 나가 버렸다.

"아니, 저런 세상에!" 푸들은 중얼거리면서 얼굴을 찌푸렸다.

5

그날 저녁 스티븐은 그랜지 가에 전화를 걸었다.

"업톤 25번인가요? 저는 고든 양입니다. 아니요, 아니. 고든 양이라고요. 모턴의 고든 양이거든요. 크로스비 부인은 어떠신가요? 개는 좀 어때요? 크로스비 부인 손의 통증이 그렇게 심하지 않았으면 하는데요. 그래요? 물론입니다. 전화 들고 기다릴게요. 가서 한번 여쭤보시겠어요?" 그녀는 수줍음을 느꼈지만 전에 없이 대답해졌다.

이내 집사가 되돌아와서 엄숙하게 말했다. 방금 의사가 왕진을 와서 크로스비 부인을 보살펴 주었고 부인은 이제 잠자리에 들었으며 토니는 많이 나아졌다고. 그러고 나서 집사가 덧붙였다. "부인께서 고든 양이 일요일에 와서 차나 한 잔 하실 수 있는지 물으시더군요. 허락해 주시면 대단히 기쁘겠다고 하셨습니다."

스티븐이 대답했다. "크로스비 부인에게 감사하다고 전해 주시겠어요? 그리고 일요일에 틀림없이 가겠다고 말씀드려 주세요." 그런 다음 그녀는 다시 한 번 천천히 메시지를 확인했다.

"크로스비 부인에게…… 감사하다고…… 전해 주시겠어요? 일요일…… 틀림없이…… 가겠다고…… 말씀드려 주세요. 잘 알아들으셨지요? 내 뜻이 분명히 전달되었나요? 일요일에 가겠다고 전해 주세요."

17장

1

 일요일까지는 불과 닷새가 남아 있었다. 하지만 스티븐에게 그 닷새는 마치 오 년은 족히 되는 것처럼 길게 느껴졌다. 그녀는 요즘 들어 매일 아침 그랜지 가에 전화해서 안젤라의 손과 토니의 안부를 물었다. 그래서 그녀는 이제 집사와 상당히 친숙해졌으며 그의 목소리의 특징, 기침하는 습관, 수화기를 끊는 방식까지 알게 되었다.
 그녀는 자신의 감정을 분석해 보지 않았다. 다만 기분이 한없이 우쭐해지는 것을 느꼈을 따름이다. 그녀가 그처럼 환희를 느낄 이유는 전혀 없었다. 그처럼 살아 있다는 느낌과 뚜렷한 목적의식을 가질 만한 이유가 없었다. 그녀는 언덕을 홀로 몇 마일씩 걸어 다녔다. 잠시라도 그냥 앉아 있을 수가 없었다.
 그녀는 자신의 관찰력이 대단히 예리해지는 것을 느꼈다. 이제 온갖 경이로운 현상들이 그녀의 눈에 들어왔다. 나무 잎사귀들의 그물망처럼 뻗어 있는 잎맥, 야생 찔레꽃의 섬세한 속,

그녀의 발치 근처에서 푸드덕거리며 노래하다가, 가물거리며 솟구치는 종달새의 비상도 갑자기 눈에 띄었다. 무엇보다도 그녀는 뻐꾸기를 다시 발견했다. 때는 바야흐로 6월이었다. 뻐꾸기는 자기 리듬을 바꿨다. 그녀는 종종 숨을 죽이고 가만히 서서 뻐꾸기 노랫소리에 귀를 기울였다. "뻐어억꾹, 뻐어억꾹." 뻐꾸기 울음소리는 언덕 전체에 울려 퍼졌다. 저녁이면 찌르레기와 개똥지빠귀 노랫소리가 들려왔다.

그녀는 여기저기를 헤매고 다니다가 때로는 마틴과 함께 찾아왔던 곳에 이르기도 했다. 이제야 비로소 그녀는 애정을 갖고 마틴을 생각할 수 있게 되었다. 심지어 관대하고 다정하게 대할 수도 있었다. 이전에는 결코 이해할 수 없었던 마틴을 이제는 기이하게도 이해할 수 있게 되었다. 그것은 정말로 지독한 실수였다. 비록 마틴의 실수이기는 했지만 이제 그녀는 그가 분명히 했음 직한 생각을 이해할 수 있었다. 마틴에게 생각이 미치자 그녀는 다소 두려워졌다. 자신도 마틴과 같은 실수를 하면 어쩌나 하는 두려움에 사로잡혔다. 하지만 지금의 행복감과 환희가 그런 공포를 사라지게 했다. 그녀가 발 딛고 있는 땅도 환희로 넘치는 것처럼 보였다. 땅에서 솟아 나온 초록과 자라나는 만물과 새들도 환희로 온몸을 떨었다. "뻐어억꾹." 하는 노랫소리가 언덕 전체를 뒤덮었다. 저녁에는 찌르레기와 개똥지빠귀 노랫소리가 울려 퍼졌다.

그녀는 외모에 신경을 쓰기 시작했다. 닷새 동안 매일 아침 그녀는 옷을 갈아입으면서 거울을 들여다보았다. 어쨌거나 그녀는 그다지 못생긴 편은 아니었다. 머리가 약간 엉망이기는 했다. 머리카락은 숱이 너무 많고 길었다. 하지만 적어도 웨이브가 있는 머릿결은 마음에 들었다. 그러다가 그녀는 갑자기 자신의 머리카락 색깔이 좋아졌다. 그녀는 옷장마다 열어젖히고서는 옷들을 샅샅이 뒤졌다. 옷은 모두 구식이었고, 대부분 초라하고 낡아 보였다. 그날 오후 곧장 맬번으로 나가 양복점에서 새 플란넬 셔츠를 주문했다. 셔츠는 회색 바탕에 흰색 가는 세로 줄무늬여야 했다. 재킷은 가슴 부위에 호주머니가 있는 것으로 하리라고 마음먹었다. 그녀는 검은 넥타이를 매고 싶었다. 아니다. 흰색 가는 줄무늬가 있는 재킷에다 새 셔츠에 어울리는 회색 넥타이가 더 나을 것 같았다. 새 셔츠를 세 벌이나 주문했다. 갈색 구두도 주문했다. 오후 내내 사실상 개인적인 장신구를 주문하는 데 시간을 다 보냈다. 그녀는 자신이 자잘하고 세부적인 것들에 우스울 정도로 요란스럽게 굴고 있다는 것을 알았다. 재단사하고는 단추를 놓고 옥신각신했으며, 구두장이와는 구두와 신발창의 두께와 생가죽의 양을 놓고 다투었다. 손수건과 넥타이를 파는 젊은 친구하고는 넥타이 색깔이 어울리는지를 두고 옥신각신했다. 그처럼 자잘한 것들이 엄청나게 중요한 것처럼 굴었다. 그녀는 사소한 일들로 엄청나게 잔소리를 해댔다.

그날 저녁 그녀는 자신의 멋진 넥타이를 푸들에게 보여 주면서 자랑했다. 그런데 푸들의 태도가 만족스럽지 않자 마음이 상한 듯 꽤나 오랫동안 투덜거렸다.

이제 스티븐은 자기 곁에 언제나 누군가가 함께 있는 것처럼 느꼈다. 그 누군가를 위해 이 모든 것을 갖추어야 했다. 세 벌의 셔츠, 갈색 구두, 정성껏 고른 여섯 개의 값비싼 넥타이. 그녀 혼자 오랫동안 언덕을 산책하는 것도 바로 그 사람을 위해서였다. 야생 찔레꽃의 속도 그 사람을 위한 것이었다. 나무 잎사귀의 섬세한 잎맥의 그물망도 그 사람을 위해 존재했으며, 기이한 6월이 뻐꾸기의 리듬에 끼어든 것도 그 사람을 위해서였다. 커다란 여름밤의 별들과 침묵은 새롭고 신비한 목적을 잉태하고 있었다. 그래서 오래된 그 목적의 자비에 몸을 맡긴 채, 스티븐은 밤이면 즐거움이 스멀스멀 기어 나와 자기 몸속으로 들어오는 것에 전율했다. 그녀는 벌떡 일어나 열린 창문 곁에 서서 안젤라 크로스비를 생각하곤 했다.

2

드디어 일요일이 되었다. 아침에 교회에 갔다 오고 점심을 먹고 난 뒤 도무지 끝날 것 같지 않은 두 시간을 기다리는 동안 스티븐은 넥타이를 세 번이나 바꿔 매고 숱 많은 밤갈색 머리카락을 물에 적셔 빗어 넘겼다. 행여 먼지가 묻지는 않았나 하고 구두를 살펴보았다. 푸들에게서 손톱 손질하는 패드를 빼앗아 손톱 손질도 마무리했다.

마침내 출발할 순간이 다가왔을 때, 그녀는 애너에게 인사치레로 물었다.

"크로스비 가를 저와 함께 방문하지 않으실래요, 어머니?"

"아니다. 그럴 수가 없구나, 스티븐. 요즘은 그럴 생각이 전혀 없어. 너도 알잖니, 얘야."

말은 그렇게 했지만 어머니의 목소리는 부드러웠다. 그래서 스티븐은 재빨리 덧붙였다.

"그럼, 크로스비 부인을 모턴으로 초대해도 될까요?"

애너는 순간 망설였다. 그러다가 고개를 끄덕였다.

"네가 정 원한다면 그렇게 하렴."

자동차로 고작 이십 분 남짓한 거리였다. 이제 스티븐은 너무 초조해서 그야말로 달아나고 싶었다. 환희와 만족감에 한껏 부풀었던 그녀는 흔적 없이 사라지고, 그녀의 자신감은 완전히 무너져 버렸다. 정성껏 골라 맨 새 넥타이였지만, 안젤라 크로스비 생각만으로 그녀는 무너져 버렸다. 그랜지 저택에 도착하자 그녀는 자신이 지나치게 크다는 것을 의식하게 되었다. 그녀의 손은 너무나 거대해서 도무지 균형이라고는 찾아볼 수가 없었다. 그녀는 집사가 자기 손을 유심히 바라보고 있다는 느낌이 들었다.

"고든 양이신지요?" 집사가 물었다.

"예." 그녀가 우물거리며 대답했다. "제가 고든 양입니다." 그러자 집사는 전화 너머에서 그랬던 것처럼 잔기침을 했다. 그 순간 스티븐은 문득 자신이 바보처럼 느껴졌다.

그녀는 오크 패널 벽의 작은 응접실로 안내되었다. 응접실의 길고 활짝 열린 창문 너머로 허브 정원이 보였다. 날씨가 따스했는데도 사과나무가 벽난로에서 타고 있었다. 안젤라가 언제나 추위를 탔기 때문이다. 그녀가 그렇게 추위를 느끼는 것은 영국의 날씨 탓이라고 했다. 불길은 약간 달콤하면서도 맵싸한 냄새를 풍겼다. 약간 젖은 통나무와 마른 재에서 나오는 냄새였다. 시작은 순조로운 편이었다. 그때 토니가 짖어대기 시작했다. 얼마나 악을 쓰고 짖었던지 하마터면 꿰매 놓은 실밥이 터질 뻔했다. 라운지에 누워 있던 안젤라가 토니를 진정시키려고 일어나지 않을 수 없었다. 지독히 살진 피리새가 새장 안에서 날개를 반쯤 벌린 채 노래를 불렀다. 그 곡조는 「펑! 족제비가 사라졌네(Pop goes the weasel)」라는 동요처럼 들렸다. 하여튼 대단히 뻔뻔한 곡조였다. 스티븐은 피리새가 싫다는 느낌이

들었다. 토니를 진정시키는 데 오 분은 족히 걸렸다. 그동안 스티븐은 아무 말도 못한 채 송구스러운 표정으로 서 있었다. 그녀는 우스꽝스럽고 어처구니없는 이런 상황에서 웃어야 할지 울어야 할지 난감하기 짝이 없었다.

그러자 안젤라는 웃음으로 이 상황을 무마하려 했다.

"미안해요, 고든 양. 토니가 잔뜩 짜증이 났나 봐요. 그도 그럴 테지요. 불쌍한 것. 밤에 힘들었거든요. 베갯잇처럼 온통 저렇게 꿰매 놓았으니 싫어할 수밖에요."

스티븐은 토니에게 다가가 자기 손을 내밀었다. 그러자 토니는 내민 손을 핥았다. 이렇게 하여 소란은 진정되었다. 하지만 안젤라가 일어서면서 옷자락이 발에 밟혀 찢어졌다. 이 일이 그녀의 신경에 거슬렸다. 그녀는 찢어진 곳을 계속 손으로 만졌다.

"제가 도와드릴까요?" 스티븐은 그녀가 거절하기를 고대하면서 그렇게 물었다. 그녀는 스티븐의 얼굴을 쳐다본 후 단호하게 거절했다.

마침내 안젤라는 라운지에 자리를 잡았다.

"자, 이리 와서 앉아요." 그녀가 미소를 지으면서 제안했다. 스티븐은 마치 바늘방석에라도 앉은 것처럼 의자의 모퉁이에 엉덩이를 걸치고 앉았다.

그녀는 개에게 물린 안젤라의 손은 어떤지 붕대를 감은 손이 쿠션 위에 놓여 있었음에도 안부를 묻는 것조차 까마득히 잊어버렸다. 그녀는 새로 산 넥타이를 고쳐 매는 것도 잊어버렸다. 넥타이는 그녀의 기분처럼 약간 비뚤어져 있었다. 마지막 며칠 동안 그녀는 수천 번도 넘게 이 만남에서 무슨 말을 해야 할지 예행연습을 하고, 길고 정교한 말들을 준비했었다. 위엄 있는 자세도 해보았다. 그런데 막상 지금 그녀는 바늘방석에 앉은 것처럼 의자의 가장자리에 엉덩이만 약간 걸치고 있었다.

안젤라가 남부의 부드럽고 느릿느릿한 억양으로 말했다. "마침내 오셨네요." 그런 다음 잠시 뜸을 들였다. "정말 기뻐요, 고든 양. 당신이 이곳에 와준 게 내게 얼마나 큰 기쁨인지 아세요?"

스티븐이 대답했다. "아, 그래요. 그럼요." 그러고는 다시 침묵에 빠져들면서 그녀는 카펫만 뚫어지게 쳐다보았다.

"내가 담뱃재라도 떨어뜨렸나요. 아님 뭐라도?" 안주인은 입술 끝을 약간 비틀면서 물었다.

"그런 건 아닙니다." 스티븐은 그녀를 쳐다보는 척하다가 뻔뻔한 피리새를 곁눈질로 흘깃 올려다보며 중얼거렸다.

피리새는 이제 감상적이 되었다. 피리새는 낮고 아름답게 노래를 불렀다. "소나무야, 소나무야. 언제나 푸른 네 빛." 피리새는 이 횃대에서 저 횃대로 다소 무겁게 옮겨 다니면서 구슬 같은 검은 눈동자로 스티븐을 쳐다보면서 노래했다.

"정말 이상해요. 고든 양을 오래전부터 알았던 것 같은 기분이 들어요. 우리 서로 낯선 사람들처럼 굴지 않았으면 해요. 내가 너무 미국식인가요? 아니면 격식을 차리면서 냉정하게 영국식으로 굴어야 하나요? 당신이 원한다면 그렇게 할 수 있어요. 그런데 난 영국식으로 굴고 싶지 않거든요." 안젤라의 목소리는 한결같고 엄숙했지만, 다소 웃음기가 실려 있었다.

스티븐은 고민에 찬 눈을 들어 그녀의 얼굴을 쳐다보며 말했다.

"당신만 좋으시다면 전 당신의 친구가 되고 싶어요." 그 말을 해놓고서 그녀의 얼굴은 빨갛게 물들었다.

안젤라는 다치지 않은 손을 내밀었고 스티븐은 그 손을 잡았다. 손이 너무 떨려서 제대로 잡지도 못한 채 그 손을 주인에게 되돌려 주었다. 그러자 안젤라가 자기 손을 내려다보았다.

스티븐은 생각했다. '내가 뭔가 무례하게 굴었나? 어색하게 보였나?' 그녀의 가슴은 격하게 쿵쾅거렸다. 그녀는 자신의 손에서 빠져나간 손을 회수하여 쓰다듬고 싶었다. 하지만 불행하게도 지금 그 손은 토니를 쓰다듬고 있었다. 그녀는 한숨을 쉬었다. 한숨 소리를 들은 안젤라는 무슨 일이냐는 듯 쳐다봤다.

집사가 차를 가져왔다.

"설탕은요?" 안젤라가 물었다.

"됐습니다." 스티븐은 거절했다. 그러다가 갑자기 마음을 바꿔 먹었다. "세 조각이오." 그녀는 설탕을 넣은 차를 좋아했다.

차는 너무 뜨거웠다. 너무 뜨거워서 심하게 입을 데었다. 그녀의 얼굴이 시뻘겋게 달아오르고 눈에는 눈물이 고였다. 당혹스러운 모습을 숨기려고 그녀는 차를 한 모금 더 삼켰다. 안젤라는 재치 있게 창문 바깥을 내다보고 있었다. 조금의 시간을 두었다가 이제 충분하다 싶었는지 그녀는 고개를 돌렸다. 여전히 이 상황을 즐기는 듯했지만 얼굴에는 다정함이 묻어났다.

안젤라는 이 괴상한 자기 손님이 좀 더 편안하고 자유롭게 이야기할 수 있도록 능숙하고 섬세하게 요령을 발휘하기 시작했다. 그녀의 섬세함은 야비한 것과는 거리가 멀었다. 발휘하겠다고 마음먹는다고 해서 되는 그런 요령은 아니었다. 스티븐은 점차 편안함을 느끼기 시작했다. 힘든 일이었지만 승리는 안젤라의 것이었다. 마침내 스티븐은 모턴에 관한 이야기를 하기 시작했다. 하지만 자신에 관한 이야기는 거의 하지 않았다. 스티븐이 이야기를 하는 것처럼 보였지만 사실은 그랜지의 안

주인에 관해 많은 것을 배우는 중이었다. 예를 들어 그녀는 안젤라가 외롭고 친구를 몹시 원한다는 사실을 알게 되었다. 안젤라의 고민거리는 주로 랠프로 인한 것이었다. 그는 언제나 다정한 사람도 언제나 유쾌한 사람도 아니었다. 랠프를 떠올리자 그녀는 이 말에 믿음이 갔다.

"부인의 남편은 절 좋아하는 것 같지 않더군요."

스티븐이 말하자 안젤라는 한숨을 쉬었다.

"좋아할 리가 없을 거예요. 랠프는 내가 좋아하는 사람을 좋아한 적이 없으니까요. 마치 내 친구들을 싫어하기로 원칙을 세운 사람처럼 보여요."

안젤라는 랠프에 관해 숨김없이 이야기해 주었다. 지금 그는 자기 어머니와 함께 지내고 있지만 다음 주면 그랜지로 돌아올 것이라고 했다. 그러면 그는 틀림없이 심통을 부릴 것이다.

"자기 어머니와 함께 있을 때는 항상 그랬어요. 그의 어머니가 날 싫어하거든요. 이유는 전혀 모르지만요. 내가 영국인이 아니라는 것 이외에 싫어하는 이유 모르겠어요. 이 집안에서 난 이방인이에요. 아마 그럴 거예요." 스티븐이 그렇지 않을 것이라고 말하려고 했지만 그녀는 이미 자기 얘기에 빠져 있었다. "아, 사실이 그래요. 내가 이방인처럼 느끼게 만든다니까요. 여기 주변 사람들을 한번 둘러봐요. 그들이 날 좋아하는 것처럼 보여요?"

아직 자기 감정을 감추는 법을 모르는 스티븐은 당황하여 말없이 신발만 뚫어지게 쳐다보았다.

문 바깥에 있는 시계가 7시를 알렸다. 돌아가야 할 때가 되었다. 거의 세 시간 동안 그곳에 머물렀던 것이다.

"가야겠군요." 스티븐이 갑자기 벌떡 일어나면서 말했다.

"피곤해 보이는군요. 문병 올게요."

안주인은 그녀를 만류하지 않았다. "그럼." 그녀가 미소 지었다. "다시 오세요. 종종 놀러 와주세요. 지루하지 않다면 말이에요, 고든 양. 그랜지는 너무 적적하거든요."

3

스티븐은 천천히 집으로 차를 몰았다. 갑자기 기능이 다해 버린 기계처럼 모든 것이 끝났다는 기분이 들었다. 팽팽히 긴장했던 신경이 느슨해졌다. 그녀는 완전히 탈진 상태였다. 그럼에도 그녀는 여느 때와는 전혀 다른 이런 감각을 내심 즐기고 있었다.

천둥이 심하게 치는 무더운 6월 저녁이었다. 저 멀리 어디에선가 양 떼가 "매애." 하고 우는 소리가 들렸다. 이들의 울음소리가 그녀를 감미로운 우울로 가라앉게 했다.

부드럽지만 집요한 우울은 온몸을 감싸는 부드러운 잿빛 망토처럼 그녀를 에워쌌다. 하지만 그녀는 우울의 망토를 떨쳐버리고 싶은 기분이 들지 않았다. 오히려 그 망토로 자기 몸을 단단히 여미고 싶었다.

모턴에 이르자 그녀는 호수 옆에 차를 세우고 나무 사이로 보이는 반짝이는 물결을 쳐다보며 앉아 있었다. 기억하고 싶은 것이 없었다면 아무 이유 없이 그녀가 그곳에 앉아 있을 까닭이 없었다. 하지만 그녀는 안젤라가 무슨 옷을 입고 있었는지조차 기억해 낼 수가 없었다. 보드라운 재질의 옷이었던 것으로 기억했다. 너무 부드러워서 쉽게 찢어질 정도였다. 그녀가 입었던 옷을 기억해 내려고 애썼지만 모든 게 희미했다.

서쪽으로부터 희미하게 우르릉거리는 천둥소리가 들려왔다. 구름이 불길한 그곳을 자줏빛으로 에워쌌다. 변덕스럽고 다소 신경질적인 제비들이 높게 날다가 천둥소리에 놀라서 몸을 낮췄다. 우울한 기분이 조금씩 심해지면서 시시각각 변하다가 슬픔으로 바뀌었다. 그녀는 몸과 마음과 영혼이 모두 슬펐다. 그녀의 몸은 침울해졌고 완전히 슬픔에 사로잡혔다. 그때 누군가가 마사 곁에서 휘파람을 불었다. 윌리엄스 영감이라는 생각이 들었다. 휘파람에 곡조가 없었기 때문이다. 치아가 없어진 그는 휘파람을 제대로 불 수 없었다. 그랬다. 그녀는 그 휘파람의 주인이 윌리엄스가 틀림없다고 확신했다. 물동이들이 서로 부딪치자 말들이 힝힝거렸다. 이런 날 저녁이면 그런 소리들이 선명하게 들렸다. 말들에게 물을 주고 있는 듯했다. 애너의 사륜마차를 끄는 어린 말들이 짚을 보고 성마르게 달려들었다. 목이 말랐기 때문이다.

그러자 정문이 쾅 하고 닫혔다. 송아지가 풀을 뜯는 목초지의 정문이었을 것이다. 목초지는 미나리아재비로 노랗게 물들어 있었다. 자작농 출신 중 한 명이 순번을 돌면서 해가 떨어지기 전에 모든 대문이 닫혔는지 살펴보았다. 자동차의 엔진 덮개 위로 무엇인가가 쾅 하는 소리와 함께 떨어져 내렸다. 고개를 들어 위를 쳐다보다가 그녀는 다람쥐와 눈길이 마주쳤다. 다람쥐는 앙증맞은 앞발에 의지해 몸을 앞으로 숙인 채 암상궂게 그녀를 주시하고 있었다. 다람쥐는 도토리를 엔진 덮개 위로 떨어뜨렸다. 그녀는 차에서 나와 다람쥐의 저녁거리를 주워 다람쥐가 기다리고 있는 나무 발치 아래로 던졌다. 다람쥐는 번개처럼 달려 내려와 두 다리를 벌리고 그 사이에 도토리를 게걸스럽게 끼운 채 잽싸게 위로 다시 올라갔다.

주변의 모든 사물이 평범한 저녁 일과를 수행하고 있었다. 말에게 물을 주고, 소 떼를 보살피고, 밤이 오기 전의 평화와 휴식에 앞선 유쾌하고 평온한 모습이었다. 갑자기 그녀는 그 모든 것들과 함께하고 싶었다. 그녀 안에서 요동치는 것을 그들과 함께 나누고 싶은 강렬한 욕구를 느꼈다. 이런 절박한 갈망으로 인한 통증은 그녀를 육체적으로 가라앉게 만드는 이유가 되었다.

그녀는 차를 운전하여 마구간에 넣어두었다. 그런 다음 걸어서 집으로 향했다. 집에 도착하자마자 서재로 향했다. 아버지가 없는 서재는 지독히도 외로워 보였다. 그가 쓰던 안락의자에 앉아서 그녀는 아버지가 휴식을 취할 때 그랬던 것처럼 고개를 편하게 뒤로 젖혔다. 헤아릴 수 없이 많은 날 동안 아버지의 손이 놓여 있던 안락의자의 팔걸이에 자기 팔을 얹었다. 눈을 감고 아버지의 얼굴을 떠올리려고 했다. 종종 걱정스러워 보였던 그 다정한 얼굴을 기억해 내려고 했다. 하지만 아버지의 얼굴은 천천히 나타났다가 신속하게 사라졌다. 죽은 자의 자리는 산 자가 대신하게 마련이었다. 스티븐이 아버지의 낡은 의자에 앉아 있는 동안 떠오른 것은 안젤라 크로스비의 얼굴뿐이었다.

4

패널 벽으로 된 작은 방에서는 허브 정원이 보였다. 안젤라는 창문 너머를 응시하면서 하품을 했다. 안젤라는 스티븐 생각을 하다가 갑자기 커다랗게 웃음을 터뜨렸다. 그러다가 갑자기 얼굴을 찡그리고서 토니에게 짜증을 부렸다.

그녀는 스티븐을 마음속에서 몰아낼 수가 없었다. 그것이 그녀를 짜증스럽게 하면서도 다른 한편으로는 즐겁게 해주었다. 그처럼 덩치 큰 스티븐이 당황하여 어쩔 줄 모르고 말문이 막혀 버린 모습이라니. 정말 이상한 인물이었다. 매력이 전혀 없는 것도 아니었다. 나름 잘생기기도 했다. 아니다. 상당히 잘생긴 편이었다. 그녀는 멋진 눈과 아름다운 머릿결을 가지고 있었다. 그녀의 몸은 운동선수처럼 유연하고 나긋나긋했다. 좁은 엉덩이와 넓은 어깨를 가진 그녀는 펜싱을 대단히 잘할 것이 분명했다. 안젤라는 그녀가 펜싱 하는 모습이 몹시 보고 싶었다. 그녀는 스티븐이 펜싱 하는 모습을 언젠가 틀림없이 보게 되리라고 생각했다.

안트림 부인은 많은 것을 전해 주었지만 실제로 말해 준 것은 거의 없었다. 안젤라는 더 이상 안트림 부인에게서 이야기를 들을 필요가 없었다. 스티븐 고든을 알게 되었기 때문이다. 그녀는 한가했고 지루했으며 권태로웠다. 그렇다고 온통 착한 심성으로 무장한 것도 아니었기에 그녀의 생각은 과도하게 스티븐에게 머물렀다. 물론 그것은 호기심에서 비롯된 것이었다.

토니가 몸을 뻗으면서 애처롭게 낑낑거렸다. 안젤라는 토니에게 키스를 해준 다음 자리에 앉아서 짤막한 편지를 썼다.

"모레 점심 식사를 하러 오세요. 정원에 관해서 조언도 좀 해주시고요." 그녀는 내키는 대로 정원에 관해 한두 마디 쓴 다음 이렇게 끝을 맺었다. "토니가 '제발 와 주세요, 스티븐.' 하고 부탁하는군요."

18장

1

그로부터 삼 주가 지난 어느 날 저녁, 스티븐은 안젤라를 모턴으로 데려왔다. 그들은 애너와 푸들과 함께 차를 마셨다. 애너는 딸의 친구에게 냉담하면서도 정중하게 대했지만 푸들은 다소 불쾌해했다. 그녀는 안젤라 크로스비를 전혀 신뢰하지 않았다. 어쨌거나 스티븐은 이제 안젤라에게 모턴을 마음 편하게 보여 줄 수 있게 되었다. 자기 집을 처음으로 소개하는 것이 신성한 행위라도 되는 듯, 이 작은 금발의 여성이 모턴에 출현한 것이 기념비적인 사건이라도 되는 듯 엄숙하게 그 일을 거행했다. 그들은 몹시 엄숙하게 저택을 둘러보았다. 심지어 오래된 필립 경의 서재에도 들어가 보았다.

저택에서 마사로 방향을 잡았다. 스티븐은 여전히 진지한 태도로 자기 친구에게 래프터리를 소개했다. 안젤라는 스티븐과 같은 감정을 전혀 느낄 수 없었음에도 관심이 있는 척하면서 열심히 들었다. 그녀는 말을 무서워했지만 스티븐이 다소 굵은 목소리로 이야기하는 것이 듣기 좋았다. 너무나 진지하고 젊은 목소리, 그것이 그녀를 매료시켰다. 그녀는 래프터리가 코를 흥흥거리며 자신의 냄새를 맡다가 마음에 들지 않는다는 듯 콧바람을 흥 하고 불자 완전히 겁에 질렸다. 그녀는 비명을 지르며 뒤로 물러났다. 그러자 스티븐은 녀석의 윤기 나는 잿빛 어깨를 찰싹 치면서 "그만 해, 래프터리. 자 그만!" 하고 말렸다. 못마땅한 래프터리는 상처받은 마음을 표현하려고 귀리 짚 여물에 콧바람을 불었다.

그들은 녀석을 떠나 정원을 이리저리 돌아다니느라고 불쌍한 래프터리는 금방 잊어버리고 말았다. 밤이 되면 정원은 온갖 꽃들이 풍기는 향기로 가득 찼다. 특히 저녁이면 가장 달콤한 향기를 풍기는 가녀린 꽃들이 있었다. 스티븐은 안젤라 크로스비가 그런 꽃들과 비슷하다고 생각했다. 대단히 향기롭고 가녀린 그녀. 스티븐이 부드럽게 말했다.

"당신은 여기 모턴에 속한 사람처럼 보여요."

안젤라는 가볍게 미소를 머금으며 왜냐고 묻는 표정을 지었다.

"그렇게 생각해요, 스티븐?"

"그래요. 모턴과 나는 하나거든요." 그녀는 자기가 한 말의 불길한 징조를 전혀 의식하지 못했지만 안젤라는 그 말뜻을 이해하고서 재빨리 대꾸했다.

"오, 난 어떤 곳에도 속하지 않아요. 잊었나요? 내가 이방인이라는 걸."

"당신은 그냥 당신일 뿐이죠."

두 사람은 말없이 걸었다. 해가 기울면서 주위는 점점 더 황금빛으로 변해 갔다. 오래도록 붙잡고 싶지만 더 붙잡기 힘든 시간들. 이 낯선 빛을 사랑하는 새들은 즐겁게 노래하다가 다 함께 합창을 했다. "우린 행복해, 스티븐!"

안젤라에게로 몸을 돌리면서 스티븐은 새들에게 대답했다. "당신이 여기 있어서 난 너무 행복해요."

"그게 사실이라면 왜 내 앞에서 그렇게 수줍어하나요?"

"안젤라……." 스티븐이 웅얼거렸다.

그러자 안젤라가 말했다. "우리가 만난 지 이제 막 삼 주가 넘었어요. 우리의 우정이 이렇게 빨리 발전하다니. 난 그게 의미가 있다고 봐요. 난 운명을 믿어요. 그랜지에 처음 왔을 때 당신은 끔찍하게도 겁에 질려 있었잖아요. 왜 그렇게 두려워했어요?"

스티븐이 천천히 대답했다. "난 지금도 무서워요. 당신이 무서워요."

"당신은 나보다 더 강하잖아요."

"물론 그래요. 그래서 무서운 겁니다. 당신이 날 강하다고 느끼게 해주니까요. 그걸 원해요?"

"글쎄, 아마도요. 당신은 특이하니까, 스티븐."

"내가 그래요?"

"물론이죠. 당신 자신이 어떤 사람인지 몰라요? 저런, 당신은 다른 사람들과 완전히 달라요."

스티븐은 몸을 약간 떨었다.

"어떻게요?" 그녀가 더듬거렸다.

"난 당신은 당신일 뿐이라는 걸 알아요." 안젤라는 다시 미소를 머금으면서 그녀를 놀렸다. 그녀는 손을 내밀어 스티븐의 손을 잡았다.

그녀의 손이 전하는 기이하고도 생생한 힘이 스티븐의 마음을 깊이 휘저어 놓았다. 그녀는 스티븐의 손가락을 꽉 잡았다.
"당신은 도대체 어떤 사람인가요?" 그녀가 중얼거렸다.

"나도 몰라요. 내 손을 그렇게 계속 쥐어봐요. 좀 더 힘을 줘서요. 당신의 손가락을 느끼고 싶어요."

"스티븐, 어처구니없는 소리 그만 해요!"

"계속 내 손을 쥐고 있어봐요. 난 당신 손가락을 느끼고 싶어요."

이제 그들은 호수 옆의 나무 아래에 있었다. 노을빛에 물든 카펫을 부드럽게 밟고 서 있었다. 그들은 서로 손을 잡고 깊은 정적이 감도는 그곳으로 들어갔다. 그들의 숨소리만이 그곳의 정적을 깨뜨렸다. 하지만 정적은 이내 그들의 숨결마저 완전히 감쌌다.

"자, 봐요." 스티븐은 피터라는 이름의 백조를 가리켰다. 피터는 물에 반사된 자신의 흰 모습을 스치고 지나가면서 이리저리 떠다녔다. "자, 이게 모턴입니다. 아름답고 평화로운 곳이죠. 모턴은 저기 백조처럼 흘러가고 있어요. 고요하고 깊은 물 위에서. 이 모든 아름다움과 평화가 전부 당신 것입니다. 이제 당신도 이 모턴의 일부거든요."

"난 평화란 걸 몰라요. 내 안에 평화는 없어요. 평화를 이곳에서 발견할 거라고는 믿지 않아요, 스티븐." 안젤라는 잡았던 손을 풀고서 스티븐으로부터 몇 발자국 떨어졌다.

그러나 스티븐은 계속해서 부드럽게 이야기했다. 그녀의 목소리는 거의 꿈꾸는 것처럼 들렸다.

"사랑스러워. 아, 사랑스러워. 우리의 모턴. 겨울 저녁이면 호수는 꽁꽁 얼어붙어요. 얼어붙은 얼음에 석양이 비치면 금괴처럼 보여요. 겨울에 이곳에 서서 그 장면을 함께 봐요. 산책을 하고 있노라면 직접 보기도 전에 이미 통나무 타는 냄새를 맡을 수 있어요. 당신도 그 냄새를 좋아하게 될 거예요. 그 냄새는 집을 의미하니까요. 우리의 집이 모턴이에요. 우린 행복할 거예요. 우린 정말 만족할 테고 평화로울 거예요. 우리는 이곳의 평화로 가득 차게 될 겁니다."

"스티븐, 그만!"

"우리 두 사람 모두 모턴의 평화로 충만할 거예요. 서로 깊이 사랑하니까요. 우린 완벽하고 완벽한 존재니까요. 당신과 나, 우린 분리된 두 사람이 아니라 하나거든요. 우리의 사랑이 거대하고 편안한 횃불을 밝혀 줄 거예요. 그래서 더 이상 어둠을 두려워하지 않을 테죠. 사랑이 우리를 따스하게 해줄 겁니다. 함께 누워서 내 팔은 당신을 감싸고······."

그녀가 갑자기 하던 말을 멈추었다. 그들은 서로를 응시했다.

"당신이 지금 무슨 말을 하고 있는지 알고 있나요?" 안젤라가 속삭였다.

"내가 당신을 사랑한단 걸 알아요. 그 외에는 이 세상 어느 것도 전혀 문제가 되지 않아요."

매혹에 찬 저녁의 분위기 탓이었는지, 혹은 기이하고도 비현실적이며 견딜 수 없는 달콤함과 낯설고 간절한 충동에 휩쓸린 탓이었는지, 알 수 없는 힘에 이끌려 안젤라는 한 발자국 스티븐에게로 다가갔다. 그리고 다시 한 발자국을 내디디면서 서로의 손이 닿을 수 있는 거리까지 다가갔다. 현재의 그녀, 과거의 그녀, 그리고 미래의 그녀가 몽땅 한순간에 녹아든 강력한 충동이자 절박한 욕구가 스티븐에 대한 욕망이 되었다. 스티븐의 욕망이 그녀의 욕망이 되어버렸다. 상대를 달래주려는 맹목적

고독의 우물 251

이고 이해할 수 없는 간절한 의지의 완전한 힘에 이끌려 두 사람의 욕망은 하나가 되었다.
　스티븐은 안젤라를 끌어당겨 자기 품에 안았다. 그러고는 그녀의 입술에 자기 입술을 포갰다. 연인이 되어.

19장

1

  그 이후로도 오랜 세월 동안 꿈과 환멸, 기쁨과 슬픔, 성취와 좌절을 가져다주었던 그 여름을, 자신의 본성에 따라 너무나 자연스럽고 너무나 단순하게 사랑에 빠져들었던 그해 여름을 스티븐은 잊을 수가 없었다.
  그녀로서는 안젤라 크로스비에게 느꼈던 그런 사랑이 이상하거나 불경할 것은 아무것도 없는 듯했다. 그녀에게 그 사랑은 필연적인 것이었다. 그 사랑은 숨 쉬는 것이나 다를 바 없는 자신의 일부였다. 자신의 일부이면서도 자아를 초월한 것처럼 보였다. 그녀는 자기 사랑을 우러러보면서 그것을 향해 나아갔다. 젊은이의 눈길은 별빛을 향해 이끌리게 마련이며, 젊은이의 영혼은 좀체 땅을 내려다보는 법이 없기 때문이다.
  그녀는 깊이 사랑했다. 자신을 두려움 없는 연인이라고 자처하는 내로라하는 사람들 중 그 누구보다도 깊이 사랑했다. 이야기하기에는 너무 힘들고 슬픈 진실이다. 자연이 자기 목적의

희생 제물로 삼은 사람들, 자연이 종종 감춰둔 자신의 신비스러운 목적에 희생시키고자 하는 사람들은 종종 엄청난 사랑의 능력을 부여받고 그로 인해 끝없이 고통받기 때문이다. 고통을 견디는 능력은 사랑할 수 있는 능력과 손에 손을 맞잡고 있었다.

하지만 처음에 스티븐의 눈길은 별빛으로 향했다. 그녀는 오로지 영광의 눈부신 광휘만을 보았다. 안젤라 크로스비에 대한 그녀의 육체적인 열정은 그녀의 영혼에 기이한 반응을 불러일으켰다. 그 모든 뜨거운 충동과 더불어 그녀의 영적인 반응은 본인도 이해할 수 없는 곳, 육체적인 욕망이 아닌 곳으로 그녀를 이끌었다. 그것은 위대한 아름다움이나 용기와 같은 멋지고 헌신적인 것들이었다. 그녀는 기꺼이 자신의 몸을 그런 고통의 제단에 바쳤다. 필요하다면 자기 목숨마저 바칠 태세였다. 사랑하는 여인을 위해서라면 기꺼이 그럴 수 있었다. 젊은 연인의 눈앞에서 불타오르는 별빛의 영광스러운 광휘에 온전히 눈이 멀었기에 그녀는 안젤라에게서 어디에도 존재하지 않는 완벽함을 보았다. 안젤라의 본성의 한계를 훨씬 넘어서 있는 신의를 감지했고, 순전히 허구적인 무한한 인내를 보았다.

안젤라가 주는 것은 무엇이든 사랑의 선물이었다. 안젤라가 거둬들이는 것은 무엇이든 정숙함을 위해 그런 것처럼 보였다. 그녀는 종종 이렇게 말했다. "내가 자유로운 몸이기만 하다면야. 하지만 난 랠프를 속일 수 없어. 난 그럴 수 없어, 스티븐. 그는 아픈 몸이거든." 스티븐은 안젤라의 그처럼 엄청난 연민과 정숙함 앞에서 자신을 한없이 부끄럽게 여겼다.

그녀는 자신이 완전히 무가치한 것 같은 굴욕감을 느끼곤 했다.

"난 짐승이군요. 날 용서해 줘요. 난 완전히 잘못된 인간이에요. 요즘 난 종종 미친 것 같아요. 그렇군요. 남편이 있군요."

랠프 생각만 해도 견딜 수가 없었다. 그래서 더욱더 안젤라에게 손을 내밀지 않을 수 없었다. 그러면 십중팔구 두 사람은 서로에게 이끌려 키스를 하곤 했다. 스티븐은 고통스럽고 끔찍하리만치 황량한 키스로 인해 완전히 무너져 버렸다.

"맙소사!" 그녀가 불만을 토로했다. "난 사라져버리고 싶어요!"

그러면 안젤라는 울상을 지었다. "날 떠나지 말아줘, 스티븐! 난 너무 외로워. 랠프에게 그냥 정숙하게 대하려는 것뿐인데. 그걸 이해 못하겠어?"

그 말에 스티븐은 한 시간 혹은 두 시간을 더 머물렀다. 다음 날이면 그녀는 어김없이 그랜지에 있었다. 안젤라가 너무 외로워했기 때문이다.

안젤라는 스티븐을 놓아주려 하지 않았다. 그녀 스스로도 순간순간 자신이 당혹스러웠다. 그녀는 스티븐을 사랑하지 않았다. 그 점은 분명했다. 그런데도 기이하게 그녀에게 끌렸다. 스티븐은 약효가 강한 일종의 약물이었다. 권태를 제거해 주는 일종의 해독제였다. 그리고 그녀는 자신에게 스티븐을 굴복시키는 힘이 있음을 잘 알고 있었다. 그녀는 불에 그슬리지 않으면서도 불장난하는 법을 알았다. 스티븐의 마음이 연민에 가득 차서 결국 부드러워지게 만들려면 그녀 앞에서 오랫동안 쓸쓸하게 울기만 하면 되었다.

"스티븐, 나에게 상처 주지 마. 난 네가 그럴까 봐 정말 겁이 나. 넌 나를 겁먹게 만들어, 스티븐! 내가 널 만나기 전에 랠프와 결혼한 것이 내 잘못이야? 나에게 다정하게 대해 줘, 스티본!"

그렇게 말하는 그녀의 눈에 눈물이 샘솟았다. 스티븐은 그녀가 마치 어린아이인 것처럼 부드럽게 안고서 몸을 앞뒤로 흔들며 달래주었다.

그들은 토니를 데리고 언덕 저 멀리까지 드라이브를 나갔다. 토니는 토끼 사냥을 즐겼다. 들판에서 토니가 토끼를 쫓아 미친 듯이 이리 뛰고 저리 뛰다가 제자리에 가만히 있는 풀잎이나 겨우 움켜잡는 동안, 두 사람은 나란히 앉아서 토니가 뛰노는 모습을 지켜보았다. 스티븐은 이곳처럼 연인들이 앉아 있기에 적합한 곳을 많이 알고 있었다. 그런 곳 중에는 자비로운 언덕도 포함되어 있었다. 두 사람이 그렇게 앉아 있을 때 스티븐은 온몸이 마비된 것처럼 무감각해지는 경우가 종종 있었다. 안젤라가 그녀의 뺨에다 가볍게 키스를 해주어도 그녀는 아무런 반응을 보이지 않았다. 심지어 고개를 돌려 쳐다보지도 않고 오직 토니만 주시했다. 하지만 때로는 너무나 기분이 들떠 자기 어깨에 기대고 있는 여자에게로 몸을 돌리곤 했다. 어느 날 느닷없이 그녀가 말했다.

"여기선 아무것도 문제가 되지 않아요. 당신과 난 너무 미미해요. 우린 토니보다 더 하찮아요. 우리의 사랑은 사랑의 광막한 대양에 떨어진 물방울 하나에 불과해요. 그게 차라리 위안이 돼요. 그대는 그렇게 생각하지 않아요, 내 사랑?"

그러나 안젤라는 고개를 저었다. "아니, 나의 스티븐. 난 광막한 대양을 좋아하지 않아. 난 땅에서 나서 흙에 속하니까." 그런 다음 "키스해 줘, 스티븐." 하고 말했다. 그러면 스티븐은 소나기 키스를 퍼붓지 않을 수 없었다. 젊은이의 뜨거운 피가 온몸을 재빨리 휘감았다. 신비로운 바다는 안젤라의 입술이 되었고 두 사람은 열렬하게 키스를 주고받았다.

그날 저녁 그들이 그랜지로 돌아왔을 때, 그곳에는 랠프가 돌아와 있었다. 그는 홀에서 안절부절못한 채 서성거리고 있었다. 두 사람을 보자 그가 비아냥거렸다.

"그래, 멋진 오후를 보냈나, 두 여자 분들께서? 저 언덕까지 스티븐이 태워다 주던가? 아니면 뭐가 더 있나?"

그는 그녀를 습관적으로 스티븐이라고 부르기를 좋아했지만, 그의 목소리에는 잔뜩 의심이 묻어 있었다. 그는 시력이 좋지 않은 눈으로 안젤라를 뚫어지게 보았다. 안젤라를 위해 스티븐은 거짓말을 해야 했다. 잘도 거짓말을 둘러댔다. 처음으로 하는 거짓말도 아니었다.

"그래요." 그녀는 침착하게 말했다. "우린 투크스베리에 갔다가 그곳에서 투크스베리 사원을 둘러보았습니다. 시내에서 차도 한 잔 하고요. 너무 늦어서 미안합니다. 카뷰레터가 막혀서요. 처음에는 그걸 제대로 고칠 수가 없었거든요. 자동차 정밀 검사를 받아야 할까 봅니다."

거짓말이었다. 언제나 거짓말이었다! 그녀는 이제 랠프를 진정시키는 데 필요한 거짓말을 거침없이 능숙하게 하게 되었다. 난처한 상황에서 랠프가 더 이상 할 말이 없도록 거짓말을 지어냈다. 그녀는 갑자기 일종의 공포감에 사로잡혔다. 자신이 하고 있는 짓에 몸이 진저리를 쳤다. 머리가 어지러워서 문 손잡이를 잡았다. 그 순간 그녀는 아버지가 떠올랐다.

2

이틀 후 그들이 모턴의 정원에 단둘이 있게 되자, 스티븐은 안젤라에게로 불쑥 몸을 돌렸다.

"이런 식으로는 계속할 수 없어요. 이건 야비한 짓이라고요. 우리 두 사람 모두를 더럽히는 짓이고요. 그걸 모르겠어요?"

안젤라는 깜짝 놀랐다.

"대체 그게 무슨 말이야?"

"당신과 나, 그리고 랠프 말이에요. 이건 짐승 같은 짓이라고요. 난 당신이 남편을 떠났으면 해요. 내게로 와요."

"미쳤어, 자기?"

"아뇨, 난 제정신이거든요. 그거야말로 인간다운 처신이에요. 그것만이 깨끗한 거라고요. 당신이 좋아하는 곳이면 어디든 갈 수 있어요. 파리, 이집트, 아니면 미국으로 돌아갈 수도 있어요. 당신을 위해서라면 이 집을 포기할 수도 있어요. 내 말 이해하겠어요? 심지어 이 모턴을 포기하겠다고요. 더 이상 랠프에게 거짓말을 계속할 수는 없어요. 내가 당신을 얼마나 흠모하는지 그에게 알려 주고 싶어요. 온 세상 사람들에게 내가 당신을 얼마나 사랑하는지 알리고 싶어요. 랠프는 사랑이라고는 전혀 몰라요. 그냥 잔소리나 하는 야비하고 파렴치한 인간이거든요. 그런데도 그에게 권리가 있는 건 사실이에요. 난 이런 거짓말에 끝장을 낼 거예요. 그에게 진실을 말할 겁니다. 그리고 당신에게도. 안젤라, 랠프에게 말한 다음 우리 떠나요. 우린 떳떳이 함께 살 수 있어요. 당신과 나, 그 길만이 우리 자신과 우리의 사랑에 대한 의무예요."

안젤라는 그녀를 뚫어지게 쳐다보았다. 그녀는 겁에 질려 얼굴이 하얗게 질렸다.

"넌 미친 거야." 그녀가 천천히 말을 이었다. "넌 완전히 미쳤어. 그에게 뭘 말하겠다고? 내가 너의 연인이라고 인정했던 적 있었어? 난 언제나 랠프에게 충실했어. 너도 그 사실은 익히 알잖아. 그에게 털어놓을 만한 것은 아무것도 없어. 여자 애들처럼 키스 몇 번 한 것 외에는. 네가 이런 성향의 사람인 걸 난들 어떡할 수 있겠어? 아니, 그건 안 돼, 스티븐. 랠프에게 말할 수는 없어. 단지 네 자존심을 다치지 않으려는 그 이유 하나 때문에 나에 관해 마음대로 말하고 다닐 순 없어. 네 자존심을 지키자고 내가 너의 애인인 척 랠프에게 꾸며 보일 순 없잖아. 넌 기꺼이 네 집을 포기할 수 있을지 모르지만, 난 내 집을 포기하지 않을 거야. 그 점을 이해해 줘, 제발. 랠프가 대단한 남자는 아니지만 그래도 없는 것보다는 나아. 지금까지 난 아무런 말썽 없이 남편을 잘 다뤄왔거든. 남편에게 좋은 점이 있다면, 잘못 넘겨짚고 불같이 화를 낸다는 거야. 그 때문에 딴 곳에 정신이 팔리게 되고. 그게 매력이기도 해. 남편은 내가 주문을 거는 대로 어디든지 다 쫓아와. 남편을 그냥 내게 남겨 둬. 난 남편을 잘 알아. 네가 해줄 수 있는 것보다는 훨씬 나아. 그러니 스티븐, 네가 우리 집안 일에 끼어들지 말았으면 해." 그녀는 너무나 겁에 질려 적당한 말을 찾지 못할 정도였다. 그 말들이 스티븐에게 미칠 영향을 고려할 수도 없었다. 안젤라 크로스비는 목전의 위험과 대면하고 서 있는 자기 자신 이외에는 아무것도 안중에 없는 인물이었다. 그래서 그녀는 다시 한 번 큰 소리로 말했다. "난 네가 우리 집안 일에 끼어들지 않았으면 해!"

스티븐은 그녀 쪽으로 얼굴을 돌렸다. 열정으로 가득 찼던 그녀의 얼굴은 하얗게 질려 있었다.

"당신, 당신……." 그녀는 말을 잇지 못하고 더듬거렸다. "당신, 정말 말할 수 없을 정도로 비정하군요. 당신은 내가 당신을 얼마나 사랑하는 줄 알기 때문에 어떻게 하면 나에게 고통을 줄 수 있는지도 잘 알고 있잖아요. 내 사랑을 날이면 날마다 확인하려 했으니까요. 모턴을 포기할 정도로 내가 당신을 사랑한다는 걸 이해할 수 있을까? 뭐든 포기할 수 있다고. 이 세상 전부를 포기할 수도 있어, 안젤라. 잘 들어요. 난 당신을 언제나 보살펴 줄 수 있어. 난 부자야. 당신을 언제나 보살펴 줄 수 있다고. 내 말 믿지 못해요? 대답해 봐요. 왜요? 내가 신뢰할 만한 인물이 못 된다는 건가요?"

스티븐은 자신이 무슨 말을 하는지조차 모를 정도로 미친 듯이 쏟아냈다. 오직 이 여성을 원한다는 사실밖에 몰랐다. 그만한 가치가 있든 없든 상관없이 너무도 강렬하게 그녀를 원했다. 그 순간 중요한 것은 안젤라뿐이었다. 안젤라가 전부였다. 이제 스티븐은 자리에서 일어섰다. 무척 키가 크고 강한 그녀의 가엾은 열정은 기괴해 보였다. 안젤라는 몸을 떨면서 그녀를 바라보았다. 그녀 얼굴의 온갖 심각한 문제점들이 눈에 들어오기 시작했다. 강인한 턱 선, 네모지고 큰 이마, 아름답다기에는 너무 넓고 두꺼운 눈썹. 그녀는 소용돌이치는 전환기에 출현한 기이하고 원시적인 존재처럼 보였다.

"안젤라, 나랑 멀리 달아나요. 어디든지. 나랑 함께 가요. 내일이라도 당장."

안젤라는 그 순간 생각하지 않을 수 없었다. 그러면서 단호하게 물었다.

"나랑 결혼해 줄 수 있어, 스티븐?"

그 말을 하면서 그녀는 스티븐을 쳐다보지 않았다. 쳐다볼 수가 없었다. 연민과도 가까운 어떤 감정이 차마 고개를 들 수 없게 했다. 거의 숨조차 쉬지 않는 긴 침묵이 흘렀다. 그동안 안젤라는 고개를 돌리고 기다렸다. 나뭇잎이 떨어졌다. 그녀는 나뭇잎이 떨어지는 미세하고 부드러운 소리를 들었다. 바람이 정원을 스치고 지나가자, 나뭇잎이 떨어지면서 바스락거리는 소리가 들렸다.

그러자 조용하고 단조로운 목소리가 긴 침묵을 깼다. "아니요."라는 대답이 천천히 흘러나왔다. "아뇨. 난 당신과 결혼할 수 없어요, 안젤라." 마침내 용기를 내어 고개를 들었을 때 안젤라는 그곳에 홀로 앉아 있는 자신을 보았다.

20장

1

삼 주 동안 그들은 서로 멀리했다. 편지도 쓰지 않았고 서로 만나려는 노력도 하지 않았다. 안젤라의 신중함이 편지 쓰는 것을 막았다. 적어놓은 것은 남는 법(Litera scripta manet). 훌륭한 격언이었다. 스티븐처럼 격렬하고 선동적인 인물을 다룰 때는 원칙을 고수하는 것이 현명한 방법이었다. 스티븐은 그녀에게 꽤나 두려움을 안겨 주었다. 그녀는 조심해야 한다고 생각했다. 그렇기는 하지만 믿지 못할 그 장면을 곰곰이 생각하노라면, 오히려 흥분되는 기억이기도 했다. 권태의 해독제를 잃어버리자 그녀는 랠프가 밉살스러웠다. 한편으로 이 불쌍하고 부적절하고 성마른 남자는 막연한 의심에 가득 차 있었다. 만성 소화불량에 시달리는 그는 아내의 기분을 전혀 풀어줄 수 없는 위인이었다. 그는 낮 시간 동안, 그리고 밤 시간의 상당 부분도 잔소리하는 것으로 하루를 소모했다.

그는 토니에게 잔소리를 해댔다. 재수가 나쁘면 흔히 그렇듯 그의 눈에는 정원에 두더지가 득실거리는 것처럼 보였다.

"그 망할 놈의 개 버릇을 당신이 고칠 수 없다면 녀석은 계속할 거야. 장미 정원 주변을 온통 헤집어놓았어." 그는 토니가 잠자리를 떠난 그 순간부터 하루 종일 저지른 짓들을 길게 주워섬겼다. 진딧물이 득실거리는 것에도 잔소리를 심하게 해댔다. 그런 미물들에게도 생식기가 존재한다는 것을 통탄했다. "자연의 섭리는 뭘 빌어먹을! 그런 벌레에까지 생식 현상을 확대하다니!" 그는 진딧물이 과도하게 생식한다는 것에 점점 더 상스러운 소리를 했다. 그중에서도 가장 심하게 잔소리를 퍼붓는 대상은 스티븐이었다. 그런 잔소리가 아내의 화를 돋운다는 것을 알고 있었기 때문이다. "당신의 그 야릇한 친구는 어떻게 지내? 최근 들어 모습이 보이지 않던데. 싸우기라도 한 거야? 그랬다면 잘된 일이고. 끔찍한 계집애야. 내 평생 그런 계집애는 처음 봤어. 바지를 입고 우쭐거리며 돌아다니는 꼴하고는. 보통 여자들처럼 굴면 왜 안 될까? 맙소사, 그 꼴을 보면 어떤 남자든 분노할 거야. 그런 것들은 태어날 때부터 싹 쓸어버려야 해. 국가가 가스실을 제도화했으면 좋겠군!"

아니면 그는 또 다른 수단을 동원하여 최근 들어 잘 하지 않던 불평을 늘어놓았다.

"그 계집애랑 쏘다니느라 요즘은 식사 때마다 더 이상 내게 신경을 쓰지 않는군. 당신은 내 소화불량에 신경을 많이 써야 하잖아! 요즘은 쇠가죽에서 벽돌까지 뭐든 오래된 것들을 먹어 치워야 하다니. 흠, 내 말 잘 들어. 내가 그런 대접을 받아야 할 이유가 없어. 잘 알아둬! 때맞춰 훌륭한 식사를 대접받을 만한 돈은 내가 지불하고 있어. 제때에 말이야. 내 말 듣고 있어? 아내라면 식사가 제대로 준비되었는지 살피면서 내 식사 시간에 있어야 할 곳에 있어야 한다고 생각해. 그것도 제대로 못 하다니 당신 뭐가 문제야? 결혼하고서 처음에는 언제나 당신이 내 식사를 만들어줬잖아. 건더기도 없는 멀건 죽을 먹을 순 없어. 내가 앓아누운 개 같다는 생각이 든다니까. 진저리가 나! 이런 잔소리도 계속하지 않을 거야. 다음에 또 그러면 요리사를 잘라버리겠어. 빌어먹을. 뉴욕에서 거의 굶어 죽게 된 당신에게 도움을 준 것에 고마워해야지. 그런데 지금 당신은 그 계집애 꽁무니나 쫓아다니고 있으니. 그 계집애를 만난 게 전부 다 저 망할 놈의 짐승 탓이군!" 그는 겁에 질린 토니의 옆구리를 걷어차려고 했다. 토니는 최근 들어 스티븐과 가까워졌다.

그중에서도 최악은 랠프가 훌쩍거리기 시작할 때였다. 아내가 자기를 더 이상 사랑하지 않는다는 이유로 훌쩍거리거나, 아니면 언제나 그런 평계를 대지는 않았지만 고통스러운 만성 소화불량을 이유로 훌쩍거렸다. 어떤 날은 눈물로 하소연하면서 정력도 없는 잠자리를 구걸했다.

"안젤라, 이리 와봐요. 내 어깨를 좀 안아줘. 당신이 언제나 그랬던 것처럼 내 무릎에 앉아봐." 그는 젖은 눈으로 쳐다보았다. 낙담한 것처럼 보이기보다는 오히려 탐욕스러워 보였다. "날 사랑하는 것처럼 당신 팔로 내 어깨를 감싸 줘." 그는 가장 무기력할 때면 그처럼 고집스럽게 졸랐다.

그날 밤 그는 최고의 실크 파자마를 입고 나타났다. 분홍색 파자마는 그의 안색을 더욱 나빠 보이도록 만들었다. 그는 안젤라가 싫어하는 음흉한 표정을 지으며 침대로 올라왔다. 너무나 추잡했다.

"자, 마누라, 내 덕분에 집을 갖게 되었단 걸 잊지는 않았겠지. 그 사실을 설마 잊지는 않았겠지. 안 그래?" 한두 번의 흐물

흐물한 포옹에 이어 그는 자기가 남자라는 사실에 거만하게 거드름을 피웠다. 안젤라는 한숨을 쉬면서 누운 채로 일이 끝날 때까지 참고 견뎠다. 갑자기 스티븐이 떠올랐다.

2

초조하게 침실을 오락가락하면서 스티븐은 안젤라 크로스비를 생각하고 있었다. 그날 정원에서 안젤라가 내뱉은 말이 너무 괴로워 방 안을 서성거렸다. '나랑 결혼해 줄 수 있겠어, 스티븐?' 그 다음에 이어졌던 무자비한 말들에 상처받았다. '네가 이런 성향의 사람인 걸 난들 어떡할 수 있겠어?

그녀는 절망적인 생각이 들었다. '맙소사, 난 어떤 존재인가? 혐오감을 주는 유형인가?' 이런 생각이 들자 그녀는 엄청난 고뇌에 사로잡혔다. 안젤라를 너무나 사랑했기에 사랑은 신성한 것처럼 보였다. 그런데 그 사랑으로 인해 그처럼 치욕스러운 말들을 들어야 하다니 그녀는 견딜 수가 없었다. 그래서 이제 그녀는 밤마다 방 안을 서성이면서 이 맹목적인 문제에 가슴을 치며 난공불락의 텅 빈 벽에다 부질없이 영혼을 부딪쳤다. 나라는 존재는 왜 이런 건가? 나는 어떤 사람인가? 기분이 가라앉자 그녀의 마음은 위축되었다. 엄청난 어둠이 그녀의 영혼 위로 내려앉았다. 어둠을 비춰줄 빛은 어디에도 없었다.

그녀는 마틴을 떠올렸다. 그가 그녀를 사랑했던 방식으로 이제 그녀가 사랑하고 있음이 분명했다. 그런 사랑은 광기처럼 보였다. 그녀는 아버지가 생각났다. 언제나 위안을 주었던 아버지의 말이 떠올랐다. '바보같이 굴지 마라. 네겐 이상한 점이 전혀 없어.' 아, 고통스러운 착각이 있었던 게 분명하다. 아버지는 고통스러운 착각 속에서 돌아가셨다. 그녀는 다시 한 번 자신의 유별난 어린 시절을 생각해 보았다. 세세한 것까지 하나하나 더듬어보았다. 잠시 후 그녀의 생각은 또다시 슬퍼하고 있는 현재의 순간으로 곧장 빠져들었다. 사랑에 눈이 멀어 자신이 완전히 맹목적이 되었다는 점을 깨닫고 그녀는 충격을 받았다. 사랑의 광휘만 응시하느라 지금까지 사랑의 어두운 그늘을 보지 못했다. 그러다가 가장 깊고 쓰라리고 치명적인 모욕의 고통을 맛보게 된 것이다. 보호라고? 그녀는 자신이 사랑하는 사람을 전혀 보호해 줄 수 없었다. '나랑 결혼해 줄 수 있어, 스티븐?' 사랑하는 사람을 보호해 줄 수도, 사랑의 명예를 지켜줄 수도 없었다. 그녀의 두 손은 완전히 비었다. 자기 목숨마저 기꺼이 내어 줄 수 있었던 그녀이지만 사랑하는 데는 거지처럼 완전히 빈손이었다. 그처럼 품위를 높이고 싶었던 것들이건만 결과적으로 품위를 떨어뜨릴 수밖에 없었다. 그처럼 순수하고 완전무결하게 간직하고 싶었던 것을 결과적으로 불결하게 만들었다.

  밤은 점차 새벽을 향해 가고 있었다. 열린 창문으로 새벽이 밝아오고 있었다. 새벽과 더불어 견딜 수 없는 새들의 노랫소리도 함께 다가왔다. "스티븐, 우리를 봐, 우릴 봐. 우린 행복해!" 저 멀리서 가혹한 지저귐이 들렸다. 호숫가에서 백조의 거칠고 가혹한 울음소리가 들렸다. 피터라는 이름의 백조는 원치 않는 침입자와 맞서 자기 짝을 보호하려고 방어하고 있었다. 윌리엄스의 안락한 오막살이에 딸린 굴뚝 위로 연기가 피어올랐다. 그날 아침 처음으로 피어오른 검은 연기였다. 가정이란 것은 두 사람이 함께 존중할 만한 삶을 살고 있으므로 존경받는 것. 그런 것이 가정이었다. 젊어서는 사랑할 권리를 가지고 늙어서는 서로 헤어지지 않는 두 사람, 가난하지만 한없이 부러운 두 사람, 남들의 눈에 아무런 거리낄 것이 없고 단 하나의 오점도 없는 두 사람, 세상을 두려움 없이 직면할 수 있는 당당한 사람들, 세상의 비난을 두려워할 필요가 없는 사람들…….

밤새 한숨도 자지 못한 스티븐은 완전히 지쳐서 침대에 몸을 던졌다.

3

그 비참했던 몇 주 동안 스티븐과 발자국 하나하나까지 함께해 준 사람이 있었다. 언제나 충성스럽고 그녀를 염려해 주는 푸들이었다. 스티븐이 모든 것을 털어놓았더라면 지혜로운 충고를 해주었을 수도 있을 것이다. 하지만 스티븐은 안젤라 크로스비를 위해 자기 가슴속의 고통을 숨겼다.

재앙의 조짐이 점점 커지자 푸들은 이제 스티븐에게 거머리처럼 달라붙어 그런 고통으로 돌아갈 짬을 주려 하지 않았다. 스티븐은 그녀가 자신을 철저히 감시하는 것에 몹시 분개했다.

"날 좀 내버려 둘 수 없어요? 난 전혀 아프지 않아요." 그녀는 성질을 부리면서 그렇게 말하곤 했다.

스티븐의 영혼의 병과 그 원인을 짐작하고 있는 푸들은 그녀를 좀처럼 혼자 내버려 두지 않았다. 그녀는 스티븐의 눈에 드러난 어떤 표정을 보고는 놀랐다. 믿기 힘들 정도로 상처 입은 표정이었다. 자신이 왜 이처럼 쓰라린 고통과 상처를 받아야 하는지 그 이유를 이해하려고 무진 애를 쓰는 표정이었다. 푸들은 안젤라 크로스비에게 노골적으로 싫다는 표정을 지었던 자신의 어리석음을 두고두고 후회했다. 그로 인해 이제 스티븐은 그녀에게 결코 아무것도 털어놓지 않았다. 푸들이 어색하게 입에 올리지 않는 한 스티븐은 안젤라 이야기를 먼저 입에 올리는 법이 없었다. 안젤라 이야기가 나오면 화제를 돌려버렸다. 그 어느 때보다도 푸들은 솔직하게 말하지 못하게 하는 침묵의 공모를 혐오하고 경멸하게 되었다. 그런 침묵의 공모로 인해 스티븐은 소일거리나 찾는 허영심 많고 천박한 여성이자, 차라리 보이지 않는 게 나을 법한 관심을 보여 준 그 여자의 품속으로 뛰어들게 되었다. 아무런 보호도 받지 못한 채.

푸들은 거의 절망적일 때도 있었다. 어느 날 저녁 마침내 그녀는 큰 결단을 내렸다. 그녀는 스티븐에게로 가서 말했다.

"난 알고 있어. 그 모든 걸 다 알고 있어. 그러니 날 믿어봐, 스티븐." 그러면서 스티븐에게 충고와 함께 용기를 불어넣어 주려고 했다. "넌 유별나지 않아. 혐오스럽지도 않고. 미치지도 않았어. 어느 누구와도 다르지 않아. 너 역시 사람들이 흔히 자연이라고 부르는 것의 일부야. 다만 넌 아직까지 설명을 듣지 못했을 따름이야. 창조할 때 제자리를 갖지 못했을 뿐이지. 그러나 언젠가는 그런 날이 올 거다. 그동안 너무 위축되지는 마라. 평정한 마음으로 용기 있게 자신과 대면하렴. 용기를 내. 비록 무거운 짐을 졌더라도 그냥 최선을 다하면 돼. 무엇보다 훌륭하게 행동해. 너와 같은 짐을 진 자들을 위해서라도 네 명예를 고수해야 한다. 그들을 위해서라도 세상 사람들이 널 좋아한다는 것을 보여 줘야지. 나머지 세상 사람들처럼 그들 또한 헌신적이며 훌륭하다는 것을 보여 주렴. 네 인생을 통해 세상 사람들에게 그걸 보여 줘야 한다. 그것이야말로 평생 과업

이야, 스티븐."

하지만 애너 때문에 그런 결단은 사그라졌다. 애너는 침묵의 음모에 분명히 손을 맞잡고 있었다. 그녀는 두려움 없이 분명하게 말하는 것을 결코 용서하지 않았을 것이다. 그 사실을 알게 되면 푸들에게 짐을 꾸려 떠나라고 할 것이고 그렇게 되면 스티븐을 고립무원에 남겨 두게 될 터였다. 안 돼. 그녀는 지금으로서는 스티븐을 위해 감히 솔직하고 분명하게 그 말을 해줄 수가 없었다. 스티븐을 위해서 그 누구보다도 솔직하게 말해주어야 했음에도 말이다. 스티븐 스스로 자기 친구에게 비밀을 털어놓는 날이 오면, 그때가 되면 푸들은 이런 난처한 상황과 대면하게 되리라. "스티븐, 난 알아. 날 믿어보렴, 스티븐." 그 날이 그리 멀지 않은 것처럼 보였다.

예민하고 대단히 질서 정연한 성격이 고통과 처음으로 대면했을 때 견뎌야 할 마음의 고뇌를 이 작고 우중충한 여성보다 더 잘 아는 사람은 없었다. 언제나 터져 나올 날만 기다리고 있는 도착자의 끔찍한 신경과민을 이 여성보다 더 잘 아는 사람은 없었다. 과도하게 예민한 신경을 가진 사람이 보이는 반응은 그런 반응이 초래하는 긴장과 다를 바 없다. 푸들은 이런 상황을 익히 잘 알고 있었다. 그녀가 스티븐을 깊이 우려하는 것도 바로 그 때문이었다.

그러나 지금 그녀가 할 수 있는 것이라고는 점잖게 인내하면서 기다리는 일뿐이었다.

"이 코코아 마셔, 스티븐. 내가 직접 만든 거야." 미소를 머금으면서 그녀는 이렇게 덧붙였다. "설탕을 네 조각이나 넣었어!"

그러면 스티븐은 자신의 행동을 어김없이 뉘우쳤다.

"전 참 못됐어요, 푸들. 선생님은 언제나 이렇게 저한테 잘해 주시는데."

"쓸데없는 소리하고는! 네가 달콤한 코코아를 좋아한단 걸 내가 잘 알잖니. 그래서 설탕을 네 덩어리나 넣었지. 아주 긴 산책을 하는 건 어때? 우리 그럴까? 몇 주 동안 정말 긴 산책을 하고 싶었거든."

거짓말쟁이. 가장 다정하고 자기희생적인 거짓말쟁이! 푸들은 긴 산책을 싫어했다. 특히 축지법을 쓰는 것처럼 성큼성큼 걷는 스티븐과 함께 산책하는 것을 좋아할 리 없었다. 스티븐에게 시골 길을 산책한다는 것은 개울을 건너고 산울타리를 넘어 다니는 것이었다. 그랬다. 가장 다정하고 자기희생적인 거짓말쟁이였다! 푸들은 더 이상 젊지 않았다. 가끔씩 발이 말썽을 부렸고, 가끔씩 무릎 관절이 심하게 쑤시고 아팠다. 류머티즘이 아닐까라는 생각을 하고 있었다. 그런데도 그녀는 스티븐과 가까이 있어야만 했다. 그녀의 가슴을 졸아들게 만드는 두려움 때문이었다. 한동안 스티븐의 눈에서 떠나지 않았던 상처 입은 표정과 무언가를 묻고 있는 듯한 표정이 너무나 두려워서였다. 그래서 푸들은 걷기에 가장 좋은 신발을 꺼냈다. 방수가 되는 아주 무거운 신발이었다. 그녀는 자기가 맡은 학생 곁에서 용감하게 절뚝거리며 따라갔지만, 그녀의 학생은 번번이 그녀가 옆에 있다는 사실조차 잊어버리고 있었다.

이 모든 일을 경험하면서 푸들을 놀라게 한 것 중 하나는 아무것도 보지 못하는 애너의 맹목이었다. 애너는 스티븐에게 나타난 변화를 전혀 눈치 채지 못하는 것처럼 보였다. 스티븐을 전혀 걱정하지 않는 것 같았다. 언제나 그랬던 것처럼 두 사람은 서로에게 정중했으며 늘 그랬듯이 서로를 전혀 간섭하지 않았다. 친어머니가 아무것도 눈치 채지 못한다는 것이 푸들에게는 도무지 믿을 수 없는 일처럼 보였다. 애너는 점점 더 말이 없고 점점 더 방심한 상태가 되어갔다. 인생의 파도가 부드럽게 몰고 가는 안식처에서 그녀의 생각은 휴식하고 있었다. 애너의 그런 맹목에 푸들은 속을 끓였다. 그러나 분노는 어느새 연민으로 바뀌었다.

푸들은 생각했다. '하느님, 슬픔에 가득 찬 저 여인을 도와주소서. 부인은 아무것도 모르옵나이다. 하느님은 왜 부인에게 말해 주지 않으시나요? 그것은 너무 잔인한 일입니다!' 그러다가도 그녀는 마음을 고쳐먹었다. '하느님, 스티븐의 어머니가 아는 날이 언젠가 온다면 그때 스티븐을 도와주소서. 그날이 오면 스티븐에게 무슨 일이 일어날까요?'

다정하고 충성스러운 푸들. 그녀의 마음은 두 사람 사이에서 천 갈래 만 갈래 찢어졌다. 두 사람 모두 가여웠다. 이런 안쓰러움에 더해 그녀는 이제 스티븐이 파헤친 무덤의 기억으로 고통을 겪어야 했다. 스티븐의 고통은 오랫동안 고요히 단정하게 잘 묻어두었던 죽은 슬픔을 다시 소생시켰다. 그녀의 젊음이 되살아나서 꾸짖듯이 스티븐의 눈동자를 들여다보았다. 그녀가 지닌 최고의 덕목이 먼지와 잿더미에 불과한 것처럼 보였다. 그녀는 한숨을 쉬면서 젊음이 주는 무모한 절망과 쓰라린 달콤함을 기억해 냈다. 그래서 그녀는 스티븐의 얼굴을 다시 한 번 바라보았다.

그러던 어느 날 아침 스티븐이 느닷없이 선언했다.

"나갔다 올게요. 점심 식사 때 날 기다리지 말아요. 알았죠?"
그녀의 목소리가 너무 단호해서 아무것도 물을 수가 없었다.

푸들은 말없이 고개를 끄덕였다. 물어볼 필요가 없었다. 그

고독의 우물

녀는 스티븐이 어디에 가는지 너무도 잘 알고 있었기 때문이다.

4

영혼에 저당 잡혀 고개를 푹 숙인 채 스티븐은 또다시 그랜지로 말을 몰았다. 말을 타고 가는 그녀의 얼굴이 때때로 붉게 달아올랐다. 자신이 하고 있는 일에 대한 수치심 때문이었다. 종종 그녀의 눈에는 눈물이 고였다. 그녀의 갈망이 주는 고통으로 인한 눈물이었다.

그녀는 마부에게 말을 맡기고 오래된 허브 정원을 향해 걸어갔다. 그곳에서 그녀는 안젤라가 손에 책을 쥐고 그늘에 홀로 앉아 있는 모습을 보았다. 책을 쥐고 있었지만 읽고 있지는 않았다.

"저 다시 돌아왔어요." 스티븐은 망설임 없이 덧붙였다. "당신이 원하는 대로 할게요. 다시 오는 걸 허락한다면요." 그 말을 하면서 그녀는 눈을 내리깔았다.

"스티븐, 내가 널 원하고 있어. 그러니까 넌 돌아와야만 해." 하고 안젤라가 대답했다.

그러자 스티븐은 안젤라의 무릎에 얼굴을 파묻고 서럽게 울었다. 서로 헤어져 있던 몇 주 동안의 힘든 시간에도 이처럼 많은 눈물을 흘리지는 않았다. 그녀는 어린아이처럼 안젤라의 무릎에 얼굴을 파묻고 울었다.

안젤라는 스티븐이 실컷 울도록 한동안 내버려 두었다. 그런 다음 그녀는 눈물로 얼룩진 얼굴을 들어 올려 그 얼굴에 키스를 했다.

"오, 스티븐, 스티븐. 세상 사람들이 사는 모습에 익숙해져야 해. 세상은 끔찍한 사람들로 가득 찬 곳이지만 그런 세상이 전부인걸. 우린 그런 세상에서 살아야 한다구. 안 그래? 그래서 우린 세상 사람들이 사는 방식대로 해야 해, 나의 스티븐." 이 친구가 우는 모습을 보고 있으면 어쩐지 가슴이 짠하고 불쌍한 느낌이 들었다. 그래서 안젤라는 한순간 사랑과 흡사한 감정이 그녀의 가슴을 휘젓고 지나가는 걸 느꼈다. "더 이상 울지 마. 울지 마, 자기." 그녀가 속삭였다. "우린 함께 있잖아. 아무것도 문제 될 게 없어."

그리하여 그들의 관계는 또다시 시작되었다.

5

스티븐은 점심 때까지 그곳에 머물렀다. 랠프는 우스터에 있었기 때문이다. 그는 티타임이 되기 두 시간 전쯤에 돌아와서 두 사람이 그의 장미 정원에 함께 있는 것을 보았다. 두 사람은 허브 정원에 그들이 사라지자 햇빛을 피해 장미 정원으로 자리를 옮겼던 것이다.

"아, 자네로군!" 그는 스티븐에게 눈길을 주면서 알은체를 했다. 그의 목소리에는 실망하는 기색이 그대로 묻어났다. 그녀가 다시 출현한 것에 당혹해하는 모습이 역력해서 그녀 편에서 오히려 안쓰러울 지경이었다.

"네, 접니다." 그녀는 달리 뭐라고 할 말이 생각나지 않아 짤막하게 대답했다.

그는 불만에 찬 표정으로 전지가위를 가지러 갔다. 전지가위를 가져와서는 곧장 장미들을 자르고 손질하기 시작했다. 불만스러운 기분과는 상관없이 그는 솜씨 좋은 훌륭한 외과 의사였다. 언제나 잎눈 위를 요령 있게 잘랐다. 그는 장미를 좋아했다. 장미를 좋아한다는 사실을 알고서 스티븐은 그것을 이용하기로 했다. 감언이설로 그의 불만을 잠재워 우호적으로 만들 필요가 있었기 때문이다. 자존심이 상하는 일이기는 했지만 안젤라를 위해서는 어쩔 수 없었다. 사랑 때문에 안젤라가 고통받지 않도록 하려면 그 수밖에 없었다. '나랑 결혼해 줄 수 있어, 스티븐?' 그것은 생각할 수조차 없는 일이었다.

"랠프, 여기 좀 보세요." 그녀가 소리쳤다. "존 랭 부인[16]이 부러졌어요! 시간이 나는 대로 참피나무 껍질로 묶어주면 좋겠어요."

"저런, 어디가 부러졌다고?" 그러면서 그는 허겁지겁 그곳으로 달려왔다. "헛간으로 가서 그걸 좀 가져다주겠소?"

스티븐은 참피나무 껍질을 가져와서 그와 함께 존 부인을 동여매 주었다. 존 랭 부인은 분홍빛 뺨을 수줍게 빛내며 활짝 피어 있었다.

"자, 됐군." 그가 붕대 끝을 자르면서 말했다. "부인, 이게 부인의 다리를 잘 받쳐줄 겁니다!"

존 랭 부인 곁에는 잘생긴 칼 드루쉬키 부인이 자라고 있었다. 스티븐은 부인의 눈부신 순백색을 칭찬했다. 이런 칭찬에 그는 눈에 띄게 즐거워했다. 그는 아름다운 자녀들의 아버지처럼 굴었다. 언제나 다른 사람들이 예쁘다면서 제 아이를 칭찬해 주기를 기대하는 부모들처럼 말이다. 그 모습을 보면서 그녀는 '역시 자기 장미를 칭찬하는 것은 좋아하는군.' 하고 생각했다.

그는 칼 드루쉬키 부인에 관해 말하고 싶어 했다.

"정말 아름다운 부인이거든! 정말 멋있고 대단해. 당신 말대로 저 순백색에는……." 그가 말을 마무리하기도 전에 스티븐은 "저 순백색을 보면 왠지 안젤라와 닮았다는 생각이 드는데요." 하고 말했다. 그녀의 입에서 그 말이 떨어지자 그는 얼굴을 찡그렸다. 스티븐은 칼 드루쉬키 부인을 열심히 응시했다.

장미 정원의 가장자리를 돌아가면서 찡그렸던 그의 이마가 펴졌다.

"난 300기니 이상을 소비했어. 이 정원처럼 엉망인 곳을 본적이 없었거든. 내가 이곳을 구입했을 때 장미 정원은 엉망이었으니까. 여기 있는 장미들을 위해 호미질을 해서 신선한 흙으로 갈아주고 이 식물들은 전부 다 새로 심은 것이라오. 영국의 절반은 다 뒤지고 다녔을 거야. 요크와 랭커스터 울타리를 봤소? 오래된 것이라서 비용은 많이 들지 않았지만, 그래도 난 쟤들이 좋아요. 작지만 눈에 잘 띄고. 가문의 문장과 같은 대단한 것도 있고."

그녀도 동의했다. "그래요. 저 역시 저 장미들을 정말 좋아해요." 그녀는 장미전쟁으로까지 거슬러 올라간 그의 설명을 진지하게 듣고 있었다.

"내가 말한 건 역사적인 것이오." 그가 설명했다. "난 오래된 것은 뭐든 좋아하오. 단 여자만 빼고."

스티븐은 새로운 사실에 속으로 미소 지었다.

이내 그가 놀라는 투로 말했다. "당신이 장미를 좋아하는 줄은 몰랐소."

"아니, 그럴 리가. 모턴에도 장미가 많습니다. 내일이라도 오셔서 한번 구경하시지 않겠어요?"

"당신네 윌리엄스 알렌 리처드슨은 잘 자라고 있소?" 그가 물었다.

"그런 것 같더군요."

"우리 것은 그렇지가 못해요. 이해할 수가 없군. 물론 올해는 진딧물 피해가 있었지만. 이리로 와서 이 장미를 한번 봐주겠소? 윌리엄스들은 이 지긋지긋한 놈들에게 산 채로 먹히고 있어요." 그는 자기 말을 이해하는 친구에게 대하듯 그렇게 말했다. "나는 장미가 참으로 좋소이다. 그 나름의 덕목이 있거든. 장미들이 자라는 방식, 냄새, 느낌 들. 내 사무실 책상 위에는 언제나 장미를 꽂아두지요. 그러면 방 전체가 비할 데 없이 밝아지는 느낌이 든다오."

그는 호주머니에 꽂고 있던 황금 만년필을 꺼내 잉크로 라벨을 적어 넣었다.

"그렇소." 그가 얼굴을 굽혀 라벨을 내려다보면서 중얼거렸다. "그렇소. 난 항상 책상 위에 서너 송이의 장미를 올려놓소. 하지만 버밍엄은 장미를 키우기에는 영 마뜩잖은 곳이오."

그가 하는 말을 들으면서 스티븐은 모든 사람에게는 각자 나름의 특별한 것이 있다는 생각을 하게 되었다. 오점 없이 완전 무결한 어떤 것, 말하자면 자연과 접촉하려는 갈망에서 즐거움을 추구한다는 것을 알게 되었다. 마틴은 거대한 원시림을 사랑했다. 심지어 이 야비한 인간마저도 자기 장미는 사랑했다.

안젤라가 잔디밭을 가로질러 다가왔다.

"자, 두 분. 차가 홀에 준비되어 있답니다!"

스티븐은 움찔했다. "자, 두 분이라니……." 그 말이 그녀의 귀에 거슬렸다. 하지만 그녀는 안젤라가 얼마나 행복해하는지 알았다. 랠프의 귀에 들리지 않을 정도가 되자, 그녀는 스티븐의 귀에 대고 속삭였다.

"저이 장미를 칭찬하다니 잘 했어!"

차를 마시는 동안 랠프는 시무룩한 침묵에 빠져들었다. 그는 조금 전 스티븐에게 유쾌하게 대한 것을 후회하는 것처럼 보였다. 그는 차를 꽤 많이 마셨다. 안젤라는 초조해졌다. 랠프의 소화불량이 도질까 봐 겁이 났다. 소화불량이 도지면 랠프의 못된 성질이 폭발하기 일쑤였기 때문이다.

차를 다 마시고 난 뒤에도 그는 오랫동안 얼쩡거렸다. 참다 못한 안젤라가 말했다.

"오, 랠프, 저기 잔디깎이 기계 있잖아요. 프랫이 당신한테 전해 달라던대요. 그게 전혀 작동하지 않는다고요. 프랫 생각엔 반품하는 게 낫겠대요. 우체국에 가기 전에 몇 자 적어주시겠어요?"

"그렇게 하지." 그가 중얼거렸다. 그는 뭉그적거리면서 천천히 방을 빠져나갔다.

그러자 두 사람은 서로를 쳐다보았다. 죄의식을 느끼면서도 그들은 서로 가까이 다가갔다. 조그만 소리라도 들리면 안젤라는 "스티븐, 조심해. 제발, 랠프가······." 하며 주의를 주었다.

그래서 스티븐은 안젤라의 어깨를 감았던 손을 내려놓으면서 입술을 굳게 다물었다. 더 이상 항의하는 것은 통하지 않았다. 그녀에게는 항의할 권리가 없었다.

21장

1

그해 가을 크로스비 부부는 스코틀랜드로 갔다. 스티븐은 어머니와 함께 콘월로 갔다. 애너는 건강이 좋지 않았다. 그녀는 요양이 필요했다. 의사가 워터게이트 베이로 요양을 가는 것이 어떠냐고 권했다. 그들이 콘월로 간 것도 그런 연유에서였다. 안젤라와 함께 가지 못하는 한 스티븐은 어디로 가든 상관하지 않았다. 안젤라는 단호했다. "안 돼, 자기. 그럴 수는 없어. 그럼 남편이 미칠 거야. 네가 스코틀랜드로 따라오게 허락할 순 없어." 그렇게 하여 그 문제는 일단락이 났다.

스티븐은 애너가 평온하게 앉아서 책을 읽는 동안 자신의 괴로움을 우울하게 되새김질하고 있었다. 애너는 아무것도 묻지 않았다. 그녀는 딸을 걱정하는 적이 거의 없었으며, 딸에게 무언가를 물어보는 성가신 짓을 하는 법도 없었다. 심지어 딸의 편지에 대해서도 거의 관심을 보이지 않았다.

때때로 푸들이 모턴에서 편지를 보내곤 했다. 어쩌다 애너는 편지를 보면서 물었다.

"매사가 잘되고 있다니?"

그러면 스티븐은 대답했다. "예, 어머니. 푸들 말로는 모든 게 다 괜찮다는군요."

실제로 모턴은 모든 게 순조로웠다. 하지만 스코틀랜드의 소식은 대단히 느리게 전해져 왔다. 스티븐이 보낸 편지에는 대부분 답장이 없었다. 답장이라고 받은 것은 불만족스러웠다. 안젤라는 조심하면서 철저히 검열했다. 스티븐 스스로도 검열하는 사람의 마음을 편안하게 해주려고 조심할 수밖에 없었다.

그녀는 하루에 두 번씩 호텔의 배달부에게 들렀다. 혈색 좋은 그는 연인들에게 호의적이었다.

"저한테 온 편지 없어요?" 편지 생각만 해도 지긋지긋하다는 표정을 지으면서 그녀가 물었다.

"없군요, 아가씨."

"7시에 다시 우편물이 오죠?"

"예, 아가씨."

"알겠어요. 감사합니다."

그녀는 배달부가 마음대로 생각하도록 내버려 두고서는 이리저리 헤매고 다녔다.

"저 아가씨는 남자들이 흔히 좋아할 만한 여자 같진 않군. 하지만 누가 알겠어. 어쨌든 초조한가 본데, 저 가엾은 젊은 아가씨에게 매사가 잘되었으면 좋겠어." 그는 점점 더 스티븐에게 관심을 갖게 되었다. 그래서 때로는 자기 아내에게 말하기도 했다. "여보, 저 아가씨 알아보겠어? 좀 기이하게 생긴 처녀 말이야. 키가 아주 크고 셔츠에 넥타이까지 한 저 아가씨. 남자 같은 아가씨 말이오. 방금 이브닝 셔츠로 갈아입은 것 같은데?

고독의 우물 279

검은색 셔츠로 갈아입었어. 이브닝드레스는 전혀 입지 않더군. 저 처녀의 어머니는 여전히 아름답더군. 그런데 저 처녀는……. 글쎄, 모르겠네. 뭔가 이상한 데가 있어. 어쨌든 놀라워. 젊은 남자 애인이 있다는 게. 우편물을 지켜보는 걸로 봐서는 분명 그런 것 같은데. 가끔 저 아가씨가 안쓰럽단 생각이 들어."

하지만 배달부의 사무실에 들르는 그녀의 노력이 언제나 결실이 없는 것은 아니었다.

"저에게 온 편지 있나요?"

"예, 아가씨. 하나 있어요."

그는 아버지와 같은 표정으로 그녀를 쳐다보았다. 그녀의 애인이 편지를 보냈다는 사실에 흡족해하는 표정이었다. 스티븐은 배달부의 얼굴에서 그의 생각을 읽고서는 민망하기도 하고 화가 나기도 했다. 편지를 낚아채고 잽싸게 해변으로 향했다. 바닷가의 바윗돌들이 그녀에게 자비로운 피신처를 제공해 주었다. 그곳에서는 어쩌다 쳐다보는 갈매기를 제외하면 그녀를 아버지 같은 표정으로 쳐다보는 사람은 아무도 없었다.

편지를 읽어 내려가다 보면 그녀의 가슴은 공허해졌다. 날카로운 육체적인 고통 같은 것이 그녀의 온몸을 훑고 지나갔다.

"사랑하는 스티븐. 먼젓번에 편지 보내지 못해서 미안. 랠프와 난 정말로 무지 바빴거든. 여기서 멋진 사교 파티가 열렸어. 남편이 이런 곳으로 데리고 와줘서 기뻤어……."

요즘 들어 안젤라가 보내는 편지의 내용은 주로 이런 식이었다. 자기 검열을 통해 그런 식으로만 편지를 썼다.

하지만 어느 날 아침 유난히 긴 편지가 당도했다. 요즘 안젤라가 어떻게 보내고 있는지 세세하게 적은 편지였다.

"그런데 안트림 가의 로저를 만났어. 랠프가 잘 아는 피콕 집안 사람들과 함께 머물고 있었어. 피콕 부부는 멋진 성을 소유하고 있어. 그들에 관한 이야기를 하지 않을 수가 없네."

그 성이 얼마나 멋진지 상세한 묘사가 뒤따랐다. 피콕 가문 조상들의 계보까지 덧붙였다.

"로저가 당신 얘길 많이 했어. 로저 말로는 어린 시절 자기를 많이 괴롭혔다고 하던대. 그러다 어느 날 자기가 그에게 싸우자고 했다며? 그 말을 듣고 얼마나 웃었는지 몰라. 정말 자기다운 행동이잖아, 스티븐! 그는 잘생겼어. 음, 멋진 사내이기도 하고. 그의 연대가 우스터에 주둔하고 있다고 말해 줬어. 그가 좋다면 그랜지로 초대하고 싶다고 했어. 우스터에서 생활하는 게 꽤나 따분할 것 같아서······."

스티븐은 편지를 다 읽고서는 한동안 바다를 응시했다. 그러더니 갑자기 벌떡 일어섰다. 편지를 호주머니에 집어넣고 재킷의 단추를 채웠다. 한기를 느꼈다. 그녀에게 필요한 것은 산책이었다. 정말로 긴 산책이 필요했다. 그녀는 서둘러 뉴퀘이 방향으로 향했다.

2

콘월에서 길고도 초조한 몇 주를 보내는 동안 그녀는 자신과 어머니 사이를 얼마나 깊은 심연이 가로막고 있었는지, 서로가 얼마나 완전히 분리된 채 따로 살아야 했었는지 그 어느 때보다 절실하게 깨닫게 되었다. 그러나 나이가 들었는데도 여전히 고운 자태를 지니고 있는 어머니를 보면서 그녀는 그 미모에 깊은 인상을 받았다. 무수한 세월의 자취를 달래는 미모였다. 모든 세월과 슬픔을 딛고 일어서 승리한 것처럼 보이는 미모였다. 어린 시절에 그랬던 것처럼 어머니의 미모는 경이로움으로 그녀의 마음을 가득 채웠다. 어머니의 미모는 너무나 평온하고 너무나 확실하고 너무나 완벽했다. 먼 산처럼 푸르고 깊은 어머니의 눈은 그 푸른빛으로 인해 아득하게 느껴졌다. 마치 까마득히 먼 곳을 응시하는 것처럼 보였다. 스티븐의 심장이 갑자기 팽팽해졌다. 엄청난 상실감이 그녀를 엄습했다. 그녀가 무엇을 상실했는지, 왜 그것을 잃어버렸는지 정확한 이유도 알 수 없는 그런 상실감이 그녀를 휘감았다. 사막에서 목마른 나그네가 오아시스의 신기루를 보는 것 같은 시선으로 그녀는 어머니를 응시했다.

그러던 어느 날 저녁, 스티븐은 터무니없는 충동에 사로잡혔다. 가장 완벽하고 가장 우아한 몸 안에서 그녀의 초조한 몸이 수태되어 움직이는 것을 느꼈을 그 여성에게 모든 걸 털어놓고 싶었다. 그녀는 모성에 호소하면서 이해해 달라고 간청하고 싶었다. "어머니, 전 당신이 필요해요. 전 길을 잃었어요. 어둠 속을 헤쳐 나올 수 있도록 어머니의 손을 내밀어 주세요."라고 애원하고 싶었다. 맙소사, 그것은 얼마나 어리석은 짓인가. 미친 짓이었다. 그런 고백은 가장 비열한 배신이었다! 그것은 안젤라를 배신하는 것이며 생각조차 할 수 없는 어리석고 미친 짓이었다.

종종 애너와 스티븐은 안개 자욱한 콘월의 해안선을 함께 쳐다보면서 바다의 단조롭고 무거운 고동 소리, 갈매기가 서로 제짝을 부르는 소리를 들으며 앉아 있었다. 두 사람이 함께 앉아 있을 때에도 스티븐의 마음속은 안젤라 크로스비 생각으로 가득 찬 것처럼 보였다. 모든 쓰라림과 달콤함으로 그녀의 가슴이 먹먹해져 있을 때, 바로 그녀 곁에서 어머니의 심장이 뛰고 있다는 것이 그녀의 마음을 더욱 휘저어 놓았다. 어머니의 가슴 아래에서 한 번이라도 피난처를 구할 수는 없을까? 그녀의 욕구가 점점 도를 지나치게 커지더니 이제 그녀는 애너의 차가운 손을 자신의 손으로 잠시나마 잡고서 그로부터 위안을 얻으려 했다.

하지만 차고 순수한 그 손의 촉감은 그녀를 우울하게 만들 것이고 영혼의 통증을 불러올 것이었다. 소박하고 훌륭한 많은 사람들이 가졌던, 소박하고 올바르고 훌륭한 것들에 대한 갈망으로 인한 고통임이 분명했다. 어떤 사람들에게는 정말 대수롭지 않은 모든 것들이 그녀에게는 완벽하고 이상적인 성취처럼 보였다. 팔짱을 끼고 산책을 하는 한 쌍의 연인들, 그야말로 검소하게 약혼한 한 쌍, 잘생긴 것도 영리한 것도 아니고, 부유함으로 인해 무거운 부담을 짊어진 것도 아닌 그냥 수수하게 약혼한 한 쌍이 그녀의 시샘 어린 눈에는 모든 이해를 뛰어넘어 영광과 자부심으로 가득 차 있는 것처럼 보였다. 안젤라와 그녀가 저들처럼 운이 좋은 연인이었다면, 그들은 애너 앞에 행복하고 뿌듯한 마음으로 서 있었을 것이다. 그러면 한때 자신이 사랑에 빠졌던 그 시절을 떠올리면서, 어머니로서 애너는 미소를 머금고 온화하고 관대하게 말했을 것이다. 그들이 어디를 가든지 간에 나이 든 사람들은 두 사람을 보고 자신들의 과거를 기억하며 미소를 머금고 다정하게 말해 주었을 것이다. 온 세상이 당신의 기쁨에 동참한다는 것을 아는 것은 이 지상에 천국을 실현하는 것과 마찬가지이다.

어느 날 저녁 애너는 딸을 보며 이렇게 말했다.

"피곤하니? 파김치가 된 듯하구나."

예기치 않은 질문이었다. 스티븐은 파김치가 된다는 것이 어떤 의미인지 잘 알지 못했다. 그녀는 소문난 체력과 타고난 건강의 소유자였다. 그렇다면 그녀의 어머니가 드디어 그녀 영혼의 피로를 짐작할 수 있게 되었다는 말인가? 갑자기 스티븐은 부끄러움을 모르는 아이처럼, 위안을 구하는 아이처럼 굴었다.

"그래요, 너무 피곤해요." 그녀의 목소리가 약간 떨렸다. "정말 녹초가 되었어요. 완전히 탈진 상태예요." 그녀는 같은 말을 되풀이했다. 동정을 구하는 나약한 목소리를 들으면서 그녀 스스로 놀랐다. 그러면서도 그 목소리에서 어쩔 수 없는 유혹을 느꼈다. 그 순간 애너가 손을 내밀어 주었다면 아마도 얼마 지나지 않아 그녀는 안젤라 크로스비에 관한 모든 것을 알게 되었으리라.

손을 내미는 대신 애너는 하품을 했다.

"공기 탓인가 보구나. 너무 후텁지근하구나. 모턴으로 돌아가면 정말 좋겠다. 몇 시니? 거의 잠들 뻔했다. 잘 시간이 된 것 같은데. 안 잘래, 스티븐?"

냉수를 끼얹는 것 같았다. 하지만 그녀의 자존심을 위해서는 차라리 잘된 일이었다. 그녀는 심기일전해서 몸을 추스렸다.

"그래요. 자러 가요. 10시가 넘었어요. 이런 텁텁한 공기는 싫어요." 그녀는 동정심을 구하려 했던 자신의 모습을 떠올리며 얼굴을 붉혔다.

3

스티븐은 아무런 미련 없이 콘월을 떠났다. 콘월의 모든 것이 그녀를 우울하게 만드는 것처럼 보였다. 다른 때 같으면 활기찬 성격의 그녀가 다소 가혹하다 싶을 정도인 콘월의 아름다움에 상당히 매료되었을 수도 있었겠지만, 안젤라 크로스비와 떨어져서 따로 보내는 영원히 끝날 것 같지 않은 몇 주 동안에는 그런 경치가 오히려 우울을 가중시킬 따름이었다. 초조함과 조바심이 점점 더 심해지면서 그녀는 의심과 모호한 두려움에 끊임없이 짓눌렸다. 이처럼 위험하면서도 냉혹한 사랑을 얼마나 계속할 것인지, 안젤라의 의지가 불분명했다. 기만하는 자신의 몸이 그녀를 너무나 고통스럽게 만들었다. 해변을 짓뭉갤 듯 걸어 다니면서 자신에게 있는 젊음의 힘을 저주하고 그 젊음을 짓뭉개려 했지만 오히려 내면의 활력만 끓어넘치도록 만들 뿐이었다.

마침내 그녀의 시련에 끝이 보이기 시작했다. 이제 그녀는 덜 의기소침해졌다. 한 주만 지나면 안젤라가 스코틀랜드에서 돌아올 것이었다. 적어도 눈의 허기만큼은 달랠 수 있게 되었다. 사랑하는 사람을 보지 못하는 것은 끔찍한 일이었다. 그런데다 안젤라의 생일이 다가오고 있었다. 선물할 좋은 핑곗거리가 생겼다. 그녀는 선물하는 것을 엄격하게 금했다. 심지어 가장 소박한 기념품조차 랠프를 의식하여 하지 않았다. 그렇지만 생일이라면 문제는 달랐다. 스티븐은 어떤 위험이라도 감수하기로 단단히 작정했다. 무릇 연인들의 공통점이라면 선물을 주고받고 싶은 마음이겠지만, 그렇다 치더라도 스티븐은 도를 지나친 듯싶었다. 그녀는 안젤라에게 클레오파트라의 왕관이라도 머리에 얹어주고 싶었다. 그녀는 수표책을 들여다보다가 은행 잔고를 보고 울화가 치밀었다. 사랑하는 사람에게 선물 하나도 마음대로 할 수 없다면 그 많은 돈이 무슨 소용이란 말인가. 그래 좋아. 이번에는 마음껏, 엄청난 돈을 쓰기로 작정했다. 선물하는 데 금액에 구애받지 않으리라!

무가치하고 고작해야 피곤하기만 한 것이 돈이라는 물건이다. 그래도 돈은 연인의 가슴을 적어도 편하게 해줄 수는 있었다. 지갑을 가볍게 하면 마음도 가벼워지는 법이다. 돈으로 환심을 사는 것이 절대 미덕이라고 볼 수는 없다 하더라도 말이다. 그런 식의 선물이야말로 인류가 즐겨 사용했던 가장 음험한 자기 탐닉의 한 형태이지 않던가.

4

스티븐은 무심코 지나치는 말처럼 애너에게 부탁했다.
"모턴으로 돌아가기 전에 런던에서 한 삼사 일 묵었다 가는 건 어때요? 어머니 쇼핑할 것도 있을 테고."

애너는 집 안의 리넨을 새로 갈아야겠다는 생각에 그러자고 했다. 스티븐은 본드 가의 보석상을 염두에 두고 한 말이었다.

런던에 도착한 그들은 조용하고 값비싼 호텔에 묵었다. 그런데 스티븐에게는 안젤라의 생일 선물을 마련하는 문제가 이제막 시작된 것처럼 보였다. 자신이 무엇을 선물하고 싶은지도 중요하지만 안젤라가 무엇을 원하는지가 훨씬 더 중요한 문제인데 스티븐은 그녀가 무엇을 좋아하는지 전혀 아는 바가 없었다. 어머니를 어떻게 떼어놓아야 할지도 고민이었다. 어머니는 혼자 나가는 것을 싫어하는 듯했다. 런던에 머무는 나흘 중 사흘 동안 스티븐은 초조해서 안달이 났다. 어머니가 그처럼 의존적인 줄은 미처 몰랐다. 근래 들어 모턴에서 그들은 상당히 독자적으로 생활해 왔다. 그런데 런던에서는 어딜 가든 언제나 함께였다. 본드 가에 혼자 가겠다는 핑곗거리를 찾기가 만만치 않았다. 마지막 날이자 나흘째 되는 날 애너는 극심한 두통에 시달렸다. 드디어 기회가 온 것이다.

"제가 정말로 필요하지 않다면 바람 좀 쐬고 올게요. 활력을 좀 느껴보고 싶거든요."

"그러렴. 네가 방 안에 머물러 있는 건 나도 원치 않아." 애너가 신음 소리를 냈다. 그녀는 편히 쉴 수 있도록 아스피린을 원했다.

길거리로 나오는 순간 스티븐은 지나가는 첫 번째 택시를 불러 세웠다. 그녀는 터무니없이 기분이 들떠 있었다.

"본드 가의 피커딜리로 가주세요." 그녀는 택시에 올라타 택시 문을 꽝 하고 닫으면서 주문했다. 그녀는 택시 창문으로 고개를 내밀며 부탁했다. "본드 가 입구에 도착하면 내려 주세요. 그 길을 택시로 지나가고 싶진 않으니까요. 걸어갈 겁니다. 그러니까 피커딜리 길모퉁이에서 세워주세요."

그런데 막상 피커딜리 길모퉁이의 왼쪽 편에 서자, 어디가 어딘지 알 수가 없었다. 자신이 찾아가야 할 본드 가가 어느 쪽인지 몰라 막막하기만 했다. 오른쪽으로 가야 하는지 아니면 계속 왼쪽으로 따라가야 하는지. 그녀는 길을 건너 천천히 아래쪽으로 따라 내려갔다. 모든 보석 가게 앞에 멈춰 서서 창문 너머로 진열된 물건을 바라보았다. 이제 그녀는 또 다른 문제로 걱정에 사로잡혔다. 어떤 보석이 좋을까. 보석의 종류는 너무도 많았다. 에메랄드 혹은 루비 아니면 그냥 평범한 다이아 몬드? 분명 루비나 에메랄드는 아니었다. 안젤라의 피부색과 어울리는 것은 순백색이었다. 순백색이라! 그랬다. 진주였다. 결함 없는 완전무결한 진주 반지로 결정했다. 언젠가 안젤라가 그런 반지에 대해 부러운 듯 말한 적이 있었다. 그런데 그런 반지는 주로 파리 제품이었다.

사람들은 남자처럼 보이는 여자가 여성적인 장식품에 그처럼 골몰해 있는 것을 보고 이상하다는 듯 힐끔거렸다. 그중 한 남자는 손가락으로 자기 동료의 옆구리를 찌르면서 키득거렸다.

"저것 좀 봐! 대체 저 인간은 뭐야?"

"맙소사! 그러게 말이야?"

그녀는 지나가는 사람들이 수군거리는 소리를 들었다. 가게 안으로 들어가면서 한없이 우쭐해졌던 기분은 다소 바람이 빠졌다. 그녀는 뜬금없이 큰 목소리로 말했다.

"진주 반지가 필요한데요."

"진주 반지라고요? 어떤 종류를 원하십니까, 부인?"

그녀는 망설였다. 자신이 원하는 것이 무엇인지 설명할 수가 없었다.

"글쎄, 잘 모르겠는데요. 큰 것이어야 해요."

"본인이 하실 건가요?" 그녀는 보석상 점원이 약간 웃음을 머금고 있다는 생각이 들었다.

물론 가게 점원은 그런 적이 없었다. 하지만 그녀는 말을 더 듬거렸다.

"아뇨, 아니요. 내가 끼려는 것은 아니고. 친구 것인데요. 친구가 나에게 알이 큰 진주 반지를 골라 오라고 했거든요." 스스로 생각해도 그 말이 얼마나 웃기게 들리는지 얼굴이 다 화끈거렸다.

그녀의 요구를 만족시켜 줄 만한 것은 그 가게에 없었다. 다시 한 번 그녀는 본드 가의 웃음거리가 되어야 했다. 이제 그녀는 걸음을 재촉하여 성큼성큼 걸었다. 보폭을 조절하려다가 그녀는 굼뜬 자기 발걸음을 의식했다. 쳐다보는 사람들의 시선을 의식할 때나 혹은 사람들이 쳐다보고 있다고 상상할 때마다 항상 그 모양이었다. 그녀가 완전무결하고 알이 큰 진주를 찾을 때, 가게의 보조 점원이 의심스러운 눈길로 쳐다본다는 것을 감지하고부터 그녀는 거울에 비친 자기 모습을 자꾸 보게 되었다. 그들이 이상하게 바라보는 것도 무리는 아니었다. 그녀의 외모는 진주하고는 거리가 멀었으며 돈 많은 사람처럼 보이지도 않았다. 그녀는 자기 호주머니에 슬그머니 손을 밀어 넣고는 수표책에 위안을 구하며 용기를 냈다.

이스트사이드의 통행로를 다 뒤지고 난 뒤, 그녀는 길을 건너 처음 들렀던 원래의 길모퉁이로 재빨리 되돌아왔다. 그녀는 우울해졌고 불만스러웠다. 본드 가에서 그녀가 원하는 것을 찾지 못한다고? 도대체 어디로 가면 원하는 것을 찾을 수 있을지 막막했다. 그녀는 런던에 대해 아는 게 별로 없었다. 그런데 신의 가호임이 분명했다. 조금 더 걸어 내려가다 보니 작고 소박해 보이는 가게가 눈에 들어왔다. 실제로는 전혀 소박한 가게가 아니었다. 창살이 장식 없는 창문의 절반 가까이까지 솟아 있었다. 그녀는 그 안을 들여다보았다. 흰 벨벳 쿠션 위에 둥글고 빛나는 구슬처럼 반짝이는 날씬한 원형의 백금 고리에 부착된 진주가 놓여 있었다. 그것은 천상의 보석처럼 보였다. 안젤라가 끊임없이 부러워하던, 파리에서 보았다던 바로 그런 진주 반지였다.

카운터 뒤에 서 있는 사람은 위엄이 있었다. 그는 나이가 많았고 거북 껍질 테두리를 한 안경을 쓰고 있었다.

"그래요, 부인. 이건 대단히 훌륭한 견본입니다. 세팅은 프랑스산이고 가는 백금 고리로 되어 있습니다. 그래서 진주의 아름다움 이외에는 눈길이 빼앗기지 않도록 해둔 것이지요."

그는 반지를 조심스럽게 쿠션에서 벗겨 냈다. 그러더니 부드럽게 스티븐의 손 위에 내려놓았다. 진주 반지는 그녀의 손과 대비되어 흰빛을 더욱 눈부시게 발했다. 그녀의 피부는 진주와 대비되어 세파에 시달리고 태양에 그을린 것처럼 보였다.

품위 있는 노신사는 여자를 기이하다는 듯이 쳐다보다가 머뭇거리며 가격을 말했다. 하지만 그녀는 전혀 동요하지 않았다. 그러자 그가 말했다.

"손에 한번 끼어보시겠습니까?"

이 말에 그의 고객은 얼굴을 붉혔다. "내 손가락에는 어림없어요. 맞지 않을 겁니다."

"원하시는 대로 크기를 늘려 드릴 수 있습니다."

"감사합니다만, 이건 제가 할 것이 아닙니다. 친구를 위한 거예요."

"친구 분의 손가락 굵기가 얼마나 되는지 아십니까? 말하자면 장갑을 끼었을 때라든지. 당신 생각에 친구 분의 손은 큰가요, 작은가요?"

스티븐의 대답이 즉각적으로 튀어나왔다. "손이 아주 작아요." 그러다가 곧 자신의 처지를 의식하게 되었다.

이제 그 노신사는 노골적으로 그녀를 빤히 쳐다보았다.

"저 실례합니다만, 너무 닮아서……." 그가 중얼거렸다. 그러다가 좀 더 대담하게 물었다. "혹시 모턴 홀의 필립 고든 경과 친척이라도 되십니까? 그분은 돌아가셨지만. 약 이 년 전쯤에 돌아가셨지요. 아마 사고였다지요? 나무가 무너지면서……."

"아, 그래요. 제가 그분의 딸입니다." 스티븐이 대답했다.

그는 고개를 끄덕이면서 미소 지었다.

"그렇군요. 그래, 그분의 딸이라고밖에 볼 수 없을 정도로 빼닮았군요."

"제 아버지를 아세요?" 그녀가 놀라서 물었다.

"물론 알다마다요, 고든 양. 아가씨의 아버지가 젊었을 때부터요. 그 시절 필립 경은 저의 고객이었거든요. 그분이 옥스퍼드에 다닐 때 진주 셔츠 단추를 팔았지요. 스카프 핀을 적어도 네 개는 족히 팔았을 겁니다. 멋쟁이였던 필립 경이 옥스퍼드에 다닐 때였지요. 아가씨에게 흥미진진한 얘기를 하자면 아가씨 어머니의 약혼반지를 여기서 구입했지요. 대단히 멋진 다이아몬드 반지였어요……."

"당신이 그 반지를 제작했다고요?"

"그럼요. 제가 했지요, 고든 양. 애너 부인의 세밀화를 보여 주면서 그분이 했던 말까지 잘 기억하고 있습니다. 이렇게 말했던 것으로 기억합니다. '그녀는 너무 순수해서 오직 가장 순수한 보석만이 그녀의 손에 어울립니다.' 이튼에 다닐 적부터 저를 알았거든요. 그래서 저에게 그런 말을 해주었던 겁니다. 전 정말 몹시 영광스러웠지요. 그래요, 아가씨 아버지는 젊었고 정말 사랑에 빠져 있었거든요……."

"이 진주도 그 다이아몬드처럼 순수한가요?" 그녀의 눈이 빛났다.

"완전무결하답니다." 노신사가 대답했다.

그러자 그녀는 수표책을 꺼냈다. 그는 자기 만년필을 건네주었다. 그 만년필로 엄청난 액수를 수표에 적어 넣었다.

"신용 보증서가 필요한 건 아닌가요?" 그 금액을 보면서 그만큼 자신을 신용해 줄 수 있을지 몰라서 그녀가 물었다.

그가 웃으며 말했다. "이런 말이 허용된다면, 당신 얼굴이 신용 보증서인 걸요, 고든 양."

그 신사가 그녀의 아버지를 잘 알았으므로 두 사람은 악수를 했다. 그녀는 호주머니에 반지를 넣고 가게를 떠났다. 거리를 따라 걸어가면서 그녀는 생각에 잠겼다. 사람들이 흘깃거리며 쳐다보아도 그녀는 생각에 골몰해서 더 이상 그들의 시선을 의식하지 않았다. 젊은 연인이었던 오래전 그 시절 아버지가 했다던 말이 귓가에 맴돌 뿐이었다.

'그녀는 너무 순수해서 오직 가장 순수한 보석만이 그녀의 손에 어울립니다.'

22장

1

 모턴으로 돌아왔을 때 푸들은 언제나처럼 연민과 조롱이 뒤섞인 예의 그 따스한 미소를 머금은 채 현관에서 기다리고 있었다. 다양한 의미가 혼재되어 있는 그 기이한 미소는 그녀의 얼굴을 매력적으로 보이게 했다. 충실하고 잿빛인 이 작은 여성의 모습을 보자, 스티븐은 자신이 집으로 돌아왔구나 하는 느낌이 들었다. 스티븐은 자신이 그녀를 보고 싶어 했다는 것을 깨달았다. 자신이 도무지 균형이라고는 없는 이 인물을 그리워했다는 것을. 몇 주간 자리를 비웠다가 돌아와 보니, 그사이 푸들은 더욱 작아진 것처럼 보였다. 스티븐은 그녀와 포옹을 하면서 피식 웃음이 났다. 갑자기 그녀는 푸들을 마치 어린아이인 것처럼 그 자리에서 가볍게 번쩍 들어 올렸다.
 통나무가 타고 있는 벽난로 때문인지 모턴에는 좋은 냄새가 풍겼다. 모턴은 집이 갖춰야 할 온갖 덕목을 가지고 있는 것처럼 보였다. 스티븐은 만족스러운 한숨을 토해 냈다.

"휴! 집으로 돌아오니 정말 좋군요, 푸들. 마지막 윤회 때 난 고양이였나 봐요. 낯선 곳을 끔찍이 싫어하는 걸 보면 말이에요. 콘월은 정말 싫었거든요."

푸들은 암울하게 미소를 지었다. 그녀는 스티븐이 왜 그토록 콘월을 싫어했는지 잘 알고 있었다.

차를 마시고 난 뒤 스티븐은 집 안을 기웃거리면서 애정 어린 손길로 이것저것을 만졌다. 그러다가 이내 그녀는 마구간으로 향했다. 콜린스에게 줄 설탕과 래프터리에게 줄 당근을 가지고 나갔다. 널찍하고 건초 냄새가 향기로운 제 보금자리에서 래프터리가 스티븐을 기다리고 있었다. 녀석은 기이하고 낮은 소리를 냈다. 녀석의 부드러운 아일랜드 눈길이 말했다.

'집으로 돌아왔군요. 집으로, 집으로. 난 기다리는 데 지쳤다고요. 당신이 집으로 돌아오길 고대하고 고대했답니다.'

그러자 스티븐이 대답했다. "그래, 나도 너에게로 돌아오고 싶었어, 래프터리."

그녀는 튼튼한 팔을 들어 래프터리의 목을 껴안았다. 그들은 서로 긴 이야기를 나눴다. 아일랜드어도, 영어도 아니었다. 그들의 언어는 몇 마디 말과 사소한 많은 소리와 움직임으로 이루어졌다. 하지만 그것들은 언어보다 훨씬 더 많은 의미를 지녔다.

'당신이 가고 난 뒤 난 멋진 걸 깨닫게 되었어요.' 녀석이 그녀에게 말했다. '당신이 나에게 신이란 걸 알게 되었지요. 때때로 우리 같은 미물들에게 신은 오로지 인간의 모습을 통해 나타나는 것 같아요.'

"래프터리." 그녀가 중얼거렸다. "오, 래프터리, 내 사랑. 네가 모턴에 처음 왔을 때 난 정말 꼬마였는데. 우리가 처음으로 여우 사냥을 나갔을 때를 기억하니? 커다란 북쪽 방목장에 있는 거대한 나무 울타리를 처음으로 뛰어넘던 그 순간을 기억하니? 정말 대단한 도약이었어! 길이길이 남을 만한 것이었지. 넌 정말 멋있었고 정말 침착했어. 지금의 너를 만들어주신 신께 감사해야지. 난 정말 어린애였어. 우리는 항상 어리석었어, 래프터리."

그녀는 녀석에게 당근을 주었다. 녀석은 신에게서 그것을 기쁜 마음으로 받고서는 우적우적 씹었다. 녀석이 당근을 씹는 모습을 지켜보면서 그녀 또한 흡족했다. 당근이 즙이 많고 달콤했으면 하고 바랐다. 녀석의 순수한 즐거움이 가득 차고 넘쳤으면 했다. 신처럼 그녀는 녀석의 욕구를 채워주고 저녁이면 녀석의 여물통에 여물을 섞어주었다. 시원하고 깨끗하고 건강에 좋은 물로 채운 물통을 녀석이 들이켤 수 있도록 녀석의 입에 가까이 대주었다. 마구종이 신선한 짚단을 가져와서 녀석의 칸막이를 열고 잠자리를 손보았다. 그러고는 낮 동안 입었던 푸른빛 붉은 천을 벗기고 녀석에게 따스한 잠자리 담요를 벨트로 채워주었다. 저 너머 창가에 있는 마구간 칸막이에서는 필립 경의 젊은 적토마가 저녁을 달라고 시끄럽게 발길질을 하고 있었다.

"성질 하고는! 일어나! 여물통 그만 차지 못해!" 마구종은 호통을 치며 서둘러 적토마의 시중을 들었다.

콜린스는 이제 설탕 두 덩어리에 침을 잔뜩 바르면서 치명적인 열정에 탐닉하느라 바빴다. 녀석의 옆구리가 거의 터질 것처럼 부풀어 올랐다. 콜린스의 옆구리가 그처럼 부풀어 오른 것은 아금니도 없는 데다 속으로 들어간 짚이 소화불량을 일으켜 나타난 현상이었다. 녀석은 아무것도 볼 수 없는 희고 푸른 눈으로 스티븐을 응시했다. 스티븐이 쓰다듬자, 녀석은 툴툴거렸다. '날 내버려 둬!'라는 의미의 버르장머리 없는 소리였다. 녀석을 가볍게 나무란 뒤 그녀는 녀석이 악취미와 소화불량에 탐닉하도록 내버려 두었다.

그녀는 자신이 결코 가볍게 대할 수 없는 사람을 찾아보려고 천천히 걸어갔다. 한때 영광스러웠던 마구간은 이제 텅 비어 있었다. 커튼을 치지 않은 창문으로 불빛이 쏟아져 나와 그녀를 맞이했다. 그녀는 불빛 속으로 걸어 들어갔다. 가느다란 황금빛 불빛이 윌리엄스가 사는 편안한 오두막의 현관 위를 비추고 있었다. 그녀는 윌리엄스 영감이 무릎에 성경을 펼쳐 놓고 안경을 걸친 채 잔글씨를 들여다보려고 허리를 굽히고 있는 모습을 보았다. 그는 혼자서 성경을 큰 소리로 읽고 있었다. 우울한 일이었다. 지금 그의 모습이 그랬다. 집 안으로 들어서면서 스티븐은 계시록을 웅얼거리고 있는 소리를 들었다.

"말들의 머리는 사자의 머리 같았고, 그들은 입으로 불과 연기와 지옥의 불길을 토해 내었도다."

그는 위를 올려다보다가 황급히 안경을 벗었다.

"이런, 스티븐 아가씨!"

"그냥 앉아 있어요. 윌리엄스."

하지만 윌리엄스는 미천한 신분이나마 나름의 철칙을 가지고 있었다. 그는 엄격한 전통에 따라 봉사하는 데 대단한 자부심을 느꼈다. 그런 자부심 탓에 그녀 앞에 그냥 앉아 있을 수 없었다. 서로 오랫동안 친구처럼 대했음에도 그럴 수가 없었다. 그는 말을 할 때마다 아직도 그녀가 자신의 행동과 제스처 하나하나까지 따라 하느라 턱을 쓰다듬으면서 우쭐거리고 마사 근처를 돌아다니는 어린아이인 것처럼 불평을 토로했다.

"말을 전부 없애지 말았어야 했어유, 스티븐 아가씨. 말을 전부 보내고 남겨 두지 않다니유." 그가 툴툴거렸다. "래프터리가 최근 며칠 동안 먹이를 걸렀어유. 짐이란 녀석에게 네놈에게 당최 중요한 건 뭐냐고 나무랐더니만. 아 글쎄, 그 시건방진 놈 얼굴이 저에겐 그런 말을 할 권리도 없다는 표정이더구먼요. 그래서 그놈에게 '너 기다려. 스티븐 아가씨가 올 때까지만 기다려!'라고 말했슈."

윌리엄스에게는 마구간이 만족할 만큼 깨끗했던 적이 한 번도 없었다. 그러다 보니 마구간에 갈 때마다 잔소리가 끊이지 않았다. 이미 그 일을 그만두었음에도, 심지어 나이가 들어도 결코 물러날 줄 모르는 것이 있었다. 마구종들은 쓰라린 경험을 통해 그 점을 알게 되었다. 그래서 윌리엄스의 무거운 참나무 지팡이 소리가 뒷마당을 두드리는 소리가 들리면 짐과 아랫것들은 말빗과 브러시를 부리나케 감췄다. 어질러진 것들을 찾아낼 때만큼은 윌리엄스에게 안경이 따로 필요 없었다.

"이곳이 마구간이여, 아님 돼지우리여. 당최 알 수가 없구먼?" 이것이 습관적인 그의 인사말이었다.

윌리엄스의 마누라가 부엌에서 부산스럽게 나왔다.

"앉으셔유, 스티븐 아가씨." 그녀는 의자의 먼지를 황망히 털었다.

스티븐은 자리에 앉아 테이블 위에 놓인 성경을 흘깃 보다가 책장을 넘겼다.

"그럼유." 마치 그녀에게 얘기하듯이 윌리엄스는 고집스럽게 말했다. "지는 천국에 있는 말들에 관한 것만 읽슈. 지 같은 사람에게는 멋진 마무리일 것이구먼유. 그게 필립 고든 경을 모시면서 했던 것이기도 했구유. 최고의 사냥마 위에 그처럼 걸타고 앉은 모습을 이 지역에서든 어디서든 보지 못했거든유. 지는 사자의 머리를 한 짐승이 입에서 불과 유황불을 뿜는다는 걸 믿지 않아유. 그건 자연에 반하는 것이구먼유. 누가 계시록을 썼든지 간에 마구간 안으로 들어가 본 적이 없는 사람이었을 거구먼유. 지는 천국의 말을 믿지 않아유. 천국에 말은 무슨 말이 있겠시유. 성경에 기록해 놓은 걸루다 본다면 그런 말이 없는 게 그나마 다행이더구먼유."

"난 당신 땜에 놀라겠어유. 아서유. 성경 말씀을 그렇게 멸시하다니!" 윌리엄스의 마누라가 남편을 엄숙하게 나무랐다.

"훙, 성경이 마구간에 관한 백과사전은 아니잖여. 그건 분명혀." 윌리엄스가 씩 웃었다.

스티븐은 두 사람을 번갈아 바라보았다. 두 사람은 늙었다. 나이가 많이 들었다. 그들의 생이 끝나는 날이 가까워오고 있었다. 조만간 그들의 인생 주기는 끝을 맺을 것이다. 그러면 윌리엄스는 세례요한을 만나서 천국의 말에 관해서 시시비비를 가릴 것이다.

윌리엄스 부인은 송구스럽다는 표정으로 그녀를 바라보았다. "죄송하구먼유, 스티븐 아가씨. 저이가 점점 더 어린아이가 되는구먼유. 성경에서 좋은 부분들은 전혀 읽으려 들질 않아유. 전부 마차에 관한 이야기나 말에 관한 것들이 나오는 부분만 골라 읽으려 들고. 순전히 말에 관한 부분만 읽으려고 하니, 원. 저렇게 믿지 않으니, 정말 끔찍해유." 하지만 부인은 남편을 어머니와 같은 눈으로 쳐다보았다. 대단히 온화하고 관대한 표정이었다.

스티븐은 두 사람을 쳐다보면서 그들이 혈기 왕성했던 황금 시대에는 어떠했을지 상상할 수 있었다. 젊은 청년 윌리엄스가 골목길에서 서성이던 한 소녀에게 구애하는 모습이 세월의 먼지를 털어내자 희미하게 깜빡거렸다. 그녀 앞에서 몸을 꼬며 구부정하게 서 있는 윌리엄스를 보면서, 스티븐은 젊은 시절의 건장하고 잘생긴 청년 윌리엄스의 모습을 보았다. 그는 골목에서 키스하고 속삭이며 걷느라 고개를 아래로 숙이고 모로 걷고 있었다. 이제 그들은 나이가 들었지만 떨어지지 않고 살았다. 그것이 그녀의 가슴을 아리게 했다. 그들 때문이 아니라 스티븐 자신 때문에 가슴이 아팠다. 잘 늙어간 그들의 나이와 비교해 본다면 스티븐의 젊음이 오히려 불순물 찌꺼기처럼 보였다. 노부부는 헤어지지 않을 것이기 때문이었다.

"좀 앉으라고 해줘. 난 윌리엄스가 서 있는 걸 원치 않거든." 스티븐이 일어나서 자기 의자를 윌리엄스에게 권하며 말했다.

하지만 늙은 윌리엄스 부인은 천천히 고개를 흔들었다.

"아녀유, 스티븐 아가씨. 영감이 아가씨 앞에서는 앉으려 하지 않을 거구먼유. 그게 영감의 감정을 상하게 할 테니까유. 지송하지만 앉으라고 하는 게 영감의 자존심을 다치게 할 거구먼유. 아가씨 앞에서 앉으면 자기가 아가씨를 섬겨야 할 시간이 다 되었다고 생각할 테니까유."

"지는 앉지 않아도 되유." 윌리엄스 노인이 단호하게 말했다.

스티븐은 어서 두 사람에게 잘 자라고 작별 인사를 하고 싶었다. 조만간 다시 들르겠다고 약속하고는 자리에서 일어났다. 윌리엄스는 길가까지 절뚝거리며 배웅을 나왔다. 집 울타리와 울타리 사이가 황금빛으로 물들었다. 오막살이 집 문이 활짝 열린 채였고 전등 불빛이 길거리로 홍수처럼 쏟아져 나왔다. 그녀가 전등 불빛 속으로 걸어 들어가고 있는 동안에도 모자도 쓰지 않은 윌리엄스 영감은 그곳에 서서 멀어지는 그녀의 모습을 지켜보고 있었다. 그러다가 그녀는 나무 아래로 접어들었고 그녀의 발길은 완전히 어둠 속으로 빨려 들어갔다.

이내 친숙한 향기가 피어올랐다. 모턴의 널찍하고 다정한 벽난로에서 통나무가 타면서 피워 올리는 냄새였다. 통나무가 타고 있었다. 얼마 지나지 않아 호수는 얼어붙을 것이다.

'석양빛을 받아 얼음들이 금괴처럼 빛을 발할 거야. 그러면 당신과 나는 겨울에 이곳으로 와서 호숫가에 함께 서 있겠지……. 집으로 돌아가면서 우리는 벽난로에서 타고 있는 불길을 보기도 전에 불길의 냄새부터 맡게 될 거야. 우리는 그 냄새를 사랑할 거야. 그 냄새는 집을 뜻하니까. 그게 우리 집인 모턴이니까……. 그건 집을 뜻하고 우리의 집은 모턴이니까…….'

아, 통나무가 타면서 풍기는 참을 수 없는 이 향기여!

23장

1

안젤라는 그 주가 지나도 돌아오지 않았다. 그녀는 스코틀랜드에서 이 주 동안 더 머물기로 했다. 이제 그녀는 피콕 집안 사람들과 함께 지내고 있었다. 그렇다면 그녀의 생일이 지나갈 때까지는 돌아오지 않을 것이라는 말이었다. 스티븐은 작고 깜찍한 흰색 벨벳 상자에서 빛을 발하고 있는 아름다운 반지를 바라보았다. 유치하리만큼 그녀는 실망과 분노에 사로잡혔다.

피콕 가문 사람들과 함께 머물고 있었던 바이올렛 안트림은 잔뜩 거드름을 부리며 집으로 돌아왔다. 그러더니 어느 날 스티븐을 찾아와서 거만하게 자기가 피콕 가문 청년인 알렉 피콕과 약혼했다는 사실을 알렸다. 약혼했다는 사실에 너무 잘난 척을 하면서 거만하게 굴어서 스티븐은 벌써부터 신경이 날카로워졌다. 얼마 지나지 않아 말 그대로 그녀는 바이올렛을 한 방 갈기고 싶어서 온몸이 근질거렸다. 바이올렛은 최근 들어 남자에 대해 새로 알게 된 지식의 고지에 서서 스티븐을 잔뜩 깔보았다. 알렉을 만나면서 그녀는 남자란 족속의 모든 것들을 속속들이 알아버린 것처럼 굴었다.

"네 옷은 정말 봐주기 힘들다, 얘." 그녀는 마치 육십 먹은 노인네처럼 말했다. "젊은 여자 애들이란 보들보들한 옷을 입었을 때 훨씬 더 매력적으로 보이는 법이란다. 좀 더 보드라운 옷으로 입으면 안 될까? 내 말은 네가 결혼을 원한다면 말이야. 결혼하지 않으면 어떤 여자도 완전할 수 없어. 결국 어떤 여자도 홀로 지낼 수는 없을 테니까. 여자란 항상 보호해 주는 남자가 필요하거든."

"난 괜찮아. 잘 지낼 테니까. 고마워." 하고 스티븐이 말했다.

"아, 아냐. 그렇게 큰소리칠 일이 아냐, 얘!" 바이올렛이 우겼다. "알렉과 로저 오빠와 함께 네 얘길 했거든. 로저 오빠는 여자 머릿속에 잘못된 생각이 들어가면 엄청난 문제라고 했어. 오빠가 그러는데 네 머릿속엔 온통 그런 생각으로 가득 차 있대. 네 자신이 아닌 걸 흉내 내려고만 하지 않는다면 네가 상당히 여자다운 여자가 될 거라고 오빠가 알렉에게 말했어." 이내 그녀는 유심히 스티븐을 바라보면서 물었다. "크로스비 부인 있잖아. 정말 그 여자 좋아해? 그래, 두 사람이 친구 사이라는 건 알아. 그렇다 하더라도 어떻게 너희들 두 사람이 친구가 될 수 있어? 공통점이라고는 하나도 없는데. 로저 말로는 그녀는 철저히 남자의 여자라던데. 그 여자 상당히 신분 상승의 야심이 있는 것 같았어. 철통 같은 지역 사회의 태풍 속에서 버티고 올라갈 수 있는 사다리로 이용되고 싶니, 넌? 피콕 가문 사람들은 크로스비 씨의 아버지를 오랫동안 잘 알고 지냈어. 그는 철물상으로는 유능했대. 그런데 그 집안사람들은 그 여자를 좋아하지 않았던 모양이야. 알렉이 그러는데 그게 무슨 의미든지 간에 남자라면 사족을 못 쓰는 여자래. 하여튼 그 여자 우리 오빠에게 완전히 빠진 것 같더라."

"크로스비 부인에 관해서는 말하고 싶지 않아. 너도 알잖아. 우린 친구니까." 스티븐의 목소리는 얼음장처럼 차가운 자신의 손만큼이나 싸늘했다.

"아, 네가 그러고 싶지 않다면야. 그럼 물론 그만둬야지." 바이올렛이 깔깔거렸다. "아냐, 솔직히 말해서 그 여자 로저 오빠에게 반한 것 같애."

바이올렛이 가고 나자 스티븐은 자리에서 벌떡 일어섰다. 완전히 방향감각을 상실한 것처럼 그녀는 일어서다가 육중한 선반 모서리에 자기 머리를 꽤나 아프게 들이박았다. 그녀는 팔을 들어 관자놀이를 손으로 누르며 서 있었다. 안젤라와 로저 안트림 그 둘이? 그럴 리가 없다. 바이올렛이 고의적으로 거짓말을 했을 것이다. 그녀는 남들을 고문하길 좋아했다. 그녀도 자기 오빠와 마찬가지로 남을 괴롭히고 상처 주길 좋아하는 심술궂은 인간일 뿐이었다. 그럴 리가 없다. 바이올렛이 거짓말을 했다.

그녀는 자신을 진정시키려고 방을 나가 마구간에 있는 차를 몰고 바깥으로 나갔다. 업톤으로 가서 전보를 쳤다. "돌아와. 당장 당신을 봐야겠어." 안젤라가 답장을 보내지 않은 것에 핑곗거리를 대지 못하도록 회신 요금까지 함께 지불했다.

전보국 서기는 몽땅한 연필 끝으로 낱말 숫자를 헤아리다가 다소 이상하다는 듯이 스티븐을 쳐다보았다.

2

다음 날 아침 안젤라로부터 냉랭하기 짝이 없는 답신이 왔다. "이 주 후 월요일보다 하루도 앞당겨 돌아갈 수 없음. 랠프의 기분을 상하게 하고 싶지 않으니까 제발 더 이상 전보 보내지 말 것."

스티븐은 전보 용지를 천 갈래 만 갈래 찢어서 내팽개쳤다. 그녀는 갑자기 억누를 수 없는 분노에 온몸을 떨었다.

3

안젤라가 돌아오는 그 순간까지 분노는 스티븐을 버티게 해 주는 힘이었다. 분노는 그녀의 혈관을 타고 흐르는 불꽃 같았다. 분노의 불꽃은 그녀를 소진시키면서 동시에 극도로 흥분시켰다. 그녀는 자신을 지키기 위해 그 불꽃에 고의적으로 부채질을 했다.

마침내 그날이 당도했다. 안젤라는 지금쯤 틀림없이 런던에 도착했을 터였다. 야간 특급열차로 여행할 것이 분명했기 때문이다. 맬번에서 12시 37분 기차를 탈 것이고 그런 다음 업톤으로 오는 자동차를 탔을 것이다. 거의 12시가 되었다. 오후였다. 3시 17분에 안젤라가 탄 기차가 그레이트 맬번에 도착하게 되리라. 그렇다면 지금쯤 도착했을 것이다. 이십 분쯤 지나면 그녀는 모턴의 정문을 빠져나가게 되리라. 4시 30분이 지나고 있었다. 안젤라는 분명 집에 도착했을 것이다. 실제로 그녀는 응접실에서 차를 한 잔 마시고 있었다. 참나무로 된 작은 응접실에서. 그곳에는 피리새가 노래를 했다. 피리새 새장은 네모진 창문 곁에 있었다. 오래전, 까마득한 오래전, 스티븐이 그 응접실에서 당황하여 어쩔 줄 몰라 하던 때가 있었다. 토니는 짖어대고 피리새는 감상적인 독일 가곡을 노래했다. 정말 오래전 일이었다. 5시다. 바이올렛 안트림이 분명히 거짓말을 했을 것이다. 스티븐을 고문하려고 고의적으로 그랬을 것이다. 안젤라와 로저가 그렇고 그런 사이라니, 그럴 리가 없었다. 바이올렛이 거짓말을 했다. 바이올렛은 괴롭히기를 좋아하니까. 5시 15분이었다. 안젤라는 지금 무엇을 하고 있을까? 그녀는 근처에 있었다. 불과 얼마 떨어지지 않은 곳에. 아마도 그녀는 아팠을지도 모른다. 편지에 그런 말은 없었지만. 그래 분명히 아팠을 거야. 안젤라는 분명 아팠어. 눈의 허기는 집요하고 고통스러웠다. 분노라고? 그게 뭔데? 그런 갈망 앞에서 어리석음과 미혹과 약점은 허무하게 사라졌다. 안젤라는 얼마 떨어지지 않은 곳에 있었다.

그녀는 자기 방으로 올라가서 서랍을 열어 작고 흰 상자를 꺼냈다. 그런 다음 상자를 재킷 호주머니에 쑤셔 넣었다.

4

그녀는 안젤라가 하녀와 함께 짐을 풀고 있는 것을 보았다. 여기저기 늘어놓아 흩어져 있는 부드러운 옷들로 인해 바닥은 눈이 내려앉은 것처럼 보였다. 침실에서는 안젤라의 향기가 진하게 풍겼다. 무겁지만 약간 맵싸한 향기였다.

그녀는 실크 스타킹 더미 사이로 고개를 들고 슬쩍 올려다보았다.

"잘 지냈어, 스티븐!" 그녀의 인사는 다정하고 일상적이었다.

"글쎄요. 요 몇 주 동안 당신은 어땠어요? 스코틀랜드 여행은 좋았던가요?"

하녀가 물었다. "새 실크 나이트가운을 바로 세탁할까요? 아니면 세탁소에 맡길까요?"

그러자 일순간 침묵이 내려앉았다.

침묵을 깨려는 듯, 스티븐이 점잖게 랠프의 안부를 물었다.

"그이는 사업차 런던에 며칠 동안 머물 거야. 건강은 괜찮아." 안젤라는 짤막하게 대답하고 나서 다시 스타킹을 간추리기 시작했다.

스티븐은 그녀를 유심히 살펴보았다. 안젤라는 건강해 보이지 않았다. 그녀의 입 꼬리가 어린아이처럼 처져 있었다. 눈 밑에 드리워진 시꺼먼 그림자가 그녀의 얼굴을 더욱 창백하게 만들었다. 뚫어지게 쳐다보는 시선이 그녀의 신경을 자극했는지, 안젤라가 갑자기 못 참겠다는 듯이 스타킹을 전부 한옆으로 밀쳐 버렸다.

"자, 내 방으로 내려가!" 그녀는 하녀에게 돌아서면서 일렀다. "이 새 나이트가운을 세탁해 줘."

두 사람은 말없이 널찍한 참나무 계단을 걸어 내려가서 참나무로 마름한 작은 응접실로 들어갔다. 스티븐이 문을 닫았다. 두 사람은 서로 마주 보았다.

"흠, 안젤라."

"흠. 스티븐." 그러고는 침묵이 흘렀다. "대체 왜 그런 말도 안 되는 전보를 보낸 거야? 랠프가 그걸 보고서 꼬치꼬치 캐묻기 시작했어. 넌 가끔씩 얼마나 바보 같은 짓을 하는지. 내가 돌아올 수 없었단 걸 너무 잘 알면서 그러다니. 마치 여섯 살짜리처럼 그런 행동을 할 참이야? 대체 왜 그래? 네가 쓰는 방법은 너무 유치해. 위험하기도 하고."

그러자 스티븐은 안젤라의 어깨를 단단히 잡고서 그녀를 자기 쪽으로 돌려세워 그녀의 얼굴이 불빛을 향하도록 했다. 그녀는 젊은이답게 거칠게 물었다.

"로저 안트림이 육체적으로 더 매력적이었어요? 나보다 그가 더 매력적이던가요?" 그녀는 침착하게 안젤라의 대답을 기다렸다.

심상치 않은 침착함에 오히려 안젤라가 겁을 집어먹은 것 같았다. 그녀는 약간 발끈했다.

"그럴 리가 있겠어! 정말 그따위 질문은 싫어, 스티븐. 그런 질문을 하다니 가만두지 않을 거야. 맙소사, 대체 머릿속에서 무슨 공상을 하고 있었던 거야! 바이올렛이랑 내 이야기를 주고받았어? 네가 그랬다면 참을 수 없어! 바이올렛은 이 동네에서 가장 꼴사나운 계집애거든. 너도 점잖게 처신한 건 아니잖아. 내 일을 다른 사람과 수군거리다니. 그렇지 않아?"

"바이올렛 안트림과 당신 얘길 하진 않았어요." 스티븐은 여전히 침착한 목소리로 대답했다. 하지만 그녀는 집요하게 물고 늘어졌다. "그게 실수의 전부였나요? 우리 사이에 당신과 당신 남편 말고 아무도 끼어들지 않았단 말인가요? 안젤라, 자 나를 봐요. 진실을 알아야겠어요."

대답 대신 안젤라는 그녀에게 키스를 했다.

스티븐의 강하지만 불행한 팔이 안젤라를 감쌌다. 그러고는 갑자기 손을 뻗어 테이블 위에 놓인 작은 전구의 스위치를 껐다. 그러자 방 안을 비추는 것은 벽난로의 불빛뿐이었다. 그들은 서로의 얼굴을 더 이상 선명하게 볼 수 없었다. 벽난로 불빛 밖에 없었기 때문이다. 스티븐은 한 연인에게 있어 자기 가슴이 찢어지도록 무거우면서도, 넘쳐 나는 자기 열정에 못 이겨 어쩔 수 없이 자기 의심을 접어두면서 하게 되는 그런 말을 했다. 그림자를 드리우고 있는 벽난로 불빛에 의지한 방 안에서 그녀는 연인에게 하는 그런 말들을 했다. 신의 달콤한 광기가 피조물들에게 사랑이라는 생각을 주입시켰기 때문이다.

하지만 안젤라는 갑자기 그녀를 밀쳐 냈다.

"안 돼. 난 견딜 수가 없어. 이건 도가 지나쳐, 스티븐. 너무 힘들어. 견딜 수가 없어. 완전히 잘못된 일이니까. 난 그만한 가치가 없어. 하여튼…… 어쨌거나 모든 게 잘못됐어. 이 일은 날…… 어쨌든 날 이해할 수는 없겠어? 이건 도를 지나친 거야." 그녀는 더 이상 뭐라고 설명할 수가 없었다. 그래서 억제할 수 없는 울음을 터뜨렸다.

이번의 울음은 과거의 그것과는 다르게 느껴졌다. 그래서 스티븐은 몸을 떨었다. 그녀의 울음에는 쓸쓸하고 두려워하는 뭔가가 있었다. 겁에 질린 어린아이의 흐느낌처럼 들렸다. 연민 때문에 스티븐은 자신의 외로움은 잊어버리고 그녀를 위로하고 싶은 마음이 되었다. 그 어느 때보다도 이 여자를 보호하고 위로해야겠다는 느낌이 들었다.

그녀는 갑작스러운 열정에 사로잡혀 한없이 부드러워졌다.

"자, 내게 말해 봐요. 뭐가 잘못된 거예요? 무슨 일이에요, 자기? 내가 화낼까 봐 겁먹지 말아요. 우리 서로 사랑하잖아요. 우리에게 중요한 건 그거잖아요. 뭐가 잘못된 건지 말해 봐요. 그럼 당신을 도와줄 수 있을 테니까. 제발 이런 식으로 울지 말아요. 이런 일은 견딜 수 없어요."

그러나 안젤라는 얼굴을 파묻고 계속 흐느꼈다.

"아니, 아무것도 아냐. 너무 지쳐서 그래. 지난 몇 달간은 끔찍할 정도로 긴장이 쌓여 있었어. 난 약한 인간일 따름이야, 스티븐. 때로 우리는 미쳤다기보다는 잘못하고 있다는 생각이 들어. 네가 날 이런 식으로 사랑하도록 내버려 둔 건 정말 미친 짓임이 분명하거든. 언젠가 넌 날 경멸하고 미워하게 될 거야. 모든 건 내 잘못이야. 너무 외로워서 네가 내 삶 속으로 들어오도록 내버려 두었으니까. 그런데 이제…… 난 설명할 수가 없어. 넌 이해하지 못할 테니까. 네가 어떻게 이해하겠어, 스티븐?"

인간의 본성은 정말로 복잡하고 이상한 법이어서 안젤라는 그 순간 자기 감정을 진실로 믿었다. 스코틀랜드에서 보낸 뒤가 구린 몇 주간을 기억하자, 그녀는 갑작스러운 공포와 양심의 가책을 느끼면서 자신을 사랑하는 이 인물에 대해 연민과 후회의 감정이 밀려왔다. 그녀의 불같은 사랑이 남을 위한 길 닦기 작업인 셈이었다. 그녀는 마음이 약해져서 이 여자 애와 헤어질 수가 없었다. 이 여자 애에게는 강렬한 것이 있었다. 그녀에게는 남자의 힘과 여자의 부드럽고 섬세한 힘이 잘 조화되어 있는 것처럼 보였다. 거칠고 어린 동물인 로저가 떠올랐다. 퉁명스럽고 다소 감각적인 것에 짐승처럼 매달리는 그를 생각하자 그녀는 후회와 수치심으로 가득 찼다. 그녀는 자신이 저지른 일에 수치심을 느꼈다. 그런데도 자신이 그런 일을 또다시 저지를 것도 알고 있었다. 그것은 가혹한 열정이었기 때문이다.

겸허한 마음으로 그녀는 이 친구의 다정한 손을 쓰다듬었다. 그러다가 그녀는 가벼운 마음으로 말하려고 애썼다.

고독의 우물 309

"이 비참한 죄인을 언제나 용서해 줄 거지, 스티븐?"

스티븐은 그녀의 말뜻을 이해하지 못한 채 말했다. "우리의 사랑이 죄라면, 하늘은 분명 우리처럼 부드럽고 헌신적인 죄인들로 가득 차 있을 거예요."

그들은 서로 가까이 다가가 앉았다. 죽을 만큼 피로했다. 안젤라가 속삭였다.

"다시 네 팔로 내 어깨를 감싸 줘. 부드럽게. 너무 피곤해. 넌 다정한 연인이잖아, 스티븐. 때로 넌 너무 지나치게 다정해."

"다정이 병이라서 당신에게 억지 부리는 건 아니거든요. 그런 사랑은 생각조차 할 수 없어요."

안젤라 크로스비는 침묵했다.

하지만 이제 그녀는 고백이 주는 미묘한 위안을 갈망했다. 그런 고백은 여자의 영혼에 너무나 소중한 것이었다. 그녀의 자기 연민은 그릇된 행동을 했다는 느낌으로 인해 더 증폭되었다. 그녀는 병적일 정도로 자기 연민에 사로잡혀 사실 양심의 가책 같은 것은 전혀 느끼지 않았다. 현재를 고백할 용기가 부족했기 때문에 생각이 과거에 머물도록 내버려 두었다. 스티븐은 언제나 질문하는 것을 삼갔고, 따라서 그녀의 과거지사는 전혀 거론된 바가 없었다. 그런데 안젤라는 꺼낸 적이 없었던 과거를 거론해야겠다는 생각이 들었다. 그녀는 자신의 감정을 분석하지 않았다. 그녀는 다만 자신을 낮추고 싶은 강렬한 열망에 사로잡혀 그녀를 사랑하는 예민하고 강하고 괴짜인 존재로부터 동정심을 구하고 용서라는 궁극적인 희망을 짜내고 싶을 뿐이었다. 안젤라가 자기 품에 안겨 그곳에 누워 있는 동안, 스티븐은 자신이 대단한 인물이 된 것 같다는 생각이 들었다. 이상한 일이었다. 배신했다는 생각이 들자 안젤라는 이 여자 애를 더더욱 붙잡아야겠다는 의지가 강해져서 몸을 뒤척였다. 그러자 스티븐은 부드럽게 말했다.

"가만히 누워 있어요. 그럼 잠에 빠져들 테니까."

"아니. 난 자지 않을 거야, 자기. 생각하고 있는 중이야. 너에게 말해야 할 것들이 좀 있거든. 내 과거 생활에 관해 한 번도 물은 적이 없잖아. 왜 그랬던 거야?"

"언젠가 당신이 나에게 말해 줄 것을 알고 있었으니까."

그러자 안젤라는 처음부터 시작했다. 그녀는 버지니아에 있었던 식민지 시대의 집을 묘사했다. 주랑으로 된 입구가 달린 잿빛의 근엄한 집이었다. 정원에 서면 수심이 깊은 강물을 내려다볼 수 있었다. 그 강은 아름다운 이름을 가지고 있었는데, 포토맥 강이라고 불렸다. 집을 끼고 옆으로 올라가면 활짝 핀 목련이 자라고 있었다. 오래되고 많은 나무들이 정원에 그늘을 드리웠다. 여름이면 반딧불이 나무에 등불을 켰다. 등불은 가지들 사이로 빠르게 움직이면서 이동했다. 더운 여름날 어둠 속에서 번갯불이 번쩍이고 나면 대기는 달콤함으로 가득 찼다.

안젤라는 자기가 열두 살이었을 때 돌아가신 어머니를 불쌍하지만 어머니로서는 그다지 적당하지 않은 인물로 묘사했다. 그녀의 어머니는 노예를 엄청 많이 소유했던 가문의 후손이었다. 노예들은 그들의 온갖 요구를 다 들어주었다. 그래서 그녀는 자기 손으로는 스타킹과 구두조차 신지 못했다고 말하면서 어머니를 떠올렸는지 미소를 머금었다.

그녀는 아버지인 조지 벤자민 맥스웰을 매력적이지만 고질적인 낭비벽을 가진 사람으로 묘사했다.

"아버지는 과거의 영광 속에서 살았어. 맥스웰 가문 출신이었으니까. 그 유명한 버지니아 주의 맥스웰 가문 말이야. 아버지는 남북전쟁이 우리가 쓸 수 있었던 돈을 전부 다 빼앗아 갔다는 사실을 받아들일 수가 없었던 거야. 세상에 우리가 그렇게 될 줄 누가 알았겠어. 우리에게 남은 건 거의 없었어. 남북전쟁은 남부의 지주계급을 사실상 몰락시켰으니까! 할머니는 그 사실을 소상히 기억하고 있었어. 할머니는 붕대로 부상당한 병사의 상처를 싸매 주었대. 할머니가 살아 계셨더라면 내 인생은 달랐을 거야. 그런데 할머니마저 어머니가 죽고 몇 달 지나지 않아 돌아가셨지."

그녀는 마지막 지각변동을 묘사했다. 집 안에 있는 모든 가재도구들을 끼워서 그 집을 팔았다. 그녀와 아버지는 뉴욕을 향해 그곳을 떠났다. 그녀의 나이 고작 열일곱 살이었고 아버지는 빈털터리였다. 아버지는 이미 깨져 버린 행운을 다시 찾아보겠다고 애를 쓰다 앓아누웠다. 그녀는 상상의 그림이 아니라 현실의 그림을 그려야 했다. 그녀의 표현은 생생했고 목소리에는 쓰라린 신랄함이 묻어났다.

"그건 지옥이었어. 지옥이 따로 없더군. 우린 그처럼 쉽게 몰락했어. 제대로 먹지도 못하는 날들이 많았어. 오, 스티븐. 지저분하고 이루 말로 표현할 수 없는 그 누추함이라니. 더위와 추위, 허기와 불결함하며. 세상에, 그 끔찍한 도시를 얼마나 싫어했는지 몰라! 그 음험한 도시는 괴물 같았어. 날 완전히 짓밟고 삼켜버렸으니까. 뉴욕으로 돌아갈 때면 심지어 지금도 알 수 없는 공포에 사로잡힌다니까. 그 끔찍한 도시는 날 신경쇠약으로 만들었지. 아버지는 어느 날 그 모든 것에서 조용히 벗어났어. 너무나 아버지다웠지! 해볼 만큼 다 했으니까. 그냥 자리에 눕더니 돌아가셨어. 난 어쩔 도리가 없었어. 너무 어렸고 죽고 싶지 않았으니까. 내가 뭘 할 수 있는지 아무 생각도 없었어. 그래도 예쁘다면 무대에 설 수 있는 기회는 있을 거라고 믿었어. 그래서 일자리를 찾으러 다녔어. 세상에! 그걸 어떻게 잊을 수 있을까?"

그녀는 길고 네모반듯한 도로들, 가도 가도 끝이 없는 도로들, 가도 가도 끝없이 만나게 되는 낯선 얼굴들, 가면처럼 불친절한 얼굴들과 마주쳤다. 그러다가 장차 고용주가 될 사람들, 익숙하다 못해 너무나도 친숙한 얼굴들과 마주쳤다. 그녀의 얼굴을 들여다보는 순간 그들은 갑자기 가면을 벗어던졌었다.

"스티븐, 듣고 있어? 난 싸웠어. 그러겠다고 맹세했거든. 난 싸우겠다고 맹세했어. 맨 처음 일자리를 구했을 때 난 겨우 열아홉 살이었어. 열아홉 살이면 그렇게 많은 나이는 아니잖아?"

스티븐이 대답했다. "계속해요." 그녀의 목소리는 허스키하게 들렸다.

"아, 자기. 자기에게 얘기하는 게 너무 힘드네. 임금이라고는 쥐꼬리만 했어. 먹고살기에도 빠듯했으니까. 그 사람들이 의도적으로 그랬다는 생각이 들어. 그곳에서 일했던 여자들도 대부분 그런 식으로 생각했으니까. 그들은 한 번도 우리에게 살기에 충분한 돈을 주지 않았어. 알다시피 난 재능이라고는 눈곱만치도 없었어. 그냥 옷을 차려입고 예쁘게 보이려고 애썼지. 실제로는 대사 한 줄도 없었어. 그냥 춤이나 췄는데, 그나마 잘 추지도 못했어. 그래도 인물은 반반했지." 그녀는 어둠 속에서 얼굴을 들고는 잠시 말을 멈췄다. 하지만 스티븐의 얼굴은 그림자 속에 가려 있었다. "음, 자기. 너의 팔을 느끼고 싶어. 스티븐, 날 좀 더 꼭 안아줘. 그러니까…… 나를 원하는 한 남자가 생기게 됐어. 너처럼 날 보호하고 사랑하는 방식으로 원했던 건 아니었지만. 세상에, 아니야. 전혀 그런 방식은 아니었어! 어쨌거나 난 너무 가난했고 너무 지쳤고 너무 무서웠어. 종종 신발에 물이 새어 들어와 엉망진창이 되곤 했어. 너무 낡았지만 새걸 살 돈이 없었거든. 겨울엔 손을 씻으면서 아파서 울곤 했어. 손이 터져서 피가 스며 나왔으니까. 그러다 보니 더 이상 버틸 수가 없었어, 그게 다야……."

책상 위에 놓인 도금한 작은 시계가 시끄럽게 똑딱거렸다. 똑, 딱! 똑, 딱! 그처럼 작고 연약한 몸에서 그처럼 요란한 소리가 나오다니. 정원 어디에선가 개 짖는 소리가 들려왔다. 토니가 어둠 속에서 상상의 토끼를 뒤쫓는 모양이었다.

"스티븐!"

"네, 자기?"

"날 이해할 수 있겠어?"

"그럼요. 물론 당신을 이해했어요. 얘기 계속해요."

"그 남자는 한동안 모습을 드러냈지만 어느 날 홀연히 떠나버렸어. 난 다시 예전 같은 고달픈 삶으로 돌아갔고. 일종의 사기를 당한 셈이었어. 난 밤에 잘 수도 없었고 춤을 추면서도 미소 짓거나 행복할 수가 없었어. 그 무렵 랠프가 날 보았던 거야. 그이는 내가 춤추는 모습을 보고서 무대 뒤로 찾아왔어. 남자들이 흔히 그러는 것처럼. 하지만 난 랠프는 전혀 그런 유의 남자가 아니라고 생각했어. 그이는 내게 꽃을 보내주었어. 어떤 선물도 하지 않고 오로지 카드와 꽃만 보내왔어. 우리는 점심을 여러 번 함께했고. 랠프가 날 떠난 남자 얘기를 하더군. 채찍으로 혼내 주고 싶다고 했어. 상상이나 돼? 랠프가 채찍으로 누굴 혼내다니! 나중에 알고 보니 두 사람은 상당히 잘 아는 사이였어. 두 사람 다 철물 사업을 하고 있었으니까. 랠프는 그 남자 회사랑 큰 계약 건이 있었고, 그래서 마침 뉴욕에 들르게 되었던 거야. 그러던 어느 날 그가 나더러 결혼하자더군. 그 무렵 랠프는 진심으로 나와 사랑에 빠졌다고 생각했어. 어쨌거나 난 그이가 멋있는 남자라고 생각했으니까. 그이가 마음이 넓고 고상한 사람인 줄 알았어. 맙소사! 그 후로 그렇게 지독한 인간이 될 줄이야. 그는 내게서 원하는 것을 얻어내는 수단으로 그걸 이용했어. 유럽으로 건너오기 전에 우린 결혼했어. 난 그이를 사랑하지 않았지만 달리 뾰족한 수도 없었고, 사방 천지 의지할 데도 없는 데다가 건강이 망가졌었거든. 그곳에 있었던 많은 여자들이 병원에서 생을 마감했지. 난 그렇게 인생을 끝장내고 싶진 않았어. 음, 그러니까 내가 왜 이렇게 행동을 조심하는지 알 수 있을 거야. 남편은 지긋지긋하게도 의심이 많아. 내가 말 그대로 무일푼이었을 때 그를 만났으니까 언제라도 그런 상태가 되면 그런 짓을 할 수 있을 거라고 생각하는 거야. 랠프는 날 믿지 않아. 그게 당연할 수도 있어. 가끔씩 그이는 그 모든 걸 내 면전에다 마구 쏟아내. 맙소사, 그럴 때마다 그이가 얼마나 싫고 미웠는지 몰라! 하지만 아, 스티븐. 이 모든 걸 또다시 겪고 싶지는 않아. 그럴 순 없어. 싸울 힘이라고는 전혀 남아 있지 않기도 하고. 그래서 랠프가 전혀 남편 같지 않아도 성질을 부리면 겁이 나서 죽을 것만 같애. 그이도 그 점을 잘 알아. 그래서 주저 없이 날 괴롭히는 거야. 네 문제로도 헤아릴 수 없이 날 괴롭혔으니까. 물론 네가 여자이기 때문에 나랑 이혼할 수가 없었지. 정말 화가 나면 그이는 이혼하려고 들 거야. 넌 항상 남편을 떠나 널 택하라고 말하지만 난 그럴 용기가 없었어. 랠프는 가만있지 않을 테고 공공연한 추문거리를 만들 텐데, 그걸 대면할 자신이 없을 것 같애. 남편은 이 세상

끝까지라도 우릴 쫓아올 거야. 우리에게 낙인을 찍어놓고야 말 거라고, 스티븐. 난 그이를 잘 알아. 그이는 복수심에 가득 차 있어. 어떤 것도 그이를 말릴 순 없을 거야. 생식력이 없으니까 그걸 복수심으로 대체한 것처럼 보여. 자기, 난 그런 상황을 또 다시 겪고 싶지는 않아. 마치 물고기처럼 언제나 물 표면 아래에서 살다가 어쩌다 한 번 고개를 물 바깥으로 내밀어 숨 쉬고 사는 사람들처럼 주눅 들고 사죄하듯이 살 수는 없어. 그 지옥같은 삶을 쭉 경험해 왔으니까. 난 삶을 원해. 그런데도 언제나 두려워. 랠프가 날 쳐다볼 때마다 겁이 나. 그이와 잠자리하는 걸 내가 얼마나 싫어하는지 잘 알기 때문에……." 그녀가 갑자기 하던 말을 멈췄다.

그녀는 혼자 울었다. 눈물이 아무렇게나 흘러내렸다. 눈물방울이 스티븐의 코트 위에 떨어져서 옷 위에 작고 검은 얼룩을 만들었다. 참고 잘 견디는 팔뚝은 그 긴 시간 동안 전혀 미동도 하지 않았다.

"스티븐, 무슨 말이든 좀 해봐. 날 미워하지 않는다고 말해 줘!"

벽난로에서 통나무가 무너져 내리면서 눈부신 불꽃을 활짝 뿜어내자, 안젤라의 얼굴을 내려다보는 스티븐의 모습이 보였다. 안젤라의 얼굴은 울어서 온통 얼룩덜룩했다. 눈은 발갛게 부풀어 올랐고 여기저기 얼룩진 모습은 차라리 추해 보이기까지 했다. 자기 앞에 누워 있는 가엾고 나약하고 불쌍하고 얼룩진 얼굴 때문에, 심지어 그 무가치함 때문에 스티븐은 그 순간 그녀를 지극히 사랑했다. 그 사랑을 무엇이라고 형언하기가 힘들었다.

"말 좀 해봐. 무슨 말이든 해봐, 스티븐!"

그러자 스티븐은 부드럽게 자기 팔을 빼내어 호주머니에서 작은 상자를 꺼냈다.

"자, 안젤라. 당신 생일 선물로 이걸 가져왔어요. 랠프가 이걸로 심술을 부릴 수는 없을 겁니다. 이건 어디까지나 생일 선물이니까."

"이런, 세상에. 스티븐!"

"그래요. 이걸 언제나 끼고 있었으면 해요. 그러면 내가 당신을 얼마나 사랑하는지 기억하게 될 테니까. 당신이 진저리 쳤던 이야기들은 이제 잊어버려요. 안젤라, 당신 손 좀 내밀어봐요. 겨울이면 터져서 피가 났던 그 손 말이에요."

자기 어머니의 다이아몬드처럼 순결한 그 진주를 스티븐은 안젤라의 손가락에 껴주었다. 그런 다음 미동도 없이 앉아 있었다. 안젤라는 눈이 휘둥그레진 채 진주를 응시했다. 이제 그녀의 입술은 스티븐의 입술과 너무나 가까웠다. 그런데도 스티븐은 그녀의 입술 대신 이마에 가볍게 키스를 했다.

"당신은 쉬어야 해요. 그야말로 완전히 녹초가 됐으니까. 내품이 당신을 안전하게 지켜준다면, 내 품속에서 잠들 순 없을까요?"

간혹 그런 맹목과 어리석음의 순간이 동시에 사랑의 영광을 구원해 주는 순간이기도 한 법이다.

24장

1

 랠프는 반지에 관해 가타부타 말이 없었다. 그가 무슨 말을 할 수 있었겠는가? 이웃집 딸이 자기 아내에게 한 선물에 관해 그것이 아무리 비싼 것이라고 한들 어떻게 트집을 잡을 수 있었겠는가? 그는 시무룩한 침묵 속으로 몸을 감췄다. 하지만 스티븐은 그가 진주를 유심히 보고 있다는 것을 알았다. 진주 반지는 안젤라의 오른손 셋째 손가락에 끼어져 있었다. 시력이 나쁜 그의 작은 눈이 분노로 평소보다 더욱 붉게 충혈되었다. 그의 눈에 눈물이 어려 있는 것인지 아니면 화가 난 것인지 구분하기가 무척 힘들었다.
 너무나 험악한 눈길로 주시하는 바람에 스티븐은 화해자의 역할을 해야 했다. 그가 아무리 무례하게 굴어도 참을 수밖에 없었다. 이제 그는 대놓고 무례하고 적대적인 태도를 보였다. 그는 심술을 부렸다. 스티븐이 보는 앞에서 자기 아내를 괴롭히는 것을 즐기는 듯했다. 그녀가 존재한다는 사실이 그에게 내재되어 있던 버릇없고, 속 좁고, 잔인한 모든 심보를 자극하는 것처럼 보였다. 스티븐을 곁눈으로 훑어보는 동안, 그는 그런 기색을 거의 감추지 않고 드러냈다. 안젤라가 겁에 질려 겸손하게 대하는 모양새를 보고 있노라면 그녀는 울화가 치밀어 머리 뿌리까지 붉어졌다. 그러면 랠프는 목청껏 웃었다. "알다시피 난 일개 상인에 불과하거든. 내 방식이 마음에 들지 않으면 이 집에 오지 않으면 돼." 스티븐은 안젤라의 눈길을 의식하면서 애써 미소를 지었다.

영혼을 병들게 하는 일이었다. 그녀는 비참한 기분을 느끼곤 했다. 점점 자존감을 잃어가기 시작했다. 심지어 흔히 볼 수 있는 기본적인 예의마저 잃어가고 있었다. 그래서 저녁 무렵 모턴으로 돌아오면서 그녀는 홀에 걸려 있는 조상님들의 얼굴을 볼 면목이 없었다. 이처럼 한심하게 굴고 있는 후손을 말없이 꾸짖는 눈길로 내려다보고 있는 그들을 보지 않으려고 그녀는 고개를 옆으로 돌렸다. 그럼에도 종종 그녀는 그 어느 때보다도 조상들을 좋아한다는 느낌이 들었다. 그녀가 너무 많은 것을 잃었기 때문이다. 그녀 곁에는 안젤라 크로스비를 제외하고는 아무도 없었다.

2

과거 자신의 학생이었던 스티븐이 지니고 있던 그 모든 멋진 면들이 위험하리만치 치명적으로 부식해 가는 모습을 지켜보던 푸들의 영혼은 종종 신음하지 않을 수 없었다. 그녀는 심지어 하느님과 논쟁이라도 하고 싶었다. 그랬다. 그녀는 실제로 욥처럼 하느님과 다투어야만 했다. 고통에 관한 하느님의 말씀을 기억하고서 그녀는 스티븐을 위해 이렇게 말해야만 했다. "당신의 손이 나를 만들었고, 나를 에둘러 빚었나이다. 그런데 당신께서 나를 파괴하고 있나이다." 그녀는 로저 안트림이 등장했다는 사실을 알게 되었다. 스티븐이 그 사실을 알려 준 것은 아니었다. 그녀가 그 사실을 알려 줄 리 만무했다. 하지만 때론 소문이 더 빠른 법이다. 로저는 그랜지 저택에서 대부분의 시간을 빈둥거리며 지냈다. 그는 언제나 우스터에서 여기까지 왔다. 그래서 푸들은 과거에는 전혀 기도하는 사람이 아니었지만, 이제 욥처럼 하느님과 논쟁을 벌였다. 하느님은 입에 발린 말보다는 가슴으로 하는 말에 귀를 기울일 것이므로, 그녀를 용서해 줄 것이므로.

3

비참함으로 인해 날이면 날마다 점점 더 멍청하고 바보가 되어가던 스티븐은 자신이 로저의 상대가 될 수 없다고 생각했다. 그는 침착하고 자신감이 넘쳤으며 무례하고 의기양양했다. 괴롭히는 것을 즐기는 성격은 어른이 되어서도 줄어들지 않았다. 로저는 바보가 아니었다. 이것저것 따져본 후 그는 남자로서의 본능이 발동하여 자기 소유권에 도전하는 이 인물에 대해 깊은 혐오감을 느꼈다. 남성적인 본능으로 분개했다. 그는 마치 건전하지 못한 전염병을 퍼뜨리고 있는 것은 아닐까라는 강한 의구심을 품고서 스티븐을 째려보았다. 그러다가 안젤라의 얼굴이 그의 눈길 위에 머물렀다. 그것은 연인의 눈길이었다.

소유하려 드는 집요한 요구의 눈길이었다. 스티븐은 안젤라의 눈길 속에서 자신이 여러 번 마주쳤던 표정이 나타나 있는 것을 보았다. 푸른 눈동자에 서서히 그늘을 드리우는 안개 같은 것이 나타나곤 했던 것이다. 무언가를 감추는 것처럼 그 눈길은 어두웠다. 그러면 스티븐은 전율로 온몸을 떨었다. 떨리는 손길을 로저에게 들키지 않기 위해 그녀는 더 이상 가만히 서 있을 수가 없어서 두 손을 꽉 마주 잡았다. 로저가 그 모습을 지켜보았다면, 이해한다는 듯한 오만한 미소를 천천히 지었을 것이다.

로저와 스티븐은 서로를 암암리에 쳐다보곤 했다. 그들의 젊은 얼굴은 대단한 혐오의 감정으로 구겨져 있었다. 본능적으로 서로에게 느끼는 혐오감, 서로가 서로에게 어쩔 수 없는 혐오감을 느끼고 있었다. 그들의 젊은 육체는 한 여자로 인해 휘둘리고 있었다. 가끔 이 은밀한 감정의 소용돌이 속으로 랠프가 들어오곤 했다. 그는 스티븐을 쳐다보다 로저를, 그러고는 자기 아내를 번갈아 가며 쳐다보았다. 그의 눈은 분노 때문인지 눈물 때문인지 벌겋게 충혈되었다. 그들은 한동안 기괴한 삼각구도를 형성했다. 세 사람은 공통의 욕망을 공유해야 했다. 얼마 지나지 않아 서로를 혐오하는 두 남자는 스티븐에 대한 증오심으로 수치스럽지만 똘똘 뭉치게 되었다. 스티븐 역시 그 점을 간파하고 그녀 편에서도 그들을 미워했다.

4

아무런 소란 없이 지나갈 수는 없었다. 크리스마스는 앙갚음의 시간이었다. 안젤라는 점점 로저에게 빠져들었고, 스티븐에게 이 점을 감추는 데 언제나 성공하지는 못했다. 로저가 쓴 편지가 도착했고, 스티븐은 이제 질투심으로 미칠 지경이 되어 편지를 보여 달라고 난리를 피웠다. 하지만 그런 요구는 늘 거절당했고 이어지는 장면은 한결같았다.

"그치가 당신 애인이죠! 난 그게 알고 싶어 미치겠어. 당신 로저 안트림에게 완전히 빠진 게 분명하죠? 그 편지 좀 보여 줘요!"

"어떻게 감히 로저가 내 애인이라고 생각해! 설사 그렇다고 해도 그건 네가 참견할 일이 아니잖아."

"그 편지 내게 보여 줄래요?"

"안 돼."

"로저에게서 온 거군."

"도저히 참을 수 없어. 자기 마음대로 생각하다니."

"내가 뭘 생각하길 원하는데요?" 그러다가도 그녀는 안젤라에 대한 열망으로 애원했다. "안젤라, 제발 날 이런 식으로 대하지 말아요. 난 견딜 수가 없어. 당신이 날 사랑할 때는 그래도 견디기가 쉬웠어. 당신을 위해서라면 얼마든지 견딜 수 있으니까. 그런데 지금, 자, 들어봐요……." 그녀가 노골적인 고백을 하는 동안 숨김없는 말들이 핏기가 가신 입술에서 흘러왔다. "안젤라, 자, 들어봐요……."

그러자 언제나 기회만 노리고 있던 끔찍한 반전의 신경 줄이 스티븐을 잡아당겼다. 그런 신경 줄들은 마치 살아 있는 철사 줄이 온몸을 휘젓고 지나가는 것처럼 그녀에게 가혹하고 끊임없는 고문을 안겨 주었다. 그래서 갑자기 문이 닫히는 소리나 토니가 컹컹 짖는 소리가 위축된 육신에는 내려치는 벼락 같았다. 밤이면 그녀는 자기 침대에 앉아서 똑딱거리는 시계 소리가 마치 어둠 속에 내리치는 천둥소리 같아서 그 소리를 듣지 않으려고 귀를 막곤 했다.

안젤라는 온갖 구실과 핑계를 대면서 런던을 뻔질나게 드나들었다. 그녀는 치과에 들러야 하고, 새로 옷을 맞춰야 했다.

"그럼 나랑 함께 가요."

"세상에, 왜 그래야 하지? 치과 의사한테 가는 것뿐인데!"

"좋아요. 그럼 나도 치과에 가면 되죠."

"천만에 그럴 순 없어." 그러면 스티븐은 안젤라가 가는 이유를 알았다.

그런 날이면 그녀는 하루 종일 견딜 수 없는 상상에 시달렸다. 무엇을 하든 어디를 가든, 그녀에겐 안젤라와 로저가 함께 있는 모습이 눈앞에 어른거렸다. 그녀는 자신이 미쳐가고 있다는 생각이 들었다. "이러다 미치겠군! 두 사람이 이 방에, 내 눈앞에 있는 것처럼 보이다니." 그러면서 그녀는 두 손으로 자기 눈을 가렸다. 눈을 가릴수록 그들의 모습은 더욱 또렷이 나타났다.

그곳을 떠나지 못하고 출몰하는 유령처럼 그녀는 그랜지 주변을 배회했다. 토니를 산책시킨다는 핑계를 대면서 그 주변을 어슬렁거렸다. 그러다 보면 헐벗은 장미 정원에서 얼쩡거리는 랠프와 십중팔구 부딪쳤다. 랠프는 그녀를 올려다보았다. 그러면 온갖 수치심이 밀려들어서 두 사람 모두 죄지은 표정이 되었다. 두 사람은 서로의 외로움을 알아보았다. 한동안 고독으로 인해 두 사람은 가까워진 것처럼 보였다. 마치 가슴으로 거의 친구가 된 것처럼 느낄 지경이었다.

"안젤라는 런던에 갔는데."

"그래요. 나도 알아요. 새 옷을 맞추러 간다더군요."

그들은 눈길을 내리깔았다. 그러면 랠프는 날카롭게 말하곤 했다. "그 개를 돌볼 참이면 부엌으로 가보게. 그곳에 있을 테니까." 그렇게 말하고서 그는 등을 돌렸다. 자기 스탠더드 장미나무를 살펴본다는 핑계를 대고서였다.

스티븐은 토니를 불러 함께 업톤으로 산책을 나갔다. 안개 자욱한 강둑을 따라 걸었다. 그녀는 강물을 내려다보면서 꼼짝 않고 서 있었다. 충동이 가라앉으면 휘파람으로 개를 불러 서둘러 업톤으로 되돌아왔다.

어느 날 오후 로저는 자기 차로 안젤라와 드라이브를 하려고 언덕으로 나갔다. 새로운 한 해는 어느새 봄으로 바뀌고 있었다. 대기는 수액이 오르는 냄새와 부지런히 자라는 나무 냄새로 가득 찼다. 따스한 2월이 다가왔다. 새들이 부끄러운 줄도 모르고 그 언덕에 앉아 있는 연인들을 휘젓고 다니곤 했다. 안젤라를 품에 안고 열렬히 키스를 하던 곳이었다. 그런 기억이 떠올라 스티븐은 등을 돌려 그곳을 떠났다. 더 이상 견딜 수가 없었다. 집으로 돌아오면서 그녀는 호수로 향했다. 그곳에 당도하여 갑자기 그녀는 울음을 터뜨렸다. 그녀의 온몸이 눈물과 함께 녹아내리는 것 같았다. 모턴의 다정한 대지 위에 털썩 주저앉아 피눈물을 흘렸다. 그녀가 우는 모습을 지켜볼 사람은 아무도 없었다. 피터라고 불리는 백조 외엔.

5

끔찍하리만큼 가슴이 무너져 내리는 몇 개월이 계속되었다.

안젤라 크로스비에 대한 식을 줄 모르는 사랑으로 그녀는 야위어갔다. 그녀는 쓸모없고 쓸 곳도 없는 자기 돈을 생각하면서 종종 절망감에 사로잡히곤 했다. 그 돈도 자신처럼 무가치하다는 생각이 엄습했다. 그럼에도 불구하고 또 다른 생각이 집요하게 그녀를 따라다녔다. 말하자면 로저는 부자가 아니다. 그런데 그녀는 이미 부자이며 장차 더 부자가 될 것이었다.

그녀는 런던으로 가 웨스트엔드 양복점에서 새 옷을 골랐다. 그녀의 아버지에게 옷을 지어주었던 맬번의 재단사는 점점 늙어가고 있었다. 그녀는 장차 런던에서 양복을 맞추게 되리라. 그녀는 경쾌한 느낌의 붉은 자동차를 주문했다. 긴 차체에다 6마력을 내는 메탈지크였다. 그해에 나온 가장 빠른 차였다. 그 차를 사는 데 엄청난 돈을 지불했다. 그런 다음 장갑 열두 켤레, 두꺼운 실크 스타킹, 직사각형 사파이어 스카프 핀과 우산을 샀다. 본드 가에서 눈에 띄었던 중국의 흰색 크레이프로 만든 파자마의 유혹도 떨칠 수 없었다. 그 파자마에는 남성용 실내복 문양이 새겨져 있었는데 놀랄 정도로 화려했다. 그런 다음 손톱 손질을 했지만 광택은 내지 않았다. 그 상점에서 화장수와 카네이션 향이 나는 비누 한 상자와 손톱 손질을 하는 큐티클 크림을 샀다. 그리고 가장 중요한 것, 안젤라를 위해 다이아몬드가 걸쇠에 박힌 황금 백을 샀다. 그것이 그녀가 런던에 온 가장 큰 이유였다.

전부 합하면 상당한 금액을 소비한 셈이었다. 이런 일은 그녀에게 일시적인 만족감을 주었지만 기차를 타고 맬번으로 돌아오면서 그녀는 또다시 우울해져서 내내 바깥 풍경만 응시했다. 그녀가 인생에서 진정으로 원하는 한 가지만큼은 돈으로도 살 수가 없었다. 바로 안젤라의 사랑이었다.

고독의 우물

6

 그날 저녁 그녀는 거울에 비친 자신의 모습을 바라보았다. 근육질의 다부진 어깨, 작고 단단한 젖가슴, 운동선수처럼 날렵한 옆모습을 가진 자기 몸을 싫어하면서도 물끄러미 바라보았다. 평생 동안 그녀는 영혼을 죄는 기괴한 족쇄와도 같은 이 몸을 끌고 다녀야 했다. 숭배해야 하지만 숭배받아야 할 주인으로부터는 결코 숭배받지 못하는, 격정적이지만 희한하게도 결실이 없는 몸. 그녀는 자기 몸이 불모가 되었으면 했다. 그 몸이 자신을 잔인하다고 느끼도록 만들었기 때문이다. 그 몸은 너무나 희고, 강하고, 자신감에 차 있었다. 그런데도 너무나 초라하고 불행했다. 그녀의 눈에 눈물이 가득 고였다. 혐오가 연민으로 변했다. 그녀는 자기 몸을 애통해하면서 연민에 가득 찬 손가락으로 자기 젖가슴을 만지고 어깨를 쓰다듬었다. 자기 손으로 쭉 뻗은 허벅지를 쓰다듬어 내려갔다. 아, 불쌍하고 가장 버림받는 몸이여!
 그 순간 푸들은 스티븐을 위해 기도하고 있었고, 스티븐 또한 이제 맹목적으로 매달리면서 기도해야 했다. 그런데 기도에 합당한 단 몇 마디 말조차 찾을 수가 없었다. 자신이 어떤 존재인지 그 의미를 몰랐기에 그녀가 의미하는 바를 표현할 말이 없었다. 그럼에도 자신을 빚어낸 신을 사랑하면서 애정 어린 손길로 찾으려고 애썼다. 심지어 그것이 쓰라린 사랑일지라도.

25장

1

 스티븐의 고통은 바이올렛으로 인해 더 커지기 시작했다. 바이올렛은 언제나 모턴에 들렀다. 표면상으로는 알렉 이야기를 하는 것처럼 굴었지만 실제로는 그랜지 가에서 무슨 일이 일어나고 있는지 정보를 수집하려는 것이었다. 그녀는 몇 시간이고 머물면서 로저에 관한 원치 않는 소식들을 교묘하게 흘렸다.
 "아버지는 오빠의 용돈을 깎을 참이야. 그 여자 꽁무니를 쫓아다니는 짓거리를 그만두지 않으면 그럴 거야. 아차, 미안해. 그 여자 네 친구였지. 그 사실을 늘상 잊어버린다니까." 그렇게 말해 놓고서는 탐색하는 눈길로 스티븐의 눈치를 살폈다. "네 우정을 도통 이해할 수가 없어. 세상에 넌 어떻게 크로스비 씨를 참을 수 있니?" 스티븐은 다시 한 번 온 동네가 그녀에 관한 뒷소문으로 떠들썩하다는 것을 알게 되었다.
 바이올렛은 9월에 결혼하기로 되어 있었다. 알렉이 법정 변호사여서 그들은 런던에서 살 작정이었다. 그들의 집은 '벨그

레비아에 있는 완벽한 집'이라고 벌써부터 흥분을 감추지 못했다. 바이올렛은 씀씀이가 큰 피콕 부부에 기대어 즐기면서 살 작정이었다. 그녀는 요즘 무척이나 기분이 좋은 상태였다. 그녀의 눈에는 자신이 굉장히 대단한 사람이라는 듯한 자만심이 실려 있었다. 그 점은 동네 사람들도 마찬가지였다. 아, 그랬다. 온 세상이 바이올렛과 그녀의 알렉에게 미소를 보냈다. 세상 사람들은 "너무도 멋진 한 쌍"이라고 감탄하면서 그들에게 선물 세례를 퍼부었다. 어파슬 티스푼 열두 개 한 세트가 도착했다. 커피포트, 크림 담는 자기 주전자, 생선 써는 커다란 나이프, 헌트 부부가 보낸 무거운 은제 주발, 스코틀랜드 소작농들이 입에 침이 마를 정도로 칭찬한 것은 두말할 것도 없었다.

결혼식 당일 한 쌍의 젊은 남녀 앞에서 "인간이 순진무구했던 시기 동안 하느님의 율법으로 영광스러운 영지 안에서 결합하였다."라는 목사의 말을 들으면서 눈시울을 적시는 사람이 적지 않을 것이다. 인간의 순진무구함은 단 한 번 사과를 베어 먹은 이후로 살아남을 수 없었음에도 불구하고 결혼이라는 유구한 전통은 대단히 감동적이었다. 갓 결혼한 젊은 한 쌍, 그들은 열정적이지만 축복으로 신성해진 결혼의 제단에 무릎을 꿇음으로써, 그들 전부 혹은 전부는 아니라 할지라도 적어도 그들 대다수는 인간의 형상을 한 신이 보시기에 자연스럽고 흡족할 것이며, 마땅히 그럴 것이라고 여겨졌다. 그런데 바로 이 하느님이 한순간 분별력을 잃고 당신의 축복을 받을 수 없는 존재로 치부되는 불쌍한 인간들을 수천 명씩이나 창조했다는 사실은, 결혼식을 집전하는 목사의 신도들에게나 혹은 금실로 테두리를 한 붉은색 벨벳 쿠션에 무릎을 꿇고 있는 한 쌍의 커플에게 아무런 고민거리도 던져주지 않았다. 그런 연후에는 나이 든 장로들의 식은 피를 데워주는 샴페인으로 넘쳐 날 것이며, 무수히 많은 악수가 오가고 서로 축하를 나누며 수많은 사람의 미소가 신랑 신부에게 쏟아질 것이다. 그들 중 일부는 가슴에서 우러나오는 기도를 웅얼거릴 것이다. 결혼한 한 쌍이 출발하는 순간, "주님 저들을 축복하소서!"라고.

이제 스티븐은 오래된 속담과는 반대로 진정한 사랑의 길이 얼마나 곧게 달릴 수 있는지 직접 배워야 했다. 그 어느 때보다도 사랑은 오로지 인생의 모든 면에서 존경받을 수 있는 그런 사람들에게만 허용된다는 점을 깨달아야 했다. 조건이 나쁜 천민은 자신의 상처를 거짓말과 핑계 아래 감춰야 하는 것처럼 보였다. 바이올렛 안트림이 방문해 오랫동안 머물다 가면, 스티븐의 영혼은 썰물처럼 수위가 낮아졌다. 그녀는 고통의 용광로에서만 단련될 수 있는 강철 같은 용기를 아직 얻지 못했기 때문이다. 시련으로 단련될 수 있는 용기를 얻는 데는 지루하리만큼 장구한 세월이 걸릴 것이다.

2

런던에서 눈부신 새 자동차가 당도하자 버턴은 기쁨과 흥분에 들떴다. 새로운 셔츠가 완성되었고 옷 주인이 그 옷을 입었다. 안젤라는 값비싼 황금 백을 기쁘게 받았다. 선물을 하지 말라고 말렸던 것을 상기하면 다소 의외의 반응처럼 보였다. 하지만 스티븐은 그것이 결국 그다지 놀라운 일이 아니라는 것을 알았어야 했다. 왜냐하면 그 백 때문에 랠프는 불같이 화를 냈고, 이 일이 있은 후 안젤라는 훨씬 더 위험한 일에서 손쉽게 랠프의 신경을 분산시킬 수 있었기 때문이다.

연인을 믿고 싶은 간절함이 깊은 만큼 스티븐은 안젤라 크로스비의 말에 솔깃해졌다.

"글쎄, 나와 로저 사이엔 아무 일도 없다는 걸 네가 알잖아. 네가 모른다면 어떡해. 세상 사람 그 누구보다도 넌 반드시 알아야 하잖아." 그녀의 어린아이같이 순수한 푸른 눈을 쳐다보고 있으면 스티븐은 그 푸른 눈빛이 호소하는 것을 도무지 거역할 수가 없었다.

마치 그녀의 말이 진실임을 증명이라도 하듯 요즘 들어 로저가 그랜지에 나타나는 횟수가 줄어들고 있었다. 어쩌다 나타난다고 하더라고 스티븐이 보는 앞에서 그는 애인처럼 굴지 않고 그냥 친구처럼 굴었다. 그래서 그녀를 믿고 싶은 마음이 최악의 공포를 진정시켜 주는 방향으로 나아가게 되었다. 그럼에도 진실한 연인이라면 본능적으로 간파할 수 있듯 스티븐은 안젤라가 남몰래 불행해하는 것을 알 수 있었다. 그녀는 애써 가벼운 마음으로 수다를 떨려고 했지만 그녀의 까불거림도 스티븐의 눈을 속일 수는 없었다.

"비참해 보이는데, 무슨 일 있어요?"

그러면 안젤라는 대답하곤 했다. "랠프가 또다시 날 못살게 굴어서······." 그녀는 랠프의 의심이 날이 갈수록 심해지고 로저 안트림을 도무지 견딜 수 없어 한다는 말을 말미에 덧붙이지는 않았다. 안젤라는 남편을 지독히 무서워하면서도 한편으로는 공포와 열정 사이에서 치열하게 싸우고 있었다.

스티븐은 안젤라가 랠프에 대한 복수심으로 자신을 이용한다는 느낌을 종종 받았다. 예전 같으면 결코 허락하지 않았을 법한 애정 표시를 스티븐에게 하도록 유도하곤 했기 때문이다. 랠프의 작고 충혈된 눈에는 깊은 앙심이 서려 있었다. 그는 자리에서 일어나 구부정한 자세로 방을 빠져나갔다. 두 사람은 정문이 닫히는 소리와 더불어 그가 토니와 함께 산책 나가는 소리를 들었다. 하지만 두 사람만 남아 비교적 안전해졌을 때 그들 사이의 키스는 잔인하리만큼 거칠었다. 그들은 초조하고 불만족스럽고 허기진 키스를 나눴다. 그들의 입술은 그들의 몸을 채찍처럼 괴롭혔다. 그들이 나누는 키스는 서로의 통증을 구원하지도 않았고 편안함도 없었다. 서로 견딜 수 없는 상실감과 심한 거리감을 알면서 나누는 키스였기 때문이다. 잠시 후 두 사람은 아무 말 없이 고개를 숙인 채 앉아 있었다. 무슨 말도 할 수 없었거니와, 이 도착적인 사랑에 절규하지 않으려면 감히 서로의 눈을 쳐다볼 수가 없었던 것이다.

완전히 혼란에 빠진 스티븐은 두 사람에게 유예기간을 줄 수 있는 것이면 무엇이든 하려고 머리를 쥐어짰다. 그녀는 펜싱으로 유명한 펜싱 사범을 매수하여 런던에서 모턴으로 내려오게 하여 펜싱 하는 모습을 안젤라에게 보여 주려고 했다. 그녀는 비싼 값에 구입한 멋진 신형 자동차로 안젤라의 관심을 끌려고도 해보았다. 그녀는 안젤라가 소망하는 것 중 자신이 돈으로 해결해 줄 수 있는 게 무엇인지 알아내려고 노력했다.

"내가 할 수 있는 게 뭔지 말만 해줘요." 그녀는 통사정을 했다. 하지만 그녀가 할 수 있는 일은 분명 아무것도 없는 것 같았다.

안젤라는 몇 번 모턴으로 와서 의무감에 스티븐이 펜싱 하는 모습을 지켜보았다. 펜싱 연습은 제대로 되지 않았다. 스티븐이 곁눈질로 쳐다보았을 때 안젤라는 망연자실한 표정으로 창밖을 내다보고 있었다. 그 순간 교활하고 민첩한 펜싱 검의 뭉툭한 코끝이 스티븐의 가드 안으로 파고들어서 그녀를 창피하게 만들었다.

그들은 때로 아주 먼 곳까지 나가곤 했다. 어느 날 밤 두 사람은 여관에 들러 저녁을 먹었다. 안젤라는 남편에게 전화를 걸어 자동차가 고장 났다는 낡고 뻔한 핑계를 둘러댔다. 그들은 조용하고 작은 방에서 식사를 했다. 정원의 냄새가 창문으로 올라왔다. 따스하고 의미심장한 향내가 피어올랐다. 때는 5월이었고, 정원에는 꽃들이 흐드러지게 피어 있었다. 집에서 멀리 떨어진 곳 길옆에 있는 여관에 들러 단둘이 식사를 한 적은 이번이 처음이었다. 스티븐은 손을 뻗어 안젤라의 손을 잡았다. 희디흰 그녀의 손이 식탁 위에 가만히 올려져 있었다. 스티븐의 눈길이 초조하게 물었다. 때는 5월이었고, 젊은 피가 요동치면서 초여름의 수액을 빨아올렸다. 대기는 숨이 막힐 것 같았다. 어느 누구도 입을 열지 않았다. 두껍고 달콤한 침묵을 깰까 봐 두려웠다. 마침내 안젤라가 천천히 고개를 저었다. 그들은 먹을 수가 없었다. 각자가 서로 다른 그리움으로 가득 차 있었기 때문이다. 잠시 후 그들은 일어서서 가야 했다. 두 사람 모두 고통스러운 좌절감을 느꼈다.

그들은 달빛이 비치는 길을 따라 집으로 돌아왔다. 이윽고 안젤라는 불행한 아이처럼 빠르게 잠에 빠져들었다. 머리에 썼던 모자를 벗고 스티븐의 어깨에 머리를 기댄 채 잠이 들었다. 이처럼 무력하게 잠이 든 모습을 지켜보면서 스티븐은 이상하게도 마음이 움직였다. 어린아이처럼 금발 머리를 그녀의 어깨에 기댄 채 잠들어 있는 여자를 혹시라도 깨울까 봐 천천히 차를 몰았다. 차는 레드베리 타운에서 가파른 언덕길을 올라가다가 이내 드넓은 와이 계곡을 내려갔다. 계곡의 아름다움이 기이하게도 그녀를 슬프게 했다. 먼 옛날 그곳의 모든 아름다움이 불러일으킨 고통을 배웠던 그 시절처럼. 이제 계곡은 달빛에 멱을 감고 있었다. 여기저기서 이따금씩 지붕이나 창문이 빛을 발했다. 계곡에 사는 착한 농부들은 일찌감치 등불을 끄고 잠자리에 든 것처럼 보였다. 저 멀리 검은 구름이 웨일스 방향에서 나타나 첩첩이 쌓인 검은 산 위로 솟아올랐다. 개드포 산봉우리가 다른 산꼭대기를 내려다보고 있었다. 펜세리그칼크의 날카로운 봉우리가 하늘을 배경으로 솟아 있었다. 미풍이 불어 언덕 중턱에 돋아난 고사리들을 가볍게 흔들어놓았다. 안젤라의 머리카락이 감긴 눈 위로 살랑거리자 잠결에 그녀가 한숨을 쉬었다. 스티븐은 몸을 굽혀 그녀를 달래주었다.

고요하고 초현실적인 밤으로 인해 스티븐에게 낯선 그리움이 스멀스멀 피어올랐다. 그런 그리움은 더 이상 몸의 갈망이 아니라 몸의 족쇄를 견디다 지친 영혼의 향수병이었다. 모턴의 정문을 통과해서 차를 몰아가야 했을 때 그녀 안에서 이런 갈망은 거의 견디기 힘들 정도에 이르렀다. 잠들어 있는 여성을 자기 품에 안아서 정문을 통과한 다음 넓고 낮은 계단으로 그녀를 안고 올라가 자기 침대에 눕히고 싶었다. 여전히 잠들어 있는 그녀를 모턴의 보살핌 속에 안전하게 눕히고 싶었다.

안젤라가 갑자기 눈을 떴다. "여기가 어디야?" 그녀가 잠에 취해 웅얼거렸다. 한동안 그녀의 눈에 눈물이 고였다. 몸을 웅크린 채 앉아서 서럽게 울었다.

"괜찮아요, 울지 마요." 스티븐이 부드럽게 달랬다.

하지만 안젤라는 울음을 그치지 않았다.

26장

1

점점 물이 차오르다가 자기 앞에 있는 모든 것을 휩쓸어버리는 범람하는 강처럼, 이제 모든 사건이 차곡차곡 차올라 서서히 필연적인 결론을 향해 다가가고 있었다. 5월 말쯤 랠프는 어머니에게 가야 했다. 랠프의 어머니가 브라이튼에 있는 집에서 죽어가고 있다는 소문이 돌았다. 결함이 많긴 하지만 랠프는 효자였다. 기차 정거장에서 아내에게 작별 인사를 할 때 그의 충혈된 눈에서는 눈물이 흘러내렸다. 다음 날 아침, 그의 어머니가 돌아가셔서 몇 주 동안 집을 비워야 한다는 전보가 왔다. 그는 전보에 모일 모시에 돌아오겠다고 정확히 밝혔다. 그래서 안젤라는 그가 언제 돌아올지 알고 있었다.

예기치 않게 랠프가 오래 집을 비운다는 사실은 스티븐에게 안도감을 주었다. 그녀는 훨씬 더 정확히 대처할 수 있었다. 그녀는 안젤라와 가까이 지낼 온갖 계획을 짜려고 했다. 며칠 동안 런던으로 함께 가면 어떨까? 자동차를 타고 사이먼드 야트로 가서 강가에 있는 작은 호텔에 머물면 어떨까? 혹시 애버게 이브니로 올라가 그곳에 자동차를 세워놓고 검은 산을 등산하는 건 어떨까? 그러지 말란 법도 없었다. 날씨가 눈부셨다.

"안젤라, 나랑 함께 가줘요. 단 며칠만이라도. 우리 한 번도 그런 적이 없잖아요. 가끔씩 난 얼마나 그러고 싶었는데. 거절하면 안 돼요. 나랑 함께 못 갈 이유가 없잖아요."

그런데도 안젤라는 마음을 정하지 못하면서 갑자기 남편 걱정을 마구 해댔다.

"불쌍한 그이. 자기 어머니를 끔찍이도 좋아했는데. 난 갈 수가 없어. 시어머니라는 사람이 죽은 데다 랠프가 이렇게 불행한 상태인데 그러면 너무 비정하잖아."

"그럼 나는요? 난 전혀 불행한 적이 없다고 생각해요?"

말다툼을 하는 사이 시간은 무정하게 흘러갔다. 스티븐의 팽팽하게 당겨진 신경 줄이 그녀의 감정을 더욱 격하게 만들었다. 실망으로 인해 그녀는 불같이 화를 내거나 원망했다.

"말로는 날 사랑한다고 하면서도 나랑 함께 가지는 않으려고 하잖아요. 내가 그토록 오랫동안 기다려왔건만. 오, 하느님 맙소사. 내가 얼마나 기다렸는데! 당신은 정말로 잔인해. 원하는 건 아무것도 없어. 당신만 나랑 함께 가면 돼. 겨우 며칠 밤과 낮 동안만. 당신을 품에 안고 그냥 잘게. 아침에 일어났을 때 당신이 내 곁에 있다는 것을 느껴보고 싶을 뿐이야. 눈을 떴을 때 내 곁에 누워 있는 당신 얼굴을 보고 싶어. 우리가 서로에게 속한 것처럼. 안젤라, 맹세할게. 당신을 괴롭히지 않겠다고. 우린 그냥 지금처럼 있으면 돼요. 당신이 두려워하는 게 그런 것이라면. 당신도 알잖아요. 그동안 내가 해왔던 걸 보면 날 믿을 수 있단 걸 알잖아요."

그런데도 안젤라는 냉정하게 거절했다.

"안 돼, 스티븐. 미안해. 난 도저히 갈 수 없어."

그러면 스티븐은 인생이 너무도 견디기 힘들게 느껴졌다. 때로 그녀는 미친 듯이 몇 마일씩이나 래프터리를 타고 달렸다. 혹은 필립 경의 어린 적토마를 타고 달렸다. 잠 못 드는 밤을 보낸 뒤 이른 아침 홀로 말을 달리곤 했다. 그러면 자신의 불행한 몸을 고문하는 그런 팽팽한 신경 줄들이 묘하게 살아 있다는 느낌을 주었다. 그녀는 모턴으로 돌아왔지만 전혀 휴식을 취할 수 없었다. 잠시 후 자동차를 대령하라고 하고서는 혼자 차를 몰고 그랜지로 넘어갔다. 안젤라는 그녀가 오는 것을 끔찍하게 여겼다.

"난 상당히 바빠, 스티븐. 랠프가 돌아오기 전에 세금 계산서를 전부 처리해야 하거든. 두통이 너무 심해. 그러니 오늘 아침에는 날 제발 나무라지 마. 네가 그런 식으로 굴면 도저히 견딜 수 없어!"

그녀의 차가운 반응에 스티븐은 뺨이라도 얻어맞은 것처럼 움찔했다. 그녀는 고개를 돌리고 모턴으로 되돌아가곤 했다.

랠프가 돌아오기로 한 전날, 이들에겐 무척이나 소중한 날이었다. 그날을 두 사람은 꽤나 평화롭게 보냈다. 안젤라는 마음이 편해진 것처럼 보였다. 전과 달리 스티븐에게 부드럽게 대했다. 언제나 반응이 빠른 스티븐도 안젤라에게 부드럽게 대했다. 덥지만 고요한 날씨 덕분에 허브 정원에서 식사를 하고 난 후 안젤라는 두통을 호소했다.

"아, 스티븐. 머리가 너무 아파. 천둥처럼 울리네. 하루 종일 그래. 우리가 함께 보낼 마지막 날인데 이런 끔찍한 일이 일어나다니. 가끔씩 이렇게 두통이 온다니까. 이럴 때는 그냥 침대에서 쉬면 괜찮아져. 두통약을 먹고 잠을 청해야지. 그러니까 모텔으로 돌아가면 전화하지 마. 내일 아침 일찍 와. 아, 난 너무 비참해. 이게 우리가 평화롭게 보낼 수 있는 마지막 밤이잖아."

"알아요. 혼자 있어도 괜찮겠어요?"

"그럼, 물론이고말고. 몇 시간만 자면 돼. 걱정하지 마. 알았지? 약속해, 스티븐!"

스티븐은 망설였다. 느닷없긴 했지만 안젤라는 몹시 아픈 것처럼 보였다. 그녀의 손은 얼음처럼 차가웠다.

"잠을 이루지 못하면 내게 전화해요. 즉시 달려올 테니까."

"그럼 내가 전화하기 전까진 그러면 안 돼. 전화하면 그 소리를 듣고 잠이 깨고, 그럼 두통이 방망이질을 할 테니까." 그녀 자신도 어쩔 수 없는 묘한 매력에 이끌려 안젤라는 얼굴을 내밀면서 말했다. "키스해 줘……. 오, 하느님…… 스티븐!"

"당신을 너무나 사랑해. 너무나도." 스티븐이 속삭였다.

2

모텔으로 돌아왔을 때는 10시가 지난 무렵이었다.

"안젤라 크로스비가 전화했던가요?" 그녀는 푸들에게 물었다. 푸들은 홀에서 그녀를 기다리던 참이었다.

"아니, 전화하지 않았어!" 푸들이 퉁명스럽게 대답했다. 그녀는 이젠 안젤라 크로스비의 이름조차 듣고 싶어 하지 않았다. 그러면서 한 마디 덧붙였다. "넌 이 세상 사람 같지 않아. 널 대신해 나라도 빨리 잠자리에 들어야 할 것 같은데, 스티븐."

"주무세요, 푸들. 피곤하시면. 어머니는 어디 계세요?"

"목욕하고 계셔. 제발 잠 좀 자. 요즘 네가 이러고 다니는 걸 도무지 봐줄 수가 없어."

"전 괜찮아요."

"아니, 넌 괜찮지 않아. 완전히 잘못되고 있어. 가서 네 얼굴을 좀 봐."

"그다지 보고 싶지 않은데요. 거울엔 끌리지 않아서요." 스티븐이 미소 지었다.

화가 난 푸들은 혹시나 안젤라가 전화할까 봐 홀의 전화기 옆 의자에 앉아서 책을 읽는 스티븐을 내버려 둔 채 자기 방으로 올라갔다. 스티븐은 마치 충성스러운 짐승처럼 그곳에 앉아 끈질기게 전화를 기다리면서 온밤을 지새웠다. 하지만 새벽빛이 어슴푸레하게 창문에 비치고 반원형 채광 창틀을 비추자, 그녀는 뻣뻣해진 몸을 일으켜 홀 안을 오락가락하며 서성거렸다. 이 여자와 함께하고 싶다는 사무치는 그리움에 사로잡힌 채. 그녀의 정원에 서서 오로지 그녀만을 지켜볼 수 있다면 하는 간절한 그리움에 이끌려 그녀는 외투를 집어 들고 자동차로 향했다.

3

그녀는 자동차를 그랜지 가 정문에 세워둔 채 드라이브 길로 걸어서 들어갔다. 발걸음도 조심스럽게 걸었다. 아침 이슬을 머금은 대기는 싱그러운 냄새를 풍겼다. 갓 깨어난 아침의 향기 그 자체였다. 키 크고 화려한 튜더 양식의 굴뚝이 동터 오르는 하늘을 배경으로 유령처럼 솟아 있었다. 스티븐이 살금살금 허브 정원으로 들어섰을 때, 새 한 마리가 시험 삼아 울기 시작했다. 새의 목소리는 잠에 취해 아직까지 허스키했다. 그녀는 그곳에 서 있었다. 두꺼운 외투를 걸쳤음에도 몸이 떨렸다. 밤새 뜬눈으로 지새우고 난 뒤라 몸의 활력이 떨어진 상태였다. 그녀는 가끔씩 지금과 같은 탈진 상태가 되곤 했다. 극도의 피곤으로 사소한 도발에도 몸을 떨었다. 그녀의 강인한 체력을 너무 고집스럽게 소모한 결과 녹초가 되었기 때문이다.

그녀는 외투를 바짝 당겨 단단히 여몄다. 아침 햇살로 붉게 물들고 있는 그 집을 뚫어지게 바라보았다. 그녀의 가슴은 초조하게 뛰었다. 그녀도 알지 못하는 고통스러운 사태를 예감한 듯 심장이 두려울 정도로 두근거렸다. 모든 창문이 어슴푸레했지만 한두 개 창문은 아침 햇살에 붉게 불타오르고 있었다. 얼마나 오랜 시간 그렇게 서 있었는지 의식조차 없었다. 한순간 그렇게 서 있었을 수도 있고, 아니면 평생이었을 수도 있었다. 그때 불쑥 기척이 느껴졌다. 작은 참나무로 된 문은 정원을 향해 나 있었다. 그 문이 조심스럽게 조금씩 조금씩 열리다가 마침내 활짝 열렸다. 스티븐은 한 남자와 한 여자가 서로 헤어지는 것을 도무지 견딜 수 없다는 듯 어깨를 감싼 채 간절히 끌어안는 모습을 보았다. 두 사람은 끌어안고 키스를 하는 동안 사랑에 취해 불안정하게 비틀거렸다.

엄청난 고뇌의 순간이 그러하듯 스티븐은 오로지 기괴한 모습만 기억할 뿐이었다. 그녀는 오직 통통한 젖가슴의 하녀가 거칠고 호색한인 풋맨의 팔에 안겨 있는 모습만 기억할 수 있었다. 그녀는 웃고 또 웃었다. 마치 발작을 일으킨 인간처럼 웃어 젖혔다. 웃고 또 웃어서 마침내 숨을 헐떡였다. 혀에서 흘러내리는 피를 뱉어낼 지경에 이를 때까지 계속 웃었다. 히스테릭한 웃음을 멈추려고 혀를 깨물어서 피가 흘러내렸다. 핏자국이 그녀의 턱에 남아 있었다. 멈출 수 없는 웃음으로 온몸이 경련을 일으켰다.

죽음처럼 창백한 얼굴로 로저 안트림이 정원 쪽을 뚫어지게 쳐다보았다. 그의 왜소한 콧수염이 파르르 떨리는 입술 위에서 마치 조심성 없는 아이가 손가락으로 묻혀 놓은 잉크 자국처럼 흙빛이 되었다.

이제 안젤라의 목소리가 들렸다. 그것도 아주 희미하게. 그녀가 뭐라고 말하는 것 같았다. 그녀는 대체 뭐라고 하는 것이었을까? 그것은 마치 기도하는 소리처럼 모호하게 들렸다. "오, 하느님!" 그러다가 갑자기 대기를 면도칼로 찢는 것처럼 날카로운 외침 소리가 들렸다.

"스티븐!"

웃음은 그처럼 느닷없이 멈췄다. 스티븐은 뒤돌아서서 정원을 걸어 나와 그랜지 가 정문으로 난 짧은 드라이브 길을 내려갔다. 정문에는 그녀의 차가 기다리고 있었다. 그녀의 얼굴은 아무런 표정 없는 가면과 같았다. 몸은 뻣뻣하게 굳었음에도 기이하리만치 정확히 움직였다. 핸들을 돌리고 아무 힘도 들이지 않고 엔진을 가동시켰다.

그녀는 엄청난 속력을 내면서도 기계적으로 정확히 판단했다. 그녀의 마음은 샘물처럼 투명하게 작동하면서도 낯선 틈새가 있었다. 어디로 향하고 있는지 전혀 알지 못했다. 아무 생각도 없었다. 그토록 익숙했던 업톤 주변의 모든 길들이 어디가 어디인지 전혀 알 수가 없었다. 얼마나 운전을 했는지도 알지 못했다. 주유하려고 멈췄을 때 얼마나 달렸는지도 몰랐다. 태양은 하늘 높이 떠 있었고 날씨는 더웠다. 그녀의 한기를 데워 주지 못하는 햇살이 가차 없이 내리꽂혔다. 언제나 그랬던 것처럼 그녀의 심장 부근으로 서서히 죽음이 밀려드는 것이 느껴졌다. 그녀는 자기 안에 시체를 짊어지고 다녔다. 안젤라에 대한 사랑의 시체였던가? 사랑이 그처럼 끔찍한 죽음이라면, 사랑은 삶보다 훨씬 더 끔찍한 죽음이었다.

저녁 하늘에 첫 별이 나와서 반짝거리고 있었지만 아직까지는 희미한 빛을 발하고 있을 무렵, 그녀는 자신이 모턴의 정문을 향하고 있음을 깨달았다. 푸들의 목소리가 들렸다.

"잠깐만. 거기 멈춰, 스티븐." 푸들이 드라이브 길에서 그녀를 멈춰 세웠다. 이 작고 겁 없는 인물이.

그녀는 급브레이크를 밟았다.

"무슨 일이에요? 왜요?"

"어디 있다 오는 거야?"

"나도 모르겠어요, 푸들."

하지만 푸들은 그녀 옆자리에 올라타면서 말했다.

"잘 들어, 스티븐." 그녀는 말을 급하게 이어갔다. "자, 스티븐. 이게 다 안젤라 크로스비 때문이지. 그렇지? 네 얼굴에 다 적혀 있어. 하느님, 맙소사. 그 여자가 도대체 무슨 짓을 한 거야, 스티븐?"

그러자 스티븐은 자기 심장에 시체가 놓여 있음에도 바로 그 시체로 인해 그 여자를 두둔했다.

"그녀는 아무 짓도 안 했어요. 모든 건 내 잘못이에요. 선생님은 이해하지 못할 테지만 난 너무 화가 났어요. 그런데 마구 웃음이 터져 나왔어요. 웃음을 도무지 멈출 수가 없었거든요."

고독의 우물 341

계속했다. 말을 계속했다. 그녀는 지금 말을 너무 많이 하고 있다. "아니, 정확히 그런 게 아니라…… 아, 그러니까 선생님도 알잖아요. 내 성질 나쁜 것. 별것 아닌 일에도 전후 사정 가리지 않고 언제나 화부터 벌컥 내잖아요. 그래서 성질이 가라앉을 때까지 차를 몰고 사방을 돌아다녔어요. 미안해요, 푸들. 전화를 했어야 했는데. 당연히 선생님이 초조하게 걱정했을 텐데."

푸들이 그녀의 팔을 잡았다. "스티븐, 잘 들어. 어머닌 네가 일찍 우스터로 출발한 걸로 알고 계셔. 내가 거짓말을 했거든. 난 거의 제정신이 아니었어, 얘. 조금만 더 늦었더라면 네가 어디에 갔는지 모른다고 실토했을 거야. 말 한 마디 없이 이렇게 사라지는 일은 두 번 다시 절대로 없어야 해. 알겠어? 하지만 널 이해해. 정말로 이해한다고, 스티븐."

스티븐은 고개를 가로저었다. "아뇨, 선생님은 절대 이해할 수 없을 거예요. 차마 말할 수도 없고요."

"언젠가 말하겠지." 푸들이 말했다. "왜냐하면…… 글쎄, 그러니까…… 내가 널 이해하기 때문이야, 스티븐."

4

그날 밤 그녀의 가슴속 무거운 짐과 얼음처럼 차갑게 얼어붙었던 마음은 눈 녹듯 녹았다. 얼음 같은 차가움은 슬픔의 격랑으로 소용돌이쳐 흘러내렸다. 그녀는 그런 슬픔의 소용돌이를 도무지 이겨낼 수가 없었다. 죽음과 같은 슬픔에 빠져 있으면서도 그녀는 펜과 종이를 꺼내 안젤라 크로스비에게 편지를 썼다.

 너무도 고통스러운 편지였다! 몇 달간의 숨 막혔던 그 모든 열정과 끔찍하게 쓰라리고 파괴적인 그 모든 좌절감이 그녀의 심장에서 터져 나왔다.

 "날 사랑해 줘요. 내가 당신을 사랑하듯 그렇게 날 사랑해 줘요. 안젤라, 제발. 날 조금이라도 사랑해 줘요. 날 버리지 말아요. 당신이 날 버리면 난 정말 끝장이에요. 내가 당신을 얼마나 사랑하는지 알잖아요. 내 영혼과 육신을 다 바쳐 사랑한다는 걸. 그것이 잘못된 일이고 기괴하고 부정한 일이라면, 그냥 날 불쌍히 여겨줘요. 내가 좀 더 겸손해질게요. 아, 내 사랑. 지금 난 정말로 초라해요. 내 목숨보다 당신을 더 사랑하고 필요로 하는 불쌍하고 가슴 아픈 괴짜일 따름이군요. 삶이 죽음보다 더 못하니까. 당신 없는 삶은 죽음보다 천 배 만 배 더 못하니까. 난 정말 끔찍한 실패작입니다. 하느님의 실패작. 나 같은 사람이 얼마나 더 있는지는 모르지만 하여튼 그들 자체를 위해 난 기도하지 않을 겁니다. 그건 완전히 지옥이니까. 하지만 오, 내 사랑. 내가 어떤 존재든지 간에 당신을 그냥 사랑하고 사랑합니다. 나는 사랑이 죽었다고 생각했어요. 그런데 죽지 않았더군요. 살아 있어요. 오늘 밤 사랑은 내 침대에서 끔찍하게 살아 있어요……." 편지에는 그런 내용이 몇 페이지에 걸쳐 빼곡히 적혀 있었다.

 하지만 그녀는 로저 안트림에 관해서는 한 마디도 하지 않았다. 그날 아침 정원에서 그녀가 보았던 것에 관해서는 한 마디도 언급하지 않았다. 그 여자를 보호해야겠다는 순전히 이타적이고 훌륭한 본능이 그날 있었던 모든 고뇌와 모든 광기를 이겨낼 수 있도록 해주었다. 하지만 그 편지는 스티븐에 대한 끔찍한 고발장이 되었고, 안젤라 크로스비에게는 완벽한 알리바이를 마련해 주었다.

5

안젤라는 남편의 서재로 향했다. 남편 앞에서 온몸을 떨면서 서 있었다. 자신이 지금 하려는 짓이 두렵기도 했지만 자신을 지키기 위한 원초적인 본능에 따라 비정한 결정을 내렸다. 그녀의 귀에는 아직도 그 끔찍한 웃음소리가 들렸다. 기괴하고 히스테릭하면서도 고통스러운 그 웃음소리가 지금도 들리는 것 같았다. 스티븐은 미쳤다. 미치는 순간 그녀가 무슨 말과 무슨 짓을 할지 아무도 알 수 없었다. 그렇게 되면 감히 앞날을 내다볼 수 없었다. 영혼은 위축되고 육체는 떨렸다. 안젤라는 스티븐이 그녀에게 얼마나 충실하고 충성스럽게 헌신했는지 완전히 잊어버렸다. 잊으려는 노력과 자신을 보호하려는 욕망 탓에 그녀는 그 불쌍한 편지를 공개하고야 말았다.

"랠프, 당신의 조언이 필요해요. 난 정말 끔찍해요. 스티븐 고든 때문이에요. 당신은 내가 로저와 사랑에 빠진 줄 알고 있었겠지만, 세상에. 내가 지난 몇 달간 어떻게 견뎠는지 당신이 알았다면! 로저를 자주 만난 건 사실이에요. 그건 인정할게요. 정말 아무 일 없이 순수하게 만난 거예요. 한결같이 그렇게 로저를 만났어요. 내가 그런 사람이 아니란 걸 그녀에게 보여 줄 수 있으리라고 생각했어요. 그러니까 내가 그런 사람이 아니란 걸 말이에요." 한순간 그녀의 목소리가 떨려서 나오지 않았다. 그러다가 단호하게 말을 이어갔다. "난 변태가 아니에요. 난 그런 타락한 인간이 아니라고요."

그가 자리에서 벌떡 일어서면서 소리쳤다.

"뭐라고?"

"그래요. 나도 알아요. 그게 얼마나 끔찍한 일인지. 그 점에 관해서 당신의 조언을 구했어야 했어요. 처음에는 그 애를 정말 진심으로 좋아했어요. 그래서 점차 그녀를 교화하려고 노력해 봤어요. 아, 내가 미쳤던 게 분명해요. 그건 미친 것보다 더한 상태라고 당신은 말하고 싶을 테죠. 처음부터 희망 없는 짓이었어요. 내가 이런 문제에 관해 좀 더 알았더라면 당신과 곧바로 상의했을 텐데. 그 애는 우리 이웃이기도 하잖아요. 이 군에서 지닌 위치도 있고 해서. 랠프, 당신이 날 도와줘야겠어요. 나 참, 당혹스러워서. 이런 편지에 대체 뭐라고 답을 하죠? 정말 미쳤어요. 내 생각에 걔는 반쯤 미쳤어요."

그녀는 랠프에게 편지를 건넸다.

그는 천천히 편지를 읽어 내려갔다. 편지를 읽어 내려가면서 그의 작고 시력이 나쁜 눈은 그야말로 벌겋게 변했다. 눈꺼풀 주위가 온통 벌겋게 부풀어 올랐다. 편지를 다 읽고 나자 그는 돌아서서 바닥에 침을 뱉었다. 랠프의 욕설은 잊어버리자. 그는 어린 시절 빈민가와 공장에서 배운 흉측한 욕설들을 스티븐과 그녀와 같은 유형들에게 마구 퍼부었다. 그런 인간들에게 주님의 진노가 떨어지기를 바랐다. 그는 화형이라는 형벌이 사라진 것을 통탄하면서 그의 머릿속에서 쥐어짤 수 있는 온갖 고문의 형태를 내뱉었다. 마침내 그가 말했다.

"내가 이 편지에 답장을 해야겠어. 그래, 하느님의 이름으로 맹세코 그래야겠군! 이 문제는 내게 맡겨. 이런 편지에는 어떻게 대답해야 하는지 내가 보여 줄 테니까!"

"랠프, 스티븐에게 대체 어쩌려고요?" 안젤라의 목소리가 떨렸다.

그는 크게 웃었다. "내가 뭔 짓을 하기도 전에 그녀를 이 나라에서 쫓아낼 거야. 영국의 행운을 위해서. 당신네 두 여자 사이에 뭔 일이 있다면, 당신도 마찬가지로 그렇게 쫓아낼 거야. 당신이 이 편지를 손에 넣었다는 건 정말 다행인 줄 알아. 그렇지 않았다면 내가 의심했을 테니까. 당신, 이번에는 봐주겠지만 앞으로는 당신이 누굴 교화시키려고 들지 마. 당신이 탁월한 개혁가는 못 되잖아. 주님의 양 떼를 보살펴야 하는 일이 있다면, 내가 손봐 줄 테니까 당신은 관심 꺼!" 그는 그 편지를 자기 호주머니에 밀어 넣었다. "다음번엔 내가 직접 도끼로 손봐 줄 테니까!"

안젤라는 고개를 숙이고 뒤돌아섰다. 그녀는 엄청난 배신을 통해 자신을 구했다. 자신을 구출했음에도 기괴하리만치 쓰라렸다. 자신의 안전을 위해 가장 수치스러운 대가를 지불했던 것이다. 감히 용기를 내어 그녀는 자기 책상머리에 앉아서 종이를 꺼냈다. 그런 다음 크고 다소 유치한 필치로 썼다.

"스티븐. 내가 한 짓을 알게 된다면, 날 용서해 줘."

27장

1

그로부터 이틀이 지난 후 애너 고든은 하인을 시켜 자기 딸을 불렀다. 스티븐은 어머니가 자신의 커다란 응접실에 미동도 없이 앉아 있는 모습을 보았다. 언제나처럼 그곳에선 희미한 밀랍 냄새와 흰 붓꽃 향기와 바이올렛 향기를 맡을 수 있었다. 가늘고 흰 손이 그녀의 무릎 위에 얌전히 올려져 있었고, 주도면밀하게 접은 몇 장의 편지지가 놓여 있었다. 스티븐은 자기 어머니가 갑자기 대단히 늙어 보인다고 생각했다. 냉혹하고 무자비한 눈길, 가혹하고 무자비하게 비난하는 눈길을 하고 있는 늙은이처럼 보였다. 그녀는 그 눈길에 움찔하지 않을 수 없었다. 왜냐하면 그런 눈길이야말로 자기 어머니의 눈길이었기 때문이다.

"문을 잠그렴. 그리고 이리 와서 여기 좀 서거라."

절대적인 침묵 속에서 스티븐은 어머니의 말을 따랐다. 이윽고 두 사람은 마주 보았다. 육신과 육신으로, 피와 피로 그들 사이에 놓인 심연 너머 서로를 대면하고 섰다.

"이것을 읽어봐라." 애너는 딸에게 편지를 건네주며 짤막하게 말했다. 스티븐이 천천히 편지를 읽어 내려갔다.

존경하는 애너 부인

깊이 유감스럽게 생각하면서 이 펜을 들었습니다. 어떤 일은 생각하는 것조차 견딜 수 없는 경우가 있습니다. 그것을 편지로 쓴다는 것은 더더욱 견딜 수 없는 노릇입니다. 그러나 부인의 딸이 저의 집에 발을 들여놓지 말아야 한다는 결정을 내린 것에 대한 이유를 마땅히 설명해야 한다는 생각입니다. 또한 저의 아내가 모턴을 방문하지 못하도록 하는 것에 대한 이유를 밝혀야겠지요. 부인의 따님이 제 아내에게 보낸 편지의 사본을 동봉합니다. 편지를 보시면 제가 더 이상 구구절절 쓰는 일이 필요치 않다는 점을 충분히 아시리라 사료됩니다. 고든 양이 저의 아내에게 보냈던 값비싼 두 가지 선물을 되돌려 드린다는 점을 덧붙이는 것 이외에는 더 이상의 말이 필요하지 않을 줄 압니다.

당신의 진정한 친구로 남아 있는
랠프 크로스비

스티븐은 한순간 돌처럼 굳은 채 그 자리에 서 있었다. 근육조차 실룩이지 않았다. 아무 말 없이 그 편지를 자기 어머니에게 되돌려 주었다. 애너는 말없이 편지를 받아 들었다. '스티븐. 내가 저지른 짓을 알게 된다면, 날 용서해 줘.' 유치하고 구불구불한 글씨체가 갑자기 불타오르는 것처럼 보였다. 호주머니에 손을 대면 스티븐의 손가락이 불길에 그을릴 것만 같았다. 이것이 안젤라가 저지른 짓이었다. 맹목적인 섬광처럼 그녀는 이 모든 상황을 한순간에 깨달았다. 비참한 나약함, 배신의 두려움, 로저와 죄지은 날 밤의 그 일을 알면 무슨 짓을 저지를지 모를 남편에 대한 끔찍한 공포. 스티븐은 이 모든 것을 한꺼번에 깨달았다. 안젤라는 진정 자신을 이런 식으로 다뤄야 했던가. 그처럼 헌신적이고 충실했던 자신에게 치명적인 마지막 일격을 가하다니. 가장 신성하고 최선을 다했던 헌신에 가한 최후의 모욕이었다. 안젤라는 그녀가 사랑했던 인물의 손에 배신을 당할까 봐 두려웠던 것이다.

이제 그녀의 어머니가 다시 말을 하고 있었다.

"그리고 이것, 이것을 읽고 네가 썼는지 말해 보려무나. 아니면 그 남자가 거짓말을 하는 것인지……." 랠프 크로스비가 뻣뻣하고 점원 같은 필체로 쓴 편지를 읽으며 처참한 심경이 된 스티븐은 자신을 향하고 있는 또 다른 혐오의 기색을 느낄 수 있었다.

그녀는 무표정하게 대답했다. "그래요, 어머니. 제가 썼어요."

그러자 애너는 자신이 이 말을 하더라도 아무것도 잃을 것이 없다는 듯이 천천히 말하기 시작했다. 너무나 느리고 고요한 목소리여서 분노보다는 두려운 마음이 들었다.

"난 여태까지 너의 삶에서 기이하고 묘한 느낌을 받았다. 육체적으로 일종의 거부감을 느꼈으니까. 네가 나를 만지는 것도 싫고 내가 널 만지는 것도 싫었다. 어미로서 그런 생각이 든다는 게 너무 끔찍했지. 그 때문에 몹시 불행했다. 때때로 내가 부당하고 부자연스러운 것은 아닌가 하는 생각도 들었다. 그런데 이제 내가 옳았다는 걸 알게 되었구나. 부자연스러웠던 건 내가 아니라 바로 너였어……."

"어머니, 그만 해요!"

"부자연스러웠던 건 내가 아니라 바로 너였어. 너라는 애는 창조에 대한 죄로구나. 무엇보다 너를 키워주셨던 아버지에 대해 죄를 짓는 짓이다. 넌 감히 네 아버지를 빼닮았으니까. 네 얼굴은 아버지의 기억에 대한 살아 있는 모독이다. 네 얼굴을 볼 때마다 너를 키워준 네 아버지에 대한 기억으로 치명적인 모욕을 떠올리지 않을 수 없겠구나. 이 엄청난 수치를 참고 견디기 전에 네 아버지를 일찍 데려간 하느님께 감사할 따름이다. 네가 이런 모욕적인 일을 저지르면서 내 앞에 서 있는 것보다 차라리 내 눈앞에서 죽어버렸으면 좋겠다. 편지에서 사랑이라고 부른 입에 담지 못할 짓거리를 네가 썼다는 걸 부정하지도 않는구나. 편지에 오로지 남자와 여자 사이에서만 말할 수 있는 것들을 언급했더구나. 네 입에서 그런 말이 나오니 사악하고 불결하고 타락한 말이 되는구나. 자연을 거역하고, 자연을 창조하신 하느님의 뜻을 거역하는 그런 타락한 말들을 하다니. 속에서 원통함이 솟구치는구나. 널 보는 것만으로도 내 몸이 진저리가 난다."

"어머니, 지금 무슨 말을 하고 있는지 알고 계세요? 당신은 내 어머니라고요."

"그래. 난 네 어미다. 그럼에도 불구하고 네가 나에게는 천벌 같구나. 내 딸로 인해 나락으로 추락하려고 내가 그동안 무슨 짓을 해왔단 말인가 하고 나 자신에게 묻고 있다. 그리고 너의 아버지는 무엇을 해왔던가 하고 말이다. 너는 이런 관계에도 사랑이라는 말이 해당하는 것처럼 생각하는구나. 그런 육욕이 사랑이더냐. 조화롭지 못한 마음과 훈육되지 않은 몸의 부자연스러운 갈망을 사랑이라고 부르다니. 나는 사랑을 했다. 내 말을 듣고 있니? 난 네 아버지를 사랑했어. 네 아버지도 날 사랑했고. 그게 사랑이다."

그러자 갑자기 스티븐은 깨달았다. 자신의 자궁에서 태동을 느끼고 배 아파서 낳아준 여자의 발 앞에 고꾸라져 죽지 않으려면, 이 세상에서 단 한 가지만큼은 도전하지 않고 그냥 지나칠 수 없는 게 있다는 걸. 자신의 사랑에 대한 끔찍한 비방과 모욕에 대해서 그녀는 분연히 떨치고 일어나야 했다. 혼신의 힘을 다해 그것만큼은 거부해야 했다. 자기 사랑을 견딜 수 없을 정도로 모욕하고 먹칠하는 것에서 지켜내야 했다. 그 사랑은 자신의 일부였다. 그 사랑을 지켜낼 수 없다면 그녀 자신을 더 이상 구원할 수 없었다. 그런 사랑도 용납될 수 있다고 선언할 만한 용기를 발휘함으로써 분연히 일어서거나 아니면 추락하는 수밖에 없었다.

그녀는 어머니의 말을 막았다. 느리고 나직하게 계속되는 목소리를 저지하면서 따졌다.

"아버지가 어머니를 사랑했다면 내 사랑도 사랑입니다. 남자가 여자를 사랑하듯이 그게 내가 한 사랑이었어요. 아버지처럼 보호해 주는 사랑. 내가 가진 모든 것을 다 내주고 싶었어요. 그러면 내 자신이 너무나 강하게 느껴졌으니까요……. 그리고 부드러운 느낌이 드니까요. 그게 좋아요. 너무너무 좋아요. 안젤라 크로스비를 위해서라면 수천 번도 더 내 목숨을 내놓을 수도 있었어요. 그럴 수만 있었다면 그녀와 결혼하고 이곳으로 데려오고 싶었어요. 여기 모턴으로 그녀를 데려오고 싶었다고요. 남자가 여자를 사랑하듯 그렇게 그녀를 사랑했어요.

나 자신을 여자로 느낀 적이 한 번도 없었으니까요. 그건 어머니도 아시잖아요. 어머넌 날 언제나 싫어했다고 말했잖아요. 이상하게도 나를 보면 육체적인 거부감이 든다고. 난 내가 누군지 몰라요. 어느 누구도 내가 남들과 다르다는 걸 말해 주지 않았으니까요. 하지만 이제 내가 다르다는 걸 알았어요. 바로 그 때문에 어머니가 그런 식으로 행동했다고 생각하게 되었고요. 그 점에서 어머니를 용서할게요. 어찌 되었든지 간에 어머니와 아버지가 바로 이 몸을 만들어주었으니까요. 하지만 내가 절대로 어머니를 용서할 수 없는 건 내 사랑을 모독하고 수치스럽게 만들었다는 점입니다. 난 내 사랑을 부끄럽게 여기지 않아요. 내가 부끄러워할 점이라고는 전혀 없어요." 이제 그녀는 말을 더듬기 시작했다. "좋아요. 그래, 괜찮아요. …… 나에게 있는 최고의 것을 전부 다 주어도 괜찮아요. 내 모든 걸 다 주었고 그 대가로 아무것도 원하지 않았어요. 난 다만 절망적으로 사랑했을 뿐이에요." 그녀는 말을 멈췄다. 그녀는 머리부터 발끝까지 사시나무 떨듯 떨었다. 애너의 얼음장처럼 차가운 목소리가 분노하고 오롯이 고통받고 있는 영혼 위에 얼음물처럼 떨어져 내렸다.

"네 할 말은 다한 듯싶구나, 스티븐. 더 이상 너와 나 사이에 긴 말은 필요 없다. 다만, 우리 두 사람이 더는 모턴에서 함께 살 수 없다는 말을 빼고는 말이다. 지금부터는 안 돼. 그러면 내가 널 점점 더 미워할 것 같으니까. 그래, 비록 내 아이지만 널 미워하게 될 거다. 한 지붕 아래 있는 게 우리 두 사람에게는 더 이상 안식처가 될 수 없어. 우리 두 사람 중 한 명은 떠나야 한다. 누가 나가야 하겠니?" 그녀는 스티븐의 얼굴을 쳐다보면서 대답을 기다렸다.

모턴에서 떠나라고! 두 사람이 한 지붕 아래 살 수 없다고! 무언가 그녀의 심장을 잡고 비트는 것 같은 통증을 느꼈다. 그녀는 한순간 기가 막혀 자기 어머니를 뚫어지게 보았다. 애너 역시 그녀의 시선을 되받고 있었다. 그녀는 스티븐의 대답을 기다리고 있었다.

  갑자기 스티븐은 자기 안에서 남자다움을 발견했다. 그녀가 대답했다.

  "알겠어요. 제가 모턴을 떠나죠."

  그러자 애너는 딸을 자기 곁에 앉도록 했다. 그러고 나서 스캔들을 최소화하면서 이런 일을 어떻게 처리해야 하는지 말했다.

  "네 아버지의 명예로운 이름을 위해서 네가 날 좀 도와주었으면 한다." 만약 푸들이 동의한다면 그녀와 함께 스티븐이 떠났으면 좋겠다. 런던이든 해외든 어디든지 스티븐이 공부하고 싶어 한다는 핑계를 대고 떠나야 한다. 가끔씩 스티븐은 모턴으로 그녀를 방문하는 것을 허락한다. 모턴을 방문하는 동안 남들의 이목이 있으니까 남들이 보는 앞에서는 함께 잘 지내는 것처럼 보이도록 해야 한다. 아버지의 명예를 위해서 그렇게 해야 한다. 모턴에서 필요한 것이 있으면 무엇이든지 가져가도 좋다. 만약 지금의 수입으로 부족하다면 집세의 일정 부분을 지불해 주겠다. 사람들이 어머니와 딸 사이에 불화와 반목이 있다는 것을 의심하지 않도록 황망하게 서두르지 않고 적절히 행동해야 한다는 얘기였다.

  "네 아버지를 위해서 너에게 부탁하마. 너나 나를 위해서가 아니라 오로지 네 아버지를 위해서 부탁하마. 그럴 수 있겠니, 스티븐?"

"그래요. 그렇게 하죠."

"지금 이 자리를 떠나줬으면 좋겠다. 난 너무 피곤해. 쉬고 싶다. 곧 푸들에게 사람을 보내 앞으로 너랑 함께 생활할 수 있는지 의논해 보마."

스티븐은 자리에서 일어났다. 그녀는 애너 고든을 홀로 남겨둔 채 그곳에서 나왔다.

2

강력한 탄생의 본능에 이끌린 것처럼, 스티븐은 곧장 아버지의 서재로 향했다. 그녀는 오래되고 낡은 아버지의 안락의자에 앉았다. 안락의자는 주인보다 더 오래 살아남았다. 그녀는 두 손으로 얼굴을 파묻었다.

과거의 고독은 새롭게 맞이한 영혼의 고독에 비하면 아무것도 아니었다. 엄청난 외로움이 몰려와 그녀를 온통 휩쓸었다. 그녀는 이해해 달라고 소리치고 싶은 엄청난 욕구, 원치 않는 존재의 수수께끼에 대한 대답을 찾고 싶은 엄청난 욕망에 휩싸였다. 주변의 모든 것은 잿빛이고 무너져 내린 폐허였다. 그런 폐허 더미 아래에서 그녀의 사랑이 피를 흘리고 있었다. 그녀의 사랑은 안젤라 크로스비에게서 치욕스럽게 상처 입고, 자기 어머니에게서 수치스럽게 모멸당했다. 비참하고 고통스럽고, 의지할 데 없는 사랑의 폐허 더미 아래에서 그녀는 피를 흘리고 있었다.

미래를 내다보니 눈앞이 캄캄해졌고, 과거를 돌이켜 보니 멍청하기 이를 데 없었다. 그녀는 떠나야 한다. 모턴을 떠날 작정이다. '모턴을 떠날 작정이다.' 그 말이 그녀의 머릿속을 망치처럼 후려쳤다. '나는 모턴을 떠날 작정이다.'

장엄하고 멋진 저택은 더 이상 그녀를 알지 못하게 될 것이다. 어린아이처럼 뻐꾸기 울음소리가 가득했던 정원도 더 이상 그녀를 모르게 될 것이다. 그녀가 처음으로 안젤라 크로스비에게 키스했던 호수. 처음으로 입술을 완전히 포갰던 그 호수. 가엾고 불행한 연인들을 품어주었던 언덕. 저녁이면 졸린 찔레나무와 더불어 나 있던 오솔길. 자비로운 언덕들. 전쟁의 생채기가 남은 교회가 서 있는 업톤 온 세번의 작고 오래된 읍내. 누런 강물. 그 읍내에서 그녀는 안젤라 크로스비를 처음 보았다.

봄이 모턴 성을 휩쓸며 왔다가 지나가곤 했다. 봄은 탁 트인 공유지로 강하고 깨끗한 바람을 몰고 왔다. 봄날은 계곡 전체를 가로질러 코츠월드 언덕부터 맬번까지 휩쓸고 지나갔다. 수백, 수천 송이의 수선화가 피었다. 초롱꽃은 호수 가장자리까지 뻗어 있는 너도밤나무에 이르기까지 피어났다. 봄은 피터의 새끼에게도 다가왔다. 햇살은 붉은 벽돌 저택을 따스하게 비춰주었다. 하지만 그녀는 더 이상 봄에 이곳에 있지 않을 것이다. 여름철 장미들도 더 이상 그녀의 장미가 아닐 것이다. 가을철 윤기가 흐르는 낙엽 카펫도 더 이상 그녀의 것이 아닐 것이다. 너도밤나무를 아름다운 모양으로 꾸며놓는 겨울도 더 이상 그녀의 것이 아닐 것이다. '겨울날 저녁이면 호수는 꽁꽁 얼어붙고, 그 겨울 얼어붙은 호수가 석양 무렵 금괴처럼 빛나는 이곳으로 당신과 내가 와서 서 있을 때……' 아니, 아니, 아니. 그런 기억은 그만. 기억만으로도 너무 고통스러워. '당신과 내가 그 겨울 이곳에 와서 서 있을 때……'

그녀는 일어나서 방 안을 서성거렸다. 다정하고 익숙한 물건들을 만져보면서 서성거렸다. 책상을 쓰다듬고 펜을 살펴보았다. 펜은 오랫동안 사용하지 않아 녹이 슨 채 책상 위에 놓여 있었다. 그러다가 그녀는 작은 서랍을 열고 아버지가 잠가놓은 책꽂이 열쇠를 꺼냈다. 어머니는 그녀가 원하는 것이면 무엇이든 가져가라고 했다. 그녀는 아버지의 책 몇 권을 가져갈 참이었다. 그녀는 한 번도 이 특별한 책꽂이를 살펴본 적이 없었다. 왜 갑자기 이 책꽂이를 살펴보려고 했는지 그 이유를 설명할 수는 없었다. 그녀는 열쇠를 구멍에 넣고 돌렸다. 기이하리만큼 기계적인 움직임이었다. 무심하게 책을 꺼냈고 제목도 제대로 훑어보지 않았다. 뭔가 할 일이 생긴 것에 불과했으며 그것이 전부였다. 그저 주의를 딴 곳으로 돌리려는 심산이었다. 문득 바닥 가까이에 있는 서가의 책들 뒤에 줄지어 꽂혀 있는 책들이 그녀의 눈에 띄었다. 다음 순간 그 책들은 그녀의 손에 이미 들려 있었다. 저자의 이름을 살펴보았다. 크라프트에빙[17]이었다. 이전에 한 번도 들어본 적이 없는 이름이었다. 그게 무슨 상관이냐는 듯 그녀는 낡고 해진 책을 펼쳤다. 그러다가 점점 더 자세히 들여다보았다. 그 책의 가장자리에는 아버지가 작고 박식한 필체로 적어놓은 노트들이 있었기 때문이다. 스티븐은 노트에 자기 이름이 적혀 있는 것을 보았다. 그녀는 갑자기 그곳에 주저앉아 열심히 읽기 시작하더니 오랫동안 책을 놓지 않았다. 그러다가 서가로 가서 또 다른 책을 꺼내 읽었고 그다음에는 또 다른 책을 꺼냈다. 언덕 너머로 해가 저물고 있었다. 정원에는 그림자가 드리워지고 어둑어둑해졌다. 어두워져서 서재에는 책을 읽을 만한 빛이 남아 있지 않았다. 그래서 그녀는 창가로 가서 몸을 구부려 책에 눈을 바짝 대고 읽어야 했다. 어둑어둑한 서재에서 계속해서 읽어 내려갔다.

그러다가 갑자기 자리에서 벌떡 일어나 큰 소리로 말했다. 자기 아버지에게 말을 건네는 중이었다.

"아, 아버지는 알았군요. 이 모든 것을 이미 전부 알고 있었군요. 연민의 정 때문에 당신은 내게 차마 말을 할 수가 없었던 거군요. 아, 아버지. 저와 같은 사람들이 이처럼 많다니요. 수천 명의 불쌍하고 비참하고 누구도 원하지 않는 사람들. 사랑할 권리도 없고, 동정심을 보일 권리도 없는 사람들. 그들은 흉측한 불구에다 추하고 기형이었으므로. 하느님은 잔인하군요. 우리를 그처럼 결함투성이로 만드시다니."

자신이 무엇을 하는지 채 알기도 전에 그녀는 아버지의 오래되고 낡은 성경 책을 발견했다. 하늘로부터 신호를 요구한 채 서 있었다. 그 순간 그녀가 요구했던 바로 그 신호가 하늘에서 떨어졌다. 성경 책이 바닥에 떨어지면서 첫머리 부분이 펼쳐졌다. 그녀는 그 페이지를 읽기 시작했다.

"하느님께서 카인에게 표시를 해주었다……."

스티븐은 성경 책을 내던졌다. 절망감에 사로잡혀 주저앉았다. 열패감에 사로잡혀 어이없지만 기계적인 리듬을 타면서 몸을 앞뒤로 흔들었다. "하느님께서 카인에게 표시를 해주었다. 카인에게……." 그녀는 그 말을 후렴구처럼 되풀이하면서 몸을 앞뒤로 흔들고 있었다. "하느님께서 카인에게 표시를 해주었다. 카인에게, 카인에게. 하느님께서 카인에게 표시를 해주었다……."

그러는 동안 푸들이 나타나서 그녀를 보며 말했다.

"스티븐, 네가 어딜 가든 너와 함께 가마. 네가 그 고통을 이 순간까지 경험하는 동안 나 역시 고통스러웠다. 네가 어렸을 적부터 그랬단다. 난 아직도 기억하고 있어."

고독의 우물

스티븐은 당혹스러운 눈길로 그녀를 올려다보았다.

"하느님이 표시를 해준 카인과 함께 가겠다고요?" 그녀가 천천히 물었다. 그녀는 푸들의 말뜻을 이해할 수 없었다. 그래서 한 번 더 물어보았다. "카인과 함께 가겠어요?"

푸들은 스티븐의 굽은 어깨를 감싸 안으며 말했다.

"넌 해야 할 일이 있어. 자, 이리 와서 그걸 해야지! 넌 지금 그대로의 너야. 어쩜 유리한 점도 있을지 몰라. 특이한 이중적 통찰을 가지고 글을 쓸 수 있을 테니까. 남자와 여자 모두의 입장에서. 개인적으로 그들 모두를 알고 있으니까. 어떤 것도 완전히 잘못되거나 완전히 쓸모없는 것은 세상에 없어. 난 그 점을 확신해. 우리 모두 자연의 일부이니까. 언젠가 세상이 그 점을 인정할 거야. 하지만 당분간 우리 앞에 기다리고 있는 엄청난 일들을 해야지. 너와 같은 유형의 많은 사람을 위해. 너보다 강하지도 못하고 재능도 떨어지는 그들을 위해. 그 점을 잘 보완하는 건 전부 네 손에 달렸어. 네가 그 일을 할 수 있도록 돕기 위해 내가 여기 있는 거잖니, 스티븐."

(2권으로 이어집니다.)

옮긴이 주

1) 영국 상류층 자제들이 다니는 기숙 대학 예비학교.
2) 1853년에 발발했던 러시아와 프랑스, 영국 연합군 간의 전투.
3) 촌극, 하나의 짤막한 에피소드만으로 구성된 십 분 내외의 짧은 극.
4) 동성애자이자 동성애 해방운동가.
5) 19세기 영국의 유명한 초상화가.
6) 제복을 입는 하인.
7) 카사바 뿌리에서 채취한 식용 녹말.
8) 작업복 위를 더럽히지 않기 위해 덧입는 옷. 이 옷의 풍성한 주름은 본래 자수로 처리되었으며 이런 장식을 스목 혹은 스모킹이라도 한다.
9) 그리스 신화에 나오는 영웅. 신마(神馬) 페가수스를 타고 온갖 모험을 하여 공을 세워 왕이 되었으나, 나중에 페가수스를 타고 천상계로 오르려다가 제우스의 노여움을 사 번개에 맞아 죽었다고도 하고, 말에서 떨어져 불구가 되어 죽었다고도 전한다.
10) 병 모양의 체조용 곤봉.
11) 파나르 르바소 회사가 1889년에 처음으로 만든 자동차.
12) 2인승 사륜마차의 일종.
13) 웨일스 중부와 잉글랜드 서부를 가로질러 브리스톨 만으로 흘러 들어가는 강.
14) 검은 얼룩이 있는 대형 테리어 종.
15) 루이 15세의 연인이었던 퐁파두르 부인의 머리 모양에서 따온 것으로 앞머리를 부풀려 올린 모습.
16) 장미의 한 종류.
17) 성 정신병리학을 연구한 최초의 신경정신과 의사. 오늘날 변태성욕이라는 미개척 분야를 연구한 저서 『성적 정신병질』(1886)로 잘 알려져 있다.